GOLDMANN

Buch

John Wilkes, ein gerissener, hitzköpfiger, dreister und scharfzüngiger New Yorker Anwalt, hat einen nahezu aussichtslosen Fall übernommen. Er soll den Bürgerschreck Lyle Diderot, Boß einer gefürchteten Punker Street Gang, gegen die Anklage verteidigen, eine blinde Frau, die dazu auch noch weiß und schön ist, auf der Straße überfallen zu haben. Der Richter Abraham Knott, ein parteiischer Karrierist und damit ziemlich normaler Vertreter des New Yorker Justizapparats, macht Wilkes vom ersten Prozeßtag an das Leben schwer. Trotzdem muß er machtlos mit ansehen, wie der gewiefte Verteidiger mit allen möglichen Tricks die Geschworenen für seinen Mandanten einnimmt. Lyle Diderot wird freigesprochen. Und einen Tag später findet man Richter Knott tot in seinem Büro, mit einem Brieföffner im Rücken. Hauptverdächtiger ist Anwalt John Wilkes, der in der Tatnacht irgendwo versackt ist und sich an nichts erinnern kann. Jetzt gibt es nur noch eins für ihn: Er muß seinen eigenen Kopf aus der Schlinge ziehen.

Autor

Winston Schoonover ist das Pseudonym des amerikanischen Rechtsanwalts Charles Sevilla. Seit 1970 arbeitet er als Strafverteidiger in San Diego, Kalifornien. Als Autor bekannt wurde er mit seiner ersten Justiz-Chronik *Wilkes im Fegefeuer* (42457). Gegenwärtig arbeitet er an seinem dritten Wilkes-Roman.

Winston
Schoonover

Wilkes unter Anklage

ROMAN

Aus dem Amerikanischen
von Bernhard Schmid

GOLDMANN VERLAG

Die Originalausgabe erschien unter dem Titel »Wilkes on Trial«
bei Ballantine Books, New York

Umwelthinweis:
Alle bedruckten Materialien dieses Taschenbuches
sind chlorfrei und umweltschonend.
Das Papier enthält Recycling-Anteile.

Der Goldmann-Verlag
ist ein Unternehmen der Verlagsgruppe Bertelsmann

Deutsche Erstausgabe 8/95

Umschlaggestaltung: Design Team München
Satz: deutsch-türkischer fotosatz, Berlin
Druck: Elsnerdruck, Berlin
Verlagsnummer: 42458
Lektorat: Ulrich Genzler
Redaktion: Astrid Rost
Herstellung: Stefan Hansen
Made in Germany
ISBN 3-442-42458-5

1 3 5 7 3 9 10 8 6 4 2

Vorwort

Wilkes unter Anklage ist mein zweites Buch über John Wilkes. Seine nicht immer legalen Großtaten als Prozeßanwalt in New York wurden hier aufgezeichnet von seinem stillen Sozius, Winston Schoonover. Im Gegensatz zum ersten Buch, *Wilkes im Fegefeuer*, hat das vorliegende eine Handlung, jedenfalls mehr oder weniger, zudem Anfang, Mitte und Schluß. Wie schon das erste Buch handelt es sich um eine frei erfundene, aber dafür um so treffendere Schilderung einer außer Rand und Band geratenen Justiz.

Chronist der Wilkes-Saga war zunächst ihr ergebenster Diener, der sie – seinerzeit noch als Winston Schoonover – vor, während und nach den allzeit turbulenten Verhandlungsterminen mit Mr. Wilkes zu Papier gebracht hat. Für mich ist das Schreiben eine Art Selbsttherapie, die getippte Erlösung von einer Krankheit, die dem gestandenen Prozeßkempen als ›Gerichtsprügelknacks‹ bekannt ist – das schlimmste aller Leiden, die man sich als Strafverteidiger im Tempel des Verderbens (anderen auch als Strafgericht geläufig) so zuziehen kann. Man holt es sich, wenn man tagtäglich vor den Geistlosen zur Verteidigung der Wehrlosen gegen die Allmächtigen zu erscheinen hat.

Zur Verteidigung eines im Tempel angeklagten Staatsbürgers stürzte Wilkes sich verwegen in jede Gefahr. Er war dabei, gelinde gesagt, nicht sehr besonnen. Präsident der Vereinigten Staaten jedenfalls wird er so nicht. Noch nicht einmal Richter, obwohl er einmal nahe dran war. Für ihn ging es in diesen Schlachten um Gut gegen Böse, Recht gegen Unrecht, Moral gegen Unmoral – um das *Volk gegen den Ewigen Dummen*, und Wilkes vertrat den Ewigen Dummen. Aus diesen Schlachten ging so etwas wie eine Legende um Wilkes hervor.

Voyeuren wird das Herz aufgehen, wenn sie hören, daß ich im folgenden nicht nur die richtigen Namen meiner Charaktere beibehalten, all ihre Geheimnisse offenbart, das Vertrauensverhältnis zwischen Anwalt und Mandanten verletzt und vertrauliche Informationen weitergegeben habe (was mir, im Vertrauen gesagt, ein Vergnügen war), sondern meine Charaktere obendrein auch noch so schonungslos und unschmeichelhaft wie nur möglich dargestellt habe. Wie im richtigen Leben ist das Ergebnis in vieler Hinsicht geschmacklos, aber gerade das ist ja das schöne am Schreiben von Geschichten.

Dem Leser wird außerdem auffallen, daß ich, obzwar das Buch fast ausschließlich aus der Sicht Winston Schoonovers geschrieben ist, nicht widerstehen konnte, hin und wieder, in gewissen erlesenen Augenblicken, in die Köpfe anderer Charaktere zu springen, um deren gemeine kleine Ansichten über den Verlauf der widrigen Umstände zu zeigen, die sie zu verschlingen drohen. Vergeben Sie's mir.

Zu guter Letzt möchte ich noch einige Leute bloßstellen, wenn auch nur, um mich bei ihnen zu bedanken, daß sie mir diese Leistung ermöglicht haben: meinen Agenten, Joseph Vallely von den Flaming Star Enterprises; mein wunderbares Lektorat bei Ballantine, Mary South und den leider inzwischen verstorbenen Chris Cox; meine beiden großartigen Freunde in Los Angeles, Liz Williams und Marie Coolman, beides Werbefachleute bei Ballantine. Außerdem geht mein Dank und meine Liebe an meine Frau Donna, Paps und Jeanne, Michael und Cynthia, Lisa, Laura und Jessica, Chris und Tim, John und Lew, Bax und Ron, Sloan und Gail, Mike und Terri, Peter, Doris und Mary, Jack und Marilyn, Wilkie und Jimmy, an den Acht-Uhr-Morgens-Stammtisch, meine sonntagmorgendlichen Basketballer und eine Million geplagte Anwälte, die nicht aufgeben, auch wenn sie Sie-wissen-schon-wen zu ertragen haben.

Kapitel 1

Der Feldmarschall

Der Gipfel richterlicher Souveränität besteht darin, einem Anwalt zwei Stunden lang in die Augen sehen zu können, ohne, verdammt noch mal, auch nur ein Wort zu hören!

JOHN MARSHALL
Präsident des Bundesverfassungsgerichts

Zittern Sie schon mal vor Entsetzen, wenn Sie Richter Knott ziehen. Sie bekommen mehr Gerechtigkeit vom KGB.

JOHN WILKES

Ich liebe das Woolworth Building. Das alte gotische Monument am Broadway 233 hat die dunkle traditionelle Schönheit einer Flamencotänzerin. Ich mag die Art, wie sich das alte Mädchen mit seinen 241 Metern am Südrand des City Hall Park in den Himmel reckt. Ich mag die hohen Spitzbögen, die es mit einem Hauch von mittelalterlicher Spiritualität umgeben. Ich mag es, wie sein Turm in tiefhängende Wolken späht. Vor allem aber gefällt es mir, in der tollen alten Dame das große Geld zu scheffeln mit der Kanzlei, die ich mit meinem Sozius, John Wilkes, in ihr habe.

Ihre Größe täuscht. So wie sie einem den Blick nach oben zieht, übersieht man völlig das verschwenderisch ausgestattete Kleid mit seiner geklöppelten Spitze. In einer Epoche, in der ein

64er Mustang als klassische Antiquität gilt, ist dieses sechzigstöckige Gebäude, früher einmal das höchste der Welt, aus einer anderen Zeit. Es war der Koloß seiner Generation. Cass Gilbert hat es entworfen, und F. W. Woolworth ließ es sich 1913 mit dem Kleingeld aus den tausend Filialen seiner über ganz Amerika verstreuten Billigpreiskette bauen.

Heute erscheint es klein neben den Stahl- und Glasmonstern der Hightech-Zeit, unter deren Last halb Manhattan stöhnt. Es ist nicht weniger fehl am Platz als ein Cocker Spaniel in einem Hahnenkampf. Aber so ist das mit der Architektur. Sie hat nur ihrer eigenen Zeit etwas zu sagen. Der moderne Mensch hat keine Geduld für die feinen Details eines Basreliefs oder die Eleganz eines Spitzbogens.

Zeitgenössische Bauten müssen riesig sein, sauber und effizient. Verschwendung, sei es an Aufwand, sei es am Erscheinungsbild ihrer kühlen Plattenfassaden, ist nicht erlaubt. Wasserspeier, Türmchen oder Fenster, die tatsächlich zu öffnen wären, gelten unserer heutigen Zeit als Frivolität.

Die Intoleranz gegenüber dem Detail weist auf den Verlust unserer Beobachtungsgabe hin. Sie ist der Grund, warum eine vergessene Schönheit wie das Woolworth ihr Dasein unsichtbar im Schatten der benachbarten Riesen fristet. Keiner der Tausenden von New Yorkern, die Tag für Tag zu ihren Füßen tanzen, bemerkt die wunderschönen Linien ihrer ziselierten Haut.

Das Woolworth war der perfekte Ort für die Kanzlei eines Anwalts wie Wilkes. Wir fühlten uns wohl dabei, dort der Juristerei nachzugehen. Seit über zwanzig Jahren geben mein Partner und ich nun Monat für Monat unser Scherflein für das Recht, in diesem herrlichen alten Tempel zu praktizieren.

Brenda

Auch Brenda Van Ark kannte das Woolworth. Zierlich, forsch und gescheit, legte sie täglich die kurze Strecke von ihrer kleinen Wohnung am City Hall Park zurück, für gewöhnlich am Abend nach ihren Seminaren an der Universität, wo sie Musik studierte. Sie ging zu Fuß, um ihrem Hund Bertie die Möglichkeit zu geben, sein Geschäft zu erledigen und sich etwas auszutoben, eine kleine Abwechselung von seiner schwierigen Aufgabe, sie unbeschadet durch die schiebenden Massen auf den New Yorker Gehsteigen zu führen.

Nachdem es passiert war, mußte ich immer wieder an sie denken, bei Sonnenuntergang in unserem Park. Eben jenem kleinen Park, den Wilkes und ich nach einem langen Tag vor Gericht auf dem Weg ins Büro durchquerten. Vor der Kulisse eines sich rötenden Himmels und dem Feuer orangefarbener Wolken warf die Sonne ihr goldenes Licht auf den Park und hob die majestätische Kulisse unseres alten Gebäudes hervor.

Die hübsche Brenda Van Ark sah das alles allerdings nicht. Sie war blind. Und am frühen Abend eines kalten 19. November, auf dem Heimweg vom Park in die Barclay Street, stürzte ein Unhold aus einer Nische, riß sie von den Beinen und schleppte sie in den Schatten des nächsten Hauses. Während Bertie, ihr Blindenhund, mucksmäuschenstill (und wie manche später behaupteten, nicht ganz bei Sinnen) danebenstand, leistete sie Widerstand, so gut es nur ging. Sie trat. Sie schlug mit den Armen um sich. Sie versuchte zu schreien, aber seine große Hand bedeckte den Mund und den größten Teil ihres Gesichts. Also biß sie zu, worauf er sie zu Boden warf wie ein gebrauchtes Papiertaschentuch.

In diesm Augenblick verspürte sie den Schmerz in ihrer Schulter. Der Räuber versuchte ihr die Handtasche zu entreißen, aber sie trug sie an einem breiten Lederriemen über die Schulter gehängt. Auf dem Boden, die Hände frei, griff sie nach der Tasche und begann um Hilfe zu schreien. Der Mann zog Brenda mit einer Hand am Riemen ihrer Tasche hoch, während die andere eine Faust bildete, ausholte und mit aller Wucht auf ihrer Stirn landete.

Der Schlag traf sie wie ein Blitz: Erst sah sie weiße Sterne, dann spürte sie die brutale Wucht der Faust auf ihrem Schädel, und schließlich schwappte die Finsternis wie eine Welle über ihr zusammen. Ihr Widerstand war gebrochen. Kraftlos versank sie in der Dunkelheit.

Einzig und allein Bertie war Zeuge der häßlichen Szene. Er saß seelenruhig dabei und sah zu, wie man sein Frauchen zusammenschlug und beraubte. Als der entscheidende Schlag fiel, neigte er den Kopf, als wollte er sagen: »Wie interessant.« Aber zu sagen hatte des Menschen bester Freund in diesem Augenblick nichts.

Brenda stand die Tortur, bei aller Behinderung ihres Sehvermögens, außerordentlich tapfer und aufmerksam durch. Sie hatte sich, wenn auch erfolglos, gegen den unsichtbaren Angreifer gewehrt und während ihres Kampfes wertvolle Informationen gesammelt. Als der Angriff vorüber war und sie wieder zu sich kam, hatte das Ungeheuer sie zerschunden, blutend und handtaschenlos liegengelassen. Schwindelig stand sie auf und rief den gaffenden Bertie an ihre Seite, der – keuchend, mit hängender Zunge und ganz wild auf eine Streicheleinheit – angetrabt kam. Sie befahl ihm, sich an die Arbeit zu machen, und gelangte so taumelnd in die Halle unseres Gebäudes, von wo aus sie die Polizei anrief.

Trotz der Schläge und ihrer Todesangst war Brenda geistesgegenwärtig genug zu wissen, daß man den Mistkerl entweder sofort oder niemals erwischte. Ihr Körper zitterte von dem durch den Schock freigesetzten Adrenalin, das Blut lief ihr von der Stirn, und trotzdem sagte sie der Führungsbeamtin, soviel sie konnte: »Ich heiße Brenda Van Ark. Ich wurde eben zusammengeschlagen und beraubt. Ich bin in der Halle des Woolworth Building. Er hat es direkt davor getan. Wenn Sie gleich jemanden losschicken, erwischen Sie ihn noch.«

Die Stimme am anderen Ende der Leitung sagte: »Beschreiben Sie ihn.«

»Er ist schwarz, groß und muskulös. Er ist unheimlich stark. Er brummelte was in dem Jargon, den diese jungen Straßengangster heute so sprechen, hatte aber eine ganz eigene Stimme, tief und rauh und trotzdem mit melodischen Untertönen – wie die tiefen Töne einer Tuba.«

»Ich brauche mehr – was ist mit der Farbe seiner Kleidung?« Die Führungsbeamtin war nicht sonderlich interessiert an den stimmlichen Qualitäten des Bösewichts.

»Kann ich nicht sagen. Sehen Sie, ich bin ... ich bin nämlich blind«, sagte Brenda. »Beeilen Sie sich, schicken Sie einen Wagen.«

Die Führungsbeamtin seufzte enttäuscht. »Tut mir leid, Miss, aber Ihre Beschreibung engt das Feld der Verdächtigen gerade mal auf drei-, vierhunderttausend Leute ein. Wir können nicht einfach jeden jungen Schwarzen anhalten.«

»Ich weiß noch mehr. Das Ekel trug einen Schnurrbart und ein kleines Ziegenbärtchen, einen Ohrring am rechten Ohr, einen Hut, vielleicht ein Barett, eine Wolljacke, Jeans, vielleicht Levi's, und ein großes, klobiges Kettchen am rechten Handgelenk. Außerdem raucht er, das konnte ich riechen.«

»Na, damit können wir doch schon was anfangen. Ich schicke unsere Streifenwagen in die Gegend, um nach dem Kerl zu suchen«, sagte die Stimme zu Brenda. »Und Ihnen schicke ich gleich einen Beamten. Bleiben Sie, wo Sie sind, ich bleibe am Apparat, bis jemand bei Ihnen ist. Ach, übrigens, sind Sie in Ordnung?«

Dein Freund und Helfer

Fünf Minuten nach der Durchsage erspähten zwei Beamte, die in der Gegend Streife fuhren, Lyle Diderot, den bekannten Anführer der Whiz Kids, der ganz in der Nähe eine Straße langschlenderte, als gehöre sie ihm. Diderot war ein großer Schwarzer mit Barett, Ohrring, Wolljacke, Levi's und einem klobigen Kettchen am Handgelenk. Von seinen feixenden Lippen baumelte eine filterlose Camel.

Der Beamte auf dem Beifahrersitz des Streifenwagens wies auf Diderot und sagte zu seinem Kameraden: »Den sehen wir uns mal an.« Der Fahrer fuhr an den Straßenrand, die beiden Beamten stiegen aus und bildeten eine Zwei-Mann-Barrikade vor dem nahenden Feldmarschall.

»Augenblick mal, Bruder«, sagte der Fahrer zu Diderot.

Der Feldmarschall blieb zirka drei Meter vor den beiden Polizisten stehen. »Was wollt ihr denn, ihr Bullenschweine? Bloß nicht anwichsen, ja. Ich hab' nämlich nix gemacht. Laßt mich zufrieden.«

Die beiden Polizisten sahen sich Lyle Diderot näher an. Er paßte haargenau auf die Durchsage. Der Fahrer, der von Brendas eingeschränkter Sehfähigkeit keine Ahnung hatte, wies seinen Kameraden an durchzugeben, man solle das Opfer zu einer Gegenüberstellung herbringen. Er öffnete den Druckknopf der Lasche an seinem Hüfthalfter und sagte zu Diderot: »Da will dich jemand sehen. Sie ist in'n paar Minuten hier, und bis dahin bleibst du mal schön da. Keinen Mucks.«

Feldmarschall Diderot verkniff sich den Mucks; nur die Lippen bewegten sich. »Mann, das ist doch Krampf hier. Ich häng' doch hier nicht mit zwei Bullenschweinen rum, um auf irgend'ne Schnalle zu warten.«

Der Fahrer legte die Hand auf den Kolben seiner Waffe, während Diderot die beiden Beamten mit mehr Obszönitäten eindeckte, als Larry Flynt in eine durchschnittliche Onaniervorlage zu packen vermag. Seine verbalen Demütigungen fochten die beiden jedoch nicht an. Im Gegenteil, sie waren sogar froh, hier zu sein; sie waren hier nicht auf Bandengebiet. Sie hatten den Feldmarschall in einer entmilitarisierten Zone gestellt. Hier würde sich keine parteiische Menge bilden, die die Konfrontation noch schwieriger machte, als sie ohnehin schon war. Die New Yorker gingen an den drei Männern vorbei, als wären sie gar nicht da.

Inaugenscheinnahme

Als Brenda eintraf, bat sie darum, Diderot abtasten zu dürfen, um ihr die Identifizierung zu erleichtern. Lyle, der davon ganz und gar nichts hielt, mußte festgehalten werden, während sie ihre Untersuchung vornahm. Zuerst tastete sie nach dem klobigen Kettchen an seinem rechten Handgelenk, das man ihr während des Angriffs ins Gesicht gedrückt hatte. Sie tastete nach dem Barett, der Wolljacke, der Levi's und schließlich nach dem Ring am rechten Ohr. Sie schnupperte nach seinem üblen, tabakverseuchten Atem. Sie hörte ihn protestieren: »Haltet mir endlich die blinde Schnalle vom Leib! Was zum Geier soll'n das, Mann?« Die Stimme war ihr vertraut, sie war entschieden tief und hörte sich an wie eine Tuba.

»Können Sie den Mann identifizieren, Madam?« fragte einer der Polizisten. Brenda suchte sich Diderots Mitte, indem sie ihn mit den Händen bei den Ellbogen faßte. Dann nahm sie rasch das rechte Bein zurück und ließ es mit voller Wucht vorwärts schnellen, so daß ihr Knie genau in Diderots Schritt landete. »Darauf können Sie Gift nehmen«, sagte sie. Und trat noch ein paarmal nach ihm. »Gib mir meine Handtasche wieder!« schrie sie dabei, bis die Polizisten Diderot außer Reichweite zogen.

Brendas Identifizierung genügte, um den Feldmarschall zu verhaften. Man brachte sie ins Krankenhaus zu einer routinemäßigen Untersuchung; vielleicht fanden die DNS-Jungs ja etwas von Diderot – Gewebe, Haare oder Fasern seiner Kleidung –, wo es nicht hingehörte.

Mir sind diese unerquicklichen Details deshalb bekannt, weil Diderot unser Mandant wurde. In unserer Kanzlei tauchten zwei junge Gangster auf, lieferten eine Papiertüte voll Bargeld ab und ließen uns wissen, der Feldmarschall der Whiz Kids wünsche sich, seine Freiheit betreffend, so rasch als möglich der anwaltschaftlichen Vertretung eines gewissen John Wilkes zu versichern. Oder, um ihren eigenen Jargon zu zitieren: »Sie düsen jetzt mal rüber zum Kadi. Sorgen Sie dafür, daß man die Kaution für den Marschall festsetzt, damit wir endlich abdrücken könn'.«

Mandiert

Nach Inaugenscheinnahme des Inhalts der braunen Papiertüte sagte Wilkes den beiden Rotzern »Meine Herren, wir übernehmen den Fall!« Und an mich gewandt, meinte er: »Auf in die Gruft!« Was die beiden Gangster davon zu überzeugen schien, daß Wilkes einen Sinn für die Dringlichkeit ihrer Forderung hatte.

Einer der beiden Schlägertypen, ein kleiner Kerl mit einem roten Tuch um den Kopf und zwei fehlenden Vorderzähnen, sagte darauf: »Termin für Marschalls schwachsinnige Anklage ist morgen. Sie holen ihn gleich morgen da raus.«

Ich wurde etwas nervös, als ich das zahnlose Tuch so reden hörte. Die Augen des Rotzers hatten die Unbarmherzigkeit eines Soziopathen, ein Blick, der einem sagte: »Ich bring' dich morgen um – für zehn Dollar oder vielleicht auch bloß, weil du mir reif dafür scheinst. Und ich werd' den Rest meines Lebens noch nicht mal mehr daran denken.« Sie kennen den Typ.

Resultatforderungen seitens eines Mandanten sind immer gefährlich. Wilkes sah dem Burschen in die Eidechsenaugen. »Ich gebe grundsätzlich keine Garantien darauf, was vor Gericht passiert, abgesehen davon, daß ich natürlich mein Bestes gebe. Aus Ihrer Anwesenheit hier schließe ich, daß Sie wissen, daß das für gewöhnlich für einen Sieg reicht. Aber nicht immer. Ich kaufe keine Richter. Die gehen nämlich nicht an Privatkundschaft. Wenn Sie nicht in einer Position sind, einem von den Mistkerlen einen Posten am Oberlandesgericht zu verschaffen, bringt Ihnen ein Bestechungsversuch höchstens fünf bis zehn Jahre Attika ein.«

Wilkes schob die Geldtüte über den Tisch. Sie zischte leise, als sie sich auf die beiden Rotzer zubewegte. »Wenn ihr Jungs garantierte Ergebnisse haben wollt, müßt ihr euch jemand anderen suchen.«

Eine jahrelange Erfahrung als Anwalt lehrt einen, sich auf keinen Fall übertrieben anzupreisen. Mandanten kommen zu einem, weil sie einen offensichtlich nicht für den Schlechtesten halten. Etwas tiefstapeln hat psychologisch bemerkenswerterweise die gegenteilige Wirkung, diesen Eindruck noch zu festigen.

Wie auch immer, Klienten, die in Sachen bewaffneter Raub, Gewalt und Körperverletzung für Spaß und Profit oder Schlimmeres eine gewisse Fertigkeit an den Tag gelegt haben, sollte man nicht durch übertriebene Hinweise auf die eigene Größe enttäuschen. Man garantiert nicht, was man nicht in der Hand hat. Freisprüche gehören nicht zum Inventar einer Anwaltskanzlei. Man muß sie sich auf dem Schlachtfeld verdienen.

Die beiden Jakes

Ich wußte, während Wilkes das sagte, dachte er an Jake Turnish, einen Anwaltskollegen, der erst kürzlich in einem Kokainfall einigen Kolumbianern viel zu viel versprochen hatte, was seine Leistung anging. Aber das war eben Jake – ein durchschnittlicher Anwalt mit einer fatalen Neigung zu übertriebener Eigenreklame.

Jakes Honorarvereinbarungen basierten gleich auf zwei falschen Annahmen. Die Kolumbianer sahen in seiner horrenden Gebühr eine Garantie dafür, daß er etwas gedeichselt hätte, was ihnen ihre Schwierigkeiten mit dem Gesetz vom Hals schaffen würde. Aber sie waren schließlich hier nicht zu Hause, wo Geld einen ebenso sicher aus dem Gefängnis holte wie die entsprechende Monopoly-Karte.

Jake auf der anderen Seite sah in der Bereitschaft, mit der die Kolumbianer sich von einem solchen Haufen Geld trennten, den Beweis für ihren Wunsch, sich seiner großen Talente als Jurist zu versichern. Wie gewonnen, so zerronnen. In Wirklichkeit handelte es sich lediglich um eine leichtfertige Verschwendung unrechtmäßiger Einkünfte. Das sich daraus ergebende kulturelle Mißverständnis kostete die Kolumbianer dreißig Jahre pro Nase.

Jake Turnish kostete es das Recht zu atmen. Sie erledigten das ganz nach Art ihrer Heimat. Man entführte Jake an einen abgelegenen Flecken außerhalb der Stadt, legte ihm Ketten um Brust und Hüfte und befestigte diese an zwei Wagen. Dann taten die Kolumbianer Jake ihre Enttäuschung kund, indem sie in entgegengesetzte Richtungen fuhren.

Als Anwalt tut man gut daran, seinem Mandaten die Grenzen seiner Macht klarzumachen. Honorarvereinbarungen können sich durchaus als höchste Prüfung für das Kommunikationsgeschick eines Anwalts erweisen.

Nur damit wir uns recht verstehen

Die beiden Schlägertypen in unserer Praxis wollten von Wilkes' Grenzen freilich nichts hören. Das Tuch sah seinen Kameraden an, einen muskelbepackten schwarzen Jungen in einem schwarzen Barett, zerrissenem lila T-Shirt, schwarzen Levi's und hohen Reeboks. Seinen Augen war auf den ersten Blick anzusehen, daß wir es hier mit einem jungen Mann zu tun hatten, der den Genuß von Leben, Freiheit und das Recht auf Glück gepachtet hatte, indem er andere darum erleichterte. Der Muskelmann sagte: »Der Marschall hat uns bloß gesagt, wir sollen Sie anheuern, Mann. Das is' alles. Den Vortrag können Sie sich schenken. Machen Sie einfach, was nötig ist.«

»Schön,« sagte mein Freund, »nur damit wir uns recht verstehen.«

Muskel und Tuch gingen, ohne zu erkennen zu geben, daß wir einander verstanden hatten. Sie waren nur zwei Marschflugkörper, die man losgeschickt hatte, ihre Sprengsätze loszuwerden, um dann in ihre Silos zurückzukehren. Bei diesen Leuten gab es nichts zu verstehen. Nachdem sie weg waren, stellte ich die Geldtüte in unseren Safe. Dann gingen Wilkes und ich schnurstracks ins Gefängnis, um unseren neuen Mandanten zu sehen.

Der Marschall

Feldmarschall Lyle Diderot war schon lange der Anführer der Whiz Kids; er führte damit eine Gang, die ihren Namen dem obszönen Akt verdankte, den man nach einer Klopperei am gefallenen Feind vollzog. Diderot war ein Muskelberg von einsachtundneunzig, schwarz wie eine mondlose Nacht und hatte ein Gesicht, das seiner eigenen Mutter das Fürchten beigebracht hätte. Seine Augen waren noch kälter und bedrohlicher als die von Muskel und Tuch.

Still und verdrossen kam er in den Besucherraum und ließ sich schwer auf den ramponierten grauen Metallstuhl sinken. Die Stuhlbeine fuhren kreischend über den schmutzigen Betonboden. Er steckte sich eine Camel an und blies uns den Rauch ins Gesicht. Er sagte kein Wort.

Für gewöhnlich begrüßte Wilkes seine Mandanten, indem er ihnen die Hand bot und sich vorstellte, aber hier hatte er wohl den Eindruck, daß er es besser anders anging. »Ihre Soldaten waren heute bei mir, um mir auszurichten, daß Sie meine Dienste in Anspruch nehmen wollen.« Er sagte das ausdruckslos in die Wolke aus grauem Rauch.

»Ja«, sagte der Feldmarschall und verschränkte die Arme vor der Brust. Seine großen Augen funkelten Wilkes an. Seine Zigarette baumelte aus dem rechten Mundwinkel. »Holen Sie mich hier raus. Ich hab' die blinde Schnalle nicht angerührt. Mann, was für'n beschissener Fall soll'n das sein, daß mich irgend so 'ne blinde Schnalle reinreiten kann? Wieso versucht sie mir das anzuhängen?« Seine Stimme war eigen, laut, rauh und tief. Ich dachte bei mir, sie müßte eine großartige Singstimme abgeben, eine, die meilenweit trug.

»Ich will hier keine Fakten hören«, sagte Wilkes. »Wenn ich sie hier raushole, können wir uns unterhalten, aber hier drin will ich nicht reden. Falls Sie wissen, was ich meine.«

Aus dem Mund des Feldmarschalls kam ein schnalzender Laut. Er sah uns verächtlich an, als wolle er sagen: »Scheiße, Mann, ich weiß das besser, als ihr zwei euch vorstellen könnt.« Dann sagte er: »Scheiße, Mann, ich weiß das besser, als ihr zwei euch vorstellen könnt. Ich bin nicht das erste Mal hier. Aber einer, der den Feldmarschall verpfeift, muß erst noch geboren werden.«

Wilkes und ich wußten, was er meinte. Die Whiz Kids waren eine weit und breit bekannte Gang, das heißt ihre Rivalen fürchteten sie so sehr, daß sie sich sogar einen Block abjagen ließen, ohne sich dafür zu kloppen. Und ihre Autorität in der Gruft war noch größer als auf der Straße – schließlich waren genug von ihnen hier drin –, und sie waren über die Maßen skrupellos, wenn es darum ging, Rache an denen zu üben, die sich gegen sie wandten. Was Wilkes an etwas erinnerte, was ihm ausgesprochen am Herzen lag.

»Ich habe schon Ihren Soldaten gesagt, ich werde, was Ihre Verteidigung anbelangt, wie immer mein Bestes tun. Ich werde der Anklage entgegenwerfen, was ich habe. Aber der Ausgang entzieht sich meiner Kontrolle.«

Diderot verzog die Visage zu etwas, was womöglich als Lächeln hätte durchgehen können. Der Mundwinkel mit der Zigarette hob sich für den Bruchteil eines Augenblicks, bevor er wieder den finsteren Ausdruck von zuvor einnahm. »Kümmern Sie sich um den Fall, ich kümm're mich um die Geschworenen.«

Ich sah Wilkes das Gesicht etwas verziehen. »Ich bin sicher, Ihre bloße Gegenwart vor Gericht wird die Geschworenen von Ihrer Unschuld überzeugen«, äußerte ich in dem Bemühen, das Gespräch nicht in Richtung Geschworenenbeeinflussung treiben zu lassen. Zwar sollten Gespräche zwischen Anwalt und Mandant in der Gruft vertraulich sein, aber wir wußten, daß das blühender Unsinn war. Mochte der Raum schon nicht direkt verwanzt sein, die Wände waren einfach nicht dick genug, um unsere Worte so weit zu dämpfen, daß weder Schließer noch Spitzel sie mitkriegen konnten.

Diderot wandte seinen großen Kopf und sah mich an. »Ja, ich und hundert meiner Krieger in voller Kampfmontur«, sagte er. »Ich weiß schon, wie ich gewinne. Holen Sie mich bloß man aus dem Scheißloch hier raus.«

Wilkes nickte. Wir überließen den Feldmarschall seinen Wächtern und gingen, wie üblich in Wilkes' olympiareifem Tempo, zurück ins Büro. Keuchend äußerte ich meinem Freund gegenüber, daß die Verweigerung einer Kaution bedeutete, daß der Feldmarschall unter den ebenso freiheitsliebenden wie meineidigen Häftlingen auf seinen Prozeß warten müßte, die diese Gelegenheit sofort nutzen würden, in den Zeugenstand zu springen, um dem Feldmarschall etwas anzuhängen.

»Sogar bei einem furchteinflößenden Ungeheuer wie dem Feldmarschall der Whiz Kids, Lyle Diderot, gibt es immer einen, der denkt, der Staatsanwalt könnte ihn schützen, und ersingt sich sein Abendbrot. Das ist genau der Fall für so etwas.«

Der Staat gegen Diderot

Der Staat New York gegen Diderot war allein schon deshalb genau der Fall dafür, weil er publicityträchtig war. Das Opfer war hübsch, blind, weiß, gescheit, wehrlos und unschuldig. Und Lyle Diderot war, nun ja, Lyle Diderot. Eine Verhaftung des mächtigen und bekannten Feldmarschalls allein hätte die Medien vielleicht noch nicht einmal aufhorchen lassen, aber mit einem Verteidiger wie Wilkes und dem Plot von ›Die Schöne und das Biest‹ war dem Fall die Aufmerksamkeit garantiert. Jeder Spitzel in der Gruft würde bereits darauf brennen, in den Zeitungen endlich genug über die Geschichte zu hören, um sich eine überzeugende Beichte des Feldmarschalls aus den Fingern zu saugen. Allerdings müßten diese Spitzel die Versprechen des Staatsanwalts auf

Bewährung und Schutz sorgfältig gegen die Möglichkeit abwägen, von den Whiz Kids die Gurgel durchgeschnitten zu kriegen.

Mein Kommentar riß Wilkes aus seiner Träumerei. »Ich bezweifle, daß sich die Kanaries in der Gruft gegen den Feldmarschall anzusingen getrauen. Auch wenn die Zeitungsfritzen den Text dazu liefern. Seine Gang ist einfach zu stark, schon gar in der Gruft. Aber Spitzel können natürlich auch dumm sein. Womöglich traut sich ja doch einer.«

Nachdem wir wieder im Büro waren, begann Wilkes Anrufe von Zeitungs- und Fernsehreportern zu beantworten, die davon Wind bekommen hatten, daß Wilkes vom Feldmarschall engagiert worden war. Ich machte mich daran, den Kautionsantrag vorzubereiten.

Y. Knott

»Ihr Antrag ist abgelehnt, Herr Anwalt«, intonierte Richter Yulburton Abraham Knott als Antwort auf den einstündigen Kautionsantrag meines Freundes am Morgen darauf. »Das können Sie doch unmöglich ernst meinen, Mr. Wilkes.«

Y. Knott als Richter in Diderots Fall zu ziehen, war ein gewaltiger Schock, den wir unserer ebenso unseligen wie zeitlich schlecht gewählten Ablehnung des ersten Richters verdankten: Arthur Rimbaud, der Verteidigern als Graf Drakon des Strafrechts galt. Ein Prozeß, in dem Graf Drakon den Vorsitz führte, wurde dem Verteidiger zur chinesischen Wasserfolter. Das Motto des Richters war: »Ich habe noch keinen Strafverteidiger gesehen, der mir nicht auf den ersten Blick unsympathisch gewesen wäre.« Und dennoch, wir hätten noch nicht einmal diesen Teufel exorziert, hätten wir gewußt, wer uns erwartet.

Yulburton Abraham Knott hätte für die Strafgerichtsbarkeit gar nicht mehr zur Debatte stehen sollen. Er hatte seit Jahren nur noch komplexe privatrechtliche Fälle verhandelt, nachdem eine konzertierte Aktion vernünftiger Strafverteidiger den Hurensohn ins Exil des Zivilrechts getrieben hatte. Damit hatte Seine Ehren nicht mehr zu tun, als in seinem Zimmer zu sitzen und unter dem Pseudonym ›Grotek‹ groteske futuristische Visionen eines Justizsystems im 21. Jahrhundert zu entwerfen. Diese verhökerte er an kleine Fachblätter für Strafrecht.

Richter Knott war stolz auf sein gutes Aussehen, seine scharfe Intelligenz und seine allzeit königliche Haltung. Außerdem sonnte er sich in dem Ruhm, den ihm die Kürze seiner Prozesse einbrachte, die dadurch zustande kam, daß er alles Menschenmögliche tat, um das Verfahren rasch im Sinne der Anklage zu beenden. Dies wiederum bedeutete unweigerlich eine richterliche Kastration der Verteidigung.

Als der Justizsekretär den überraschenden Umzug des Falls Diderot in den ›Saal des Ehrenwerten Richters Y. Knott‹ bekanntgab, geriet Wilkes am Tisch der Verteidigung ins Taumeln. Er drehte sich um, wandte sich mit weit aufgerissenen Augen an mich und rief: »Wir bekämen mehr Gerechtigkeit vom KGB.«

Unser Mandant, Feldmarschall Diderot, verstand nicht, welche unerwartete Katastrophe da eben über seinen Fall hereingebrochen war. »He, sach ma'«, wandte er sich an mich, »was soll'n das heißen? Wieso nich' in dem Saal hier?« Ich hielt es für besser, dem Feldmarschall, was Y. Knott anging, nicht ins Detail zu gehen. Er würde noch früh genug erfahren, was es über diesen zu wissen gab.

Der Justizsekretär, der unser Entsetzen sah, informierte uns, der neue Gerichtsvorsitzende hätte Knott den Fall erst diesen Morgen zugewiesen; er versuche, die Last der Strafsachen gleichmäßig unter den Richtern aufzuteilen.

Es dauerte keine zehn Minuten, und wir saßen in Knotts Saal. Wilkes' Troß aus plappernden Journalisten und eingefleischten Gerichtsgroupies folgte uns auf dem Fuß. Alvin Scribner, jahrelang schon Knotts Sekretär, rief die Sache *New York gegen Diderot* auf, und der Richter begab sich federnden Schritts zu seinem Stuhl. Knotts dunkelblaue Augen spähten über den Rand von Diderots ellenlangem Strafregister. Die Papiere verdeckten zum Teil ein Gesicht, das hager und aufgedunsen zugleich war. In seinen scharfen und kantigen blassen Zügen hingen, völlig fehl am Platz, schlappe Backen. Der weiße Kopf auf dem schwarzgekleideten Körper sah aus wie eine weiße Muschel auf Vulkangestein. Auf Wilkes' Kautionsantrag antwortete unser Vesuv: »Sehen Sie sich doch mal dieses Strafregister an. 1963 gab er vier Schüsse in einen vollbesetzten Bus ab.«

»Das ist doch eine uralte Geschichte, Herr Richter. Lesen Sie die Berichte«, sagte Wilkes zur Verteidigung seines Mandanten. »Der Bus hatte zwei Fehlzündungen. Mr. Diderot nahm an, es hätte jemand aus dem Fahrzeug heraus auf ihn geschossen. Was erwarten Sie von einem Mann, auf den so oft geschossen wurde wie auf meinen Mandanten? Sie können ihm doch seinen Überlebenstrieb nicht absprechen. Glücklicherweise wurde ja auch niemand verletzt, äh, jedenfalls nicht ernsthaft.«

Richter Knott gab daraufhin seinem Bedauern über die mangelnde Schießkunst des Geheimnisvollen in besagtem Bus Ausdruck. Nach wie vor das Strafregister unseres Mandanten in der Hand, schmückte er sein Argument aus: »Dann versuchen Sie sich doch mal an dem hier, Wilkes. 1965 hat Ihr Junge hier einem Mann in den Rücken geschossen. Und das auch noch in der Orchard Street.«

»Auch das ist eine uralte Geschichte, bei der der Zahn der Zeit zu einigen Übertreibungen führt. Wie ich erfahren habe, Euer Ehren, hielt mein Mandant die unbesonnene Blähung eines Passanten für einen Schuß. Er hat selbstverständlich in – wenn auch nicht eben gelungener – Notwehr geschossen.«

Knott wandte sich an den bis auf den letzten Platz gefüllten Saal: »Ihr Mandant scheint mir einen unersättlichen Appetit nach Gewalt zu haben.« Der Richter lächelte leicht bei diesen Worten. Die Formulierung gefiel ihm. Er dachte, daß sie das Wesen des Angeklagten bestens umriß. Dann kam ihm eine Vision, die ihm noch besser gefiel. Er sah einen an seinen Fesseln zerrenden Feldmarschall Lyle Diderot auf dem Weg zu seiner letzten Sitzung auf Old Sparky, dem elektrischen Stuhl, auf dem die

Amperewerke früher einmal die Missetäter zu rösten pflegten. Er wußte, dazu würde es nie kommen, aber man durfte ja wohl noch träumen. Es waren schließlich gerade seine Träume, die ihn so kreativ machten, egal ob es nun darum ging, Zukunftsgeschichten zu schreiben, riesige Wirtschaftsprozesse zu verhandeln oder seinen Gerichtskalender mit einem eigenen Softwarepaket zu perfektionieren, um eine maximale Effizienz in sämtliche Abläufe zu bringen. Er richtete seine Gedanken wieder auf den vorliegenden Fall.

»Das wird Sie jetzt in Verlegenheit bringen, Wilkes, aber versetzen Sie sich mal in meine Lage. Würden Sie diesen Mann auf freien Fuß setzen? Wie hoch würden Sie die Kaution ansetzen?«

Richter Knott hatte seine Freude daran, Anwälte zu quälen, indem er sie in eine unmögliche Lage brachte. Vor der Verkündung des Strafmaßes pflegte er die Verteidigung zu fragen: »Welche Strafe würden Sie denn über einen mordenden Kinderschänder wie Ihren Mandanten verhängen, Sir?« Oder er fragte den Anwalt: »Wenn ich heute seine Freilassung anordne, wären Sie dann bereit, ihn für die fünf Jahre seiner Bewährungszeit unter Hausarrest zu nehmen?«

Viele Anwälte gerieten, von einem derart unangenehmen Ansinnen überrumpelt, ins Stottern und Stammeln und handelten damit genau nach Knotts Plan. Wenn schon dem eigenen Verteidiger die Luft wegblieb bei dem Gedanken, sein Mandant könnte wieder frei herumlaufen, dann mußte doch Richter Knott, der das zu verhindern wußte, nicht nur ein prächtiger Bursche, sondern obendrein auch noch der große Beschützer der Öffentlichkeit sein. Außerdem stand der Richter um so besser da, je dümmer und unvernünftiger der Anwalt aussah. Richter Knott zog ein gerüttelt Maß an Befriedigung daraus, die Verteidigung auf diese Weise in Schwierigkeiten mit ihren Mandanten zu bringen. Deshalb hatten wir ihn ja auch gemeinsam angegriffen und ins Zivilrecht getrieben.

Bei Wilkes jedoch kam er mit dieser Taktik nicht an. Mein Freund kannte Knott gut genug, um eine solche Frage vorauszuahnen, und beantwortete sie ohne Zögern. »Richter Knott, in meiner Eigenschaft als Anwalt könnte ich das nicht sagen, aber da Sie mich schon zum Richter machen: Lyle Diderot erscheint hier im Gewand der Unschuldsvermutung. Ihre Anschuldigungen mögen an diesem Gewand zerren, vom Leib reißen können Sie es ihm nicht. Und was diesen Mantel so vollkommen und undurchdringlich macht, ist mein eigenes persönliches Wissen, daß er völlig unschuldig ist, was die hier vorgebrachten schrecklichen Anschuldigungen anbelangt.«

Die anwesenden Zeitungsfritzen kritzelten jedes seiner Worte mit, genau wie er es vermutet hatte. Wilkes' Kühnheit zeitigte ein Raunen in den Reihen der Gerichtsgroupies. Seine letzten Worte begleitete er mit einer ausladenden Bewegung des rechten Arms und einer halben Pirouette, die ihn Auge in Auge mit der plappernden Menge auf der Galerie brachte. »Von Rechts wegen, Herr Richter, sollten Sie diesen Fall auf der Stelle verwerfen. Aber das mindeste wäre, den Feldmarschall bis zur Verhandlung auf freien Fuß zu setzen, und zwar ohne Sicherheitsleistung.«

Wilkes wußte, Knott würde eher den Teufel persönlich auf Bewährung in ein Nonnenkloster entlassen, als Diderot gegen Kaution. Aber wenn mein Freund schon keine vernünftige Kaution bekommen konnte, dann doch wenigstens eine gute Presse. Auch seine nächsten Worte gingen ins Publikum: »Und ich bitte meine vielen Freunde von den Medien, über meine Ausführungen hier zu berichten, so daß, wie ich hoffe, das Gewissen den wahren Schuldigen dazu treibt, sich zu stellen und einen Unschuldigen nicht länger leiden zu lassen.«

In einer Achtmillionen-Stadt finden sich an jedem Tag der Woche wenigstens fünfhundert Leute, die geradezu danach vergehen, irgend etwas zu gestehen. Die Medienleute dazu zu bringen, deren Anrufe entgegenzunehmen, und, das Beste daran, über ›ein weiteres Geständnis im Fall Diderot‹ zu berichten, konnte nur dazu beitragen, in der Stadt für ein reichliches Maß an begründetem Zweifel zu sorgen, was die Schuld des Feldmarschalls anbelangt.

Wilkes feuchtete die Augen etwas an und ließ den Blick auf sein aufmerksames Publikum, auf die mahagonigetäfelte Rückwand des Saals und schließlich hinauf an die Decke schweifen. Er hob die Hände in Gebetsposition vor die Brust und schrie schon fast: »Ich bitte Sie, Sir! Retten Sie einen Unschuldigen! Melden Sie sich sofort. Wir können Ihnen helfen. Wir werden Ihnen helfen! Wir müssen Ihnen helfen!«

»Ihr Mann stellt in seiner Schießwut eine Gefahr dar«, sagte ein angewiderter Richter Knott.

»Ohne einen einzigen Fall von Gewalt gegen eine Frau in seinem ziemlich gut entwickelten Strafregister«, antwortete Wilkes, als er sich an den Richter wandte. »Einen besseren Beweis für seine Unschuld könnte es doch wohl nicht geben.«

»Ja, genau, du Arsch. Einer Schnalle hab' ich noch nie nichts getan!« Unser Mandant, der unsere Position in der Kautionsverhandlung etwas ins Schwanken geraten sah, mischte sich mit sonorer Stimme in die Debatte ein. Seine gewaltige Gestalt erhob sich hinter dem Anwaltstisch und warf diesen fast um. Drei Gerichtspolizisten liefen an seine Seite, um sicherzustellen, daß er sich wieder setzte.

Richter Knott sah, daß es an der Zeit war, die Anhörung zu beenden, bevor sie außer Kontrolle geriet. Mit großer Feierlichkeit sagte er: »Unter Berücksichtigung sämtlicher Fakten und Umstände und nach ernster Auseinandersetzung mit den Argumenten des Staatsanwalts, der eine Kaution in Höhe von 750000 Dollar empfiehlt, stimme ich diesem Betrag zu. Anklageverlesung und Bekanntgabe des Prozeßtermins morgen um neun Uhr. Das Gericht vertagt sich.«

Darauf stand Knott auf und wandte sich der Tür des Richterzimmers zu. Er hüpfte die drei Stufen hinab, die den Altar von den Niederungen trennten, in denen wir gewöhnlichen Sterblichen uns bewegten, und sprang, ein Liedchen pfeifend, in Richtung Tür.

Das blanke Entsetzen

Der Feldmarschall verließ den Gerichtssaal schreiend. »Schiebung! Der hat mich doch aufs Kreuz gelegt!« Und Wilkes fügte hinzu: »Und das ohne die Annehmlichkeit eines Verkehrs!« Unser Mandant war unglücklich, verstand aber jetzt immerhin, warum uns die Nachricht, der Fall sei in Knotts Schreckenskabinett gelandet, mit solchem Grauen erfüllt hatte.

Die Würfel waren gefallen. Die von Knott festgelegte Sicherheitsleistung überstieg die Mittel der Whiz Kids bei weitem. Außerdem erzwang der Umstand, daß man Diderot nicht bis zur Verhandlung auf freien Fuß setzen wollte, etwas, was Wilkes wie die Pest haßte: ein zügiges Verfahren. Der Feldmarschall würde sich keine Verzögerungen bieten lassen, die darauf hinausliefen, auch nur einen Tag länger als nötig in der widerwärtigen Gruft in Umständen zu hausen, die er nicht gewohnt war. Und dann war ein zügiges Verfahren schon deshalb nötig, weil jeder Tag in Gewahrsam die Gefahr vergrößerte, daß sich irgendeine Bazille meldete, die im Zeugenstand Stein und Bein schwor, Diderots Geständnis gehört zu haben.

Wilkes und ich begaben uns im Eilschritt zum Woolworth zurück. Wilkes beunruhigte der neue Gedanke, zu schnell zur Verhandlung zu kommen. Diese Unruhe zeitigte einen von schlechter Laune begleiteten Anfall von Arbeitswut. Kaum daß wir im Büro waren, warf er auch schon mit Anweisungen um sich wie ein belagerter General.

»Erst einmal reichst du einen Antrag auf einen viermonatigen Aufschub des Verhandlungstermins ein und legst den Termin für die Anhörung dazu auf morgen vormittag. Den Papierkram dazu erledigst du heute nacht.«

Ein Aufschub! Ich dachte schon, Wilkes hätte den Verstand verloren. »Das ist das letzte, was wir jetzt brauchen«, entgegnete ich.

Wilkes fiel mir ins Wort: »Natürlich wollen wir keinen. Deswegen beantragen wir ihn ja!«

Eilig verfaßte ich den Antrag. Wahrhaftig, das war eine brillante Idee. Richter hassen Strafverteidiger. Es gibt ein Newtonsches Prinzip der richterlichen Reaktion auf Anträge der Verteidigung. Der Wunsch der Verteidigung ist dem Richter Befehl – genau das Gegenteil zu tun. Die beste Methode, einen zeitigen Verhandlungstermin zu bekommen, bestand darin, den Richter um einen Aufschub zu bitten. Während ich schrieb, kam Wilkes zu dem Schluß, daß es eine gute Idee wäre, den Feldmarschall zu besuchen, um ihm neben der Verhandlungsetikette auch unsere neue Strategie im Umgang mit Richter Knott zu erklären.

Bei der Anhörung tags darauf lauschte Richter Knott mit amüsierter Miene Wilkes' eloquenten Ausführungen darüber, warum wir Zeit für die Vorbereitung unseres ausgesprochen komplizierten Falls benötigten. Er forderte vier Monate und erwartete, was auch immer Richter Knott für die Verteidigung das Schlimmste schien.

Knotts Aufstieg

Und warum auch nicht? Knott hatte den denkbar schlechtesten beruflichen Werdegang für einen Richter. Vor langer Zeit – vor so langer Zeit, daß die, die sich nicht mehr daran erinnerten, es nicht für möglich gehalten hätten – hatte Knott Wirtschaftskriminelle verteidigt. Außerdem hatte er eine Frau, Alice, die die Tochter einer prominenten lokalen Parteigröße der Demokraten war. Seine Arbeit für Schreibtischtäter und die angeheirateten Verbindungen verschafften ihm ausreichend Kontakt mit den Mächtigen. In New York kaufen und verkaufen die Mächtigen Richterämter wie an der Börse. Mr. Knott hätte also schon eine tiefe Verachtung gegen Status, Sicherheit und Macht hegen müssen, um nicht Richter Knott zu werden.

Am 4. März 1959, um genau drei Uhr nachmittags, sah sich Yulburton Abraham Knott gefragt, ob er den Job haben wollte. Acht Minuten später war er auch schon vereidigt.

Warum Strafverteidiger so lausige Richter abgeben, war Wilkes ein Rätsel. Anwälte rackerten sich ab, um ihre Mandanten vor der zuweilen kopflosen und völlig willkürlichen Menschenvernichtungsmaschinerie der Justiz zu bewahren. Die nichtswürdige Verteidigung versuchte nichts weiter, als innerhalb dieser Maschinerie Gnade und zuweilen sogar Gerechtigkeit zu bekommen. Im Lauf der Zeit waren jedoch eine Menge Leute unter die Räder geraten.

Yulburton Knott hatte während seiner Zeit als Anwalt genug Menschen kaputtgehen sehen, um ein Verständnis für menschliche Schwächen zu haben. Er hatte genug Ungerechtigkeit erlebt, um zu verstehen, daß es da etwas zu ändern gab. Er hatte beobachtet, aber nichts gesehen. Ganz im Gegenteil, es schien fast so, als wären Unfairneß und Härten, die er als Anwalt mitbekommen hatte, nichts weiter als Anschauungsunterricht für sein Leben als Richter gewesen. Auf dem Richterstuhl zeigte er sein wahres Gesicht. Das ist eine der Begleiterscheinungen der schwarzen Robe. Sie bringt das wahre Ich eines Menschen zum Vorschein.

Richter Y. Knott wurde zum Folterknecht. Man teilte ihn den Strafsachen zu in der Ansicht, er würde sich auf seinem ureigenen Gebiet so richtig entfalten. Was er denn auch tat. Es dauerte kaum zehn Jahre, und Knott war der effizienteste, erfahrenste und bösartigste Richter, der der New Yorker Staatsanwaltschaft je in die Hände gearbeitet hatte.

Und bald aus dem Verkehr gezogen. Seine Unfähigkeit, der Verteidigung gegenüber die nötige Fairneß walten zu lassen, führte zur pauschalen Anfechtung ganzer Prozesse. Wenn es dann zwischen zwei Verfahren dunkel wurde im Saal, und das zuweilen für Wochen am Stück, nahm Knott die Feder zur Hand und brachte seine futuristischen Blaupausen einer idealen Gerichtsbarkeit zu Papier. Die erste hatte den Titel *MobiCop-Einheit Eins im Einsatz in der Neuen Republik.** Das zweite Buch, es trug den Titel *Tektronische Kranialinfiltratoren im Orbit: Satelliten in der Strafgerichtsbarkeit des Raumfahrtzeitalters,*** folgte kurz darauf.

Für Wilkes waren Richter Knotts Phantasien der Inbegriff seiner Vorliebe für geschwinde Urteile ohne die lästige Verzögerung durch einen Prozeß. Sein Traum von einem vollkommenen Tribunal war der eines gutgeschmierten Fließbands, auf dem die Mandanten gleich nach dem Schuldbekenntnis ins Gefängnis wanderten. Und da sein Gerichtskalender so nicht von mühseligen Schwurgerichtsprozessen belastet würde, hätte er mehr Zeit für seine wichtigen philosophischen Schriften.

Während Knott seine Träume von einer absoluten Gerechtigkeit zu Papier brachte, begannen ihm beunruhigte Verwaltungsbeamte in der Sorge um die Verschwendung eines Saales, geschweige denn eines Richtergehalts Fälle zuzuweisen, in denen die Verteidigung den Richter nicht ablehnen konnte; Anklageeröffnungsverfahren zum Beispiel. Aber auch das löste das Problem nicht. Der Saal für die Anklageeröffnungsverfahren ist das Trostloseste, was man sich vorstellen kann. Hier kommt der Beschuldigte zum erstenmal mit dem System in Berührung. Die Begegnung ist kurz. Man schleppt den Beschuldigten aus seiner Gewahrsamszelle, verliest ihm die Anklage, klärt ihn über seine verfassungsmäßigen Rechte auf und schubst ihn zurück in die Zelle. Alles in allem dauert das Ganze vielleicht eine Minute.

Knott reduzierte diese Minute auf weniger als dreißig Sekunden. Einmal hatte er einen schwarzen Angeklagten vor sich, der einen Offizialverteidiger verlangte. Knott wies ihm mit Vergnügen einen Anwalt zu, in dem jeder, der sich auch nur ein bißchen mit Anwälten auskannte, einen personifizierten Verstoß gegen

* Ein Auszug daraus folgt am Ende dieses Kapitels

** Ein Auszug daraus findet sich in *Wilkes im Fegefeuer*

das verfassungsmäßige Recht auf einen fairen Prozeß sehen mußte. Den Leuten hohlköpfige Flaschen zuzuweisen war Knotts Spezialität.

Ein Angeklagter unterbrach Knotts gnädiges Angebot einer solchen Niete mit der Behauptung, seine Verhaftung sei von vorn bis hinten ein Fehler. »Ich bin unschuldig«, sagte er. Knott, verärgert über die kurze Unterbrechung seines Verfahrens, starrte den Mann an, als hätte man ihn eben eines Massenmords überführt. »Sparen Sie sich das«, sagte er. »Sagen Sie es Ihrem Anwalt, und ich werde es beim Strafmaß berücksichtigen.«

Während der Olympiade 1968 in Mexico City kam es zu einem Sturm der Entrüstung, als zwei schwarze amerikanische Läufer bei der Medaillenvergabe schweigend gegen den amerikanischen Rassismus protestierten. Auf dem Siegertreppchen hoben sie während der Nationalhymne ihre schwarzbehandschuhte Faust. Knott leitete tags darauf einige Anklageverlesungen, als man nach einer großen Drogenrazzia etwa zwanzig Schwarze in seinen Saal führte. Die Hälfte von ihnen verlangte, da sie es nicht besser wußten, nach einem Offizialverteidiger. Knott sagten ihnen, daß sie dazu ihre Bedürftigkeit beeiden müßten. Er befahl ihnen, den rechten Arm zu heben, eine Faust zu bilden und den folgenden Eid zu leisten: »Ich bin pleite.«

Es folgten viele weitere ähnlich widerliche Zwischenfälle in Knotts Gericht. Als sie ruchbar wurden, beschloß die Gerichtsverwaltung, Knott sozusagen in den Ruhestand zu schicken. Die Strafverteidiger sorgten dafür, daß er sich in der Strafjustiz nicht mehr blicken lassen konnte. Sein übler rassistischer Humor hatte zur Folge, daß er auch keine Fälle am Verwaltungsgericht mehr bekam. So blieb ihm als einziges Betätigungsfeld: Zivilsachen.

Dort hatte er denn auch all die Jahre über gesteckt, bis er urplötzlich – sozusagen aus heiterer Hölle – auftauchte, um in unserem Fall den Vorsitz zu führen. Und das nur, weil irgendein Trottel aus der Verwaltung, der aus der Geschichte nichts gelernt hatte, der Ansicht war, daß alle Richter zusammenhelfen sollten, um die sich stapelnden Strafsachen aufzuarbeiten. Dabei war dieser Fall besonders ungeeignet für Knott. Es war eine Strafsache. John Wilkes, Erzfeind der Richterschaft dieser Welt, führte die Verteidigung. Der Angeklagte, Feldmarschall Diderot, war ein großer, finsterer Bandenführer mit einem ellenlangen Strafregister. Und als wäre dem noch nicht genug, war Lyle Diderot auch noch schwarz.

Der Gipfel des Inbegriffs

Diesmal wenigstens spielte unsere Machiavellische Strategie Knotts Besessenheit von einer flinken Justiz in die Hände. Wir wollten unsere Verhandlung ja so schnell wie möglich. Um sie zu bekommen, brauchten wir Richter Knott nur davon zu überzeugen, es sei das letzte, woran uns gelegen war.

Tags darauf erschienen Wilkes und ich mit Diderot zur Festsetzung des Verhandlungstermins und einer Entscheidung über meinen Antrag auf eine viermonatige Verschiebung. Der lächelnde Justizsekretär, Alvin Scribner, hatte es sich in einem Sessel unterhalb des Richtertisches bequem gemacht. Alvin war schon Sekretär bei Knott, seit dieser ins Privatrecht gegangen war. Ganz im Gegensatz zu Richter Knott fanden die meisten Anwälte ihn ganz sympatisch. Er war ein typischer Beamter und hielt sein berufliches Engagement in Grenzen.

Wir hatten den Saal kaum betreten, da klingelte Alvin auch schon nach Knott, und es ging los. Wilkes wiederholte unsere Position. »Angesichts des Ernstes der hier erhobenen Vorwürfe, der Neuheit des Falles und meines eigenen vollen Prozeßkalenders«, log er, »brauchen wir einen Aufschub.«

»Nun, Herr Anwalt«, sagte ihm Richter Knott, »da der Fall schließlich nicht gleich heute zur Verhandlung kommt, werde ich den Termin ja wohl noch etwas aufschieben müssen. An wie lange hatten Sie denn gedacht?«

»Ich brauche wenigstens vier Monate, um sämtliche Zeugen zu vernehmen«, antwortete Wilkes. »Wie Sie sehen, hatte ich noch keine Gelegenheit, auch nur mit einem einzigen zu sprechen.«

Miles Landish, der bei dieser Anhörung die Staatsanwaltschaft vertrat, erhob sich von seiner hölzernen Sitzgelegenheit. Er hatte die Statur eines Sumoringers, einen Kopf wie ein Holzklotz und das Gemüt einer Klapperschlange. Er war hier auch nur deshalb dabei, weil er sich, wie ein masochistischer Boxer, der selbst nach der achten Landung nicht auf der Matte bleiben wollte, sämtliche Beine ausriß, um in Fällen die Anklage zu vertreten, in denen Wilkes Verteidiger war. Seine Kollegen überließen sie ihm nur zu gern.

Jetzt sagte er: »Mr. Wilkes' Ausführungen sind sehr interessant. Wie er sehr wohl weiß, gibt es außer seinem Mandanten und dem Opfer keine Zeugen.«

Wilkes wandte sich an den mondgesichtigen Ankläger. »Von denen Sie wissen«, sagte er. »Herr Richter, Sie wissen doch, wie das ist. Die Staatsanwaltschaft sieht sich doch noch nicht einmal mehr nach Indizien um, wenn sie ihren Mann einmal zu haben glaubt. Der Angreifer von Miss Van Ark ist nach wie vor auf freiem Fuß. Er ist ein Zeuge. Seine ganze Familie könnte Zeuge sein. Womöglich sind hundert Leute vorbeigegangen, die nicht gemeldet haben, was sie sahen. Wahrscheinlich dieselben Leute, die vor Jahren Kitty Genovese nach Hilfe schreien hörten und sich umdrehten, um weiterzuschlafen, während sie auf der Straße ermordet wurde. Ich brauche Zeit, um wenigstens nach ihnen zu suchen.«

»Der Antrag ist abgelehnt, Herr Anwalt. Der Prozeß ist in zwei Wochen. Justizsekretär, geben Sie ihm einen Termin.«

Alvin hob den Computerausdruck mit den Prozeßterminen und gab uns einen in genau vierzehn Tagen.

»Zwei Wochen!« schrie Wilkes. »Das reicht ja noch nicht einmal, um die Buch- und Filmrechte unter Dach und Fach zu bringen! Ich brauche mehr!«

»Machen Sie das Beste daraus.« Der Richter lächelte, als er sich von der Bank erhob und, auch diesmal pfeifend, in seinem

Zimmer verschwand. Das Rennen zum Verhandlungstermin war gestartet.

»Mobicop – Einheit Eins im Einsatz in der neuen Republik« von Grotek

Der Einsatz von Polizeiandroiden in den Städten unseres Landes ist heute – glücklicherweise, wie ich sagen möchte – weit verbreitet. Des Sterbens unter der Zivilbevölkerung unserer Städte überdrüssig und voller Abscheu über die gewaltigen Verluste, die die menschlichen Polizeibeamten im Kampf gegen die Kräfte der Anarchie hinnehmen mußten, bestand der Bürger auf einer weitaus drastischeren Lösung als der einfachen, billigen und völlig wirkungslosen politischen Lösung der 90er Jahre des zwanzigsten Jahrhunderts, die in der Aufhebung der ersten acht Verfassungszusätze bestand.

Das Institut für Amerikanische Rechtspflege entwickelte, unter der brillanten Führung von Verfassungsrichter a. D. Kevin Needingham Moriarity und in Zusammenarbeit mit führenden Geningenieuren, Beratern für Gehirnsimulationssoftware und Strategen der Bundespolizei, den Androiden MobiCop Eins. Ziel war es, keine weiteren Menschen mehr im Polizeieinsatz sterben zu lassen und die Androiden zur gefürchtetsten Waffe in der Verbrechensbekämpfung zu machen, die unser Planet je gekannt hat. Moriarity war der moderne Oppenheimer dieser unermüdlichen Arbeit. Seine Androiden bekämpfen heute auf der Straße erfolgreich die schlimmsten Auswüchse des Verbrechens in unseren Städten.

So ein Android ist als imposante Erscheinung konzipiert. Er wiegt 95 Kilogramm bei einer Größe von einem Meter achtundneunzig. Fortschritte in der Beweglichkeit von Hightech-Materialien verleihen ihm genügend Agilität, den Hundertmeterlauf in Weltklassezeit zu bewältigen und dabei seine Laserwaffen mit tödlicher Präzision auf fliehende Kriminelle abzufeuern. Zum Schutz der teuren Computerkomponenten in seinem Kopf – 2-986 Serie B – trägt er einen von einem blauen Kinnriemen aus Ledersynette gehaltenen Helm aus weißglänzendem Titan. Zum drohenden Erscheinungsbild trägt eine Vorrichtung bei, die rein äußerlich wie eine überdimensionale verspiegelte Sonnenbrille wirkt, bei der es sich in Wirklichkeit jedoch um Kameras handelt, die in einem Umkreis von eineinhalb Kilometern alles erfassen und zur Computerauswertung übertragen können.

Vom Hals an abwärts tragen die Androiden dunkelblaue Jacken mit Reißverschlüssen. Das Material, Ledersynette, ähnelt in seiner männlichen Art den Lederjacken altmodischer Streifenpolizisten. Mit dem Aussterben lederspendender Tiergattungen gebot sich die Einführung synthetischer Körperhüllen von selbst. Synthetisches Ledersynette ist dem Leder jedoch weit überlegen. Es ist kugelsicher.

Am breiten Gürtel, ebenfalls aus Ledersynette, hängt das übliche Sortiment an Schädelbrechern, Handschellen und den neuesten Faustfeuerlasern. Von den Füßen erheben sich schwarze Schaftstiefel und umgeben die blaue Ledersynettehose bis zu den Knien. Obwohl Androiden soviel Ledersynette tragen, daß sie bei jeder Bewegung knarren wie eine mittelalterliche Kogge, sollte man sich von diesen Geräuschen nicht täuschen lassen. Sie sind in der Lage, es mit jedem Schurken aufzunehmen, der es wagen sollte, ihre Geschwindigkeit auf die Probe zu stellen.

Über der linken Brustplatte eines Androiden steckt ein sechszackiger Goldstern mit der Gravur: MOBICOP EINS BPA: MAA. Die Initialen stehen für ›Bundespolizeiandroid: Mobil, Agil, Aggressiv‹.

Die Fahrzeuge der BPA, die MobiCop-Einheiten, sind mit hochentwickelten Zerstörungswaffen bestückt, von denen die meisten noch der Geheimhaltung unterliegen und somit hier nicht beschrieben werden können. Es ist jedoch kein Geheimnis, daß zum Arsenal aus Bazookas abzufeuernde Raketen mit Micronuklearsprengköpfen gehören, die sich für Ziele wie Dro-

gentreffs, Massagesalons oder ungenehmigte Abtreibungskliniken eignen. (Ein ebenso unerwartetes wie positives gesellschaftliches Nebenprodukt dieser Art von Gewalt ist die Entlastung des Stadtsäckels, der sich dadurch Abbruchsklagen und Projekte zur Beseitigung baulicher Schandflecke sparen kann.)

Die Programmierer von MobiCop Eins im Institut für Rechtspflege hätten die Androiden noch nicht einmal so bedrohlich zu gestalten brauchen. Die Öffentlichkeit stand geschlossen hinter den Maßnahmen. Nach fünfzig Jahren Gesetzlosigkeit auf den Straßen wollte das Volk endlich zurückschlagen. Mit Richter Moriaritys Protestslogan auf den Fahnen – »Wieso einen Schuldigen frei herumlaufen lassen, nur weil die Polizei keine Beweise gegen ihn hat?« – überzeugte die verbitterte Mehrheit der Bürgerschaft den Kongreß davon, das Programm des Instituts zu finanzieren und die Androiden binnen drei Jahren in den Einsatz zu schicken. Und unter Moriaritys Führung wurde dieses Ziel denn auch pünktlich erreicht.

Hank und Frank

»Stopp den da«, sagt Hank zu seinem Partner Frank. Hank weist dabei aus dem Fenster seiner dunkelblauen MobiCop-Einheit auf einen vergammelten Jugendlichen, der mit einem riesigen Ghettoblaster mit drei Lautsprechern die Hill Street entlangkommt. Schon steuert Frank das Polizeifahrzeug rechts ran, und der erschreckte Junge bleibt wie versteinert stehen.

Hank und Frank springen aus ihrem Wagen wie schon hundertmal an diesem Tag. Sie nähern sich dem zitternden Jungen. Wären sie Menschen gewesen, Hank und Frank hätten das Entsetzen des Jungen gespürt – eine Scheißangst, die keineswegs einem eingebildeten Schrecken entsprang, sondern der Gewißheit über das, was da kommen würde: Festnahme, Geständnis, Disziplinierung. Bei einer Festnahme durch die neuen MobiCops erübrigt sich die Phantasie.

Der Junge deutet auf seinen stillen Ghettoblaster und heult: »Er ist aus! Er ist aus!« Hank und Frank ignorieren seinen Einwand.

Hank tritt an den reglosen jungen Mann mit dem großen Radio heran. »Wir sind eine MobiCop-Einheit«, sagt er in seiner rauhen, lauten, metallischen Computerstimme. »Sie wurden für einen WIKSA-Test ausgewählt.« Der Jugendliche sieht zu den beiden Polizisten auf und krümmt sich unter ihrem Blick. »Er ist aus, wirklich, er ist aus.«

Auch der Willkürliche Kurzstopp durch Androiden (WIKSA) war Moriaritys Kind. Waren die Androiden erst einmal einsatzbereit, mußte man sie, sollten sie wirklich effizient arbeiten, darauf programmieren, jeden Beliebigen anhalten zu können, um festzustellen, ob er etwas Verbotenes getan hatte oder im Begriff war, etwas zu tun, was verboten war oder kurz vor dem Verbot stand. Erste wissenschaftliche Versuche unter kontrollierten Populationen ergaben eine Genauigkeit von über 95 Prozent. Und diese erhöhte sich merkwürdigerweise auf 99 Prozent, nachdem man die Androiden mit einem Geruchssinn ausgestattet hatte.

Hank und Frank begleiten den Jungen zum Heck ihres Wagens und öffnen für den Test die roten Türen. Die Innenwände sind vom Boden bis zur Decke mit hochmoderner Verbrechensbekämpfungsapparatur bedeckt. In der Mitte dieses elektronischen Hufeisens steht beleuchtet, schaumstoffgepolstert und auf einem Chromfuß, ein bequemer Ledersynettesessel.

Der Junge tritt ohne Begleitung an den Sessel, setzt sich und dreht sich so, daß er dem offenen Heck des Fahrzeugs und den beiden Androiden seinen Rücken zuwendet. »Wie Sie wissen, bin ich verpflichtet, Ihnen diesen Hinweis vorzulesen«, sagt Frank. »Wir stellen Ihnen nur eine Frage. Sie brauchen nicht zu antworten, aber Sie haben ein Recht darauf, wenn Sie wollen.« Frank deutet auf einen orangefarbenenen Metallkegel, der aus der Wand ragt, vor der der Verdächtige sitzt. »Dieses Sensormodul wird MobiCop Eins alles sagen, was er wissen will.«

Der junge Mann bewegt noch nicht einmal ein Haarfollikel, als die Türen des Wagens sich schließen. Die eine Frage, die bei einem WIKSA-Test gestellt wird, lautet: »Haben Sie etwas Illegales getan, oder sind die im Begriff, etwas Illegales zu tun?« Der Junge hört die Frage, sagt aber nichts. Trotzdem beginnt der Computer wie verrückt zu arbeiten: Hunderte von winzigen Lichtern blinken auf, kleine Knöpfe, Scheiben und Rädchen drehen sich, Hebel bewegen sich auf und ab.

Der Junge ist schuldig wie die Nacht.

Die Computer eines Streifenwagens haben kein Problem mit dem Erkennen von Schuld. Sie messen sämtliche physiologischen und geistigen Funktionen und geben die Gedanken des Verdächtigen automatisch an die Polygraphen weiter, die dann mit erstaunlicher Geschwindigkeit den Streß des Unschuldigen vom schlechten Gewissen trennen. Ist die Schuld einmal festgestellt, beurteilt der Computer das Gewicht des begangenen oder beabsichtigten Verbrechens. Danach berechnet er sofort die exakte Strafe, die noch augenblicklich von der Laserkanone des Fahrzeugs verabreicht wird. Der gesamte Prozeß, von der Befragung über Geständnis und Urteil bis zur Vollstreckung, dauert weniger als fünf Sekunden.

Hank und Frank öffnen die beiden Flügel der Hecktür. Der Junge hält sich mit beiden Händen seine qualmenden Ohren. Er stöhnt leise. Der Computer spuckt geräuschlos die Strafquittung aus, die Hank dem Jungen überreicht. Darauf heißt es:

Dem Verdächtigen wurde bei nicht tödlichem, aber wegen der Schwere des Verstoßes erhöhtem Pegel eine Laserätzung über fünfundzwanzig Millisekunden verabreicht.

(Ätzpegel wegen eines früheren Verstoßes gleicher Art im selben Jahr um zehn Millisekunden erhöht.)

Anlaß: Verstoß gegen Stadtverordnung § 16653.41 (A) (1) (v) (III) – geahntes Abspielen eines tragbaren Kofferradios mit drei Lautsprechern in der Öffentlichkeit über dem erlaubten Dezibelwert.

Stadtpolizei New York, Strafabteilung

Hank sagt dem Kleinen: »Halte dich ans Gesetz.« Der Junge springt aus dem Wagen und geht seiner Wege.

Frank schnuppert in die Luft, dreht sich um, dem Geruch zu folgen, und sieht eine ältere, vergammelte Frau die Straße entlangkommen; sie schiebt einen ramponierten Einkaufswagen voll Müll. Frank deutet auf sie und sagt zu Hank: »Stopp die da.«

Kapitel 2

Die Nachstellung

Unschuld und Schuld schwerer zu trennen
als siamesische Zwillinge.
CHARLIE CHAN

Dieser Hund hat einen abgestumpften Affekt.
DR. WLADIMIR KNUDSON

Viele hielten Wilkes für verrückt. Am Sonntag schloß ich mich ihnen an. Auf Wilkes Anweisung saß ich im Büro und beeilte mich, im Fall Diderot einige vorprozessuale Anträge aufzusetzen, die am Montag, nur zehn Tage vor der eigentlichen Verhandlung, eingereicht werden sollten. Wilkes saß zu Hause und ging die Polizeiberichte durch, anhand derer er die Aufträge für unseren Schnüffler, Uriah Condo, ausarbeiten wollte.

Im Büro sitzen und in Rekordzeit einige der verrücktesten Anträge aufzusetzen, die je bei einem New Yorker Gericht eingereicht wurden, war nicht eben meine Vorstellung von Amüsement. Das Wetter trug zu meiner gereizten Stimmung bei. Der New Yorker November ist schon für gewöhnlich ein launisches Luder, das aus den kühlen Brisen des einen Tages am nächsten arktische Böen macht. An diesem Tag kam es noch schlimmer. Die Sonne dominierte einen wolkenlosen blauen Himmel, und am Nachmittag kletterten die Temperaturen auf vollkommene einundzwanzig Grad. Es war ein herrlicher Tag, um draußen zu sein, und ich war drin.

Ich sollte einen Antrag herunterklopfen, den gesamten Fall zu verwerfen, weil der Name unseres Mandanten in der Anklageschrift einen kleinen Fehler aufwies und das Dokument ihn der »schweren Köperverletzung« statt der Körperverletzung bezichtigte. Als ich Wilkes gegenüber einwandte, daß es sich dabei um eine hoffnungslos schikanöse Spitzfindigkeit handelte, rief er: »Setz' sie auf, verdammt noch mal! Die sollen ihre Anschuldigungen in Ordnung bringen, wie sich das gehört. Eine Anklageschrift ist verdammt noch mal kein Collegereferat! Bei uns kommen die weder mit schlampigen Vorbringungen noch mit sonst etwas durch. Du kannst eine Fülle von Präzedenzfällen zitieren. Schau in meinem Aktenschrank nach, im Schub ›Spitzfindige Einwände‹. Da suchst du nach dem Ordner für ›Besonders spitzfindige Einwände‹.«

Ich sah nach und fand tatsächlich einen alten Aktendeckel mit diesem Namen. Er war jedoch leer. Was ich bei Wilkes monierte. Er troff noch immer vor Verachtung. »Dann sieh im selben Schub unter ›H‹ nach«, sagte er.

Ich fragte ihn, wonach genau ich unter ›H‹ suchen sollte.

Er sagte: »Hyperspitzfindige Einwände.«

Also sah ich unter ›H‹ nach und fand den Akt mit den hyperspitzfindigen Einwänden, der vor Papieren überquoll, die so alt waren, daß bereits die Ränder zerfielen. Auf die Blätter hatte Wilkes handschriftlich Zusammenfassungen uralter Fälle gekritzelt, von denen mir zwei relevant genug schienen, um sie auf unseren Fall auszudehnen. Der erste stammte aus Kalifornien anno 1860 und trug den Titel *Kalifornien gegen St. Clair, 56 Kal. 406*. Der Oberste Gerichtshof des Staates verwarf darin das Urteil einer unteren Instanz mit der Begründung, in der Anklageschrift sei von ›Dibstahl‹ die Rede gewesen. Die ausgesprochen fähigen Richter waren der Ansicht, daß das kalifornische Strafrecht kein Delikt namens ›Dibstahl‹ kenne. Entsetzt über die Ungerechtigkeit, einen Dieb wegen eines nichtexistenten (oder falsch buchstabierten) Verbrechens zu verurteilen, kassierten sie das Urteil. Lesen Sie's nach.

Wilkes' Notiz neben seiner Zusammenfassung lautete: »Großartiger Staat, dieses Kalifornien!«

Der nächste Fall, den ich unter den Hyperspitzfindigkeiten fand, war gar noch älter. Wilkes hatte, ebenfalls handschriftlich, ein Zitat von Professor Radzinoviczs *Geschichte des Englischen Strafrechts, Bd. I, 1948*, festgehalten. Der Professor berichtet von einem uralten Fall, in dem es um ein Verfahren – wegen Hochverrats – gegen einen gewissen Christophorus Layer ging. Die Verteidigung hatte Einspruch erhoben, da die Anklagevertretung den Namen des Beschuldigten als ›Christopherus‹ wiedergegeben hatte; außerdem habe die Anklageschrift zwei »fehlerhafte lateinische« Sätze enthalten.

Wilkes' Randbemerkung lautete: *Quem etiam laudet virtutem eorum, qui potentiorem facere linguam Latinam*, was er mir später als »Lob auf den Patriotismus jener« übersetzte, »die sich um eine Stärkung der lateinischen Sprache bemühen«.

Unter Berufung auf diese beiden lachhaften Präzedenzfälle beantragte ich, die Anklage fallenzulassen, weil man weder die Beschuldigung, noch den Namen unseres Mandanten richtig geschrieben hätte. Ich formulierte freilich etwas handfester, indem ich es »eine fundamentale Verweigerung eines ordentlichen Verfahrens« nannte, »den falschen Mann wegen des falschen Verbrechens vor Gericht zu zerren«.

Die Vorstellung fällt bis auf weiteres aus

Ich machte mich an den nächsten Antrag. Dieser forderte eine Nachstellung des angeblichen Überfalls auf Brenda Van Ark im Gerichtssaal, was ich in diesem Fall beim besten Willen nicht verstehen konnte. Warum sollten wir den Geschworenen das Verbrechen auch noch live bieten? Was könnte der Jury die Schrecken so einer Tat wohl besser näherbringen als das? Noch so eine Schnapsidee; ich entwickelte nachgerade eine Schreibhemmung beim Gedanken daran. Fünf Stunden lang saß ich in meinem Büro, starrte interesselos aus dem Fenster und spürte die Wärme der Sonne, die mir ihre Strahlen ins Gesicht klatschte. Ich nickte ein.

Wie so oft träumte ich, frei über einen warmen blauen Himmel zu schweben und auf die wogenden grünen Felder hinabzusehen, die sich unter mir in den Horizont erstreckten. Kein Gedanke an das geschäftige Treiben in der verrußten Stadt; kein Druck, innerhalb unmöglicher Zeitlimits hier oder dort sein zu müssen; keine himmelschreiende Arbeitslast. Ich schwebte sorglos dahin wie eine kleine weiße Wolke im Wind, trieb frei und gedankenlos, wohin immer die Brise mich trug. Mein Lebtag hatte ich mich nicht so wohl gefühlt.

DRRRING! DRRRING! DRRRING! Das Klingeln des Telefons platzte wie ein Feueralarm in meinen Kopf. Mit meiner kurzen Flucht in ein sonniges Traumland war es vorbei. Benommen und mißmutig schnappte ich nach dem Hörer. Es war Wilkes.

»Großartiger Tag«, meinte er überschäumend, »hast du nichts Besseres zu tun, als dich das ganze Wochenende in den Minen des Rechts zu schinden?« Er vergaß dabei praktischerweise, daß er selbst mich zu diesem Schicksal verdammt hatte, als er mir auftrug, bis Montagvormittag diese lachhaften Anträge fertig zu haben. »Steig aus deinen staubigen Büchern und komm rüber. Wir grillen uns ein paar saftige Steaks.«

Dazu bedurfte es keiner großen Überredung. Wenn es ans Essen geht, bin ich ein entschiedener Fleischfresser. »Worauf du Gift nehmen kannst! Bin gleich drüben. Soll ich unterwegs noch was mitnehmen.«

Wilkes legte eine Kunstpause ein und sagte dann: »Hmm, ja, da wäre durchaus was. Die Steaks.«

Er legte auf. Ich hätte wütend sein sollen auf ihn, aber mich bewegte nur noch der Gedanke, aus dem Büro und von diesen unmöglichen Schriftsätzen wegzukommen. Aber was sollte es, wir hatten ja eben das Honorar für den Fall Diderot eingesackt, so daß ich bei Kasse war. Es machte mir nichts aus, das Fleisch mitzubringen.

Die Whiz Kids

Als ich den Anruf von den Whiz Kids erhalten hatte, in dem man mir mitteilte, daß man Diderot verhaftet hätte und Wilkes als Verteidiger wollte, war ich überrascht gewesen. Wilkes war nicht nur für seine Brillianz vor Gericht berühmt, sondern auch für seine exorbitanten Honorare. Also sagte ich der Gangsterstimme am anderen Ende: »Mr. Wilkes ist schon seit geraumer Zeit ein Bewunderer des Feldmarschalls und würde sich freuen, ihn für fünfunddreißigtausend – Cash und im voraus – zu verteten.«

»Ihr habt sie morg'n auf dem Tisch«, sagte die Stimme und legte auf. Ich hatte das schon viele Male gehört, also machte ich mich wieder an die Arbeit und vergaß den merkwürdigen Anruf. Bis ich tags darauf in der Morgenausgabe der *Times* den Artikel von Adell Loomis las.

Whiz Kids schlachten Sparschwein der Polizei

> Vier bewaffnete und maskierte Räuber betraten gestern die Bausparkasse der Polizei, hielten Kunden und Kassierer in Schach und raubten sie aus. Laut Clinton Hooley, dem stellvertretenden Direktor der Bank und Captain im Ruhestand, wurde dabei mehr erbeutet als je zuvor bei einem Überfall auf eine Sparkasse der New Yorker Polizei. Seinen Angaben nach beträgt die Beute $ 35000.
>
> Hooley beschuldigt die Whiz Kids, eine New Yorker Gang: »Die kleinen Scheißkerle befahlen uns, uns auf den Boden zu legen und holten aber auch den letzten Cent aus Tresor, Kasse und unseren Taschen. Dann schossen sie Löcher in die Decke und pißten uns alle voll.«

Auch für den mit der Untersuchung des Falls betrauten Beamten, Joseph Tazaro, sind die Whiz Kids die Hauptverdächtigen. Informanten der Polizei seien bereits dabei, sich auf der Straße umzuhören, um die Rolle der Gang bei dem Raub zu bestätigen. Er meint dazu: »Undichte Stellen lassen sich nicht vermeiden.«

Später, am Nachmittag desselben Tages, als Wilkes und ich in die große Papiertüte guckten, die uns Diderots Schlägertypen überbracht hatten, war ich ziemlich sicher, daß es sich bei dem Geld um die Beute aus der illegalen Abhebung von der Sparkasse der New Yorker Polizei handelte. Auf dem Boden der Tüte befanden sich, sauber gestapelt und mit Banderolen versehen, Dutzende von Bündeln, von denen mir die Konterfeis der Präsidenten Jackson und Grant entgegenstarrten.

Nachdem die Rotzbengel gegangen waren, erwähnte ich Wilkes gegenüber den Artikel in der *Times* und meine Befürchtungen über die Herkunft unseres Honorars. Wilkes lachte nur.

»Man dürfte überhaupt kein Honorar mehr annehmen, wollte man jedesmal erst seinen sauberen Stammbaum beweisen. Willst du vielleicht jedem, der hier reinkommt, sagen, wir könnten ihn nicht vertreten, solange er nicht beweisen kann, daß sein Geld sauber ist?«

»Na schön, aber was willst du ihnen dann sagen?«

»Nicht das geringste, verdammt noch mal. Noch nie was von der Unschuldsvermutung gehört, Schoon? So kommen nämlich Mandanten zu dir: im Schutz ihres wärmenden Pelzes. Ich denke doch, die Unschuldsvermutung ist so breit angelegt, daß auch das Geld hier darunter fällt. Was dich anbelangt, so haben diese braven Jungs die letzten Cents des Geldes zusammengekratzt, das sie sich mit Zeitungsaustragen verdient haben, um ihrem Feldmarschall zwei sagenhafte Anwälte schicken zu können, Schoon. Wir sollten uns geschmeichelt fühlen. Die Sache liegt ihnen so sehr am Herzen, daß sie nur die Besten wollen.«

Wir trugen das Geld auf die Bank, ich tätigte eine längst fällige Abhebung und hatte somit genügend in der Tasche, um unterwegs zwei große Steaks mitzunehmen. Ich fuhr hinüber zu Wilkes und fand ihn in seiner üblichen Stellung: mit dem Rücken auf dem Sofa, die Beine über die Lehne gehängt. Ich begrüßte ihn. Er sagte: »Hast du schon die Polizeiberichte gelesen, Schoon?« Er wußte, ich hatte dazu noch keine Gelegenheit gehabt, und noch bevor ich die Tür geschlossen hatte, las er mir auch schon die Aussage des Opfers vor.

»Ich bin blind. Mein Schäferhund Bertie und ich, wir gingen den Broadway entlang, als ein Mann mich von hinten packte und in einen Hauseingang oder vielleicht eine Nische zerrte. Er hatte mir seine große Hand über den Mund gelegt und sagte mir, ich soll bloß nicht schreien, sonst würde er mir furchtbar weh tun, aber ich habe mich vom ersten Augenblick an gewehrt. Ich biß ihm in die Hand, an der er einen Handschuh trug. Er warf mich zu Boden und zerrte an meiner Handtasche, aber ich ließ nicht los. Dann haute er mich mit der Faust vor den Kopf, und ich denke, da muß ich wohl losgelassen haben, und er lief davon. Der Mann heißt Lyle Diderot und wohnt im selben Haus wie ich. Ich habe ihn an der Stimme erkannt. Er hat so eine kräftige, tragende und rauhe Stimme – wie Louis Armstrong.«

Wilkes legte sich den Bericht auf den Bauch. Er lag nach wie vor auf dem Sofa. Er wandte mir den Kopf zu und grinste mich an. »Da ist doch was, na, Schoon? Da stimmt doch was nicht, na? Hast du's mitgekriegt?

»Und ob«, riet ich mal. »Sie haben den falschen Mann. Sie hätten Louis Armstrong verhaften sollen.«

»Iwo.«

»Na schön, wieso hat sie nicht gleich am Tatort gesagt, daß es Diderot war?«

Wilkes setzte sich auf. Mir fiel auf, daß er noch immer in Schlafanzug und Bademantel war.

»Ein Punkt, auf den man näher eingehen müßte, aber nicht das, woran ich denke. Ich meine den Hund.«

»Was ist mit dem? Sie erwähnt ihn doch kaum.«

»Genau. Dieses Verbrechen hätte doch mit der Schlagzeile ›Mann von Hund gebissen‹ enden sollen. So wie in der Sherlock Holmes-Geschichte.«

Mir ging ein Licht auf – von vielleicht fünfzehn Watt. »Ach ja, die mit dem Hund, der nicht bellte, als er sollte. Ist ein Blindenhund darauf abgerichtet, seinem Frauchen in Not zu Hilfe zu kommen?«

»Selbstverständlich«, sagte mein Freund, als er aufstand, um mir die Tüte mit den Steaks abzunehmen. »Bißchen anknabbern hätte er ihn wenigstens müssen, was? Genau deshalb beantragen wir die Nachstellung des Verbrechens vor den Geschworenen. Wenn der Hund auch nur eine Pfote zur Verteidigung von Miss Brenda Van Ark hebt, haben wir den Fall schon gewonnen. Ich habe Condo auf diesen Punkt angesetzt.«

Die Kunst des Antrags

Am Montag reichten wir die Anträge ein, die ich am Sonntag aufgesetzt hatte. Die Anhörung dazu fand am kommenden Freitag statt. Freitag hatte sich Richter Knott für Anträge und Urteilsverkündungen reserviert. Wir trafen um halb zehn im Gericht ein. Knott kam wie immer pünktlich, behende und federnden Schrittes auf die Bank – wie eine Katze, die herbeigesprungen kam, um sich eine Reihe von Mäusen anzusehen. Er warf einen Blick über die Masse murmelnder Anwälte und nervöser Angeklagter vor ihm.

Dann sprach er die ersten Worte des Vormittags. »Ich habe heute morgen um die zweihundert Jahre Gefängnis zu vergeben, also fangen wir endlich an.« Er sagte das völlig nüchtern, als hätte er eben die Quadratmeterzahl seines Gerichtssaals genannt, aber seine Worte sandten eine spürbare Schockwelle durch den vollen Saal. Angehörigen blieb die Luft weg; seufzend ahnten sie das Schlimmste für ihre Lieben. Angeklagte beschwerten sich lautstark bei ihren Anwälten, ihren Fall vor diesen schrecklichen Richter zu bringen. Die Anwälte dagegen sahen einander nur an und dankten Gott dafür, nur als Sprecher der so gut wie Eingekerkerten anwesend zu sein.

Richter Knott fuhr fort. »Bevor ich dazu komme, möchte ich – außer der Reihe – die Anträge im Fall Diderot drannehmen. Wo ist Mr. Wilkes?«

Wilkes, überrascht, daß der Richter ihn nicht das ganze Gemetzel des Vormittags hindurch warten zu lassen gedachte, stand auf und trat vor. »John Wilkes für Lyle Diderot, anwesend und bereit.« Auch Miles Landish, der Staatsanwalt, tat seine Bereitschaft kund.

»Dann bringen Sie den Angeklagten Lyle Diderot herein, Gerichtswachmeister, damit wir das hier rasch aus dem Weg schaffen können.«

Schweren Tritts kam Lyle Diderot in den Saal, warf einen finsteren Blick in die Runde und nahm dann neben Wilkes am Tisch der Verteidigung Platz. Die Leute auf den Zuschauerbänken beruhigten sich.

»Ich rufe diesen Fall als ersten auf, weil er ganz schnell zu erledigen ist. Ich habe die vierzig Seiten Anträge nicht gelesen, Wilkes, weil es gegen mein Limit von fünf Seiten verstößt. Sagen Sie mir einfach, warum ich mir trotz dieses Formfehlers Ihre Anträge auch nur anhören sollte?«

Da Knott seit fast zehn Jahren nicht mehr am Strafgericht gewesen war, hatte auch kein Mensch von seinem Fünf-Seiten-Limit für Anträge wissen können, obwohl eine solche Regelung ganz seinem Motto ›Tempo über Substanz‹ entsprach.

Wilkes antwortete rasch: »Weil das Recht meines Mandanten auf Fairplay nicht geopfert werden sollte, nur weil ich seine Position so gründlich wie nur möglich darzulegen versuchte. Wie ich bemerke, hat mein Gegner hier keineswegs aus demselben Grund widersprochen wie Euer Ehren. Vielleicht weil er auch nicht wußte, daß Sie Ihre Regeln aus dem Privatrecht in die Strafsachen importieren.«

Lyle Diderot blickte zu seinem Anwalt auf und wandte sich laut an Wilkes: »Was soll'n der Krampf mit den fünf Seiten, Mann? Hast du's verbockt?«

Der Richter nahm meine gedrechselten Anträge zur Hand und reichte sie seinem Sekretär, Alvin Scribner. »Hier«, sagte er, »geben Sie ihm das Geschwafel zurück. Wir bitten Mr. Wilkes, uns die besten fünf Seiten herauszusuchen.«

Alvin gab sie an Wilkes weiter. Gleich darauf landeten die Anträge in meiner Hand, und ich hatte die undankbare Aufgabe, die fünf wichtigsten Seiten herauszureißen, um sie dem Richter zurückzugeben. Die Wahl fiel mir nicht leicht, da keine der Seiten sonderlich überzeugte. Ich tat mein Bestes und schickte die gekürzte Fassung zurück zu Knott, der sie sich noch nicht einmal ansah, außer um sicherzugehen, daß es tatsächlich nur fünf Seiten waren.

»Ich würde die Anträge gern sofort vorbringen«, sagte Wilkes.

»Abgelehnt, Herr Anwalt«, sagte der Richter wie im Reflex und in seinem typischen Singsang.

»Euer Ehren, dann muß ich um Erlaubnis bitten, dem Gericht ein Beweisangebot dessen bieten zu können, was ich sagen würde, wenn ich meine Anträge vorbringen dürfte.«

»Abgelehnt, Herr Anwalt.«

»Dann bleibt mir nichts anderes, als um die Möglichkeit zu bitten, die fünfunddreißig Seiten mit Ausführungen, um die meine Anträge jüngst erleichtert wurden, als Beweis dafür einreichen zu dürfen, wie mein Beweisangebot ausgesehen hätte, hätte das Gericht es mir gestattet. Nur um der Vollständigkeit des Protokolls willen. *Euer Ehren.*«

Wilkes brachte sein »Euer Ehren« in einem Ton, der leicht mit einem »Du Stück Scheiße« hätte verwechselt werden können.

»Abgelehnt. Abgelehnt.«

»Dann beantrage ich –«

»Abgelehnt!«

»Dann muß ich bean –«

»Wilkes! Sie können hier beantragen, was Sie wollen, es ist abgelehnt!«

Nicht zu Protokoll

»Dann informieren Sie mich und meinen Mandanten, welchen Antrag Sie ablehnen und warum«, sagte Wilkes. »Darauf haben wir von Rechts wegen einen Anspruch, vom gesunden Menschenverstand ganz zu schweigen. *Euer Ehren.*«

Lyle Diderot stand auf und wandte sich mit einer Miene dem Richter zu, die nur eines bedeuten könnte: »Wehe, du Drecksau, wehe, du lehnst meine Anträge ab!«

»Ach, Mr. Wilkes«, sagte Richter Knott. Seine Stimme begann herablassend zu falsettieren. »Ich sage immer, eine ausgefeilte Vorbringung bedarf nicht notwendigerweise einer ausgefeilten Antwort. Nur einer korrekten. In diesem Fall ist die korrekte Antwort in vier kleine Worte zu fassen: Ihre Anträge sind abgelehnt.« Damit sah Knott zu seiner Protokollführerin hinüber und sagte: »Wir unterbrechen das Protokoll für einen Augenblick.«

Schon früh in seiner Karriere als Richter hatte Knott gelernt, daß er sagen konnte, was er nur wollte, ohne Angst haben zu müssen, im Protokoll später schlecht dazustehen, wenn er nur einen wichtigen Eingriff vornahm: die Aufzeichnung zu verhindern. Er befahl seinen Protokollführern, die Finger von der Stenomaschine zu nehmen. Solange mitgeschrieben wurde, versuchte er höflich zu sein. Außerhalb des Protokolls jedoch konnte er jeden Anwalt, der ihn ärgerte, gnadenlos in Stücke reißen. Und die Anwälte konnten es ihm nicht mit gleicher Münze zurückzahlen, da sie ja immerhin noch mit einem Richter sprachen. Mehr oder weniger.

Nachdem er sich davon überzeugt hatte, daß seine Protokollführerin Däumchen drehte, stürzte sich Knott auf meinen Freund. »Wilkes, Sie verschwenden mit dieser ganzen Anhörung nur meine Zeit. Ihre Anträge sind das Unseriöseste, was ich in den letzten zehn Jahren gelesen habe. Sie stützen sich praktisch auch nicht auf einen einzigen Präzedenzfall. Ihre schwachsinnige Argumentation würde noch nicht einmal die Intelligenz eines Schimpansen herausfordern. Meiner Ansicht nach spielen Sie hier Spielchen mit mir, und aus diesem Grund sehe ich mich –«

»Drecksau!« Ich sah den Tisch der Verteidigung nach vorne kippen, aufsteigen und davonfliegen. Lyle Diderot tobte. Er hob den riesigen, schweren Mahagonitisch hoch und schmetterte ihn gegen den Richtertisch. PENG! Auf der Stelle sprangen vier Gerichtspolizisten herbei, um ihn mit Handschellen und Ketten unschädlich zu machen.

Knott, von einer heiligen Scheu ergriffen, saß offenen Mundes da; sein Satz blieb unvollendet. Während die Gerichtspolizisten auf Diderot eindroschen, sagte Wilkes zum Richter: »Da das Gericht über meine Anträge entschieden hat, gibt es für uns hier nichts mehr zu tun. Sie haben die Sitzung beendet und brauchen mich ganz offensichtlich nicht. Wie auch immer, ich sehe hier eine Menge Leute, die es kaum noch erwarten können, daß das Gericht endlich mit seiner Arbeit beginnt.«

Wilkes sammelte seine Akten ein, wandte Knott den Rücken zu und schickte sich zum Gehen. Auf der Schwelle drehte er sich noch einmal um und hielt eine seiner kurzen Abschiedsreden, in diesem Fall eine Warnung an die Angeklagten, die auf ihre Urteile warteten. »Meine Freunde, Plädoyers vor diesem Gericht sind eine gefährliche Sache. Sie erinnern mich an ein altes russisches Sprichwort: ›Auch bei uns erfreuen wir uns der Redefreiheit. Unglücklicherweise erfreuen wir uns *nach* der Rede nicht mehr der Freiheit.‹ Ich wünsche Ihnen viel Glück. Sie werden es brauchen. *Do swidanje.*« Mit diesen Worten stieß er die Tür auf und verschwand.

Knott starrte, abgründigen Haß in den blauen Augen, auf die schwingenden Flügel der Tür. Dann fuhr sein Blick herum und sah sich nach Zielen für seinen Haß um, die noch zu erreichen waren. Die Gerichtspolizisten waren noch immer mit Diderot beschäftigt; sie versuchten ihn in seinen Käfig in der Gruft zurückzuzerren. »Bitte das Protokoll wieder aufzunehmen.« Die Finger seiner Stenographin sprangen wieder auf die Maschine und begannen wieder über die Tasten zu huschen.

»Im Lichte dieses skandalösen Ausbruchs unprovozierter Gewalt seitens des Angeklagten Diderot, der als versuchter Angriff mit einer tödlichen Waffe auf den Vertreter dieses Gerichts zu werten ist, wird der Angeklagte bei künftigen Terminen an seinen Stuhl gefesselt bleiben. Ich erachte das für notwendig, nicht nur zur Wahrung der Würde dieses Gerichts, sondern auch um ein faires Verfahren für alle Beteiligten zu gewährleisten.«

Er sah sich unseren Mandanten an, der sich immer noch erfolglos eines ganzen Zugs von Gerichtspolizisten zu erwehren versuchte. »Und wenn Sie nicht aufhören, hier mit Flüchen um sich zu werfen, wird man sie knebeln. Haben Sie mich verstanden, Sir?«

Hingestreckt und unter den schweren Schlägen tobend, hatte Lyle Diderot noch immer genügend Geistesgegenwart, dem Richter den Kopf zuzuwenden. »Ja, du Drecksau, ich hab' verstanden. Ich hab' verstanden, daß ich hier abserviert werden soll – und du bist der Kellner.«

»Jetzt reicht es«, sagte Knott aufgebracht. »Haben Sie das notiert?« fragte er seine Protokollführerin. Die hatte nicht eine Silbe versäumt und nickte bejahend. An Diderot gewandt sagte er: »Beim nächsten Erscheinen werden sie an Hand- und Fußgelenken in Eisen gelegt. Und Ihr ungewaschener Mund wird geknebelt.«

Knott erhob sich von seinem Thron und stieß die Worte aus, für die Richter leben: »Gerichtswachtmeister …« Er wies auf die Tür, die zu den Gewahrsamszellen führte. »Schaffen Sie ihn hinaus!«

Bevor man ihn hinausschleppen konnte, schrie Diderot Knott noch zu: »Du bist schon so gut wie tot, du Drecksau!«

Und so endete das ›Vorfeld‹ des Prozesses der *Stadt New York gegen Diderot*. Ein weiterer Tag im Tempel der Gerechtigkeit.

Dachte ich wenigstens. Kaum war ich wieder im Büro, diktierte mir Wilkes, zwischen wüsten Schimpfkanonaden auf Richter Knott, eine Liste von Aufgaben, die innerhalb der nächsten vierundzwanzig Stunden zu erledigen waren.

»Der Antrag auf Nachstellung wird wiederholt«, sagte Wilkes, »aber diesmal als Antrag in Limonade.« Die genaue lateinische Formulierung lautet *in limine* und bezeichnet einen Antrag, der erst unmittelbar vor Prozeßbeginn gestellt wird. Wilkes schlug vor, wegen eines wichtigen Punktes für diesen Antrag unseren Ermittler, Uriah Condo, anzurufen. Ich tat es und reichte den Antrag ein.

Knott wie er leibt und lebt

Am Tag der Verhandlung waren wir auf das Schlimmste gefaßt. Wir hatten es mit einem Verbrechensopfer zu tun, dessen Unschuld unanfechtbar war und dessen einziger wunder Punkt ihre Glaubwürdigkeit als Ohrenzeugin sein dürfte. Immerhin war sie blind. Auf der anderen Seite konnten wir nur auf eine blinde Jury hoffen, da Lyle Diderot nun wirklich zum Fürchten aussah. Und als wäre das noch nicht genug, hatte man auch noch angeordnet, ihn für die Dauer des Verfahrens gefesselt und geknebelt zu lassen. Ein besserer Beweis für seine Schuld hätte sich auch nicht fingieren lassen.

»Ich habe eine Überraschung für Sie«, sagte ein temperamentvoller Richter Knott, als er sich auf den Thron hinter seiner angeschlagenen Kanzel setzte. Seine Stimme schien unter Strom. Sie knisterte, und seine Gesten waren fahrig, als hinge er an einer Steckdose.

Wilkes hievte seine lange dünne Gestalt vom Stuhl und wartete auf den grausamen Scherz. Er sagte: »Sie wollen sich doch nicht etwa selbst wegen Befangenheit ablehnen, nein?«

»Nein. Ich lehne ihren Antrag ab, Ihrem Mandanten während der Verhandlung die Ketten abzunehmen.«

Wilkes fuhr sich mit beiden Händen an die Brust. »Mein Herz! Mein Herz!«

»Sehr komisch, Mr. Wilkes. Der letzte Auftritt Ihres Mandanten hat ihn das Recht gekostet, hier als zivilisierter Mensch zu erscheinen. Ich habe Ihren Antrag gelesen, ihm den Knebel abzunehmen, damit Anwalt und Mandant während der Verhandlung konferieren können. Ich werde auch diesem Antrag nicht stattgeben. Aber ich gestatte Ihnen, den Knebel beiseite zu schieben, wann immer Sie den Eindruck haben, daß er Ihnen etwas mitteilen möchte. Falls er dieses Privileg mißbraucht, werde ich es zurücknehmen. Wenn er in den Zeugenstand tritt, kommt der Knebel ganz weg, es sei denn, er stößt weitere Obszönitäten aus; in diesem Fall lasse ich ihn aus dem Saal entfernen.«

Hierauf tat Lyle Diderot, geknebelt und an seinen Stuhl gekettet wie er war, seinen Einspruch kund durch einen lauten schrillen Schrei, der ihm ohne den Knebel als »Leck mich, du Drecksau!« über die Lippen gekommen wäre.

Richter Knott sah Diderot an, dann Wilkes. »Sie sehen, warum? Der Mann hat sich einfach nicht unter Kontrolle. Nun denn, zurück zu Ihren Anträgen *in limine*. Ihr Antrag auf eine Nachstellung ist ebenfalls abgelehnt. Ich erwäge jedoch ernsthaft Ihren Vorschlag, Dr. Wladimir Knudson, eine anerkannte Kapazität auf dem Gebiet der Tiermedizin und Hundetherapie mit einer Untersuchung des Hundes – Bertie – zu beauftragen, damit er dem Gericht über seine Erkenntnisse berichten kann. Was meinen Sie dazu, Mr. Landish?«

Landish zuckte die Achseln. Er wußte nicht, was wir wußten. Unser Privatdetektiv hatte herausgefunden, daß Richter Knott und seine Frau Alice einen kleinen Spitz namens Pupu hatten, der entweder der kränkste Hund der Welt oder ein geborener Hypochonder, vermutlich aber nur bis zum Gehtnichtmehr verhätschelt war. Pupu Knott kam wegen jedem Wehwehchen zum Arzt, ob nun die Nase lief oder trocken war, ob er hustete, sich kratzte, offen war oder spie, bei hartem Stuhlgang oder weichem, rosa Augen oder heißen Ohren, wenn er zuviel bellte, heiser war, Haare verlor oder Zahnstein hatte.

Der Veterinär hatte nach ungezählten Besuchen der ansonsten kerngesunden Töle die Anfänge eines emotionellen Problems festgestellt. Er verwies die Knotts an einen Hundepsychiater, und zwar keinen anderen als den werten Dr. Knudson. Knudson sah Pupu seit einigen Jahren zweimal die Woche.

Wenn alle Stricke rissen, so hatten wir uns gedacht, wollten wir vorschlagen, Bertie vom Veterinär des Richters, Dr. Knudson, untersuchen zu lassen. Wenn Bertie ein normaler Hund war, und da waren wir ganz zuversichtlich, dann wunderten sich die Geschworenen ja vielleicht, wieso er schweigend dabei saß, während jemand sein Frauchen angriff. Falls Bertie, so unser Argument, tatsächlich auf den Angreifer losgegangen war, wie jeder ordentlich geschulte Hund das getan hätte, dann war das der eindeutigste Beweis für die Unschuld unseres Mandanten. Er hatte bei seiner Verhaftung auch nicht einen Kratzer gehabt.

Wir wußten, der Richter würde dem Antrag auf eine Untersuchung des Hundes niemals zustimmen, es sei denn, wir sorgten für einen Hintergedanken. Zunächst einmal mußte der Richter denken, daß uns an dem Antrag nur gelegen sei, um in die Berufung gehen zu können. Außerdem wußten wir, daß wir Knotts Ego schmeichelten, indem wir hinzufügten, daß wir einzig und allein Knudson als qualifizierten Sachverständigen akzeptieren wollten; es würde ihn freuen, dem Therapeuten seines eigenen Hundes ein Geschäft zuschanzen zu können. Besser noch, diesen Experten gegen die Verteidigung aussagen zu lassen, und das auch noch auf unsere Kosten!

Miles Landish antwortete schließlich auf die Frage des Richters: »Was soll der Doktor denn mit dem Hund machen? Die Temperatur messen? Den Intelligenzquotienten? Ha! Ha! Ha!« Der Staatsanwalt mußte so lachen, daß ihm kleine Tränen in die Winkel seiner zusammengekniffenen Augen traten, die ihm dann über die rosigen Fleischhügel seiner Backen liefen.

Wilkes flüsterte mir durch den ganzen Saal hörbar zu: »Vielleicht gelingt es dem Doc, dem Hund auszutreiben, was Landish ihm beigebracht hat.«

»Wir wissen, die Verteidigung wird das Schweigen und die Untätigkeit des Hundes auf die eine oder andere Art auszubeuten versuchen«, sagte der Richter, ohne auf das Flüstern zu achten. »Vielleicht kann der Sachverständige feststellen, wie der Hund Bertie normalerweise auf einen Angriff wie den auf Miss Van Ark durch den Angeklagten hier reagieren würde.«

»DWECKSCHAU!« sagte der geknebelte Lyle Diderot. Das Wort war, wenn auch gedämpft, unmißverständlich. Wilkes reagierte blitzschnell: »Mein Mandant verwehrt sich gegen die Annahme von Fakten in Ihrer letzten Aussage, Euer Ehren.«

Der Richter verwarf die Einrede lachend. Mit einem Blick auf unseren gefesselten und geknebelten Mandanten sagte er: »Eine im Augenblick rein hypothetische Annahme, Mr. Diderot, wenigstens bis die Geschworenen die Beweislage und meine Belehrungen zu diesen Fall gehört haben. Ich werde also Dr. Knudson beauftragen, den Hund Bertie zu untersuchen und ordne hiermit an, den Hund morgen in der Praxis des Arztes zur Verfügung zu halten. Und zwar auf Kosten des Angeklagten. Sie werden dem guten Doktor den vollen Satz bezahlen. Richtig, Mr. Wilkes?«

»Ich denke doch«, sagte Wilkes. »Mein Ermittler wird als Beobachter zugegen sein und die Rechnung auf der Stelle begleichen.«

»Dann sei das hiermit verfügt.«

Feuchte Hände

Ich schenke mir den größten Teil der Beweisaufnahme, da Sie ohnehin bereits gehört haben, was kommen sollte. Das einzig Interessante am Beweisvortrag der Staatsanwaltschaft waren die Verwarnungen, die der Richter meinem Freund Wilkes aussprach – wegen Ungebühr. Die erste kam schon zeitig, als Wilkes vor den Geschworenen lauthals verlangte, Knott solle Diderot Ketten und Knebel abnehmen lassen, um »meinem Mandanten einen fairen Prozeß in der großen amerikanischen Tradition zu ermöglichen«. Wilkes wußte, zu welchen verheerenden Vorurteilen diese glänzenden, rasselnden Fesseln führen würden, mehr noch als Diderots beängstigende, hünenhafte Erscheinung oder die Horde von Totschlägern, die auf den Besucherbänken herumlungerte, um ihm moralische Unterstützung zu geben – wenn nicht gar die Hoffnung auf eine verwegene Flucht aus dem Saal.

Wilkes beklagte sich bei einer der Konferenzen am Richtertisch. »Die Geschworenen werden denken, wenn sich einer vor Gericht nicht beherrschen kann, mit all den Ketten und Polizisten, die hier herumstehen, dann muß er doch wohl ein Wilder sein, der mit einer Blinden auf der Straße macht, was er will!«

Richter Knott antwortete darauf folgendermaßen: »Ich werde die Geschworenen entsprechend belehren, Mr. Wilkes. Ich werde ihnen sagen: Meine Damen und Herren, die bloße Tatsache, daß der Angeklagte während des ganzen Verfahrens an seinen Stuhl gekettet, geknebelt und von mehreren Gerichtswachtmeistern bewacht wird, sollte nicht den geringsten Einfluß auf die Feststellung seiner Schuld haben.«

Er überlegte und fügte dann »äh ... oder seiner Unschuld« hinzu. »Und wenn wir schon dabei sind, das gilt auch für seine Gefängniskleidung und seine ganze verlotterte, streng riechende Erscheinung. Ich werde ihnen auch noch sagen, daß sie die kleinlichen Streitereien ignorieren sollen, die Sie im Verlauf des Verfahrens mit mir vom Zaun brechen, Mr. Wilkes.«

Und das tat er denn auch. In der großen amerikanischen Tradition. Dann belangte er Wilkes zum erstenmal wegen Mißachtung, weil er das Thema vor der Jury zur Sprache gebracht hatte.

Hübsch, gescheit und blind wie sie war, sagte Brenda Van Ark ausgesprochen überzeugend aus, daß Lyle Diderot der Angreifer sei. Sie schilderte den Überfall und beschrieb den Missetäter anhand von Kleidung, Größe, Geruch und Stimme. Sie sagte, sie hätte nur wenige Minuten, nachdem sie den Überfall gemeldet hatte, einen Mann in Polizeigewahrsam identifiziert und Diderot erkannt. Er wohne im selben Haus wie sie. Sie erzählte, wie sie seine Kleidung befühlt, ihn gerochen und seine charakteristische Louis Armstrong-Stimme gehört hatte. Es sei derselbe Mann gewesen. Was ihr Hund während des Überfalls gemacht hatte, so sagte sie, falls er überhaupt etwas gemacht hatte, das wüßte sie nicht.

Sie war so sympathisch und glaubwürdig, daß Wilkes ihr im Kreuzverhör unmöglich zu nahe treten konnte. Alles, was er aus ihr herausbekam, war, daß sie ihren Angreifer nicht gesehen hatte. Keine große Enthüllung von einer Blinden.

Es folgten die Aussagen der Polizeibeamten, die Diderot in der Nähe des Tatorts festgenommen hatten. Er hätte exakt die von Miss Van Ark beschriebene Kleidung getragen, nur die Handschuhe und ihre Handtasche hätten gefehlt. Aber er hätte einige Hundert Dollar in bar bei sich gehabt, in etwa die Summe, die Brenda in ihrer Handtasche gehabt hatte. Die Handschuhe – mit den Abdrücken ihrer Zähne – hätte man zusammen mit ihrer leeren Handtasche in einer Mülltonne gefunden – auf halbem Wege zwischen dem Tatort und der Stelle, an der man Diderot aufgegriffen hätte.

Schließlich rief Landish einen Knastbruder in den Zeugenstand, um ein ›Geständnis‹ zu Protokoll zu geben, das Diderot angeblich ihm gegenüber in der Gruft gemacht hatte. Landish hatte noch nicht einmal eine schriftliche Aussage von dem Kerl. Es war mittlerweile so normal für diesen widerlichen Kanarienvogel, der Staatsanwaltschaft zu geben, was sie wollte, daß es zu einem Einvernehmen gekommen war, wie es zwischen Profis üblich ist. Das Ekel deutete an, was es zu sagen hätte, wollte sich aber nicht festlegen, bis es sicher sein konnte, daß man ihm seine restliche Zeit erließ.

Landish war viel zu faul, um zum Gefängnis hinüberzugehen und den Deal festzumachen, den die Polizei mit dem Kanarienvogel ausgehandelt hatte. Die New Yorker Verliese sind übelriechende, häßliche Orte, die für Menschen völlig ungeeignet sind. Nicht einmal ein Vermieter schäbigster Slum-Baracken würde damit durchkommen, Leute so unterzubringen. Ein beschäftigter Mann wie Landish hatte dort nichts verloren. Wie auch immer, er rechnete damit, das Geständnis des Mannes umsonst zu bekommen und hatte den Mann vorladen lassen in dem Glauben, er würde schon kriegen, was er wollte.

Aber da hatte er sich verrechnet. Als der Widerling in den Zeugenstand trat und Lyle Diderot sah, gefesselt und geknebelt und kochend vor Wut, von einem halben Saal voll grimmiger Whiz Kids ganz zu schweigen, bestritt er, von Lyle auch nur ein Wort gehört zu haben.

Dies veranlaßte den Richter, die beiden Parteien nach vorn zu bitten. Knott ging davon aus, daß der Zeuge mit Aussagen hinterm Berg hielt, die er der Staatsanwaltschaft gegenüber bereits gemacht hatte. Und Knott wollte, daß die Geschworenen ein Geständnis hörten, war es doch, was die Beweisaufnahme anbelangte, die böseste Überraschung, die das Gesetz kannte. Vielleicht ließ es sich dem Widerling ja mit der Drohung abpressen, ihn wegen Mißachtung des Gerichts zu belangen.

»Mr. Landish, wurde der Zeuge in irgendeiner Weise eingeschüchtert?« fragte der Richter.

»Anders kann ich mir das hier nicht erklären«, sagte Landish. Peinlich, eingestehen zu müssen, daß er dem Zinker keinen Deal für sein Geständnis garantiert hatte.

Wilkes bot eine andere Erklärung. »Nein, es gibt nicht den geringsten Hinweis darauf. Ich denke, unser Singvogel hier hat keine Lust, des Meineids überführt zu werden.«

Richter Knott sagte: »Ich sehe hier durchaus Hinweise auf

eine Einschüchterung. Sehen Sie doch nur mal zur Galerie hinauf. Sehen Sie sich doch nur mal diese üblen Totschlägertypen da oben an.«

Alle drei sahen zur Galerie hinauf. Auch die Geschworenen sahen sich um. Sogar unser gefesselter und geknebelter Mandant drehte sich um, so gut es eben ging, und blickte hinauf. Oben saßen einige Dutzend übler Schlägertypen, treue Gefolgsleute des Feldmarschalls der Whiz Kids, Lyle Diderot.

Wenn er zu denen gehörte, lag seine Schuld ja wohl auf der Hand.

Landish nahm das als Stichwort. »He, warum präsentiere ich nicht einfach Beweise dafür, daß Diderot der Anführer der Whiz Kids ist, und lasse die Jury selbst dahinterkommen, wieso der Zeuge die Aussage verweigert?«

Wilkes ging dazwischen: »Warum fordern Sie den Richter nicht gleich auf, von den Geschworenen einen Schuldspruch zu verlangen? Wie auch immer, Ihr Zeuge verweigert ja nicht die Aussage, er hat nur gesagt, daß er nichts weiß.«

Knott lehnte sich zurück, um einen Augenblick zu überlegen. Der Fall lief ganz nach Wunsch. Ein Geständnis wäre eine nette Zugabe, sicher, aber nicht unbedingt nötig, um das richtige Urteil zu kriegen. Knott sah keinerlei Grund, seine Zeit damit zu verschwenden, dem widerspenstigen Zeugen zu drohen oder dem Vorwurf der Einschüchterung nachzugehen. »Nein, das geht nicht«, sagte er zu Landish, »obwohl ich schon daran gedacht habe, die Geschworenen dahingehend zu belehren, daß sie die Anwesenheit gewisser mit dem Fall des Angeklagten in Verbindung stehender Personen auf der Galerie nicht in ihre Überlegungen einbeziehen dürfen.«

»Hört sich doch gut an«, sagte Landish.

»Hört sich ganz so an, als wäre es Zeit, auf einen Verfahrensfehler zu klagen, wenn Sie das tun«, sagte Wilkes. »Hören Sie, Richter, Sie haben die Grenzen der Neutralität längst überschritten und sich dem Team der Anklage angeschlossen. Wie wär's, wenn Sie uns jetzt auch mal einen Krümel zuwerfen und aufhören, die Geschworenen zu belehren, dies und jenes außer acht zu lassen, wenn Sie doch genau wissen, daß Sie sie damit nur anweisen, es in ihre Überlegungen miteinzubeziehen?«

Aufgrund dieses Ausbruchs erteilte Knott Wilkes den zweiten Verweis, aber immerhin sah er davon ab, die Jury zu belehren, die Anwesenheit der Gang nicht als Beweis von Diderots Schuld zu werten. Selbstverständlich waren die Geschworenen auch nicht so blind. Auch sie konnten den Zuschauerraum sehen. Auch sie sahen die ungebärdigen Schlachtenbummler des Feldmarschalls.

Das Verfahren bot freilich nicht nur unerbittlich schlechte Momente. Es gab auch einige Lichtblicke, zum Beispiel wann immer wir eine Pause einlegten, zum Mittagessen gingen oder uns abends vertagten. Die beiden Parteien kamen zu der Übereinkunft, daß zwar Beweise für eine Körperverletzung vorlagen, daß man jedoch keinerlei Sachbeweise sichergestellt hätte, die eine Identifizierung anhand eines DNS-Tests erlaubten. »Wir haben«, so fügte Richter Knott hinzu, »in den Medien viel über die Wunderwaffe DNS-Test gehört, aber ich weise die Geschworenen hiermit an, das Fehlen solcher Beweise nicht in ihre Überlegungen miteinzubeziehen.«

Dies erzürnte Wilkes mehr als alles andere bisher. Bebend vor Wut kam er hinter dem Tisch der Verteidigung hoch. »Das ist absurd!« brüllte er. »Selbstverständlich hat die Jury das Nichtvorhandensein von Beweismitteln in ihre Überlegungen miteinzubeziehen. Es heißt schließlich nichts anderes, als daß etwas nicht zu beweisen ist! Was wiederum Grund für einen begründeten Zweifel ist! Sie haben sie angewiesen, den besten Beweis für die Unschuld zu ignorieren. Einspruch! Verfahrensfehler! Befangenheit!«

Dieser Ausbruch zeitigte den dritten Verweis. Aber Knott wußte natürlich, daß Wilkes recht hatte, und änderte seine Belehrung an die Jury ab, indem er meinte, er hätte damit nur sagen wollen, das Nichtvorhandensein des DNS-Beweises »sei so oder so nicht entscheidend für diesen Fall«.

Zur schlimmsten dieser Auseinandersetzungen zwischen Wilkes und dem Richter kam es, als Wilkes Diderot den Knebel abnahm, um zu hören, was sein Mandant zu Brenda Van Arks erdrückender Aussage zu sagen hatte. Lyles hilfreiche Hinweise an Wilkes waren im ganzen Saal zu hören: »Mann, die Schnalle lügt doch wie gedruckt. Is' doch überhaupt nicht drin, Mann, daß ich 'ner Schnalle so eine Scheiße antun würde. Beweis doch endlich, daß sie lügt. Beweis es, du Arsch!«

Dieser Ausbruch erwies sich als katastrophal. Zunächst einmal sagte Brenda: »Ich höre ihn wieder! Ja, das ist die Stimme des Mannes, der mich überfallen hat!«

Außerdem führte er zur unwiderruflichen Knebelung des Angeklagten durch den Richter, der ihm eine Rolle Klebestreifen um den Kopf wickeln ließ, worauf Diderot wie eine Mumie aussah. Wilkes erhob Einspruch, indem er darauf hinwies, daß er unmöglich kompetent einen Mandanten verteidigen könnte, dessen Stimme man aus dem Saal verbannt hätte. Der Richter antwortete, daß der Angeklagte, soweit er das beurteilen könnte, auch ohne Anwalt nicht schlechter hätte fahren können.

Worauf Wilkes ihm sagte: »Nun, eines jedenfalls ist sicher: Er hätte mit jedem Gericht der Welt besser fahren können als hier.«

Was natürlich die Wahrheit war. Die Jugoslawen haben ein Sprichwort: »Sag die Wahrheit und lauf.« Aber Wilkes konnte nicht laufen. Er bekam statt dessen Verweis Nummer vier.

Sie ziehen aus diesen Wortwechseln vielleicht selbst schon den Schluß, daß Wilkes und der Richter sich irgendwie nicht verstanden. Nach dem vierten Verweis und nachdem klar war, daß der Fall der Verteidigung im Eiltempo den Bach runterging, war Wilkes so wütend, daß er mir, und das nicht eben leise, zuflüsterte: »Dieser Schlächter in Robe ist schon so gut wie tot.«

Worauf unser gefesselter und geknebelter Mandant kettenrasselnd seine Solidarität mit seinem in Bedrängnis geratenen Sprecher bekundete: »KWEPIER, DU DWECKSCHAU!«

Ich habe den Richter nicht gefragt, aber ich bin sicher, das Gefühl beruhte auf Gegenseitigkeit.

Bei diesem erfreulichen Stand der Dinge rief die Anklage Dr. Wladimir Knudson auf, der sich an einer Erklärung versuchen sollte, warum Bertie, der Hund, so ungalant gewesen sein sollte, schweigend dabeizusitzen, während er Frauchen einem brutalen Angriff ausgesetzt sah. Miles Landish fragte den Veterinär: »Sie haben den Hund Bertie untersucht, den Hund von Miss Van Ark, ist das richtig?«

»Ja«, sagte der Arzt. Er zappelte nervös mit seinem linken Fuß, der über dem rechten Knie lag, so daß die überdimensionalen Troddeln an seinen weißen Slippern wie wild hüpften. Sein schweres Sportsakko aus grauem Tweed, dem es über dem dicken grünen Pullover, dem weißen Hemd und der Krawatte zu eng wurde, brachten ihn ins Schwitzen. Der gute Doktor litt an einer weit verbreiteten Gerichtskrankheit, dem Lampenfieber.

»Schildern Sie uns doch die Untersuchung, Herr Doktor«, sagte Miles.

»Nun, es handelte sich selbstverständlich nur um einen Routinebesuch. Fünfundvierzig Minuten. Bertie ist ein gutgenährter Deutscher Schäferhund, ein Blindenhund mit einem gesunden dichten Fell, wie es für die Rasse typisch ist.«

Miles Landish, der sich mit dem Arzt zuvor nur einmal kurz unterhalten hatte, war sich der heillosen Angst des Mannes vor diesem Verfahren bei ihrem Telefonat am Vortag ebensowenig bewußt gewesen wie jetzt, wo er ihn vor Gericht befragte. »Und«, so fragte er, »sind Sie aufgrund Ihrer Analyse zu einem Schluß gekommen, was den Geisteszustand von Bertie, dem Hund, zur Zeit des Verbrechens anbelangt?«

»Das bin ich.«

»Dann teilen Sie uns Ihr Sachverständigenurteil bitte mit.«

»Dieser Hund hat einen abgestumpften Affekt.« Der Arzt warf einen Blick über die Geschworenen. Seine dicke Hornbrille verlieh seinen Augen die Größe von Untertassen. Er fuhr fort: »Aber in bezug auf Ihre Frage wichtiger ist, daß die arme Kreatur sich während der Zeit des Verbrechens vorübergehend in einem dissoziativen Dämmerzustand befand, eine Folge der ihm unerklärlichen Gewalttätigkeit, deren Zeuge er wurde. Bertie war also völlig außerstande, seinem Frauchen zur Hilfe zu eilen – die arme Frau.«

»Der arme Hund«, warf ein strahlender Richter Knott seinem nervösen Freund auf dem Zeugenstand zu.

»Einspruch! Euer Ehren kommentiert die Beweismittel«, schrie Wilkes. Diderot, der wie wild und mit klirrenden Ketten auf seinem Stuhl schaukelte, schloß sich ihm mit einigen weiteren unverständlichen, weil gedämpften Flüchen an.

»Ach«, sagte Knott, »das werde ich die Geschworenen selbst beurteilen lassen. Abgelehnt.«

»Mit anderen Worten«, sagte Landish, »dieser Hund bekam gar nicht mit, was zur Zeit des Überfalls um ihn herum vorging?«

»Ganz genau«, sagte Dr. Knudson und wischte sich mit der bloßen Hand einen dicken Schweißfilm vom glattrasierten Gesicht. »Laienhaft ausgedrückt, er war völlig weggetreten. Einer zielgerichteten Handlung absolut unfähig.«

Dann fragte Landish: »Wo liegt der Grund für das geistige Problem dieses unglücklichen Hundes?«

Angesichts der Aussicht, seine Diagnose abgeben zu können, hellte sich Dr. Knudsons Miene zusehens auf.

»Tja«, sagte er, »nun bin ich von der Ausbildung her natürlich kein Freudianer, aber ich würde doch sagen, daß da mehrere Ursachen mit hineinspielen. Bedenkt man die frühe Trennung von den Eltern und dann die Trennung von seinem Ausbilder zum Blindenhund, vermute ich, daß Bertie eine schwierige Kindheit hatte. Diese Trennungen während der ersten Jahre seines Lebens führten zu einem nur rudimentär ausgeprägten Selbstwertgefühl, das durch das Chaos eines Lebens in der Stadt noch verstärkt wurde. Ich denke, er sah den Überfall auf sein Frauchen als weitere Trennung, die dem armen Hund einfach nicht einleuchten wollte.«

»Und so erstarrte er?« fragte Landish.

»Schlimmer noch, er war katatonisch.«

Landish wandte sich Wilkes zu und sagte laut und selbstgefällig: »Ich danke Ihnen, Doktor. Ihr Zeuge, Mr. Wilkes.« Landish setzte sich lächelnd. Er hatte auch allen Grund zum Lächeln. Er hatte einen verdammt starken Fall aufgebaut. Bei Brenda Van Arks Aussage hatte die halbe Jury geheult. Als die Geschworenen dann auf den Angeklagten blickten, heulten sie gleich noch mal, nur diesmal vor Angst. Und Diderot konnten wir aus zwei Gründen nicht selbst aufrufen: Erstens würde man sein vor Gewalttaten strotzendes Vorstrafenregister zur Sprache bringen, um seine Glaubwürdigkeit zu unterminieren – falls es da überhaupt etwas zu unterminieren gab; und zweitens war er noch furchterregender, wenn er den Mund aufmachte. Besser ihn als geknebeltes Ornament im Saal sitzen zu lassen.

Knudson im Kreuzverhör

Jetzt war es an Wilkes, den Tiertherapeuten ins Kreuzverhör zu nehmen.

»Wladimir?« fragte er. Wilkes hoffte, damit an eine potentielle Fremdenfeindlichkeit unter den Geschworenen zu appellieren. Ein verärgerter Richter Knott, der den Kunstgriff durchschaute, sprang seinem Freund sofort zur Hilfe.

»Sie, Herr Anwalt«, wandte er sich an Wilkes, indem er einen langen, dünnen Finger auf ihn richtete, »werden gefälligst dem Zeugen den Respekt angedeihen lassen, der ihm hier zusteht, und ihn mit Dr. Knudson ansprechen. Haben wir uns verstanden?«

»Wir haben, Richter«, sagte Wilkes, »vollkommen.«

»Also, Dr. Wladimir Knudson, Sie sind also ein Hundedoktor, sehe ich das richtig?«

»Ja, sozusagen«, antwortete der Klempner für Hundeseelen.

»Wie lange sind Sie schon Tiernervenarzt?«

»Nun, wir bezeichnen uns heute nicht mehr als Nervenärzte. Aber Veterinär mit dem Spezialgebiet Psychische Krankheiten, Störungen und Defekte bei Hunden bin ich seit zwölf Jahren.« Knudson schwitzte stärker denn je, jetzt, da mein Freund ihn in die Mangel zu nehmen begann.

Wilkes trat an den Zeugenstand und reichte dem Veterinär freundlicherweise sein rotes Taschentuch, das der Zeuge eifrig annahm, um sich das schweißnasse Gesicht abzutrocknen. Dann fragte Wilkes: »Also, Dr. Wladimir Knudson, schildern Sie doch den Damen und Herren Geschworenen, wie Sie zu dem Schluß gekommen sind, daß der Hund Bertie zur Zeit des Angriffs auf Brenda Van Ark plemplem war.«

Normalerweise hätte Wilkes einem Sachverständigen der Gegenpartei nie eine so unpräzise Frage gestellt, da dies der Kardinalregel des Kreuzverhörs widerspricht. Es gibt jedoch Ausnahmen, so zum Beispiel wenn die Antwort den Zeugen, egal wie sie ausfällt, dumm dastehen läßt.

»Nun ja«, sagte Knudson, »ich habe mich mit ihm unterhalten und dabei sorgfältig seine Reaktionen auf gewisse Reize beobachtet, die ich im Verlauf der Sitzung einführte.«

»Sie haben sich mit ihm unterhalten? Wie in aller Welt haben Sie denn mit dem Köter kommuniziert?«

»Nonverbal, versteht sich.« Knudson wischte sich mit dem roten Tüchlein noch mehr Schweiß von der Stirn und fing die Tropfen auf, die ihm im Eiltempo über die Backen liefen. »Ich habe ihm in die Augen gesehen. Die Augen sagen einem immer besonders viel über die geistige Gesundheit eines Hundes. Ich habe sein allgemeines Verhalten untersucht und nach Aufschlüssen über seine Persönlichkeit gesucht, verstehen Sie. Ist er überdreht, oder läßt ihn seine Umgebung kalt, reagiert er auf Streicheln und dergleichen. Was selbstverständlich nicht alles ist. Wie ich eben schon sagte, habe ich seine Verhaltensreaktionen auf gewisse Stimuli beobachtet, die ich behutsam in die Sitzung einführte.«

Mein Freund trat wieder vor den Zeugenstand. »Ist das in

etwa so etwas wie eine psychologische Testreihe für Menschen?«
»Sie wissen schon, Rohrschach, Bender-Gestalt, Minnesota-Test und dergleichen?«

»Ja. So ziemlich.« Knudson wischte sich ab und gab Wilkes das tropfnasse Taschentuch zurück. Wilkes seinerseits reichte das durchtränkte Tüchlein unserem Ermittler, Uriah Condo, und flüsterte dabei laut und deutlich: »Lassen Sie das irgendwie verschwinden.« Condo verließ pflichtbewußt den Gerichtssaal.

»Und, haben Sie Berties Wut zu stimulieren versucht?«

»Selbstverständlich, angesichts von Sinn und Zweck der Untersuchung wollte ich sehen, ob er zornig werden kann. Das war ja wohl Sinn und Zweck der Sitzung.« Er zeigte den Geschworenen die rechte Handfläche, als wolle er ihnen Kußhändchen zuwerfen. »Um den Geschworenen bei der Frage zu helfen, warum Bertie während des Überfalls weder bellte noch Ihren Mandanten angegriffen hat.«

Wilkes ließ nicht locker. »Und wie genau haben Sie das gemacht, Sir?«

»Nun«, sagte der Arzt, »ich wußte, Bertie kaut gern an Miss Van Arks Pantöffelchen. Sie stellte mir auf meine Bitte hin eines zur Verfügung, und ich ließ Bertie damit spielen, was er eine Weile tat, dann nahm ich es ihm wieder weg. Dann versuchte ich ihn damit zu reizen, indem ich so tat, als spiele ich selbst damit.«

Wilkes unterbrach ihn. »Sie haben selbst darauf herumgekaut?«

»Nein, nicht doch, ich habe nur so getan.«

»Herr Doktor, würden Sie einen Ihrer Schuhe nehmen und uns zeigen, wie Sie das gemacht haben.«

Gehorsam nahm Dr. Knudson einen seiner Slipper und hielt ihn vors Gesicht. Sehr zum Vergnügen aller Anwesenden begann er so zu tun, als kaue er daran und schmatzte dabei wie ein Vielfraß auf dem Höhepunkt eines Festmahls.

Dann erklärte er: »Ich tat das natürlich auf allen vieren direkt neben dem Hund, und das zirka eine Viertelstunde lang. Dann hielt ich ihm den Pantoffel unter die Nase und zog ihn rasch wieder weg. Um ihn zu reizen, wissen Sie. Der Hund reagierte nicht. Er schnappte weder danach, noch versuchte er damit zu spielen. Dieses absolute Fehlen jeglicher Reaktion überzeugte mich davon, daß Bertie unter den Nachwirkungen eines psychotischen Realitätsverlusts leidet, den der Überfall auf sein Frauchen ausgelöst hat. Das Verbrechen war einfach zuviel für ihn. Nichts, was ihn noch interessieren könnte.«

»Na schön, Doktor. Sie schreiben in Ihrem Bericht hier, Sie hätten eine sofortige Einweisung in ein Sanatorium und die Verabreichung von Psychopharmaka empfohlen. Sie weisen darauf hin, es bestehe keinerlei Kontraindikation für eine Elektrokrampftherapie.«

»Ja. Für sein Leiden gibt es einfach keine sanften Behandlungsmethoden.«

»Der Hund ist also völlig fertig, was?«

»Ja, Sir. Um ehrlich zu sein, wäre Bertie ein Mensch und stünde hier vor Gericht, ich würde ihm für den Zeitpunkt des Verbrechens die Unzurechnungsfähigkeit bescheinigen.«

»Trifft es nicht zu, Dr. Knudson, daß Ihre Meinung ganz und gar auf der Annahme basiert, ein normaler Hund hätte auf diesen Überfall mit einem Angriff auf den Angreifer seines Frauchens reagiert?«

»Ja. Genau darauf ist diese Art Hund trainiert«, sagte der transpirierende Sachverständige, anscheinend mittlerweile etwas selbstsicherer in seiner Aussage.

»Wenn er also«, sagte Wilkes, »den Mann, der ihn herausforderte – in diesem Fall, in diesem Experiment, Sie – angegriffen hätte, dann wäre er ein ganz normaler Hund und auch über den Angreifer seines Frauchens hergefallen.«

»Exakt«, meinte der Veterinär von sich überzeugt.

»Und Sie haben versucht, Bertie wütend zu machen, um eben diese Reaktionen in Ihrem Büro zu stimulieren.«

Wilkes warf mir einen Blick zu und streckte die Hand aus.

»Tüchlein, bitte.« Ich gab ihm eines, und er reichte es Knudson. Wieder begann der Doktor in seinem Gesicht aufzuwischen. Dann sagte er: »Genauso war es, Mr. Wilkes.«

Wilkes wandte sich kurz den Geschworenen zu. »Dann wollen wir uns den verrückten alten Bertie doch mal ansehen, was meinen Sie?« Wilkes machte mir Zeichen, den Hund zu holen. Ich lief hinaus und holte Bertie herein, den wir uns für die Verhandlung per Vorladung beim Sanatorium ausgeborgt hatten. Bertie und ich erschienen an der Tür zum Saal. Richter Knott sagte: »Ich habe es Ihnen doch gesagt, Wilkes! Ich will so etwas hier nicht haben!«

Antrag mit Köter

»Das dient nur der Identifizierung«, antwortete Wilkes. Ich hatte Mühe, den erregten Bertie in Zaum zu halten, und noch bevor Wilkes noch mehr erklären konnte, entkam Bertie meinem losen Griff, sprang in einem Satz über die Schranke und stürzte sich unter Jaulen und Bellen auf den Veterinär. Mit gefletschten Zähnen, schäumendem Mund und einem bösem Knurren setzte er Knudson zu.

Der Arzt schrie: »HILFE! NEHMEN SIE DIESES MONSTER WEG!« Er versuchte sich des Hundes mit dem Slipper zu erwehren, den er nach wie vor in der Hand hatte. Die Whiz Kids auf den Besucherrängen feuerten Bertie mit Johlen und Pfeifen an. Knott schlug mit dem Hammer zu. Bertie stieß jenes entsetzliche Knurren aus, das Raubkatzen von sich geben, bevor sie ihre Beute verschlingen. Landish rief ein »Einspruch!« nach dem anderen in den Saal. Diderot schrie hinter seinem Knebel hervor: »Pack die Dweckschau, Hundchen, pack schie!« Miss Van Ark, die spürte, daß etwas nicht stimmte, kreischte: »Bertie! Bertie!« Bei all dem Aufruhr hörte Bertie sie jedoch nicht.

Beherzt sprang Wilkes in das Knäuel aus Fell, schnappenden Zähnen und reißenden Pfoten, um den Hund am Würgehalsband von seinem Psychiater zu ziehen. Zwei Gerichtspolizisten kamen herbeigelaufen, übernahmen und zerrten den Hund weg, aber Bertie stemmte seine Pfoten in den Boden, wandte den Kopf und schnappte knurrend nach Knudson, bis er aus dem Saal war.

Knudson hing wimmernd im Zeugenstand; er sah wie ein eben vom Himmel gefallener Kuhfladen aus. Der Schaden war beträchtlich: Sein grüner Pullover war in der Mitte durchgerissen; seinem Tweedsakko fehlte ein kompletter Ärmel; seine Schuhe lagen neben ihm auf dem Boden; seine Hornbrille hing ihm so schief über das feuchte Gesicht, daß er ein beschlagenes Glas vor dem Mund hatte.

»Keine weiteren Fragen«, sagte Wilkes. Er ging zum Tisch der Verteidigung zurück und wirbelte, dort angekommen, auf dem Absatz herum. »Von wegen abgestumpfter Affekt!«

Richter Knott war selbstverständlich aufgebracht. Sein Gesicht leuchtete scharlachrot, als er dastand und nach Luft schnappend auf Wilkes wies. Schließlich brachte er ein Wort hervor, ein vertrautes obendrein: »Ungebühr!«

»Ich schlage eine Pause vor«, sagte Wilkes, »um unserem Sachverständigen Gelegenheit zu geben, sich wieder zu sammeln. Er sieht ziemlich zerlegt aus.«

Knott ließ den Hammer auf den Tisch sausen und stapfte hinter dem Richtertisch hervor in sein Zimmer. Wilkes sagte den verdutzten Geschworenen: »Nun, meine lieben Leute, das Gericht hat sich eben vertagt. Ich seh' Sie dann morgen.«

Schlußplädoyer

Ein Anwalt, der sich vor einer erdrückenden Beweislast sieht, hat ein Problem. Das wesentliche Beweismittel steht ihm zwar zur Verfügung, aber es nützt nichts. Angesichts dieses Dilemmas greifen verzweifelte Anwälte gern auf nebensächliche Punkte zurück und reiten sie in Grund und Boden. Gute Anwälte dagegen lassen das Unwichtige wichtig erscheinen. Großartige Anwälte machen einen völlig belanglosen Punkt zur entscheidenden Frage des ganzen Verfahrens. Und natürlich nehmen sie dazu eine Belanglosigkeit, bei der sie nicht verlieren können.

Als Wilkes an der Reihe war, seinen Fall vorzutragen, hatte er den wesentlichen Teil von Dr. Knudsons Aussage auf einen großen Karton malen lassen, um bei den Geschworenen für einen unauslöschlichen Eindruck von der Aussage zu sorgen. »Wenn er seinen Herausforderer angreift, in diesem Fall mich, dann ist er ein ganz normaler Hund, der auch über den Angreifer seines Frauchens hergefallen wäre.«

Den Geschworenen sagte Wilkes: »Dr. Knudson hat bewiesen, daß man den falschen Mann erwischt hat. Es ist klar, daß Bertie ein völlig normaler Hund ist. Er ist nicht verrückt. Er hat seinen Herausforderer vor Ihren Augen angegriffen. Und mit einiger Begeisterung, wenn ich das mal sagen darf. Sie haben das Resultat gesehen. Er hat seine Spuren an Dr. Wladimir Knudson hinterlassen, meinen Sie nicht? Es ist also klar, daß er auch über den Angreifer seines Frauchens hergefallen ist und an diesem Spuren hinterlassen hat. Lyle Diderot hatte, als er friedlich und ohne auch nur an ein Verbrechen zu denken, die Straße langspazierte, nicht einen Kratzer am Körper, und seine Kleidung war völlig intakt. Sonst hat man an Beweisen nichts außer der irrtümlichen Identifizierung seiner Stimme durch die unglückliche Blinde. Lyle Diderot ist hier zu Unrecht angeklagt – aufgrund seiner Stimme. Er ist hier, weil er wie Satchmo klingt. Das ist kein Verbrechen.«

Belehrungen

Nach den Plädoyers sah sich die Jury von einem ungehaltenen Richter belehrt. Kaum hatte Knott mit seinen Belehrungen begonnen, mußte sich Wilkes auch schon gegen Bemerkungen über die Hinlänglichkeit der Beweise verwehren. Knott sagte der Jury: »Das Gesetz gibt mir die Möglichkeit an die Hand, die Beweise zu kommentieren. Ich möchte deshalb sagen, daß die Geschworenen in ihren Überlegungen den tückischen Streich außer acht lassen sollten, den man gestern dem Sachverständigen gespielt hat.«

»Einspruch!« Wilkes schoß vor den Richtertisch, um seine Einrede außer Hörweite der Jury vorzubringen. Zu diesem Zeitpunkt haßten Wilkes und Knott einander schon derart, daß jeder Wortwechsel zwischen ihnen zum bissigen Schlagabtausch unter Todfeinden wurde. Mein Freund sagte: »Das Gericht weist die Jury an, ein bestimmtes Urteil zu fällen! Es hat sich damit einmal mehr – gegen meinen Mandanten und die Verfassung! – ganz öffentlich auf die Seite der Anklagevertretung geschlagen! Sie sind die Unfairneß in Person! Ich beantrage Abbruch des Verfahrens!«

Knott beugte sich Wilkes zu. »Sie, Sir, haben wie gewöhnlich nicht den geringsten Respekt vor dem Gesetz und diesem Gericht.«

Wilkes schlug mit der Hand heftig auf die Kanzel und versetzte: »Oh nein, Herr Richter, ich habe den größten Respekt vor dem Gesetz. Und dasselbe gilt doppelt – nein, dreifach! – für das Gericht. Sie sind es, den ich nicht ausstehen kann. In diesem Verfahren standen vom ersten Augenblick an zwei gegen einen.«

Richter Knott lehnte sich zurück. Ein bitteres Lächeln überzog sein Gesicht, als er sich durch den Kopf gehen ließ, was Wilkes da eben zu Protokoll gegeben hatte. Jetzt hatte er ihn. Die Bemerkung war ungebührlich gewesen, und so gerechtfertigt sie auch sein mochte, kein Gericht der Welt würde die Rüge und die nun fällige Gefängnisstrafe aufheben. Knott sagte: »Ich belange Sie, Sir, einmal mehr wegen Ungebühr. Ihr Einspruch ist abgelehnt. Und jetzt verziehen Sie sich wieder hinter Ihren Tisch und halten den Mund. Mit den Verweisen – wie viele sind es denn schon? Fünf? Sechs? – beschäftigen wir uns nach dem Verfahren. Ich betrachte sie als ernsthafte Verstöße.«

Nach dem Wortwechsel am Richtertisch sagte Knott den Geschworenen, es stünde ihnen frei, seine Bemerkungen zu beherzigen oder nicht, er jedenfalls »messe der Hundenummer von gestern nicht die geringste Bedeutung bei.«

Wilkes machte sich erst gar nicht die Mühe aufzustehen und tat seinen Einspruch vom Anwaltstisch aus kund: »Gleicher Einspruch wie eben am Richtertisch formuliert – in allen Punkten.«

Und der Richter antwortete: »Gleiche Entscheidung wie eben – in allen Punkten einschließlich eines zusätzlichen Punktes, dem wir uns mit den anderen ernsthaften Verstößen nach der Urteilsverkündung widmen werden.«

Der Rest der Belehrung gab keinen weiteren Anlaß zur Kontroverse; Knott verlas wörtlich den Standardtext für die Geschworenenbelehrung, als wolle er seine Fertigkeit im Geschwindigkeitsmurmeln unter Beweis stellen. Die Belehrungen, die selbst ein Sprachwissenschaftler nach der dritten langsamen Lektüre nicht verstanden hätte, waren für die Geschworenen nichts weiter als Kauderwelsch. Knott schläferte die Geschworenen ein. Dann weckte er sie wieder auf mit dem Befehl, hinauszugehen und über das Schicksal des Angeklagten Lyle Diderot zu befinden.

Während sie berieten, waren Wilkes und ich zusammen mit dem Feldmarschall in der Gewahrsamszelle. Diderot war richtig guter Laune, wenn man bedenkt. Lachend meinte er, er hätte schon gewonnen. Er sagte: »Die Hundeszene war klasse! Der hat den Dachdecker ja aufgefressen! Dem Richter hat das ganz schön gestunken. Wie zum Geier habt ihr das gemacht?«

Die rote Muleta

»Alles Zauberei«, hätte ich unserem Mandanten antworten können. »Es war Wilkes Idee. Während des Kreuzverhörs, nachdem Dr. Knudson Wilkes das schweißgetränkte Taschentuch zurückgegeben hatte, reichte er es weiter an unseren Ermittler, Uriah Condo, der damit auf den Flur ging, wo der vorgeladene Bertie lethargisch auf seinen Aufruf wartete. Condo triezte den

Hund mit dem feuchten roten Tuch bis zur Verzweifelung, bevor der Wärter des Hundes ihn wegstieß. Dann brachte er mir das Tüchlein zurück, und ich gab es Wilkes, der es rasch dem schwitzenden Knudson zurückgab, kurz bevor er den wütenden Bertie aufrief. Das stinkende rote Taschentuch wirkte auf Bertie wie die rote Muleta eines Matadors, und als er es sah, griff er an wie ein Stier. Der Rest ist, wie man so schön sagt, Geschichte.«

Ich hätte ihm das sagen können, aber ich hatte nicht die Absicht, unserem Mandanten das Geheimnis dieser großartigen Verfahrensstrategie preiszugeben. Regel Nummer eins eines jeden Zauberers: Verrate nie deine Tricks. Womöglich brauchen wir ihn ja noch mal. Also sagte ich : »Wir hatten wohl einfach Glück.«

Noch bevor der Feldmarschall antworten konnte, informierte man uns, daß die Geschworenen, die nur eine Stunde beraten hatten, zu einem Urteil gekommen waren. Wilkes flüsterte uns zu: »Das ist gar nicht gut. Das ging viel zu schnell.« Wir gingen zurück in den Saal.

Die Zuschauerränge, das reinste Verbrecheralbum, waren bis auf den letzten Platz mit üblen Typen gefüllt, die einander plappernd die Ellenbogen in die Seite stießen; das Gekicher glich dem eines Mobs, der einem Lynchmord beiwohnte. Nur daß es sich hier um die Whiz Kids handelte, einer üblen Ansammlung gewaltiger Muskeln, goldener – oder fehlender – Vorderzähne und farbenfroher Kopftücher. Man hätte meinen können, der Bürgermeister hätte die Gruft leeren lassen, damit man der Urteilsverkündung beiwohnen könnte. Falls die Geschworenen auf schuldig befunden hatten, dann hatten sie eine Menge Ärger am Hals.

Der Augenblick der Wahrheit

Trotz der Unterstützung im Saal waren Diderot die großen Töne vergangen. Ich hatte ihn nie so ängstlich gesehen. Dies war der Augenblick der Wahrheit, und er zitterte. Vielleicht befürchtete er, die Geschworenen könnten ihm tatsächlich Gerechtigkeit widerfahren lassen. Er beugte sich mir zu und flüsterte: »Auch wenn wir verlieren, wir können doch bis zum Verfassungsgericht gehen, oder? Da oben werden wir dann schon zusammenhalten, alles klar? Wir können gar nicht verlieren. Unmöglich.«

»Ach ja«, sagte ich, »Verfassungsrichter Clarence Thomas«, und dachte dabei, dieser verdammte Fall hätte nun wirklich keine Chance, vor den hehren Ohren der Washingtoner Verfassungsrichter zu landen. Selbst wenn er durch ein Wunder dort landete, hatte Lyle mehr Chancen bei einem Ausbruchsversuch.

Diderot, der Feldmarschall der Whiz Kids, sah mich an, als wäre ich irgendwie zurückgeblieben. »Was? Wer iss'n das? Den mein' ich doch nicht. Noch nie was von Whizzer White gehört?«

Kapitel 3

Urteil im Maelstrom

Nur Wind kommt an Sonne vorbei,
ohne Schatten zu werfen.
CHARLIE CHAN

Indem er den Verteidiger wegen Ungebühr belangt,
stellt ein Richter sicher,
daß wenigstens einer ins Gefängnis geht.
JOHN WILKES

»Wie ich erfahren habe, ist die Jury zu einem Urteil gekommen«, sagte Richter Yulburton Abraham Knott der Obfrau der Geschworenen. Man war. Deshalb saßen sie ja wieder im Saal, auf der Geschworenenbank, und blickten besorgt auf die Ausgänge, als läge ihr Heil auf dem Flur.

Aus demselben Grund wogte das Meer finsterer Gesellen auf den Stehplätzen des Zuschauerraums, und sie sahen ganz so aus, als würden sie beim geringsten Anzeichen einer schlechten Nachricht eine Keilerei vom Zaun brechen.

Das war auch der Grund, aus dem Wilkes und ich mit unserem nach wie vor gefesselten, geknebelten (und, jawohl, zitternden!) Mandanten, Lyle Diderot, dem Feldmarschall aller New Yorker Jungterroristen, am Anwaltstisch saßen. Ihn so ängstlich herumzappeln zu sehen und seinen verhaltenen Obszönitäten zu lauschen, während wir auf den *momento de verdad* warteten, erinnerte mich daran, daß herzlich wenige Leute wahren inneren Frieden verspüren, bevor man ihnen ihren Kopf auf dem Tablett überreicht.

Der Geschworenenspruch war auch der Grund, weshalb Richter Y. Knott ganz so aussah, als würde er jeden Augenblick in die Luft gehen; als sollte man ihn besser in eine Gummizelle schließen. Die Lippen in seinem Gesicht formten ein umgestülptes U. Normalerweise sah er eher distinguiert aus mit seinem fast schon langen weißen Haar und den strahlend blauen Augen. Nicht so heute. Heute sah er aus, als würde er eine seiner schlimmsten Niederlagen erleben, denn Richter Knott wußte nicht nur, daß die Geschworenen zu einem einstimmigen Urteil gelangt waren, er wußte auch, in welche Richtung es ging. Oder wenigstens sah er so aus.

»Wir sind zu einem Urteil gekommen, Euer Ehren«, sagte die Obfrau, eine Schwarze namens Gladys Urdrea, auf die rituelle Frage des Richters. Ihre Stimme war fest, als wolle sie damit ausdrücken, daß sie sich der Arbeit ihrer Gruppe nicht schämte und verdammt froh war, endlich fertig zu sein.

»Ausgezeichnet, geben Sie es dem Justizsekretär«, sagte der Richter mit einem angewiderten Unterton. Der alte Alvin Scribner, sein Sekretär, marschierte gehorsam hinüber zur Obfrau der Jury, ließ sich das Formular geben und reichte es an den Richter weiter, auf daß seine Majestät es in Augenschein nahm. Als seine blauen Augen über das Blatt strichen, machte er ein Gesicht, als lese er sein eigenes Todesurteil. Der Rest an Farbe in seinen teigigen Backen verschwand. Mit einem Befehl, dem sein Ekel anzuhören war, gab er Alvin das Formular zurück: »Verlesen Sie das Urteil.«

Alvin senkte den Kopf, um durch seine große randlose Brille zu lesen. Im Gerichtssaal war es so still, daß auch auf der letzten Bank noch Diderots schwachsinniges Gebrabbel zu hören war. Der Augenblick war gekommen; der Kessel stand kurz vor der Explosion. Würden zwei kleine Worte zu orgiastischer Erleichterung und Freiheit führen? Oder käme es zu dem von uns befürchteten Hiroshima, dem einen verheerenden Wort, das wie eine Atombombe die sofortige Vernichtung und, was noch schlimmer ist, den Verlust künftiger Einnahmen bringt?

Zwei oder eins?

Was war gefällig? Zwei Worte oder eins? Augenblickliche Freude oder Verzweiflung? Die Niederlage oder ein unglaublicher Sieg? Reichtum oder Bankrott? All dies steht bei jedem Geschworenenspruch erneut auf dem Spiel. Wilkes, Diderot und ich hatten keine Ahnung, was da über Alvin Scribners Lippen kommen würde, aber es lag die nackte Angst in der Luft. Wenn Lyle Diderot diesen Prozeß verlor, dann würde man ihn bei seinen Vorstrafen für viele Jahre nach Sing Sing schicken. Lyle war schier verrückt vor Angst. Die Whiz Kids waren nervös, besorgt und standen kurz vor der Explosion. Wilkes und ich hatten die Hosen gestrichen voll. Wir musterten Alvin, auf daß ihm vielleicht etwas anzusehen war; unsere Herzen hämmerten hart und laut – Vorschlaghämmer auf einer Kesselpauke.

Seit Jahren schon hatte Alvin Scribner die Gewohnheit, sich beim Verlesen des Urteils der siegreichen Partei zuzuwenden. So gab er beiden Seiten einen kleinen Vorsprung auf den kommenden Schock. Schuldig gesprochen zu werden ist, als knalle einer einem ein Beil vor die Brust, als erwische einen eine zentnerschwere Wespe am Kopf. Einem ein paar Sekunden zu geben, sich auf den Schlag vorzubereiten, war eine nette Geste von Alvin. Es war eine von einer ganzen Reihe von Kleinigkeiten, die der alte Alvin sich in Knotts Saal erlaubte. Solche Gesten machten ihn zu jedermanns Freund und nahmen dem Umstand, vor Knott erscheinen zu müssen, etwas von seinem Schrecken.

In Erwartung der Drehung, die Heil oder Verdammnis signalisierte, hingen unsere Blicke an Alvins Gestalt. Er hielt das Formular mit dem Urteilsspruch in Brusthöhe und las: »Wir, die Geschworenen ...« Sein Körper begann sich zu drehen – oh Gott, nein! –, eine Bewegung in Richtung des Anklägers – aus reiner Gewohnheit, ich bitte Dich! –, und dann sprach er die Worte: »... befinden den Angeklagten, Lyle Diderot ...«

Aber dann – war es möglich, konnte es sein? – Gott sei's gedankt! – eine Kurskorrektur zurück zur Saalmitte, ein kurzer Stop, als er sagte: »... genannt der Feldmarschall oder der Marschall ...« und schließlich – gepriesen sei der Herr im Himmel wie auch auf Erden! – eine prachtvolle Drehung, die ihn uns gegenüberstehen ließ! Alvin, gelobt sei der Liebreiz deines gebrechlichen alten Gestells! Wir sind gerettet! Wir werden gewinnen! Sag es, Al, Baby! Sag deinen Zauberspruch! NUN SAAAAG ES DOCH SCHOOOON!

»... für nicht schuldig. Gezeichnet, Gladys Urdrea, im Namen der Geschworenen.«

Ruhe vor dem Sturm

Für einen Augenblick herrschte betroffenes Schweigen. Die meisten dachten, Alvin hätte sich geirrt; man wartete auf die Korrektur. Aber Alvin ließ sich auf seinen Stuhl unter der sich auftürmenden Kanzel fallen und warf einen Blick hinauf zu einem wutschnaubenden Richter Knott.

»Saugut!« Einer der muskelbepackten Whiz Kids, ein junger Sonny Liston geradezu, brach als erster die Stille mit seinem Schrei. Dann brach unter den Ganoven auf den Rängen die Hölle los: Freudig schlug man die Hände zusammen, die einen im Springen, die anderen geduckt, man rammte einander mit den Schultern, pfiff, schrie und brach in johlendes Lachen aus. Einige nahmen ihre Lappen vom Kopf und zwirbelten sie. Ein halbes Dutzend sprang über die Brüstung und rannte auf ihren mumifizierten Anführer zu, um ihm unter ausgelassenen Unflätigkeiten auf die Schulter zu klopfen.

Es war genau die Art von kleiner Feierlichkeit, wie man sie nach einem gelungenen Ausbruch aus dem Gefängnis erwartet hätte. Oder nach einer überraschenden Amnestie. Das reinste

Tollhaus. Zwischen den Handschlägen, dem Schulterklopfen, den ausgelassenen Pfiffen und dem schier wahnsinnigen Kriegsgeschrei, brüllten sie: »Geil, Mann! ... Unschuldig, verfluchte Geige! ... Absolut Spitze! ... Scheiße, nu' macht endlich einer den Marschall los!« Es herrschte alles andere als Ordnung im Saal.

Lyle selbst war von dem Urteil so geplättet, daß er einen Augenblick wie versteinert schien; es dauerte jedoch nicht lange, und er kapierte, daß das, was da eben passiert war, gut für ihn war. Er fing an auf seinem Stuhl zu schaukeln, daß die Ketten, die ihn hielten, zu klirren begannen, während die Beine des Stuhls über den Boden steppten wie weiland Astaire. Durch seinen engen Knebel schrie er Wilkes ein kaum auszumachendes »Ichhalt'sverdammtnochmalimkopfnichtaus! Saugutmann!« zu. Er sagte damit auf seine Art: »Wunderbare Nachricht, finden Sie nicht?«

Gedanken eines Richters

Wilkes reagierte nicht. Er blickte geradewegs nach vorn, hinauf zum Richtertisch, wo ein schwarzberobter Vulkan an seiner Lava zu ersticken drohte.

Richter Knott konnte es noch immer nicht glauben. Er warf einen Blick über die seligen Anarchisten, die wie verrückt durch den Saal unter ihm tobten; man hätte meinen können, sie hätten im Lotto gewonnen. Der irrsinnige Pöbel da war nur deshalb so aus dem Häuschen, weil man ihm, Knott, sein Urteil gestohlen hatte. Ihm! Knott! Dieses Urteil, diese Lüge, dieser FREVEL, dieses ... NICHT SCHULDIG! Geraubt hatte man es Jungfer Justitia und ihrem edlen Ritter von der zügigen Gerichtsbarkeit, Richter Yulburton Abraham Knott. Und der Dieb? Der gerissene John Wilkes. Er hatte die zwölf Trampel auf der Geschworenenbank um ihr bißchen gesunden Menschenverstand gebracht. Diese hirnlosen Tröpfe waren diesem Teufel einfach nicht gewachsen. Diese Leute wollten ein Querschnitt der menschlichen Gemeinschaft sein? Was für ein Schwachsinn! Die einzige Gemeinschaft, die diese Komiker repräsentierten, war die psychiatrische Abteilung des Bellevue.

Der Richter setzte lautstark seinen Hammer auf den Tisch. PATT! PATT! PATT! Der Lärm im Saal glich dem einer Düsenmaschine kurz vor dem Start. Er schrie nach Ordnung und hoffte dabei, die Erde möchte sich auftun, auf daß jeden einzelnen dieser Amok laufenden schwarzen Barbaren unter ihm das Feuer der Hölle verschlang.

Die Schläge seines Hammers hatten jedoch nicht die geringste Wirkung auf die feiernden Rowdies. Richter Knott stand auf und schrie und klopfte und hämmerte und drosch noch lauter auf den Tisch ein, aber die heitere Gesellschaft auf den Rängen setzte ihre Lustbarkeit ungeachtet der düsteren Gestalt, die da auf sie einbrüllte, fort. Knott schrie den Gerichtspolizisten zu, die, zahlenmäßig hoffnungslos unterlegen und alles andere als erpicht darauf, sich auf ein Handgemenge mit den grimmigen Whiz Kids einzulassen, einfach so taten, als hörten sie nichts. Sie brachten die Whiz Kids jedoch mit einer Sprache zum Schweigen, die diese verstanden. Sie zogen ihre Revolver.

Der Richter bedankt sich bei den Geschworenen

Der Saal beruhigte sich ein wenig. Richter Knott, der noch immer stand, wandte sich lautstark an die Geschworenen: »An dieser Stelle bedanke ich mich für gewöhnlich bei der Jury für ihre harte Arbeit.« Er legte eine Pause ein, während der sich die Menge noch etwas mehr beruhigte. »In diesem Fall kann und werde ich das nicht tun.« Während er sprach, vertiefte sich die Färbung seines Gesichts, bislang die von rosa Kreide, um einige Nuancen bis zum Purpurrot. »Ich kann Ihr Urteil nicht verstehen. Wie konnten Sie diesen ... diesen ... KRIMINELLEN! ... AN-

GEKLAGTEN! … NICHT … NICHT … ICH BRINGE NOCH NICHT EINMAL DIE WORTE HERAUS … FÜR NICHT SCHULDIG BEFINDEN! MEIN GOTT!«

Hatte er das erst einmal hervorgewürgt, purzelten ihm die folgenden Worte schier aus dem Mund. »Herrgott noch mal! Die Beweislage ist eindeutig! Eindeutig, wenn ich es Ihnen sage. Wo haben wir Sie nur hergeholt? Aus einer Schule für taubstumme Blinde? Bellevue? Aus dem Gefängnis? Die Beweislast war … einfach erdrückend!«

Knott verstummte für einen Augenblick, um die eingeschüchterten Geschworenen anzufunkeln, und wartete, bis sich der Saal noch etwas weiter beruhigt hatte. Er wies auf den Feldmarschall. »Er war noch nicht einmal im Zeugenstand, um die Tat zu bestreiten! Unglaublich! Er hat noch nicht einmal gesagt: ›Es tut mir leid‹. Nun denn, ich gratuliere Ihnen, meine Damen und Herren Geschworenen, Sie haben eben ein weiteres gewalttätiges Raubtier auf die Straße zurückgeschickt, dessen Strafregister bis auf das Jahr neunzehn –«

Standesregeln oder Leviten?

»Nun machen Sie aber mal einen Punkt?« Die harte Einrede meines Freundes erhob sich über die abscheulichen Beleidigungen des Richters ebenso wie über das gefährliche Raunen unter den Whiz Kids. Ihre Feiertagsstimmung war rasch in Bösartigkeit umgeschlagen. Einige murmelten bereits Unheilvolles über den »weißen Richterarsch«.

Wilkes sagte zu Y. Knott: »Sie haben kein Recht, über meinen Mandanten zu richten. Man hat Sie von Ihrer Pflicht entbunden. Aus eben diesem Grund haben wir uns für eine Schwurgerichtsverhandlung entschieden. Diese selbstlosen Männer und Frauen jetzt dafür zu beleidigen, ihre Pflicht getan zu haben, ist einfach verachtenswert. Es ist das Schlimmste, was ich je erlebt habe. Es ist ein eklatanter Verstoß gegen die richterlichen Standesregeln und, Sir, die Pflicht gebietet es mir, dieses himmelschreiende Fehlverhalten dem zuständigen Aufsichtsgremium zu melden, und das bei der ersten Gelegenheit, dessen dürfen Sie sicher sein. Ich verlange eine Abschrift des Protokolls.«

Knott wandte seine feindseligen und mittlerweile dunkelblauen Augen von den Geschworenen ab und auf Wilkes – wie ein Schütze, der von einem Ziel zum nächsten geht. Wilkes trat zwischen die Geschworenenbank und den Richter. Wieder schlug Knott mit dem Hammer auf den Tisch wie ein quengeliges Kind, um ihn dann wie eine Pistole auf Wilkes zu richten.

»Zu Ihnen kommen wir noch, werter Herr! Zu Ihnen und Ihren billigen Hundekunststücken! Ihren Beleidigungen dem Ankläger, diesem Gericht gegenüber und mir persönlich. Wir haben Mittel und Wege, mit Ihresgleichen fertigzuwerden, mein Bester. Wir nennen so etwas einen Verweis wegen Ungebühr! Verweis! Verweis! Verweis wegen Ungebühr!«

Mit diesem Ausbruch erschien wieder das abscheuliche Grinsen auf seinem Gesicht. Sollte man jemals ein ›Fotowörterbuch‹ herausbringen, Knotts Gesicht wäre neben der Wendung ›unheilvolles Lächeln‹ zu finden. Er sah Wilkes an und dachte dabei an das visionäre Werk, das er eben in Arbeit hatte, einen Versuch über die Technik der Todesstrafe im nächsten Jahrhundert. Wie rasch und schmerzlos wäre sie dann, wie billig und effizient! Als hätten die lieben Dahingegangenen kaum je unter den Lebenden geweilt. Selig stellte er sich vor, daß Wilkes – dieser Teufel – unter den ersten Verurteilten wäre, an denen der Körperexhalator zur Anwendung kam, über den er gerade schrieb. Er wollte, er könnte den Laserinjektor abfeuern wie einen Zauberstrahl, um hier und jetzt der Exhalation dieser abscheulichen Kreatur beizuwohnen, die da in SEINEM Tempel der Gerechtigkeit vor aller Augen das Gesetz mit Füßen trat. Im kommenden Jahrhundert fiele ein derartiges Verhalten unter die Todesstrafe. Dessen war er sich sicher.

»Ach ja, die Verweise! Meine Damen und Herren«, sagte Wilkes und unterbrach damit die seligen Schwärmereien unseres wahnsinnigen Richters. Wilkes wandte sich an die Geschworenen, trat an die Schranke, und sprach sie an, als handle es sich um eine Eröffnungserklärung. »Die Rüge ist eines der geheiligten Rituale richterlichen Zorns. Indem er den Verteidiger bei einem Freispruch des Angeklagten wegen Ungebühr belangt, stellt ein Richter sicher, daß wenigstens EINER ins Gefängnis geht. Ich meine, da könnte ja JEDER hier als freier Mensch hinausspazieren!«

»Das reicht jetzt, Wilkes!« rief Knott. Oh, diesen Wilkes sich aus Angst vor meiner Macht winden zu sehen, wenn ich den Hebel des Injektors umlege – und wusch! Er war einmal und ist nicht mehr! Oh, die Schönheit und die Macht des Gesetzes!

Wilkes ignorierte den Richter. »Der Verweis ist ein Instrument des Schwächlings unter den Richtern, des Schinders auf der Richterbank, der anders nicht für Ordnung zu sorgen weiß. Der es nicht verwinden kann, wenn etwas nicht nach seinem Kopf geht. Es ist der Akt des Feiglings. Ich hoffe, Sie alle werden Zeuge meiner Verhandlung.«

»Halten Sie den Mund und setzen Sie sich, Mister!« schrie Knott, dessen Gesicht nun die Farbe von Roten Beeten hatte. Oh, auf die Leiche dieses Teufels zuzugehen und sich den vernichteten Feind anzusehen. Jungfer Justitia und die Gerechtigkeit wären gerächt!

Wilkes blickte kurz zu Knott auf, drehte sich dann um, lehnte sich mit dem Hintern gegen das Geländer der Geschworenenbank, faltete die Hände und sagte: »Sie können sagen, was Ihnen Spaß macht, Sir, aber diese guten Leute hier haben Ihre zahlreichen Ermahnungen, meinen Mandanten schuldig zu sprechen, mutig ignoriert. Ich bin sicher, in diesem Fall hat sich Ihre Parteilichkeit als Bumerang erwiesen. Sie war für diesen Freispruch vermutlich nicht weniger verantwortlich als alles, was ich gesagt habe. Aus diesem Grund möchte ich mich im Namen meines Mandanten für ein derart ungerechtes Verfahren bedanken. Was die Geschworenen anbelangt, so hatten sie während des Prozesses auf Sie zu hören, jetzt jedoch brauchen sie kein gefesseltes Publikum mehr abzugeben. Sie können gehen. Sie dagegen können die Wände anschreien. Es gibt heute keine Skalps, Richter Knott.«

Zukunftsschock

Knott stand in beleidigtes Schweigen gehüllt. Eine Möglichkeit, an der Vernichtung des Erzfeindes teilzuhaben! Diese höchstpersönlich vornehmen zu können! Das wäre es! Keine Frage! Künftige Exekutionen müßten es dem Richter gestatten, daneben auch gleich der Henker zu sein! Computerrechtsmittel wären in Sekundenschnelle abgeschmettert, Urteil und Strafe bestätigt. Dann hinweg mit dem Delinquenten zum Körperexhalator! Was für ein herrlicher Gedanke! Ein Knopfdruck, und es hätte sich ausgehaucht!

Während Knott von der Absoluten Gerechtigkeit träumte, wandte sich Wilkes an die verwirrten Geschworenen. Mein Freund tat sein Bestes, ihnen um den Bart zu gehen für den Fall, daß er sie bei seiner eigenen Verteidigung als Zeugen brauchte. »Wirklich«, sagte er, »es ist alles in Ordnung. Sie brauchen dem Mistkerl nicht mehr zuzuhören. Sie haben Ihre Arbeit getan, und ich möchte mich im Namen meines Mandanten und meiner selbst bei Ihnen für Ihren Mut und Ihre Sorgfalt bedanken. Die Sitzung ist beendet. Er hat keinerlei Macht mehr über Sie. Gehen wir nach Hause.«

Wilkes kam herüber an unseren Tisch, schob seinen gelben Block und diverse Papiere in seine ramponierte Aktentasche und hielt dann auf den hinteren Ausgang zu. Die Geschworenen standen wie ein Mann auf und folgten ihm. Das riß Knott endlich aus seinen Träumereien. Er hatte noch nicht ausgewettert. Er warf seiner Stenographin einen Blick zu und fragte: »Haben Sie das alles?« Sie nickte. »Gut. Dann hören Sie zu. Folgendes ist nicht zu Protokoll zu nehmen.«

Die Protokollführerin nahm die Hände von der Maschine, als

hätte sie die Innereien von Würmern auf den Tasten entdeckt. Als Knott das sah, blickte er hinüber zu Wilkes und fuhr fort: »Ich möchte auf der Stelle eine Abschrift des Protokolls. Wir halten eine Anhörung wegen ungebührlichen Verhaltens. Jawohl, wir klagen den Herrn Verteidiger, John Wilkes, der KRIMINELLEN ... der KRIMINELLEN! ... MISSACHTUNG des Gerichts an! Jawohl, das werden wir!« An die Wand mit dem Teufel! Laßt den Körperexhalator warmlaufen! Ein Knopfdruck, und es hat sich ausgehaucht.

Die Geschworenen hatten die Tür bereits erreicht und verließen den Saal. Wilkes, stets darauf bedacht, jede Gelegenheit zu nutzen, sich bei potentiellen Zeugen lieb Kind zu machen, hielt ihnen die Tür und schenkte jedem der gehenden Geschworenen ein dankbares Lächeln. Dann warf er einen Blick zurück auf den Richter, der eben schrie: »Halt! Alles stillgestanden! Na schön ... also ... ja ... alle, deren Angelegenheit vor diesem Gericht erledigt ist, können jetzt gehen.«

Die letzte der Geschworenen, die Obfrau, Mrs. Gladys Urdrea, bedachte Wilkes mit dem Hauch eines Lächelns und berührte ihn leicht am Arm, bevor sie einen verängstigten Blick auf den ausbrechenden Vulkan zurückwarf. Sie entkam. Wilkes machte Anstalten, ihr zu folgen.

Das nächste faire Verfahren

»Nicht so schnell, Mr. Wilkes. Ihre Sache ist noch nicht erledigt. Mit Ihnen bin ich noch lange nicht fertig.« Der Richter beugte sich soweit über seinen Tisch, daß ich schon dachte, er würde uns in den Saal fallen. Er wies mit dem Stiel seines Hammers auf meinen Freund und wetterte weiter.

»Wir setzen den Termin für die Verhandlung gegen Sie morgen vormittag um neun Uhr fest. Alvin, Sie notieren sich das und suchen nach einem möglichst frühen Termin für den Angeklagten Wilkes. Und Ihnen, Sir, Ihnen schlage ich vor, Sie besorgen sich einen GUTEN ... einen SEHR GUTEN ... und, falls Sie einen kennen, einen Strafverteidiger mit ethischen Grundsätzen. Ich werde nicht zulassen, daß Sie mir ein Disziplinarverfahren in einen Zirkus verwandeln. Diesmal werden Sie keine Hundenummern retten. Und kein Zeitschinden. Ja, in Anbetracht der Ernsthaftigkeit Ihres Fehlverhaltens und der unwiderlegbaren Beweise gegen Sie, rate ich Ihnen zu einem wirklich fähigen Rechtsbeistand. Jawohl, einen in der Kunst der Gerichtsrhetorik innerhalb der Grenzen von Verteidigung und Professionalismus versierten Mann, jawohl, einen Mann mit Talenten, die Ihnen und Ihrem Assistenten Mr. Schoontower fremd sind. Jawohl, in der Tat, und noch ein Letztes, Mr. Wilkes, vergessen Sie Ihre Zahnbürste nicht.« Noch einen letzten Wunsch, du Teufel? Ein kurzes Testament? Nein? Eine Zigarette vielleicht? Nein? Eine Augenbinde? Nein? Nun gut, dann, Satan, bereite dich auf das ewige Feuer vor! Du kommst geradewegs in die Hölle! FEUER! FEUER! FEUER! FEUER!

Ich entschloß mich einzugreifen und unterbrach das Gackern des Richters. »Euer Ehren, bei allem gebührenden Respekt«, sagte ich. Inzwischen, nach all den Jahren Training zu Füßen meines Herrn, stand mein Ton in puncto Spott dem der Besten unter den Könnern keineswegs nach. »Wir müssen Sie bitten, einem anderen Richter den Vorsitz über das Disziplinarverfahren zu überlassen, nicht nur angesichts Ihrer eigenen Rolle als Zeuge, sondern natürlich auch wegen des tiefen emotionellen Engagements in der Sache, das Sie hier an den Tag legen.«

Die dunklen Augen des wahnsinnigen Schützen wandten sich in meine Richtung, und ich fühlte mich zur Vernichtung aufs Korn genommen. »Abgelehnt!« sagte er. »Ich kann sehr wohl fair zu Mr. Wilkes sein. Ich werde ihm einen fairen Prozeß geben.« Und ihn dann vernichten! Luzifer wird sich meinem Griff nicht noch einmal entwinden! Ich werde seiner ewigen Verdammnis vorsitzen und ihm sagen: »An die Wand, Satan! Machen Sie den Exhalator bereit! Feuer! Feuer und Tod! Feuer und Tod!«

Wilkes schwieg. Ich dagegen sagte: »Wir reichen morgen unsere Anträge ein.« Der Richter, nunmehr weniger aufgebracht, sagte mit beängstigender Nüchternheit: »Tun Sie Ihr Bestes, Mr. Schoonblower. Reichen Sie Ihre Anträge ein, wenn Sie soweit sind, wie es das Gesetz vorschreibt. Wir können verkraften, was auch immer Sie vorbringen. Dieses Gericht wird damit schon fertig. Wie kleinlich, schikanös oder verleumderisch Ihre Anschuldigungen gegen uns auch sein mögen, dieses Gericht kann sehr wohl fair sein. Dieses Gericht kann auch unter widrigen Umständen und Beschuldigungen das neutrale Organ sein, das vom Gesetz gefordert wird.« Und dann: Feuer und Tod! Feuer und Tod! Feuer und Tod! Schlagzeile: »Heute wurde durch rechtmäßigen Beschluß des höchst ehrenwerten Richters Yulburton Abraham Knott dieser Teufel Wilkes zu Tode gebracht!«

Nette Morddrohungen

Wir ließen ihn schimpfen. Wilkes war erschöpft nach der Tortur, die er da eben hinter sich gebracht hatte. Außerdem war er stinksauer, und der Gedanke an das, was da noch kommen sollte, deprimierte ihn. Wir öffneten die Schwingtüren des Gerichtssaals und sahen, daß auf dem Korridor noch immer gefeiert wurde. Die Whiz Kids gratulierten gerade einigen zu Tode geängstigten Geschworenen, als sie Wilkes sahen und auf der Stelle umringten. Unter Schulterklopfen stießen sie – in meinen Ohren – entzückende Morddrohungen gegen das »verschissene weiße Richterschwein« aus. Andere versicherten uns, wenn man sie das nächste Mal hoppnahm, würden sie sich auf der Stelle an Wilkes wenden, den neuen *consigliere* der Whiz Kids. Was uns gerade noch gefehlt hatte.

Wilkes schüttelte die gratulierenden Hände von seinen Schultern, als wären es Heuschrecken, die Aufsetz- und Durchstartlandungen übten. Er zwängte sich durch den Andrang von Jungverbrechern in Richtung des Ausgangs, als versuche er vor einem

Schwarm aussätziger Bettler zu fliehen. Als er so durch die Menge glitt und die angebotenen Handschläge – hohe wie tiefe – ignorierte, erklärte er seinen eiligen Abgang: »Tut mir leid, daß ich nicht auf einen Plausch bleiben kann, aber ich muß mich um meinen eigenen Prozeß vor diesem ›verschissenen weißen Richterschwein‹ kümmern.«

Ein lautstarker Chor ermutigender Wünsche seitens der Whiz Kids folgte uns durch die Tür: »Bring es um, das verhutzelte alte weiße Stück Scheiße! Steck ihm seinen Hammer in seinen verschissenen weißen Arsch. Hau ihn dir in die Pfanne!«

Wir nahmen uns nicht die Zeit zu fragen, wie man einen Richter wohl zubereitete, sondern tänzelten durch die Aufzugtür und drückten den Knopf ins Parterre. Die Türen schlossen sich, noch bevor einer der Gangster sich unserer sechsstöckigen Abfahrt ins Erdgeschoß anschließen konnte.

Draußen war es bitterkalt und grau. Der Wind ohrfeigte uns auf Schritt und Tritt, während wir im Eiltempo zum Woolworth zurückgingen. Den ganzen Weg über war Wilkes fuchsteufelswild. Wie ein Rohrspatz wetterte er dagegen, junge Gangster zu vertreten. Daß sie wild und zügellos seien, völlig verständnislos und unprofessionell. Dann wetterte er gegen die Unterbezahlung in diesem Fall. »Keine Summe der Welt entschädigt mich für die Qualen einer Verteidigung, schon gar nicht von einem dieser verdammten Whiz Kids. Merk dir das, Schoon, und tret' mir in den Arsch, wenn ich auch nur daran denke, je wieder einen Richter abzulehnen, solange Knott lebt.«

Er haßte die Aussicht auf das Disziplinarverfahren, dem vorzusitzen Knott sich bereits in den Kopf gesetzt hatte, obwohl alles dagegen sprach. Es bedeutete, zahllose Stunden über einem Antrag zu sitzen, den Scheißkerl zu disqualifizieren. Es bedeutete, wenigstens einmal in Berufung zu gehen. Es bedeutete eine Menge Zeitverschwendung.

Wegen Ungebühr belangt zu werden, hat drei große Nachteile. Erstens: Wenn man Glück hat und den Vorwurf abschmettern kann, ist die ganze Geschichte eine einzige große lästige Zeitverschwendung. Zweitens: Wenn man verliert, kann das Gefängnis und Ausschluß aus der Kammer bedeuten; und vertritt man sich selbst, wie Wilkes das so handhabte – mit mir als zweitem Verteidiger –, dann gibt es einen dritten Nachteil: Die Bezahlung ist schlecht.

Als wir schließlich in die Praxis zurückkamen, war es kurz nach vier. Wilkes war niedergeschlagen. Keine Spur von der freudigen Erregung des Sieges lag in der Luft. Wilkes ließ mich sofort mit den Anträgen zur Ablehnung des Richters wegen Befangenheit für die Anhörung tags darauf anfangen, während er selbst in sein Büro ging, sämtliche Anrufe ignorierte – die ich entgegennehmen mußte – und schmollte.

Der Anruf

Kaum zwanzig Minuten nach unserer Ankunft im Büro nahm ich einen Anruf entgegen: Ein zorniges Mitglied der Whiz Kids war am anderen Ende der Leitung – der, der meiner Ansicht nach wie Sonny Liston aussah – und wies mich nachdrücklich darauf hin, daß »der Marschall noch immer in dem verschissenen Knast« säße und »die Bullenschweine ihn nicht laufenlassen, solang' er kein' Schrieb vom Gericht nicht hat, daß er frei ist. Vielleicht seht ihr mal zu, daß die Schweine so'n Schrieb kriegen. Wenn nicht, dann ist deine Familie dran.«

Soviel zu unserer Popularität bei den Whiz Kids. Ruhm ist eine flüchtige Sache. Ich ging in Wilkes' Büro. Er hatte sich auf das Sofa gestreckt und starrte zur Decke hinauf. Auf dem Couchtisch stand eine Flasche Whiskey, und auf Wilkes Brust ruhte unsicher ein leeres Glas. Er bewegte sich nicht, als ich ihm von dem Anruf erzählte.

Ich bot ihm an, zu Alvin Scribner, Knotts Sekretär, zu gehen, und die Sache mit ihm zu klären. Es würde nur einen Augenblick dauern. Alles, was die bräuchten, wäre ein Entlassungsschein. Knott konnte sich unmöglich weigern, einen auszustellen, ohne eine saftige Privatklage wegen Freiheitsberaubung zu riskieren – ganz zu schweigen von dem, was die Whiz Kids mit ihm anstellen könnten. Und Alvin war, mochte er auch schon seit einer Ewigkeit Knotts Sekretär sein, ein vernünftiger Kerl und ganz und gar kein Aasgeier wie sein Chef. Er würde die Papierbarriere, die die Entlassung des Feldmarschalls blockierte, schon aus dem Weg räumen.

Wilkes horchte auf. »Willst du damit sagen, daß dieser Hurensohn meinen freigesprochenen Mandanten im Gefängnis festhält?« Er setzte sich auf. Das Glas rollte von seiner Brust und landete auf dem Boden. »Dieser Drecksack! Dieser ...«

Er stand auf und schlüpfte in sein Jackett. »Darum kümmere ich mich persönlich.« Das schien mir keine gute Idee zu sein. Eine Konfrontation zwischen Wilkes und Knott wäre zu diesem Zeitpunkt alles andere als gut, und so bestand ich darauf, selbst zu Scribner zu gehen und mich zu vergewissern, daß Diderots Papiere ihren Weg in die Gruft fanden und unser Mandant auf freien Fuß gesetzt würde. Alles ohne großes Aufhebens.

Er sagte: »Nein. Du bleibst und bereitest die Ablehnung vor, die mir Knott vom Hals schafft. Ich kümmere mich schon darum. Abgesehen davon möchte ich die Genugtuung haben, den Feldmarschall herausgepaukt zu haben.«

So war Wilkes eben. Er war für sein Leben gern zugegen, wenn jemand aus dem Gefängnis kam. Wie, spielte keine Rolle. Den Mandanten war das egal. Sie interessierte es nicht, ob Wilkes ihnen eine vernünftige Sicherheitsleistung verschaffte oder einen Freispruch vor einem Schwurgericht; in ihren Augen tat es auch eine obskure Spitzfindigkeit, die sich dem System entgegenhalten ließ wie eine Monopoly-Karte, bei der den Herren in Schwarz die Spucke wegblieb.

»Der Mandant fragt dich niemals ›Wie?‹«, pflegte Wilkes immer wieder zu sagen. »Er fragt dich: ›Wie lange?‹ und meint damit: ›Wie lange muß ich mich in diesem Loch einsperren lassen?‹ Mandanten ist es egal, wie du das machst, solange du's nur zuwege bringst. Mit einer Uzi, einem Hubschrauber oder einem

Entlassungsschein vom Richter – im Grunde spielt es keine Rolle. Hauptsache, du holst sie raus! Je schneller, desto besser.«

Für Wilkes war diese Befreiung die purste Form von Ausübung gesetzlicher Macht durch den ansonsten ohnmächtigen Rechtsbeistand; er übte sie für sein Leben gern aus. Und da die Freisetzung eines nichtsnutzigen Häftlings allen stank, freute sie ihn um so mehr. Der Staatsanwalt, die Kriminalpolizei, die Gefängniswärter, die Richter, allen schauderte, wenn sie die Papiere zu bearbeiten hatten, die aus einem Häftling einen freien Menschen machten. Sie hatten das Gefühl, das Gesetz zwinge sie, bei einem Ausbruch zu assistieren.

So gesehen überraschte es mich also nicht weiter, daß Wilkes selbst losziehen wollte, um Diderot aus dem Gefängnis zu holen. Es war nur, daß das böse Blut zwischen ihm und Knott weit über dem Siedepunkt war. Aber vielleicht konnte er alles mit Alvin, dem Sekretär, erledigen, ohne Knott selbst sehen zu müssen.

Er zog also los, Diderots Akte in der Hand, seinen zerknitterten Mantel über dem rechten Arm und über seinem Kopf, wie eine dräuende Präsenz, eine schwarze Wolke – noch ein Verfahren vor Richter Knott! Er war in übler Laune, aber es winkte die Aussicht auf die süße Freiheit für den Feldmarschall Lyle Diderot. Genau das Tonikum für den Abschluß dieses unglaublichen Tages.

Kapitel 4

Die größten Prozeßanwälte Amerikas

Schlucken viel, aber verdauen wenig.
CHARLIE CHAN

Nimm nie einen Geschworenen, dessen gespitzte Gosche kleiner ist als'n Hühnerarschloch.
MELVIN T. TEASDALE III.

Nachdem Wilkes losgezogen war, um die Operation vorzunehmen, die seinem Mandanten aus der Gruft helfen würde, werkelte ich im Büro herum, um den Antrag fertigzustellen, der uns Knott bei Wilkes' Disziplinarverfahren vom Hals schaffen sollte. Ich hatte nicht die geringste Ahnung, daß jemand die Arbeit dieses Abends, von der Recherche bis zur Niederschrift, zu einer einzigen großen Verschwendung nicht in Rechnung zu stellender Zeit machen sollte.

Der Gegenstand von Wilkes' Kaiserschnitt, Seine Bösartigkeit, Feldmarschall Lyle Diderot, kam kurz vor fünf zu seiner Entlassung – Dank Wilkes' rechtzeitiger Intervention bei Gericht und der Mitarbeit von Knotts Sekretär, Alvin Scribner, der sich beeilte, die Entlassungspapiere fertig zu machen. Der kopflose Körper der Whiz Kids erfreute sich damit wieder seines muskelbepackten Gehirns.

In etwa zur gleichen Zeit nahm ich in der Praxis einen unerwarteten Anruf von einem Burschen mit einem ausgeprägten Südstaatenakzent entgegen: Melvin T. Teasdale III., der Präsident des Bundesverbands der Größten Prozeßanwälte Amerikas, verlangte nach einem gewissen John Wilkes . Der Verband, so erfuhr ich, hielt in eben diesem Augenblick seine Jahrestagung im Waldorf Astoria ab. Teasdale klang alarmiert, als ich ihm sagte, wo Wilkes sich aufhielt.

»Was soll das heißen, Wilkes ist am Gericht? Vor sechs Monaten haben Sie mir verdammtnochmal garantiert, daß er hier bei uns spricht. Scheiße, Jungchen, er ist schon überfälliger als der Alimentenscheck für meine erste Frau. Haben Sie vergessen, daß er zum Abendessen hier sein soll und daß er den Hauptvortrag am Runden Tisch halten soll? Seht mal zu, daß ihr endlich rüberkommt hier.«

Die größten Prozeßanwälte

Ach, du grüne Scheiße, dachte ich mir. Bei der ganzen Geschichte mit Diderots Prozeß und dem Disziplinarverfahren am nächsten Vormittag, hatten Wilkes und ich völlig sein Engagement als Gastredner beim Treffen der Größten Prozeßanwälte Amerikas verschwitzt. Oder besser, ich hatte es verschwitzt, wie ich wohl sagen sollte. Wilkes widmete seinem Kalender nie besonders viel Aufmerksamkeit. Es fiel in meinen Verantwortungsbereich, mir Termine zu merken, ihn rechtzeitig daran zu erinnern, sich darauf vorzubereiten und ihn schließlich, im rechten Augenblick, in die richtige Richtung zu schieben.

Der Bundesverband der Größten Prozeßanwälte Amerikas war ein Anwaltsverein, dem man nur auf Einladung angehörte, und setzte sich aus ebenso betuchten wie elitären Größenwahnsinnigen aus dem ganzen Land zusammen. Sie waren männlich, weiß, weißhaarig oder glatzköpfig, und einer wie der andere hatten sie einen Bauch. Man traf sich einmal im Jahr in piekfeinen Großstadthotels oder teuren Seebädern, und das nur aus einem einzigen Grund: Man versicherte einander, in aller Bescheidenheit, die letzten wahren Vertreter des größten, versiertesten und brillantesten Anwaltsbundes der Welt zu sein. Nicht zu vergessen aller Zeiten.

Mit anderen Worten, es handelte sich um eine mobile Burschenschaft für in die Jahre gekommene Halbwüchsige.

Es gibt in unserem Land viele solcher Vereinigungen von Prozeßanwälten, aber laut dem strengen Reglement der Größten Prozeßanwälte Amerikas mußten die Mitglieder offen zugeben, die Crème de la Crème zu sein. In Wirklichkeit freilich wurden die meisten von ihnen längst nicht mehr ihrer selbsterklärten Ernennung als Größte Prozeßanwälte Amerikas gerecht; sie hatten den Geist des Gerichtssaalkriegers zugunsten der Sicherheit einer großen Sozietät aufgegeben, die die Interessen reicher Firmen und Schreibtischtäter vertrat.

Sie vertraten Mandanten, von denen die meisten Strafverteidiger nur träumen konnten: mächtige Konglomerate mit genug schnödem Mammon, um Rechtsstreitigkeiten über die nächsten Jahrhunderte führen zu können. Die Klientel war im wesentlichen gedankenlos und amoralisch und bestand auf nichts weiter, als mehr Anwälte zu haben als nötig; sie stellte noch nicht einmal ihre Rechnungen in Frage, von denen die meisten das Lebenseinkommen eines Normalbürgers überstiegen, und verlangten nichts weiter als das Recht, Geschäfte machen zu können – innerhalb oder außerhalb des Gesetzes oder, wenn es nach ihnen ginge, auch drunter und drüber. Für diese Klientel waren die gewaltigen Anwaltshonorare, Prozeßkosten und Bußgelder nichts weiter als die Gebühr für das Recht, Geschäfte machen zu können, ohne Gefahr zu laufen, im Gefängnis zu landen.

Ich weiß nicht, weshalb Wilkes sich einverstanden erklärt hat, auf ihrem Jahrestreffen zu sprechen, außer daß er sich wie die meisten Prozeßanwälte für sein Leben gern reden hörte und eine Gelegenheit, das vor Publikum zu tun, kaum ausschlagen würde. Aber wir hatten die verdammte Verpflichtung nun mal beide verschwitzt.

Was sollte ich tun? Ich hatte einen ausgesprochen beunruhigten Melvin T. – für *Texas* – Teasdale an einem schnurlosen

Telefon, das man ihm aus der Bar an den Tisch gebracht hatte. Wir waren bereits zu spät dran für das Treffen, auf dem wir uns unter die Größten Prozeßanwälte Amerikas mischen sollten. Während ich stammelnd nach einer guten Erklärung für unsere Vergeßlichkeit suchte, hörte ich ihn beim Ober sein Fleisch bestellen – »Texas rare«. Als der Ober um eine Erläuterung bat, meinte Texas Teasdale: »Sohnemann, hau dem Vieh die Hörner ab, wisch ihm den Arsch und schleif's her.«

Ich wußte, falls Wilkes sich diesen Abend überhaupt noch sehen ließ, dann war er garantiert nicht in Stimmung für einen Vortrag vor einem Haufen aufgeblasener Smokings, nicht nach so einem Tag. Wenn er jedoch gar nicht erst antrat, würde er damit einige Leute mit ziemlich guten Verbindungen vor den Kopf stoßen. Und genau die brauchten wir jetzt möglicherweise als Leumundszeugen bei Wilkes Disziplinarverfahren und dem Verfahren vor dem Disziplinarausschuß der Kammer, das unweigerlich folgen würde. Ganz zu schweigen davon, daß man uns womöglich weiterempfahl.

Also sagte ich Texas Teasdale: »Selbstverständlich, Melvin, er wird da sein. Er redet schon den ganzen Tag von nichts anderem. Es handelt sich um einen Notfall, wie er sich bei Prozeßanwälten nun mal nicht vermeiden läßt. Sie wissen ja selbst alle, was mitten in einem Prozeß manchmal so anfällt.«

Ein gutes Argument, das Teasdale beruhigte. Ich hatte ihm eben die beste Entschuldigung geliefert, die ein Prozeßanwalt hatte, wenn er mal spät dran oder im Eifer des Gefechts verlustig gegangen war. Die erste Pflicht eines Prozeßanwalts gilt seinem Mandanten, und im Getümmel der juristischen Schlacht zählte sonst nichts. Noch nicht einmal ein Abendessen der Größten Prozeßanwälte Amerikas.

Ich fuhr fort: »Wir haben schon ein Taxi bereitstehen, das ihn geradewegs zum Waldorf bringt, sobald er vom Gericht kommt. Und ihr Jungs könnt euch schon mal auf ein Glanzstück von einem Vortrag gefaßt machen, da Wilkes sich nämlich schon seit Tagen darauf vorbereitet, über ... was war's gleich wieder ... ich bin im Augenblick nicht ganz bei mir ... äh, Eröffnungsplädoyers?«

»Sohnemann, der Mann soll dem Runden Tisch was über die Technik der Geschworenenauswahl erzählen. Ach, sagen Sie, Jungchen, wie war gleich wieder Ihr Name?« Teasdales Stimme verriet noch immer eine gewisse Gereiztheit, obwohl er ihr nach meiner Entschuldigung schlecht Luft machen konnte.

»Winston Alfred Schoonover«, antwortete ich, »stiller Sozius des unnachahmlichen John Wilkes. Geschworenenauswahl. Alles klar. Genau das wollte ich sagen. Er ist bereit, keine Bange. Und freut sich darauf. Also, ja, dann, wir werden da sei. Sobald er zurück ist, was nicht mehr lange dauern dürfte, es sei denn der Richter hat ihn eingesperrt. Ha! Ha!«

Teasdale lachte, er konnte ja nicht wissen, daß im Falle eines Zusammentreffens mit Richter Knott Wilkes' Chancen, eingesperrt zu werden, größer waren als das Ölvorkommen in Texas. Aber ich simulierte weiter. »Also, kein Problem. Sie können sich darauf verlassen. Wiedersehen.«

Wilkes: Allzeit bereit

Ich machte mich zurecht, so gut es eben ohne Dusche und Umziehen geht, und wartete auf Wilkes. Da er das Treffen vergessen hatte, konnte er natürlich auch keine Ahnung von dem Vortrag haben, ganz zu schweigen von dem Thema, mit dem er die großen Kollegen fesseln sollte. Dies freilich war eine zu vernachlässigende Sorge. Wie jeder große Anwalt, war auch Wilkes in der Lage, eine Stunde lang über jedes Thema unter der Sonne sprechen, ohne auch nur das Geringste zu sagen, ohne deshalb uninformiert zu wirken oder gar langweilig zu sein. Das gerade machte ihn ja zu einem so guten Redner und Meister des Plädoyers. Es war das ganz natürliche Nebenprodukt der besten rhetorischen Konditionierung, die die Menschheit so kennt: das dicke Honorar eines Mandanten, der einem die Worte nach Stunden bezahlt.

Das Problem war nicht die Ansprache. Das Problem war, ob er überhaupt vorhatte, noch einmal ins Büro zurückzukommen, bevor er Gott weiß wohin verschwand. Wilkes hatte das Büro kurz nach vier, mutlos und in angesäuseltem Zustand, verlassen, um Lyle Diderot zu befreien. Ich mußte also befürchten, daß er nach dem Verlassen des Gerichtsgebäudes ebensogut in irgendeinem Rinnstein landen konnte wie im Büro.

Ich rief Alvin Scribner am Gericht an. Er sagte, Wilkes sei bei ihm gewesen und mit den Papieren für den Feldmarschall wieder gegangen. Ich rief zu Hause an. Keine Antwort. Ich rief bei seiner Freundin an, Adell Loomis, der Reporterin von der *Times*. Keine Antwort.

Um halb sechs lief ich hinunter, um auf dem Gehsteig zu warten. Ich hatte die feste Absicht, ihm noch dreißig Minuten zu geben, bevor ich die ganze Geschichte vergaß. Draußen war es nach wie vor windig und viel kälter als zuvor, als Wilkes und ich nach Diderots wundersamem Freispruch siegreich zurück ins Büro marschiert waren. Der Broadway war im Augenblick durch den zähen Verkehr der Rush-hour verstopft und Wilkes weit und breit nicht in Sicht. Ich stand da, fror mir den Arsch ab, durchforschte den Strom der Fußgänger auf der Suche nach dem Großen Amerikanischen Gastredner der Größten Amerikanischen Prozeßanwälte.

Schließlich, um Viertel sieben, sah ich ihn, wie eine Flipperkugel von einem Passanten zum anderen prellend, den Broadway herunterkommen. In seiner Linken hatte er eine feuchte braune Tüte, deren Form verdächtig an die einer Flasche Jack Daniel's erinnerte. In der Rechten hatte er einen Styroporbecher, von dem ich zuerst den Boden erspähte, da Wilkes sich ihn eben in den weit geöffneten Mund kippte – er sah aus wie beim morgendlichen Gurgeln.

»Wir haben da was vergessen!« rief ich, noch während ich auf ihn zurannte. »Das Treffen des Bundesverbands der Prozeßanwälte im Waldorf! Du hältst einen Vortrag über die Geschworenenauswahl nach dem Essen.«

Wilkes blieb stehen, wies mit der Flasche auf mich und sagte: »Ich kann – hick – ich kann jedem großen amerikanischen Prozeßanwalt nur eines sagen: Wählen Sie Ihre Geschworenen nie, und ich meine nie, nach dem Essen.« Ich sah ihm in die blutunterlaufenen Augen; sie standen auf Halbmast und erwiderten meinen Blick nur träge. Der Whiskeygehalt seines Atems war überwältigend. Wilkes, dem Alkohol für gewöhnlich abhold, war betrunken. Der Grund dafür war Ausnahme 179 von der Abstinenzregel für Prozeßanwälte: vorprozessualer Streßreaktions-Blues im Falle von Anhörungen wegen Ungebühr. »Das ist alles«, lallte er, »was ich über das Thema weiß. Also sag ihnen, sie können mir mal im Mondschein begegnen. Und jetzt bring mich heim.«

»Keine gute Idee«, sagte ich und suchte die von Taxis verstopfte Straße nach einem leeren ab. Zur Rush-hour ein Taxi zu kriegen war nicht weniger problematisch, als einen Richter dazu zu bekommen, zwölf Kilo Kokain aufgrund einer unkorrekten Durchsuchung zu verwerfen. Ich streckte den Arm und winkte aufs Geratewohl in die vorbeitreibende gelbe Flotte, die von einem Querschnitt der Dritten Welt navigiert wurde. Sie ignorierten mich alle.

Während ich mit einer Hand nach Taxis winkte, stützte ich mit der anderen meinen so gut wie komatösen Wilkes, um sicherzugehen, daß er mir nicht umkippte. »Ganz und gar keine gute Idee«, sagte ich ihm, »diese Leute darfst du dir nicht vergrätzen. Gerade jetzt könnten wir ein paar Leute am Drücker gebrauchen. Sie könnten als Zeugen bei der Anhörung aussagen. Über deinen guten Leumund und so. Du kannst jetzt nicht einfach passen.«

»Diesollenmirmalimmondscheinbegegnen«, sagte Wilkes, dann fielen ihm auch schon die Augen zu, und sein Verstand glitt in den herrlichen Zustand des schwarzen Nirwanas, der nicht selten folgt, wenn das Gehirn zu lange im Alkohol lag. Sein

Oberkörper kippte schwer gegen mich, und ich fing ihn mit beiden Armen, als seine Gummibeine unter ihm wegsackten. Ich legte ihn auf den Gehsteig. Ich wußte genau, was zu tun war.

Ich lief ins nahe gelegene Guadalajara Café, ein winziger, verboten schlechter Imbiß, in dem das Bratfett in der Luft hing wie Londoner Nebel, in den sich der Geruch von angebrannten Eiern und schalen Kippen mischt. Lunko, ein kleiner Kerl mit gewölbter Brust, Eigentümer, Geschäftsführer, Kellner, Kassierer, Klempner, Gorilla und Koch in einer Person, reagierte rasch auf meine Bestellung und schenkte zweimal die Spezialität des Hauses zum Mitnehmen ein – getoasteter schwarzer Kaffee. Die beiden Styroporbecher in der Hand, lief ich zu Wilkes zurück, der immer noch auf dem Gehweg lag.

Ein paar (dies war schließlich New York) Passanten kauerten um ihn herum und fragten sich laut, ob er wohl tot war. Ich setzte die Kaffeebecher ab, hob ihn auf und warf ihn vor das erste leere Taxi, das sich die Straße heraufquälte. Gnädigerweise hielt es an. Ich riß die hintere Tür auf, warf Wilkes auf den Rücksitz und sprang neben ihn. Der Fahrer, ein grantiger Jamaikaner, zeigte mir die Faust und schrie: »Ich bin auf dem Weg zu'ner Fuhre, Mann. Schert euch raus.«

Wilkes glitt langsam vom Rücksitz und landete mit dem Gesicht voran auf dem Boden. Ich rief zornig: »Mein Freund hier hat noch zwanzig Minuten, um eine lebenswichtige Spritze zu kriegen, die er im Hotel vergessen hat. Sonst stirbt er. Wir müssen sofort ins Waldorf. Es geht um Leben und Tod. Hier sind hundert Dollar.«

Die Augen des Fahrers füllten sich mit schierer Anwaltsgier, als ihm ein gewisser Anwalt die Hand mit grünen Scheinen füllte. Lächelnd wandte er sich seinem Sprechfunk zu und sagte seiner Zentrale: »Mann, ich steh' hier am World Trade, seh' aber kein' Typ, der wie'n Botschafter aussieht. Ich fahr' dann wieder stadtauf.« Einen Augenblick später meldete er sich dann noch einmal: »Hey, Mann, ich hab' zwei Leute fürs Waldorf. Ich fahr' jetzt mal rauf, Mann.«

Während ich Wilkes mit aller Gewalt den verbrannten Kaffee einzuflößen versuchte und unser Fahrer glücklich irgendwelches Reggaekauderwelsch plapperte, bewegten wir uns langsam, aber sicher uptown – ein Zweiglein in einem hupenden, stinkenden Metallfluß voll kleiner Strudel.

Die Teasdales

Wir brauchten weit über vierzig Minuten, uns stromaufwärts zum Waldorf treiben zu lassen, genügend Zeit, um dem nahezu bewußtlosen Wilkes die beiden Becher Kaffee in den Rachen zu gießen. Als wir im Hotel ankamen, hätte er zwar noch keinen Alkoholtest bestanden, hatte aber doch immerhin Fortschritte gemacht – mit anderen Worten, er wäre wenigstens auf eigenen Beinen durchgefallen. Ich schob ihn in die Halle und folgte den Schildern – BUNDESVERBAND DER GRÖSSTEN PROZESSANWÄLTE AMERIKAS: GROSSER BALLSAAL – in den großen Ballsaal.

Wir betraten einen großen Büffetraum, in dem es auch nicht eine Menschenseele gab. Er war voller großer runder Tische mit einer Unmenge halbvoller kalter Platten und Weinflaschen. Einige Hilfskellner, die Söhne der Taxifahrer aus der Dritten Welt draußen, waren damit beschäftigt, den Trümmerhaufen abzutragen. Ich erkundigte mich nach den Gästen, und einer von ihnen wies auf einen weiteren Raum gleich neben dem Speisesaal, aus dem deutlich das Gebrabbel von Partygeplauder drang.

Mit Wilkes im Schlepptau betrat ich den Raum. Er war voller Zigarrenrauch und Dutzenden von lachenden Männern mittleren Alters in schwarzen Smokings auf der einen Seite und derselben Anzahl herrlicher schlanker junger Frauen in schulterfreien Abendkleidern und Diamanten auf der anderen. Alles hatte ein mit irgend etwas gefülltes Glas in der Hand. Ein großer Mann mit breiter Nase und Zigarre erspähte uns auf der Schwelle und kam, eine der hübschen Damen am Arm, auf uns zu. Dabei klimperten die Eiswürfel in seinem bourbongefüllten Tumbler, während die grauweiße Asche seiner Zigarre auf dem Revers seines schwarzen Smokings landete. Was er jedoch nicht bemerkte.

Ich erriet, wer sich da näherte, und sagte Wilkes, er solle entweder so tun, als sei er nüchtern, oder gleich umkippen – irgendwas dazwischen tat es jetzt einfach nicht. Überraschenderweise bemühte er sich sogar. Er drückte das Kreuz durch und stand ohne Hilfestellung. Ohne Wilkes zu beachten, stellte sich der Mann mir als Melvin T. Teasdale III. vor, Präsident der Größten Prozeßanwälte Amerikas.

Teasdale war ein großer Mann Anfang Fünfzig mit angehender Glatze. Und er trank. Er sah in etwa genauso aus wie die paar Dutzend weiterer plappernder Männer im Raum. An seinem Arm hatte er eine junge blonde Schönheit in einem tief ausgeschnittenen schwarzen Kleid mit reichlich Brust in der Auslage. Um ihren wunderschönen langen Hals trug sie ein Diamantkollier von der Breite eines Doggenhalsbandes. Schwarze Handschuhe erstreckten sich bis zum Ellenbogen, und an einem Handgelenk hing, am Handschuh fixiert, ein diamantbesetztes Armband, das gar noch breiter war als das mächtige Ding um den Hals.

»Sie sind spät dran«, sagte Teasdale. »Ich bin Teasdale, und das hier ist meine Frau, Kismet.«

»Sie sind spät dran«, wiederholte die reizende Mrs. Melvin Teasdale. Sie entzog ihrem Mann ihren dünnen Arm und benutzte beide Hände, um an ihrer Champagnerflöte zu nippen.

Wilkes gab trotz seiner Volltrunkenheit den ersten sinnvollen Kommentar ab, seit ich ihn in das Taxi geworfen hatte: »Besser spät als nüchtern, sage ich immer.« Er brachte dies halbwegs artikuliert über die Lippen, während er Melvin Teasdale eine Hand entgegenstreckte. Melvins Augenbrauen hoben sich, als er den Blick auf Wilkes richtete. Er hatte aus unseren Gesichtern – das meine hellwach, Wilkes' am Abbröckeln – geschlossen, ich müßte der Gastredner sein.

»John Wilkes, zu Ihrem *servicio*, Señor Presidente.« Wilkes verbeugte sich tief. Ich fragte mich schon, ob er wohl je wieder hochkommen würde, aber er schaffte es und sagte: »Tut mir leid, daß wir aufgehalten wurden, aber ich habe die vergangene Stunde einem wahnsinnigen Richter zu erklären versucht, daß er einen Angeklagten nach einem Freispruch laufenzulassen hat. Einer ganzen Menge Richter leuchtet das nicht so recht ein.«

»Sie meinen, Sie hatten einen Mandanten im ... Gefängnis« fragte eine fassungslose Mrs. Melvin Teasdale III. und hielt ihm eine behandschuhte, diamantenbehangene Hand entgegen, freilich so schlaff, daß man nicht wußte, ob man sie schütteln oder küssen sollte. Sie überlegte, was das für ein Anwalt sein mußte, der einen Fall mit einem Mandanten verhandelte, dem es an den notwendigen Mitteln für eine sofortige Sicherheitsleistung fehlte. Sie sagte: »Ich bin Mrs. Melvin Teasdale der Dritte, aber Sie dürfen mich Kissy nennen.«

Melvin steckte sich seinen Stumpen zurück in den Mund, legte einen Arm um seine Frau und drückte sie leicht, als er sagte: »Aber die kleine Maus hier ist die zweite Mrs. Melvin Teasdale der Dritte.«

Das taube Mark

Wilkes' Blick war unscharf, aber für einen Mann mit taubem Rückenmark hielt er sich bestens. Er drückte Kissys Hand, fiel dabei jedoch nach vorn, so daß er um ein Haar mit der Nase in ihrem Dekolleté gelandet wäre. Er fing sich aber wieder und ließ den Kopf auf die ihm entgegengestreckte Hand fallen, der er einen so sabbernden Kuß aufdrückte, daß er ein feuchtes Mal hinterließ. »John Wilkes, frisch vom blutgetränkten Schlachtfeld der Justiz, meine Dame.« Er richtete sich wieder auf und sagte lautstark: »Siegreich, wenn auch verwundet; freigesprochen, aber wegen Ungebühr belangt; und jetzt über die Maßen geehrt, als Gastredner vor dieser großartigsten Versammlung von Prozeßanwälten des Universums über die Wechselfälle der Geschworenenwahl sprechen zu dürfen. Und ah ... das hier ist mein geschätzter Sozius Winston Alfred Schoonover.«

Kismets kleines Näschen, im Augenblick mitten im Orkan der stinkenden Whiskeydämpfe, die Wilkes' Worte begleiteten, rümpfte sich abrupt. Instinktiv trat sie einen großen Schritt zurück, um sich zu schützen, und meinte dann in ihrem schleppenden Dialekt: »Und was genau haben Sie da verhandelt, Mr. Wilkes? Wir hören bei uns in Texas unten ja so viel über die Probleme an der Wall Street. Sicher ein Fall von Insider-Geschäften, oder?«

Wilkes schwankte so stark, während er vor ihr stand, daß ich ihn im Kreuz am Gürtel packte, um sicherzustellen, daß er mir nicht in Kissys freizügigen Ausschnitt kippte. »Nicht ganz«, sagte er. »Mein Mandant, ein rotznasiger Gangster von der Lower East Side, war wegen eines Raubüberfalls auf ein armes kleines blindes Schulmädchen angeklagt.«

In den Gesichtern von Mr. und Mrs. Melvin T. Teasdale spiegelte sich ihr Schock. Mit verächtlich geschürzten Lippen erstarrten sie zu Masken des Abscheus, so entsetzt waren sie über die Sorte Fälle, um die wir uns kümmerten. Mrs. Teasdale tat, als hätten wir ihr eben gesagt, wir seien Kanalarbeiter und gerade nach einem langen Tag Kotschippen nach oben gekommen. Die beiden Texaner sahen einander an.

»Ein brutales Gewaltverbrechen?« fragte Kissy Teasdale. »Sie vertreten ... richtige Kriminelle? Dann hat man Ihnen den Fall aber doch sicher aufgezwungen, nicht wahr? Irgend so ein gemeiner Kerl von einem Richter hat sie dazu gezwungen. *Pro bono publico*, nennen Sie das nicht so? Ist das –«

»Ach was«, fiel Wilkes ihr ins Wort. Er schwankte wieder nach vorn, und ich zog an seinem Gürtel, damit er mir stehen blieb.

»Aber was, um alles in der Welt, konnte Sie dann dazu bringen, ein Ungeheuer zu vertreten, dem man vorwarf, ein blindes Mädchen zu schlagen?«

»Ganz einfach, Madam. Fünfunddreißigtausend Mücken.«

Aus einem Reflex heraus legte sich Kismet ihre funkelnde schwarze Hand an den rubinroten Mund, wandte sich kurz ihrem Mann zu, dann wieder Wilkes. Es wollte ihr keine vernehmbare Antwort für die beiden Plebejer vor ihr über die Lippen. Es war jetzt ganz offensichtlich. Es war allzu klar: Sie hatte hier den Abschaum dieser großen Zunft vor sich – ganz gemeine schmutzige Strafverteidiger von der Straße.

»Ich muß mich für unseren Aufzug entschuldigen«, sagte ich, um das Thema zu wechseln. Inmitten von Smokings und umwerfenden Abendkleidern trugen wir die Alltagsuniform des Strafverteidigers: zerknitterter brauner Anzug (westenlos), pastellfarbenes Hemd, fleckige gestreifte Krawatte und abgestoßene Schuhe. »Da wir nach dem Freispruch noch den Richter davon überzeugen mußten, daß unser Mandant auf freien Fuß zu setzen ist, war es schon etwas spät, um noch nach Hause zu gehen und uns umzuziehen.«

»Tja, Partner, das ist etwas ungewöhnlich«, meinte Texas Teasdale, während Kissy uns noch einen Augenblick mit einer Verachtung musterte, die mich an den Portier bei Gucci oder den Oberkellner vom Le Cirque erinnerte. »Aber gehen wir doch rein«, sagte er dann. »Wir waren eben dabei, zum geschäftlichen Teil unseres Treffs zu kommen, verdammt noch mal. Ich stelle Sie dem Runden Tisch vor.«

Die besten Freunde der Frau

Noch bevor wir uns durch das Gedränge manövriert hatten – der Laden war voll wie im Stoßverkehr, schlimmer noch als die Verstopfung draußen auf der Straße –, glitt, eine Erscheinung aus Dekolleté und funkelndem Geschmeide, ein Prachtstück von einer rothaarigen Frau auf uns zu, um mit unserer Gastgeberin zu sprechen. Sie drückte sich zwischen Wilkes und mich, als existierten wir nicht, und wandte sich an die liebliche Kismet.

»Kissy Teasdale, also das ist das himmlischste Armband, das ich jemals gesehen habe«, säuselte sie.

Kissy gab Küßchen, ohne daß ihre rubinroten Lippen die Backen der Rothaarigen berührt hätten. Sie sagte: »Ja, Melvin hat es für mich ausgesucht, kurz vor unserer Hochzeit. Es ist ein frühes Stück von Bulgari, viel besser als alles, was man heute so macht. Aber du weißt ja, wie vorsichtig Melvin und ich dieser Tage mit unseren Einkäufen sein müssen, weil seine Ex, dieses Miststück, noch auf dem Kriegspfad ist. Führt sich furchtbar auf, weil sie meint, er hätte bei der Vermögensaufteilung nicht alles angegeben. Als hätte sie nicht genug gekriegt! Weißt du, daß die kleine Blutsaugerin uns vor den Kadi zu zerren droht, weil wir uns, wie sie es nennt, nach der Vermögensaufteilung in verdächtig auffällige Unkosten gestürzt hätten. Kannst du dir das vorstellen? Aber lassen wir das jetzt mal. Laß mich dich ansehen. Ach, liebste Sarah, wie ich sehe, hast du immer noch die hübsche kleine Vogelbrosche. Das ist schwarzer Onyx, nicht wahr?«

Sarah war die rothaarige Trophäe eines dreimal geschiedenen alten Prozeßkämpen, der, wie wir später herausfanden, der fünfte Vize des Verbands und rasch auf dem Weg nach oben war. Sie warf einen Blick auf den glänzenden Piepmatz auf einem der hauchdünnen Spaghettiträger, die ihr schwarzes Kleid vor dem Rutschen bewahrten. Der Vogel hatte Flügel aus gelbem und weißem Gold. Auge und Schnabel waren aus riesigen Diamanten. Kleinere Körnchen waren in Trauben über den Rest des glitzernden Körpers verteilt.

»Ja, aber ich hätte es nie zu dem Kleid hier tragen dürfen«, seufzte Sarah. »Mit nichts als Fleisch zum Anstecken! Es sieht ja so aus, als würde sie auf meinem Schlüsselbein sitzen. Ha! Ha! Ha!«

Kissy lächelte Sarah an. »Ach, du Schlawinerin, du mußtest es einfach tragen, das alte Prachtstück. Weißt du, die beste Zeit, Diamanten zu tragen, ist als ganz junges Ding. Große Steine machen eine Frau alt, findest du nicht?«

Präsident Teasdale ignorierte das Geschnatter über den Vogel und zerrte an Wilkes. Irgendwie hatte mein Freund sich von einem vorbeigehenden Kellner ein Glas Bourbon geschnappt und war bereits wieder am Trinken. Nachdem er sich den Whiskey in einem Zug hinter die Binde gegossen hatte, steckte er den Kopf in den kleinen Raum zwischen den plaudernden Frauen und sagte: »Meine Damen, meine Damen, wieso sich die Mühe mit Schmuck und Kleidern machen? Warum pappen Sie sich nicht einfach Tausender, Aktien, Obligationen und Einlagezertifikate auf das magere nackte kleine Chassis?«

Der runde Tisch

Die Köpfe der beiden Frauen fuhren herum, um nach der Herkunft des Frevels zu sehen, aber in eben diesem Augenblick rissen Teasdale und ich Wilkes aus der Gefahrenzone. Wir zogen ihn durch das Gedränge an einen runden Mahagonitisch, der groß genug war, um zirka zwanzig der Smokings Platz zu bieten. Eine tief hängende Lampe leuchtete spärlich die Mitte des Tisches aus, auf der sich jede nur erdenkliche Art von Flasche befand. Das war also der Runde Tisch.

Wilkes und ich hatten uns eben gesetzt, als mein Freund bereits das nächste Glas geleert hatte. Und schon schenkte ihm jemand nach. Teasdale rief lautstark aus: »An den Runden Tisch! An den Runden Tisch! Alles sammeln.«

Da der Tisch zu klein war, mußten die etwa achtzig Mitglieder ihre Stühle in mehreren konzentrischen Kreisen aufstellen. Währenddessen zogen sich die Frauen, die den traditionellen Ruf der Männer zu den Waffen vernommen hatten, auf die Seite des Raumes zurück, auf der sich die Bar befand, um dort weiter über Schmuck, Abendkleider, Broadwayshows, Gatten und deren Exfrauen (mitsamt dem Ärger, den sie machten) oder alte Geschichte zu plaudern – mit anderen Worten über ihr Vorleben als Anwaltsgehilfinnen.

Am Runden Tisch sahen Wilkes und ich uns von Stühlen voller Smokings umringt. Das Licht war so schummrig und der tief hängende Dunst der Zigarren so dick, daß über die erste Reihe hinaus kein Gesicht mehr zu sehen war. Teasdale eröffnete die Versammlung. »Meine Herren. Als erstes möchte ich Ihnen unseren Gast John Wilkes und seinen Sozius Winston Schoonover vorstellen, beide hervorragende Strafverteidiger im großartigen Staat New York ...«

»Wenn auch nicht mehr lange ...«, murmelte Wilkes.

Seine Worte ertranken in einem weiteren Schluck Bourbon und Teasdales folgendem Satz. »Ganz in der Tradition unseres Verbandes wird Mr. Wilkes heute abend die Diskussion am Runden Tisch leiten. Das Thema: Die hohe Kunst der Geschworenenauswahl.«

Unter den in der Dunkelheit versteckten Smokings brach höflicher Applaus und das Klimpern von Eiswürfeln aus. Wilkes leerte sein Glas. Jemand schenkte ihm nach. Als der Beifall abflaute, stand er unversehens auf und sagte laut: »Ich weiß, ich soll hier über die Geschworenenwahl nach dem Essen sprechen, aber ich kann Ihnen dazu nur eines sagen, ihr schlitzohrigen Winkelschreiber: Sucht euch eure verdammten Geschworenen nie nach dem Essen aus.«

Ich zog Wilkes auf seinen Stuhl zurück und flüsterte ihm ein inbrünstiges »Noch nicht!« ins Ohr, aber taub wie er vom Hals an aufwärts war, drang einfach nichts durch. Er war so betrunken, daß ihn nur noch sein Reptilieninstinkt über Wasser hielt, die höheren Gehirnfunktionen hatten sich wieder ausgeschaltet.

Präsident Teasdale fuhr fort: »Aber bevor wir zum bildenden Teil unserer Versammlung kommen, beschäftigen wir uns erst mit den Wahlen der Funktionäre fürs kommende Jahr. Wie es Brauch bei uns ist, haben die sechs Vorstandsmitglieder die neuen Funktionäre vorgeschlagen, und das wären folgende Herren: unser erster Vize Ronnie Lipton aus Tallahassee wird wohl vergeblich versuchen, mich, euren Präsidenten auf Lebenszeit, abzulösen. Aber ich werde standhalten, es sei denn, ich verliere eure loyale Unterstützung.«

Lautes, aber gutmütiges Buhen brach aus. »Zurücktreten!« rief einer der Smokings. Donnernder Applaus bekräftigte den Vorschlag.

»Mist«, meinte ein strahlender Teasdale, »sieht ganz so aus, als hätte man mich aus der Stadt gejagt. Ein Staatsstreich! Hiermit ist Ronnie für nächstes Jahr Präsident. Als solcher ist es seine erste Pflicht, mir eine teure Plakette für die Wand zu besorgen, auf der man mir für all die Jahre hervorragenden Dienst an dieser großen Organisation dankt. Tja, die anderen Vorstandsmitglieder beweisen große Führungsqualitäten, indem sie sich selber für ein weiteres Amtsjahr vorschlagen. Im Einklang mit unserer Tradition klimpern jetzt alle, die bereit sind, diesen Vorschlägen ihren Segen zu geben, wie das laut Satzung nötig ist, mit dem Eis in ihren Gläsern.«

Einige Tumbler klimperten, aber – soweit ich das sagen konnte – nur die von denen, die eben ihre Gläser hoben, um was zu trinken. Wilkes' Tumbler klapperte am lautesten, weil er ihn schon wieder mal leerte. Alle anderen buhten oder pfiffen, als Teasdale sagte: »Womit die Wahl unseres Vorstands fürs kommende Jahr auch diesmal wieder einstimmig wäre. Ich gratuliere, Männer.«

Die Menge buhte die Ankündigung aus. Keinen hier scherte es einen Dreck, wer den Haufen leitete, außer denen, die sich in der großen demokratischen Tradition selbst vorgeschlagen hatten.

Rechts von uns stand der erste Vize Ronnie Lipton auf. Er räusperte sich, wartete, bis sich die desinteressierte Gruppe beruhigt hatte, und sagte: »Danke, danke. Ich werde alles tun, um dem großen Beispiel, das Präsident Teasdale dieses Jahr mit seiner Arbeit gegeben hat, gerecht zu werden. Und, Mel, Sie erwartet heute abend eine Überraschung. Als Zeichen unserer Anerkennung überreicht der Verband hiermit Melvin Teasdale den ersten Präsidentenpokal – mit Ihrem Namen drauf. Wir werden das nun zur alljährlichen Tradition machen, Mel, und Sie sind der erste, den wir damit ehren. Meinen Glückwunsch.«

Lipton brachte eine häßliche Goldtrophäe von der Form und Größe einer kleinen Badewanne zum Vorschein, stellte sie auf den Tisch und schob sie mir und Wilkes zu, damit wir sie an Teasdale weitergaben. »Glückwunsch!« sagte er noch einmal zu den Versammelten in der Hoffnung auf ihren Applaus für die Ehrung, aber keiner wollte ihm den Gefallen tun.

Als die Trophäe bei uns ankam, griff Wilkes danach und hielt sie über den Kopf wie ein Wimbledon-Sieger; dann brüllte er lallend – wie sonst? – »Ich danke Euch, Größte Prozeßanwälte Amerikas, für diese Auszeichnung. Obwohl ich kein Mitglied bin, werde ich euch eure Großzügigkeit nicht vergessen. Aber ich fühle mich in aller Demut an das alte Sprichwort erinnert: ›Mit den Auszeichnungen ist das wie mit Hämorrhoiden. Früher oder später kriegt auch das letzte Arschloch noch eine.‹«

Dafür erntete er von den Versammelten ein donnerndes Getrampel und beifällige Kraftausdrücke. »Dann gib sie dem Arschloch schon!« sagte einer der Smokings. Andere taten lautstark ihre Zustimmung kund. Teasdale, der nicht warten wollte, bis Wilkes ihm das Gold überreichte, stand auf, beugte sich herüber und schnappte Wilkes den Preis aus der Hand. »Den hab' ich mir verdient«, sagte er lachend, »und damit es auch jeder weiß: Euer Präsident ist kein Arschloch.«

Teasdale erhob die Trophäe mit der einen Hand und sein Glas mit der anderen und leerte es unter weiterem lauten, aber herzlichen Gebuhe. Dann wischte er sich mit dem Ärmel über den Mund und verkündete: »Also, meine Freunde, dann müßten wir uns noch um die Kandidaten für die Neuaufnahme kümmern. Unser Kollege aus dem großen Staat Kalifornien, Guy Olson aus San Francisco, möchte, daß wir für den von ihm vorgeschlagenen Gene Phillips aus ... äh ... wo ist er gleich wieder her, Guy?«

In der zweiten Reihe, Wilkes und mir direkt gegenüber, erhob sich ein kleiner, ernster Mann mit angehender Glatze. »Emeryville, gleich auf der anderen Seite der Bucht.«

»Emeryville?« rief eine Stimme aus der im Dunkeln liegenden letzten Reihe. »Nie gehört.« Ich hörte ein Gemurmel in den Reihen hinter mir. Jemand flüsterte: »Olson? Sag mal, der Mann ist doch gerade mal Advokat, oder?«

»Ach was!« flüsterte ein anderer von hinten. »Ein popeliger Prozeßagent ist er.«

Hinter Olson sagte einer, lauter diesmal: »Ich habe noch nie von diesem Gene Phillips gehört, aber ich habe seinen Lebenslauf im Programmheft gelesen. Der Kerl ist so was von unscheinbar, daß ich schon wieder vergessen habe, was drinstand.«

Ein lautes Klimpern zahlreicher Bourbontumbler bildete den Beifall für den anonymen Schmäher, der gleich fortfuhr: »Wir sind schon groß genug, auch ohne noch mehr Nobodys aufzunehmen. Von mir kriegt er die schwarze Kugel.«

Die schwarze Kugel war hier offensichtlich die Neinstimme, und ich sah es Olsons Gesicht an, daß diese eine schwarze Kugel die Ablehnung seines Kandidaten bedeutete. Olson wandte sich an die Stimme aus der Dunkelheit und fragte: »Noch mehr Nobodys? *Mehr?* Hören Sie, ich *kenne* den Mann. Er ist ein hervorragender Prozeßanwalt, und das seit zwanzig Jahren. Er hat alle möglichen Arten von Schwurgerichts –«

»Am besten fahren Sie bei der Juryauswahl mit dem tauben Geschworenen«, warf ein ausgesprochen betrunkener Mr. Wilkes ein, als er ein zweites Mal aufzustehen versuchte, um seine Rede zu halten. »Sie hören nie genug Beweise –«

Ich zog ihn unsanft auf seinen Stuhl zurück, noch bevor er so recht hochkommen konnte. Er hielt den Mund und trank weiter.

Eine weitere Stimme meldete sich aus der Dunkelheit: »Was für Fälle hat er denn verhandelt, Guy? Den üblichen Mist, Personenschaden, Scheidungen, Bankrott und Verkehrsdelikte? Was hat der Knabe den Größten Anwälten zu bieten? Also ich fürchte, für mich sieht das auch nach einer schwarzen Kugel aus.« Weiterer Applaus in Form von Eisgeklimper für Schmähredner Nummer zwei.

Guy Olson nahm seine Sache ernst. Er war sichtlich wütend. Sein Vorschlag schien den Bach runterzugehen, und wenn er ihn noch retten wollte, müßte er sein ganzes persönliches Prestige in die Waagschale werfen. »Nein, warten Sie. Ich habe gesagt, ich kenne den Mann. Er ist von hervorragendem Charakter, und als einer der ersten schwarzen Strafverteidiger seiner Gegend hat er seinen Nachbarn so manchen Dienst getan, indem er alle möglichen Fälle annahm, die andere Anwälte abgelehnt hatten, vom gewöhnlichsten bis zum kompliziertesten. Er ist ein Vorbild und ein verdammt guter Prozeßanwalt. Und außerdem halte ich es für an der Zeit, daß auch bei den Größten Anwälten die Rassenschranken fallen.«

Kaum hatte Olson die Worte »schwarz« und »Rasse« ausgesprochen, legte sich ein schreckliches Schweigen über die Gruppe. Als hätte irgendein Totschläger angekündigt: »Noch ein Wort, und es ist euer letztes!« Olson spürte der Vergeblichkeit seiner Bemühungen und ließ eine letzte verzweifelte Salve los: »Nicht ein schwarzes Gesicht in dieser Runde. Meine Herren, das hier ist nicht der Ku Klux Klan!«

Die Runde schwieg weiter. Noch nicht einmal ein Eiswürfel klimperte. Nach einigen Augenblicken verlegener Stille brach Teasdale das Schweigen mit dem Code für die Niederlage. »Guy, selbstverständlich kann, darf und wird Ihr Kandidat hier nicht aufgrund seiner Hautfarbe anstatt seines Charakters abgelehnt.«

Wilkes blökte nun wieder: »Lehnen Sie bei Ihrer Wahl der Geschworenen auf jeden Fall Buchhalter ab, die in der Nase bohren, wenn sie ihre Fragen beantworten.« Wilkes machte sich diesmal nicht die Mühe, für seinen wertvollen Tip zur Geschworenenwahl eigens aufzustehen. Er schob sich den Tumbler ins Gesicht und nahm einer ordentlichen Schluck.

Präsident Teasdale bat um weitere Kommentare zum Aufnahmevorschlag, aber noch bevor jemand antworten konnte, rief er zur Abstimmung auf. Alle, die für den Kandidaten waren, sollten aufstehen. Außer Wilkes kam neben Olson auch nicht ein einziger hoch. Olson, der rasch sah, daß er auf weiter Flur allein war, sank unglücklich auf seinen Stuhl zurück.

Tips einer Schnapsleiche

Seine Umgebung nicht mehr wahrnehmend, blieb Wilkes gleich stehen – an sich schon eine bemerkenswerte Leistung –, das Glas in der einen Hand, in der anderen die Flasche Bourbon, aus der er sich plätschernd nachschenkte. Als er nachgeladen hatte, brach er das Schweigen, indem er seinen vorzeitigen Vortrag über die Geschworenenwahl begann. »Wissen Sie«, sagte er schwankend, »ich hatte schon immer mal Lust, einfach die ersten zwölf auf der Bank zu nehmen und dem Richter zu sagen: ›Richter, diese guten Leute zu befragen erübrigt sich. Wir nehmen sie, wie sie da sitzen.‹ Also, das ist an sich kein schlechter Zug, wenn es den Ankläger so beschämt, daß er's genauso macht. So wie es um die geistige Gesundheit unseres Landes bestellt ist, haben Sie die reelle Chance, daß wenigstens ein Psychotiker darunter ist. Und damit die Garantie, daß sich die Jury nie einig wird.«

Die Smokings grinsten und lachten vergnügt über Wilkes' Rat. Es war weit besser, sich auf komische Nebensächlichkeiten zu konzentrieren als auf den Kandidaten, den man eben in die Pfanne gehauen hatte.

»Tja, wie es scheint, kann es unser Freund hier gar nicht mehr erwarten, die Tischrunde mit Geschichten über die Geschworenenwahl zu erfreuen«, sagte ein entzückter Präsident Teasdale. Er war ganz erpicht darauf, das Thema zu wechseln, und sah Wilkes, der eben mit seinem nächsten Bourbon beschäftigt war, lächelnd an. »Mr. Wilkes«, sagte er, »lassen Sie mich meinen eigenen Beitrag zu Ihren scharfsinnigen Beobachtungen über die Auswahl der Jury leisten. In Texas haben wir die Regel: Nimm nie einen Geschworenen, dessen gespitzte Gosche kleiner ist als 'n Hühnerarschloch.«

Als Beifall für den Rat des Präsidenten kam ein lauter Chor von Lachern und klimpernden Eiswürfeln. Ich stand auf und flüsterte Wilkes zu, daß seine Zeit gekommen sei. Er begann: »Stimmen Sie die potentiellen Geschworenen immer erst ein ...« Während er sprach gestikulierte er so wild mit der rechten Hand, daß der eben nachgefüllte Bourbon mitsamt den Eiswürfeln Flügel bekam und die ersten beiden Smokingreihen durchnäßte.

Als er die fleckigen Hemden der fein gekleideten Herren aus der ersten Reihe sah, sagte Wilkes ihnen: »Bourbon steht euch ausgezeichnet, Jungs.«

Mit dem tropfenden Tumbler in der Hand, sein Verstand viel zu alkoholisiert, um sich seines Fauxpas zu genieren, fuhr er fort: »Wie isch schon sagte, mit meiner etwas feuchten Aussprache – hah! –, stimmen Sie die Geschworenen immer erst ein auf das, was da kommt. Ich gehe das immer locker an, zum Beispiel: ›Meine Damen und Herren, bei diesem Prozeß hören Sie Zeugen der Anklage und meineidige Dummköpfe. Aber das kommt ja wohl aufs selbe raus.‹«

Die Smokings kicherten und klimperten mit ihren Gläsern dabei. Eine Stimme aus der Dunkelheit fügte hinzu: »Nimm nie was mit Bart oder Schnurrbart, über hundertvierzig Kilo oder einem durchsichtigen T-Shirt.« Dieser Kommentar entzog der rauchgeschwängerten Atmosphäre für einen Augenblick die Fröhlichkeit, bis die Stimme hinzufügte: »Es sei denn, es handelte sich um eine Verwandte deines Mandanten.«

»Guter Punkt«, sagte Wilkes mitten in das Gelächter der Smokings. Er stellte sein leeres Glas auf den Tisch und nahm einen großen Schluck Luft. Ich bemerkte, daß er schwitzte, sein Gesicht war aschfahl, und seine Augen schienen jeden Augenblick in der Stirn verschwinden zu wollen. Das Gesicht gesenkt, beugte er sich über den Tisch und stützte sich mit geballten Fäusten und durchgedrückten Ellenbogen ab. Lange konnte er uns nicht mehr erhalten bleiben.

Und dann machte er etwas völlig Irres. Er schlug mehrere Male mit der Faust auf den Tisch. »Ich klopfe lieber mal auf Holz!« Er drosch noch mal auf den Tisch. »Geschworene! Gott hab sie gern! Gott sei's gedankt, daß wir immer noch Jurys wählen können.« Er sagte das mit überraschendem Nachdruck, als wäre er wieder nüchtern geworden. Die Regenerationsfähigkeit des Mannes erstaunt mich immer wieder.

Wilkes fuhr fort: »Stellen Sie sich das vor – ein Alptraum: Sie müßten alle ihre Fälle vor den sabbernden Vampiren in der schwarzen Robe verhandeln! Die würden die Jury für ihr Leben gern abschaffen, damit sie unseren Mandanten ohne die unsinnige Zeitverschwendung einer Schwurgerichtsverhandlung Leben und Freiheit aussaugen können.«

Wieder aufrecht, hob er sein frisch gefülltes Glas Bourbon, nahm einen Schluck und fuhr fort: »Erst heute habe ich einen Prozeß vor einem nichtsnutzigen, verlogenen, linken Hurensohn von einem Richter hinter mich gebracht, einem gewissen Yulburton A. – für Arschloch – Knott. Er haßt mich. Er hat meinen Mandanten mit jedem billigen Trick abzuservieren versucht, den es nur gibt. Sechs Verweise hat er mir gegeben, der Saftsack! Am liebsten hätte ich ein Maschinengewehr genommen und den Scheißkerl damit noch auf dem Richterstuhl zum Sieb geschossen. Und dann nichts wie raus. Ich habe den Kanal voll von Gaunern in Roben, die das Gesetz brechen und damit nicht nur durchkommen, sondern auch noch belohnt werden!«

Die Smokings klapperten mit den Eiswürfelnt und stampften laut mit den Füßen. Einige riefen: »Hört! Hört!«, andere »Bravo!« Wilkes schlürfte glücklich sein Glas leer und wäre fast umgefallen dabei. Das heißt, er wäre gefallen, wenn nicht zufällig gerade ein junger Kellner hinter ihm gestanden hätte. Der Junge hatte ein tragbares Telefon in der Hand und war während Wilkes' Monolog an den Tisch gekommen, ohne daß wir ihn bemerkt hatten. Bis mein betrunkener Freund auf ihn drauffiel.

»Anruf für einen John Wilkes«, sagte der Junge unterwürfig. Er hielt Wilkes den Apparat unter die lange rote Nase.

Wilkes sah den Kleinen einen Augenblick lang merkwürdig an – mit einem unheimlichen Blick, wie die Menschheit ihn vermutlich für das erste Wesen aus dem All reserviert hat. »Ich bin ein John Wilkes«, sagte er, »aber von Ihnen sehe ich mehr als einen.«

Der Hilfskellner hielt ihm den Apparat hin, bis Wilkes danach griff und sich das Ding ans Ohr hielt. Er sagte wem auch immer, er solle lauter sprechen, weil er vor lauter Lärm im Raum nichts hören könne. »Was sagen Sie?« rief Wilkes. »Lauter! Wer will mich sehen? Jetzt? Im Richterzimmer? Heute Abend? Was? Um diese Zeit? Ich höre Sie nicht. Was ... sagen Sie? Wer? Scheiße!«

Damit knallte er den Hörer auf den Apparat und verkündete seinem Publikum, daß der Anruf aus dem Büro von Richer Y. Knott gekommen sei und man dringend nach seiner Anwesenheit verlangte – aus Gründen, die er nicht verstand. Er griff sich sein abermals gefülltes Glas Bourbon und hob es, so hoch es eben ging, wobei er sich die Hälfte über den Anzug goß.

»Dieser Vampir von einem Richter kriegt mich morgen um neun und nicht eine Minute früher!«

Dann brach er zusammen und krachte rücklings gegen den Hilfskellner, während die Smokings wie ein Mann aufstanden, um ihm eine stehende Ovation zu geben.

Kapitel 5

Detective Mulraney

Vielleicht wünschen einige Leute auf Meer von Ehe,
sie hätten Schiff verpaßt.

CHARLIE CHAN

Mann, als wir geheiratet haben, muß was schief-
gelaufen sein. Wir haben verschiedene Gelöbnisse
abgelegt: ich, daß ich treu bin,
und sie eines fürs Zölibat.

DETECTIVE JAIME PEREZ

Inspector Michael Fitzpatrick Mulraney von der Mordkommission der New Yorker Polizei, von seinen Kollegen Mike ›Tüchlein‹ genannt, freute sich schon darauf, Jill um acht zu einem köstlichen chinesischen Abendessen ausführen zu können. Er hatte die Verabredung mit seiner Frau nun zwei Freitage hintereinander platzen lassen, beide Male wegen eines ungelegenen Mords. (New Yorker sind nicht eben rücksichtsvoll, wenn es darum geht, wann sie einander den Garaus machen.)

Diesen Abend hatte Mike ein gutes Gefühl. Es war den ganzen Tag nicht viel los gewesen. Das Übliche: in der Bowery hatte man einen Penner mit dem Rasiermesser traktiert, ein tödlicher Schußwechsel zwischen zwei Dealern in Harlem. Den Mord von letzter Nacht, eine Frau, die am Riverside Drive ihren Hund Gassi geführt hatte, zählte Mulraney nicht mit. Das war nicht seine Schicht.

Glücklicherweise waren diese lausigen Fälle an seine beiden Kollegen, Perez und Fortunata, gegangen. Er hatte Fortunata diesen Morgen angerufen und ihm den aufgeschlitzten Penner zugeteilt. Frank war nicht eben begeistert und schrie die erste Frage in den Apparat, die einem von der New Yorker Mordkommission einfiel, wenn er nicht wußte, wo er anfangen sollte: »Was haben wir denn?«

Mulraney erledigte den ganzen Tag über Papierkram auf der ›Stube‹, einem großen wandlosen Raum voller Schreibtische, den die gut zwanzig Beamten von der Mordkommission ihr Zuhause nannten. Wie jeder andere gute Polizist auch, haßte er den Papierkrieg, der mit seiner Arbeit einherging, aber einmal einen ganzen Tag auf der Stube zubringen zu können, war ein seltenes Ereignis im Leben eines Beamten der Mordkommission einer so mörderischen Stadt wie New York. Auf der Stube zu sitzen, anstatt Pflaster zu treten und den Hinweisen von Zeugen nachzugehen oder sich Leichen anzusehen, war eine kurze Flucht aus der wirklichen Welt. Mulraney konnte sich nicht mehr erinnern, wann er das letzte Mal einen ganzen Tag hier verbracht hatte, und inzwischen war es Spätnachmittag und seine Gedanken waren schon bei der üppigen Mahlzeit, die nur darauf wartete, für ihn auf den Herd gestellt zu werden. Mal sehen, sollte er sich sein Leibgericht bestellen, extrascharfes doppelt lange gebratenes Schwein Hunan? Genau!

Der Knoblauchduft. Die scharfen Gewürze, von denen einem ganz warm wurde. Der unglaubliche Geschmack! Allein beim Gedanken daran lief ihm das Wasser im Mund zusammen, und das gleich so, daß ihm etwas Sabber aus dem Mundwinkel tropfte, den er jedoch gleich mit dem Tuch wegwischte, das er stets zur Hand hatte. Aber andererseits! Wieso heute abend nicht mal ganz verwegen sein und was Neues probieren? Er hatte bereits Hunger, und es war noch nicht einmal Viertel sechs.

Mulraney

Michael Mulraney war vierundvierzig und hatte eine Schwäche für chinesisches Essen, Baseball, Detektivarbeit und Willie Mays' großartigen Fang auf den alten Polo Grounds an der 155. Straße Ecke Eighth Avenue, den er selbst miterlebt hatte; er mochte Sex, seine Frau, seine Arbeit, seine Kollegen und gute Witze, nur keine Zoten, dazu kamen noch New York, Knoblauch, Loyalität, Rock 'n' Roll, die Wetterberichte, Schokoshakes, Schokoeis, Schokoriegel, aber nur die ohne Nüsse, Steaks und Kartoffeln, Notre Dame und alles Irische, Whiskey, die Football-Giants, Kindheitserinnerungen an die Baseball-Giants, Boxen, die Knicks, geistreiche Klosprüche, seine Medizin gegen Asthma und Allergien und Jimmy Breslin – und zwar genau in dieser Reihenfolge.

Nicht ausstehen konnte er Heuchler, Politiker, in einem Fall nicht weiterzukommen, nicht zum Sex zu kommen, Anwälte, Lügner, Leber, den jüngst verstorbenen Horace Stoneham, die Yankees, die U-Bahn, Vertreter, Taxifahrer, kaltblütige Mörder, Dwight Francis Lorton, die Jets, laute Rapmusik, leise Rapmusik, Scotch, Kreditkarten, Kreditkartenabrechnungen, Fliegen, die New Yorker Luft, Ärzte, dumme Klosprüche, heißblütige Mörder, Staub und Schimmel, Medikamente gegen Allergien und Asthma nehmen zu müssen, Spritzen und nichts zu tun – und das in etwa in dieser Reihenfolge.

Mulraney dachte sogar noch ans Essen, als der dicke kleine Detective Jaime Perez, einen mürrischen Frank Fortunata im Schlepptau, lachend die Stube betrat. Wie eine Trophäe hielt Perez einen Umschlag der New Yorker Polizei über den Kopf. Vergnügt rief er zu Mulraney herüber: »He, Tüchlein! Ich hab' bestanden!« Und mit einem Blick über die Schulter. »Und er nicht!«

Dieses Scheißhaus!

Der große, grobknochige Fortunata fiel auf einen der häßlichen Metallstühle in Mulraneys Nähe und sagte niedergeschlagen: »Wieder einmal haben harte Arbeit, Ehrlichkeit und Intelligenz bekommen, was sie verdienen. Dieses Scheißhaus!«

Mulraney war in Gedanken noch immer bei seiner Verabredung zum Abendessen in zwei Stunden – eben stellte er sich die allgegenwärtigen chinesischen Kellner vor, die wie Speisenengel herumstanden, um fix leere Teller durch dampfende neue zu ersetzen und einem die halbvollen Wasser- und Weingläser zu füllen. Und das alles mit so stillem Takt, daß man sie kaum bemerkte. Man kam sich wie der Kaiser von China vor.

Mulraneys Interesse für Fortunatas Gejammer reichte gerade mal für einen kurzen Blick und ein gegrunztes: »Was?«

Fortunata sah aus, als wäre er drauf und dran, ihm zu eröffnen, Perez hätte die heutigen Morde auf dem Gewissen. »Hör mal, Mike, du weißt doch noch, letzte Woche, ja, als ich und Jaime die Prüfungen für die Beförderung hatten. Ich kam als erster dran. Da saßen drei Leute: Chief Lorton, ein ehemaliger Chief namens McArdle, und der Bürgervertreter, ein Pater Charles J. Laughlin. Und jetzt hör mal, der Typ mit dem Priesterkragen, also der war ein ehemaliger Streifenpolizist, der bei der Sitte auf Gott gekommen ist und seine Uniform gegen das Pinguinoutfit eingetauscht hat. Herrgott noch mal, ist das zu fassen?

Jedenfalls, ich beantworte alle Fragen, bis der verklemmte Pfaffe loslegt, als wollte er mich zum Beichten bringen. Fragt mich glatt nach meinen Arbeitsgewohnheiten. Das ist ganz einfach, sag' ich, ich reiß' mir acht Tage die Woche den Hintern auf, um die Arbeit in fünf oder sechs Dreißig-Stunden-Tage zu stopfen.

Und dann knallt mir der Heilige Vater dieses linke Ding vor den Latz. Sagt er doch glatt: ›Was ist mit Sonntag?‹ Na ja, ich sag's ihm, wie's ist. ›Wenn ich nicht auf Schicht bin‹, sag' ich ihm, ›dann schlaf' ich am Sonntag.‹ Und da fragt er: ›Ach, also sonntags keine Kirche?‹

Ist das zu glauben, eine solche Frage! Das muß doch gegen die Verfassung sein. Was sagt man da? Also tu' ich so, als wär's 'n Kommentar und keine Frage, und sage nichts. Ich sehe den Chief an, damit er mir da raushilft, aber nichts als Schweigen im Wald. Der Chief und der andere Pappkamerad da, also die sehen mich an, als wäre eben der Leibhaftige in Officer Frank Fortunatas muskelbepackten Körper gefahren, um für ihn die Beförderungsprüfung der Mordkommission abzulegen.

Der Chief sagt schließlich: ›Das wär's‹, und irgendwie bleibt da so'n bitterer Nachgeschmack. Ich schleiche mich raus, und nett, wie ich nun mal bin, erzähle ich meinem Freund und Kupferstecher Jaime Perez hier, wie's gelaufen ist. Und was macht dieser atheistische Fettsack? Als erstes bittet ihn der Chief, sich den anderen beiden Typen vorzustellen und seinen Werdegang zu schildern. Aber Bruder Perez hier geht her und sagt: ›Pater, meine Herren, ich mache gerade eine schwere Zeit durch, und ich frage mich, ob ich wohl diesen Morgen wie jeden anderen auch mit einem Dankgebet an den Herrn beginnen kann.‹

Und dann geht Bruder Jaime Perez, der keine Kirche mehr von innen gesehen hat, seit sie ihn mit zwölf exkommuniziert haben, weil er immer unter den Bänken rumgekrochen ist, um den Nonnen unter die Kutten zu spähen, geht der Kerl her, kniet nieder, schlägt ein Kreuzzeichen und murmelt ein Vaterunser. Murmeln tut er's deshalb, weil er's nicht mehr ganz kann. Und dreimal dürft ihr raten! Kriegt dieser Scheißheide glatt die beste Note von allen!«

Perez, der auf einem der Schreibtische sitzt, wirft lauthals lachend den Kopf zurück. Mulraney lacht mit. Das ist Perez wie er leibt und lebt, immer der gerissene Opportunist, der Notlügner, der lachende Gauner. Eigenschaften, die ihn zu einem großartigen Kriminaler machten.

Perez klopfte Fortunata auf den Rücken und meinte mit einem leichten puertorikanischen Akzent: »Amigo, vielleicht sitze ich das nächste Mal schon in deiner Prüfungskommission. Und dann vergiß nicht, dein Gebet aufzusagen, Mann!«

Mulraney grinste breit, damit es aussah, als sei er in Gedanken ganz bei seinen Freunden, aber er kam rasch wieder auf sein Abendessen zurück. Das großartige Essen, die Fahrt nach Hause, das durchsichtige Nachthemd seiner Frau (das er ihr erst neulich geschenkt hatte) und der Sex auf vollen Bauch in einem vorgewärmten Bett, kaum daß sie die Tür hinter sich zugemacht hätten. Trotz der neunzehn Jahre, die sie nun verheiratet waren, hatte es Jill nach wie vor gern, mal so richtig rangenommen zu werden.

Nicht wie die Weiber seiner Kollegen, die schon zum Gespött der ganzen Polizei geworden waren. Wie zum Beispiel Perez und Fortunata. Wenn man den beiden so zuhörte, hätte man meinen können, ihre Ehen seien eine einzige lange quälende Bitte um Zuneigung. Perez hatte dafür einen Dauerwitz auf Lager: »Mann, als wir geheiratet haben, muß was schiefgelaufen sein. Wir haben verschiedene Gelöbnisse abgelegt: ich, daß ich treu bin, und sie eins fürs Zölibat.«

Angesummt

Der Summer der Gegensprechanlage auf Mike Tüchleins Schreibtisch riß ihn aus seinem Traum. Perez und Fortunata machten Schluß mit ihrem Gehänsel. Es war genau zwanzig nach fünf, und das Summen der Gegensprechanlage konnte einem, wenn man reagierte, das Wochenende verderben. Die drei sahen auf Mulraneys Apparat, als wäre er der Engel des Jüngsten Gerichts.

Mulraney drückte auf einen Knopf, und eine mürrische Stimme sagte, er solle »auf der Stelle in mein Büro« kommen! Die taube Stelle in seinem Magen breitete sich rasch auf seine Brust aus und schließlich auf Hals und Kopf. Er nieste in sein allgegenwärtiges billiges weißes Taschentuch. Die Träume von einem köstlichen Essen und einer kuscheligen verschwitzten Nummer verschwanden im Nichts. Als hätte einer auf einen anderen Kanal geschaltet, hatte er jetzt eine ganz andere Szene im Kopf. Nach dem Sender für chinesisches Essen hatte er jetzt seinen Auftritt im Reality-TV – mit der Inaugenscheinnahme eines Mordschauplatzes. Bloß keine Leichensache! Nicht heute abend!

Die ausgelassene Freude auf Perez' Gesicht war wie weggewischt. Er wußte genausogut wie Fortunata, daß der Knabe mit der allzu vertrauten Stimme kein anderer als Chief Lorton war. Und der konnte gar nichts anderes im Kopf haben als Mord. Und Arbeit, die zu vergeben war. Perez und Fortunata sahen einander an und hofften, daß das Blutbad, das es zu untersuchen galt, nicht so schlimm ausgefallen war, daß man mehr als einen Mann darauf ansetzen müßte.

Als Mulraney aufstand, sah Perez auf seine Uhr und sagte: »Tja, ich muß dann mal los. Kino und – Großer Gott! Ich bin spät dran, Juanita abzuholen! Verdammt noch mal! Die läßt mich eine Woche nicht ran, wenn ich nicht in zehn Minuten in der Midtown aufkreuze. Scheiße! Also ich verzieh' mich mal. Bis dann, Jungs.«

»Wart' mal«, sagte Fortunata und lief ihm nach. »Ich fahr' mit.«

Seine Freunde waren weg, bevor er auch nur einen Schritt getan hatte. Mulraney machte sich auf den Weg die kurze Strecke den leeren Flur hinauf zu Chief Dwight Francis Lorton, der schon seit einer Ewigkeit Chef der Mordkommission war. Er betete darum, daß der Chief ihn nur wieder mal daran erinnern wollte, daß ›man‹ ihm im Nacken saß, endlich Licht ins Dunkel zu bringen, das Unauffindbare zu finden und das Unlösbare zu lösen. Lorton hatte eine ganz spezielle Methode, seine Leute zu motivieren: Er ließ sie kommen und nagelte sich dann mit einer stundenlangen detaillierten Schilderung der angeblichen Drohungen ›von oben‹ selber ans Kreuz.

Nicht daß er damit je einen überzeugt hätte. Kein Mensch kaufte ihm das Gejammer über die Drohungen von ›ganz oben‹ ab. Er kam ihnen nun seit Jahren damit, und nicht ein einziges

Mal war etwas passiert. Aber gerade das war dem Chief der beste Beweis dafür, daß man ihn bestrafte.

Mulraney rechnet schon mal mit dem Schlimmsten

Mit Abstand das schlimmste aller ungelösten Verbrechen war dem Chef der Mordkommission der ungeklärte Mord an einem Polizisten, erst dann kamen die ungelösten Morde am Rest der Welt. Aber es gab eine Sorte Mord, die noch schlimmer war als der an einem Polizisten, schlimmer noch als eine rassistische Folterorgie im Park, schlimmer gar noch als die Exekution einer Busladung Nonnen aus New Jersey durch eine Bande schwarzer Gangster in Harlem, und das war ein ungelöster Mord mit Schlagzeilen, bei dem ›man ganz oben‹ davon ausging, ein kompetenter Chef der Mordkommission hätte ihn noch vor Einsetzen der Leichenstarre gelöst.

Dem Ton von Lortons Stimme nach mußte Mulraney mit dem Schlimmsten rechnen. Er beendete seinen Marsch durch den beigen Flur vor Lortons Büro in der Hoffnung, daß er nur auf eine Kreuzigungsansprache zusteuerte. Aber bitte keinen Kadaver! Nicht heute abend!

Mulraney nieste kräftig in sein Tuch, als er Lortons Büro betrat. Manchmal nieste er so stark und laut, daß die Leute schon dachten, die Lunge käme mit hoch. Seine schlimmsten Niesanfälle waren jedoch nicht nur laut und lang, sie begleitete obendrein noch ein feuchter Schleim, der mit einem lauten Röcheln in seiner Brust nach oben kochte, um sich in das wartende Tuch zu ergießen. Das Taschentuch, Endstation dieser feuchten Kakophonien, hatte er die meiste Zeit in der Hand, um für die diversen Nebenprodukte eines der schlimmsten Fälle von später Allergie gerüstet zu sein, die die Welt je gesehen hatte. Mulraney war dankbar, daß sie jahreszeitlich bedingt war. Wie sein Spezialist so schön sagte: »Sie haben Glück. Die schlimmsten Jahreszeiten sind für Sie Frühling, Sommer, Herbst und Winter.«

Mike Tüchlein wurde damit fertig, indem er sich mit Luftreinigern, Luftentfeuchtern, Inhalationsgeräten, Antihistaminen und einem unerschöpflichen Vorrat an schlichten weißen Taschentüchern umgab. Die Fachärzte hatten an ihm mit Kortisonspritzen experimentiert, mit einer neuen Pille namens ›Dicke Bertha‹ und sogar mit einer Nebenhöhlenoperation. Geholfen hatte ihm nichts. Mehrere Male in seinem Leben hatte er zwei, dreimal die Woche Desensibilisierungsspritzen bekommen, aber nachdem die Schwester mal die Antigene vergessen und ihm hundert Kubik Luft in den Arm gepumpt hatte, war für ihn damit Schluß. Allergien sind selten tödlich. Embolien dagegen sehr schnell.

»Gesundheit, Mulraney«, reagierte der Chief ganz automatisch auf Mulraneys Explosion. Lorton hatte es längst aufgegeben, Mulraney wegen seiner chronischen Krankheit zu einem Besuch beim Spezialisten zu raten. Er sah nur zu, wenn der Mann Antihistamine wie Popcorn aß, sich Schleimlöser in die Nase zog wie ein Kokainsüchtiger im Endstadium und an seinen Inhalationsgeräten sog wie ein Taucher an seiner Sauerstofflasche. Der Chief war völlig desensibilisiert, was Mulraneys Allergien anbelangte. »Hören Sie«, sagte er, »wir sind in Schwulitäten.«

Mulraney wußte noch in diesem Augenblick, es hatten sich seine schlimmsten Ängste erfüllt. Nicht Lorton war in Schwulitäten, sondern er, Mulraney. Der Chief war drauf und dran, ihm noch weitere Ermittlungen aufzuhalsen – und seinem Ton nach handelte es sich mit Sicherheit um den schlimmsten anzunehmenden Fall.

Es war Zeit, das Thema zu wechseln. »Wollen Sie damit sagen, Fortunata hat Einspruch gegen sein Prüfungsergebnis eingelegt?«

Lorton stand hinter seinem Schreibtisch auf, als höre sich seine Ankündigung im Stehen dramatischer an. Er sah gar nicht so schlecht aus, obwohl der Zahn der Zeit feste an dem einst hübschen Gesicht genagt hatte. Die blauen Augen waren etwas verblaßt und schienen auf dicken, dunklen Säcken zu ruhen. Das Gesicht, voll müder Falten, wurde von teigigen weißen Backen verzerrt, die ihm das Aussehen einer Wüstenmaus gaben. Trotz seines verfallenden Körpers jedoch war der Chief nach wie vor eitel, und man munkelte, er hätte sich noch in jeden Spiegel verliebt.

Er ignorierte Mulraneys belanglose Frage. »Eben ist die Nachricht von einem Mord am Gericht durchgekommen, verdammt noch mal. Der Fall hat absoluten Vorrang, und ich möchte, daß Sie sofort runterfahren. Ich brauche Ihnen wohl nicht eigens zu sagen, was das für eine üble Geschichte für uns ist bei all den ungelösten Fällen, die wir verdammt noch mal haben. Die von oben sitzen mir ohnehin schon im Nacken, und jetzt das! Scheiiiße!«

Mulraney schneuzte sich. Sein Kopf war mit einemmal noch dumpfer als den ganzen Tag über. Taubheit, Kopfschmerzen und eine leichte Übelkeit, die Begleiterscheinungen einer verstopften Nase und des daraus resultierenden Drucks auf die Nebenhöhlen, sorgten dafür, daß ihm schwindlig wurde. Jede Hoffnung für diesen Abend war dahin. Aber er mußte es wenigstens versuchen. Das war er Jill schuldig. »Herrgott noch mal, warum ich? Ich habe schon die letzten beiden Freitagabendleichen gekriegt. Ich habe heute abend was mit der Familie vor. Wieso nicht Carter, Viglioretti oder Melloy? Lassen Sie die heute mal um die Leiche tanzen.«

Aus Loyalität seinen beiden Freunden Perez und Fortunata gegenüber schlug er sie nicht vor. Nicht daß es eine Rolle spielte. Sie hatten ja bereits Präventivmaßnahmen ergriffen und waren längst über alle Berge.

Lorton sah seinen besten Detective an und tat dann etwas Ungewöhnliches. Er sagte die Wahrheit. »Warum? Das müssen Sie noch fragen? Weil Sie mein bester Mann sind, Mike, und wir uns bei diesem Fall keinen Fehler leisten können. Für die anderen sind voreilige Schlüsse doch fast ein Sport. Und die meisten davon sind falsch. Heute abend brauche ich jemanden, der mir

Fakten bringt, und das fix. Verdammt, Mulraney, man hat eben Richter Yulburton Abraham Knott umgebracht!«

»Heiliges Kanonenrohr!« sagte Mulraney. Irgendwie war ihm auf den Mord eines Richters nicht mehr ganz so furchtbar unwohl in seiner Haut, auch wenn sich an seiner Allergie nichts änderte. Mulraney nieste dreimal, bevor er ein durch sein Taschentuch gedämpftes »Wo?« herausbrachte.

»Im Richterzimmer. Man hat ihn in den Rücken gestochen.« Lorton sah, daß der Köder Mulraney zu interessieren begann. Sie wußten beide, daß das Material für die Titelseite wäre, das größte Ding in der Stadt, eine große Herausforderung für jeden Kripobeamten. Allein die *Daily News* würde die halbe Titelseite einer ihrer typischen Schlagzeilen widmen: TODESSTRAFE FÜR RICHTER KNOTT! Und auf dem Rest der Seite ein Foto der blutigen Leiche beim Transport zum Wagen des Leichenbeschauers.

Lorton fuhr fort: »Mike, Sie sehen doch, wieso diese Geschichte besondere Aufmerksamkeit braucht. Der Bürgermeister und der Polizeipräsident werden mich täglich zum Rapport erwarten. Morgen gebe ich Ihnen noch zwei Leute, wen immer Sie wollen, aber heute abend brauche ich Sie da drüben, um das Kommando zu übernehmen und den Tatort zu sichern. Und Sie kennen den Präsidenten ja, der will eine Spur, und das schnell.«

Lorton begann hinter seinem unordentlichen Schreibtisch auf und ab zu gehen. Er nannte Mulraney immer nur dann »Mike«, wenn er was von ihm wollte. Heute nahm er ihm ein erstklassiges Essen und eine längst überfällige Liebesnacht. Vor falscher Aufrichtigkeit triefend, die typische Einleitung einer Kreuzigungsansprache, begann Lorton fast zu heulen, als er ihm sagte: »So viele Fälle, Mike. Auf mir lastet ein derartiger Druck. Alles verlangt nach einer schnellen Lösung.«

Bla, bla, bla.

Bevor Lorton aufs Kreuz klettern und mit seiner Rede so richtig in Fahrt kommen konnte, sagte Mulraney: »Okay, okay. Ich geh' ja schon. Ich gebe Ihnen die Einzelheiten vom Gericht aus durch.«

Vier fröhliche Zecher aus den Reihen der Größten Prozeßanwälte Amerikas halfen mir, die lange Gummigestalt meines betrunkenen Wilkes aus dem Waldorf hinaus auf die 49. Straße zu tragen. Wilkes, der nur zwischendurch immer wieder mal zu Bewußtsein kam, trug sich fast den ganzen Weg über wie ein nasser Sack. Was seine bezechten Leichenträger freilich nicht störte; im Gegenteil, sie freuten sich, schleppten sie doch den Star des Abends, den Gastredner zum Thema Geschworenenwahl. Sie hielten ihn aufrecht, während er sie zwischendurch – in kurzen Perioden der Zurechnungsfähigkeit – mit alten Witzen ergötzte, die ihm gerade in den alkoholgetränkten Sinn kamen. Inzwischen versuchte ich mich an dem Wunder, auf der 49. Straße ein Taxi zu kriegen.

»Wo war ich eben? Ach ja ... beim Antrag, Richter Knott die morgige Anhörung wegzunehmen ... Ich sage also meinem alten Schoon, daß er die Anträge, so wie er sie geschrieben hat, nicht einreichen kann. Und Schoon, seinen netten kleinen Antrag über fünfzig Seiten in der Hand, also der guckt mich an, als hätte ich ihm eben sein Schoßhündchen zum Tode verurteilt. ›Warum denn nicht?‹ will er wissen. ›Du hast ihn ja noch nicht mal gelesen.‹ Und ich werfe einen Blick auf den kümmerlichen Haufen Papier in seiner Hand und sage: ›Weil er nicht genug wiegt.‹«

Dies war zum einen unwahr, zum anderen nicht sonderlich komisch, aber bei seinen besoffenen Leichenträgern erntete er damit schallendes Gelächter. Bis auf einen ließen sie ihn alle los, während sie sich vor Lachen bogen. Wilkes wandte seine beduselte Visage an seine letzte Stütze und hauchte ihm seinen parfümierten Atem ins Gesicht. »Meine Regel lautet, ein Antrag unter einem Pfund ist die Mühe erst gar nicht wert.«

Brüllend und unter leichten Zuckungen landeten die Leichenträger auf dem Gehsteig. Da sich auch seine letzte Stütze zu ihnen gesellte, rutschte Wilkes nicht nur zurück in die Bewußtlosigkeit, sondern landete obendrein auch noch rücklings im Rinnstein. Nur meine rasch plazierte Hand verhinderte, daß sein Kopf auf der Bordsteinkante aufschlug. Die ganze Szene war ausgezeichnet getimt, da Wilkes, der – den Kopf im Rinnstein – der Länge nach auf der Straße lag, den Verkehr blockierte und das erste Fahrzeug, das mit kreischenden Reifen zwei Meter vor ihm zum Stehen kam, ausgerechnet ein Taxi war. Ohne Zeit zu verlieren, hoben die Leichenträger und ich Wilkes hoch und hielten auf die hintere Tür des Taxis zu.

Ein irrer Sukarno

»Keine Leiche! Keine Leiche in meine Wagen!« sagte der Taxikutscher, ein kleiner, stämmiger Mann mit indonesischen Zügen, dessen Gesicht eine auffallende Ähnlichkeit mit dem längst verstorbenen Präsidenten Sukarno hatte. Wir achteten nicht weiter auf ihn und stopften Wilkes auf den Rücksitz.

»Nicht tot. Betrunken«, sagte ich. »Sternhagelvoll.« Um den Mann zu beruhigen, lehnte ich Wilkes Kopf gegen das linke Fenster, so daß seine Lippen die Scheibe küßten. Einen Augenblick später war sie von Wilkes' Atem beschlagen. »Sehen Sie«, sagte ich, »er lebt!«

Sukarno beugte sich über die Lehne und hielt seine breite flache Nase in die Nähe von Wilkes' Mund. Beim ersten Hauch der giftigen Ausdünstungen zuckte er zurück.

»Er viel besoffen.« Als der Fahrer mich grinsend ansah, war es an mir zurückzuzucken: Er hatte keine Schneidezähne, und die unteren Vorderzähne waren ziemlich lang, was ihm das bedrohliche Aussehen eines indonesischen Werwolfs verlieh.

Sukarno fügte hinzu: »Er kotzen im Auto, kosten fünfzig Mücken extra. Okay?«

Ich nickte. »Ins Village«, befahl ich ihm. Der Fahrer bog an der Fifth Avenue links ab und raste dann gen Wilkes' Heim im Village. Noch im Abbiegen fiel mir das Radio auf.

»... den Nachrichten zur vollen Stunde wissen wir sicher mehr über den Richter, der heute im Kriminalgericht von Downtown Manhattan zu Tode kam, aber jetzt wieder zu was Rockigerem mit einem Oldie von Little Anthony und den Imperials ...«

Großer Gott! Ein Richter tot! Ich packte Wilkes schlaffen Oberarm und schüttelte ihn. Sein Kopf blieb am Fenster kleben, aber die Augen öffneten sich einen Spalt. Mit einer Gabby-Hayes-Stimme nuschelte er: »Die haben heute aber was gekriegt für ihr Geld, eh, Schoon?«

»Das kannst du laut sagen«, antwortete ich. »Einen Festredner, der voll war für drei.«

»Nur eine kleine Stärkung für einen Mann am Vorabend seiner Hinrichtung«, sagte er schläfrig.

»Du meinst, du hast Probleme? Sie haben eben durchgegeben, daß ein Richter umgekommen ist. An unsrem Gericht.«

»Wer denn?« fragte Wilkes. Seine Augen öffneten sich etwas weiter, und sein Kopf drehte sich ein wenig, damit er mich sah.

»Haben sie nicht gesagt. Augenblick mal. Hey, Sukarno, wie wär's, wenn Sie mal auf einen Nachrichtensender schalten.«

Unser Taxifahrer drückte gehorsam auf einen Knopf, und statt Little Anthony sagte eine Männerstimme: »... fand man die Leiche des Richters heute nachmittag kurz nach fünf in seinem Büro. Detective Michael Mulraney von der Mordkommission sagte Ihrem Reporter, die Todesursache seien ein oder mehrere Messerstiche in den Rücken. Er sagte außerdem, daß man zur Stunde noch wenig Hinweise habe, schließlich habe man die Ermittlungen eben erst aufgenommen, daß sich aber zweifelsohne bald mehr ergeben würde.«

Sukarno wandte den Kopf, um die Meldung mit seiner Deutung des Ereignisses zu kommentieren. »Sehr schlecht. Dreckige stinkende Kommunisten. Genau wie in meine Land. Wir alle umbringen. Viel gut. Präsident sollte hier auch so machen. Gleich.«

Dann spielte der Reporter eine vorbereitete Tonaufnahme vom Tatort mit Detective Mulraneys Erklärung ab: »... Mrs.

Knott und der Sekretär des Richters fanden die Leiche kurz nach fünf ...«

Mrs. Knott. MRS. KNOTT! GOTT IM HIMMEL! Jemand hat Yulburton Abraham Knott umgebracht! Ich sah Wilkes an. Seine Augen waren offen und klar und sahen mich an. Ich sagte: »Wilkes! Um Himmels willen! Man hat Richter Knott umgebracht!«

»... fürs erste haben wir keine Verdächtigen«, sagte die Stimme von Mike ›Tüchlein‹ Mulraney.

»Verdächtige?« sagte Wilkes zum Radio. »Mit den Leuten, die Knott lieber tot gesehen hätten, bekämen sie das Yankee-Stadion voll.«

»Dreckige kommunistische Drogenhändler«, sagte Sukarno und verdrehte sich den Kragen, um uns einen weiteren Blick auf seine Fänge zu gönnen. »Tod sein zu gut. Erst Folter viele Tagen. Dann umbringen. Genau wie in meine Land.«

Ich sah Wilkes an. Er starrte ausdruckslos vor sich hin, die Lider bereits wieder auf dem Weg nach unten, und hörte sich die Meldung über den Tod seines Erzfeindes an. Eine elende Angst überkam mich. Wilkes bemerkte, in seinem Zustand eine erstaunliche Leistung, den Ausdruck auf meinem Gesicht und sagte: »Keine Bange, Schoon. Jeder, der behauptet, mich heute nachmittag mit dem Richter gesehen zu haben, ist ein Psychotiker und ist damit nicht qualifiziert, als Zeuge gegen mich auszusagen.«

»Wieso?« fragte ich.

»Weil sie halluzinieren, wenn sie sagen, sie hätten mich mit Knott gesehen. Ich bin noch nicht mal in Sichtweite des Scheißkerls gekommen.«

Den Rest der Fahrt zu Wilkes Wohnung saßen wir schweigend da: ich, weil ich mir große Sorgen machte, was die nächsten paar Tage wohl bringen mochten; Wilkes, weil er wieder das Bewußtsein verlor.

Sukarno jedoch füllte die Leere mit brillanten Vorschlägen, wie der Mörder zu finden und zu bestrafen sei. »Das Kommunisten getan. Also alle Kommunisten umbringen. Alle. Dann Sie sicher sein, Sie haben richtigen Mann. Genau wie in meine Land.«

Kapitel 6

Ein Mord aus grauer Vorzeit

Unter ächzendem Gebrodel senkt er sich in deine Tiefen. Unbekannt, ohn' Grab, Geläut und Sarg.

LORD BYRON

Mein Gott, Mann! Die Sardinen!

JOHN WILKES

Es war eine mondlose Nacht. Zehn Minuten starrten Wilkes und ich nun schon schweigend aus dem Fenster seines Büros in den ungewöhnlich dicken Nebel hinaus. Ein Meer aus dunkler Watte hatte sich unter uns über die Straßen der Stadt und die niedrigeren Gebäude gelegt. Nichts war zu sehen außer gelegentlichen hellen Flecken, an denen die Lichter unter uns den Nebel zum Leuchten brachten.

Ich hatte eben den Fernseher in meinem Büro angemacht, achtete aber kaum darauf. Auf einem der Kabelkanäle lief eine völlig verrückte Gameshow: ›Wir fangen uns einen Gauner‹. Als ich bemerkte, daß der Moderator der Show ein alter Bekannter von uns war, Jack Twink, von der Gameshow ›Nimm, was du kriegen kannst‹*, war ich auf der Stelle hellwach. Twink galt als der perfekte Gameshow-Moderator, weil er liebenswürdig war, gut

* Treue Leser werden sich erinnern, daß Twink die Gameshow ›Nimm, was du kriegen kannst‹ moderierte, als Wilkes dort als Kandidat auftrat und einen Haufen Geld gewann, weil er alle Fragen seines Wissensgebiets, Oscar Wilde, beantworten konnte. Siehe *Wilkes im Fegefeuer*.

aussah und nicht bis drei zählen konnte. Originelle Gedanken machten grundsätzlich einen Bogen von wenigstens zehn Metern um ihn. Aus irgendeinem Grund war er beliebt, und der Sender ließ ihn gleich mehrere Shows moderieren.

Tot oder lebendig

Der Grundgedanke der Show war, daß Twink dem Fernsehpublikum sämtliche Leute aus der Liste von Amerikas meistgesuchten Verbrechern beschrieb. Die Verbrechen wurden von Schauspielern nachgestellt, die den tatsächlichen Tätern sehr ähnlich sahen. Riesige Geldgewinne winkten demjenigen aus der Fernsehnation, der die in der Show vorgestellten Schurken ins Studio brachte. Tot oder lebendig.

Die Regeln waren einfach: Je schneller man den Gesuchten stellte, desto höher fiel die Belohnung aus; je scheußlicher das Verbrechen des Täters, desto höher fiel die Belohnung aus; je mehr Gewalt bei der Überwältigung des Täters, desto höher fiel die Belohnung aus. Jede Hilfe seitens der Polizei disqualifizierte den Kandidaten sofort. Die Show war damit eine Kreuzung aus Kopfgeldjagd und bestelltem Mord.

Jack Twink gab eben eine »sensationelle Entwicklung in dem erst kürzlich ausgestrahlten Fall des Babybankräubers« bekannt. Es hatte ganz den Anschein, als hätte Earl Turning, ein wackerer Bürger aus Yonkers und begeisterter Anhänger der Show, den halbwüchsigen Strolch aus der letzten Sendung eben gestellt. Der Babybankräuber war siebzehn Jahre alt und auf Platz zehn der Meistgesuchtenliste von voriger Woche.

Die Tatsache, daß es sich bei der Tat des Jungen um ein Schwerverbrechen handelte, brachte Earl Turning zwanzigtausend Dollar. Daß er den Kleinen innerhalb einer Woche nach der Erstausstrahlung der Beschreibung gestellt hatte, brachte ihm einen Zehntausend-Dollar-Bonus. Und weil Earl Turning nicht nur genug Geistesgegenwart hatte, den Jungen mit einem

Höchstmaß an – absolut unnötiger – Gewalt zu stellen, sondern das blutige Ereignis obendrein auch noch von seinen eigenen Jungs mit der Videokamera festhalten ließ, gab es noch einmal eine satte Draufgabe von fünfzehntausend Dollar für ihn.

Verwackelte Aufnahmen eines strahlenden Earl mit seinen beiden feixenden Söhnen am Tisch einer Pizzeria flimmerten vor mir über den Schirm. Ihre Gesichter hatten den arroganten Ausdruck des Matadors, der eben einen wehrlosen, angespießten und ausgebluteten Stier abgeschlachtet hat. Es war wie jener Augenblick der Wahrheit einer *corrida*, in der *el matador* der Menge seinen albernen kleinen Hut entgegenschwenkt, um sie zu dem Geschrei zu nötigen, das den Preisrichter veranlaßte, ihm das zerstückelte Ohr oder den Schwanz des Tiers zu überreichen.

Der Pöbel hat eine Vorliebe für Schlachtfeste, egal ob in der Arena, bei Sportveranstaltungen oder im Fernsehen, wo er sie freilich am liebsten hat. Das primitive Video, das die Turnings beim Stellen ihrer Beute in einer Pizzeria zeigte, war wie fürs Fernsehen gemacht: Drei bewaffnete Männer überraschen einen pickeligen Siebzehnjährigen über seiner Pizza und machen Hackfleisch aus ihm.

Ich war wie gebannt. Ich sah die Läufe ihrer Waffen kaum einen Fingerbreit über dem bewußtlos zusammengebrochenen Babybankräuber. In den Bauch geschossen – was man Gott sei Dank nicht zeigte! – und offensichtlich auf den Kopf geschlagen, lag er blutend und mit dem Gesicht nach unten in einer halb gegessenen Pizza.

Das primitive Videomaterial verschwand, und man brachte live die Überreichung von Earls sattem Scheck. Wozu Jack Twink meinte: »Hey, ho! Jawohlja! Womit, meine Damen und Herren, wieder einmal bewiesen wäre, daß der Mann von der Straße es durchaus noch bringt! Also können auch Sie sich Ihren Verbrecher fangen. Und dabei nebenbei noch ein hübsches Sümmchen einstreichen.«

Mir kam der Gedanke, daß die Sendung in Amerika Woche

für Woche Millionen revolverschwingender Möchtegernsheriffs auf Kopfgeldjagd losziehen ließ. In der hirnlosen Jagd nach Fernsehruhm und Preisgeldern machten sie das Leben von Millionen Menschen unsicher. Trotzdem ließ ich die Show laufen. Mir war nach Gesellschaft, nach etwas, was die schrecklichen Gedanken vertrieb, die mir zuflüsterten, John Wilkes hätte womöglich etwas mit dem Mord von gestern zu tun.

Opium für die Massen

Es waren unerträgliche Gedanken, die ich mir mit dem einlullenden Opium dieses TV-Mülls vom Leib zu halten versuchte. Ich wollte nicht denken, konnte aber die Stimmen in meinem Kopf nicht zum Schweigen bringen. Immerhin war Wilkes wütend gewesen, als er sich auf den Weg gemacht hatte, um nach dem Urteil zu Knott zu sehen, damit der seinen Mandanten freiließ. Es wußte nur außer mir niemand, sonst wäre die Polente längst hier. Aber es konnte sicher kein Mensch ernsthaft glauben, daß Wilkes das gewesen war.

Oder?

Gott! Was hatten sich die beiden während der Verhandlung gehaßt. All die bösartigen Beleidigungen. Die Verweise. Kaum ein Einspruch, den der Mann hatte gelten lassen. Die Polizei würde nichts lieber tun, als Wilkes zu kassieren. Die Staatsanwälte der ganzen Stadt würden sagen, daß sie es ihm zutrauten; sie würden ihm die Geschichte anzuhängen versuchen.

Und dann gestern abend im Waldorf. Wilkes hatte, völlig betrunken zwar, aber doch vor den versammelten Mitgliedern der Größten Prozeßanwälte Amerikas, ganz offen die Füsilierung des Richters gefordert – mit dem Maschinengewehr. Er hatte Richter Knott und seinesgleichen die größten Verbrechen aller Zeiten genannt, Heuchler, die einem die Menschenrechte stahlen und den Gerichtssaal so unnachgiebig regierten, daß die Urteile einfach wunschgemäß ausfallen mußten.

Als ich so dasaß und überlegte, sah ich Wilkes mit einer Flasche Whiskey vorbeigehen, etwas, was er, außer bei Streß, eher mied. In etwa die einzigen Augenblicke, in denen Strafverteidiger keinen Streß verspüren, sind die, in denen sie nicht bei Bewußtsein sind. Und so hatte denn Wilkes in seinem Bemühen um einen streßfreien Augenblick die Flasche seit dem Urteil im Fall Diderot kaum beiseite gestellt.

Ich wechselte von meinem Büro in das seine und setzte mich ihm an seinem Schreibtisch gegenüber. Er stand über die Lehne seines Drehstuhls gebeugt, die Hand mit der Flasche entfernte sich eben von einem feuchten Kinn. Er hatte sich gerade einen ordentlichen Schluck gegönnt, und ein Tropfen lief ihm aus dem Mundwinkel über das nasse Kinn, um von dort auf das offene Hemd zu fallen.

»Wieso die Leichenbittermine?« fragte ich. »Ich hätte nicht gedacht, daß dir Knotts Ableben so an die Nieren gehen könnte.«

Wilkes sagte nichts. Er setzte sich auf seinen Stuhl und nahm einen weiteren Schluck Jack Daniel's. Er drehte den Stuhl so, daß er mir den Rücken zuwandte, und blickte zum Fenster hinaus. Ich machte mir Sorgen. Was, wenn heute abend die Polente kam und er sturzbesoffen war? Was, wenn er etwas Dummes sagte und sich damit belastete? Eine weitere Ansprache wie vor den Größten Anwälten wäre eine Katastrophe.

Ich stellte ihm denn die große Frage: »Hast du Knott gestern nach dem Urteil noch gesehen.«

»Ach was«, sagte er zum Fenster. »Nur Alvin, und auch den nur einen Augenblick. Alvin sagte mir, er hätte Diderots Entlassungspapiere schon vorbereitet.«

»Eine verdammt gute Nachricht unter diesen Umständen«, äußerte ich.

»Na, so ganz gut auch wieder nicht. Ich war im Gericht. Ich hatte ja vor, mit dem Arschloch zu reden, nur daß Alvin sich schon um alles gekümmert und mir damit den Vorwand genommen hatte. Alvin riet mir davon ab, mit dem Drecksack zu reden zu versuchen. Er meinte, Knott hätte einen rasenden Zorn auf mich, weil Diderot frei ausgegangen war. Er meinte, der Richter hätte sich so drauf gefreut, Diderot vierzig bis fünfzig Jahre aufbrummen zu können. Er meinte, wenn Knott Diderot verknackt hätte, wäre er damit in den Club der Millenier gekommen.«

»Was, zum Teufel, ist der Club der Millennier?« fragte ich.

Wilkes drehte sich zu mir um und blickte mir in die Augen. »Ein Verein für Richter, die in ihrer Amtszeit mehr als hunderttausend Jahre Knast ausgestellt haben. Laut Alvin hatte der Richter schon so lang keine Strafsachen mehr verhandeln dürfen, daß er geradezu danach lechzte, einige Rekordurteile zu fällen. Wie ein Sportfanatiker.«

»Aber zu Gesicht bekommen hast du ihn nicht? Oder?«

»Na so was, Schoon, man möchte ja fast meinen, du machst dir Sorgen, dein alter John Wilkes könnte dem vormaligen Richter Y. Knott den Dolch höchstpersönlich ins Kreuz gerannt haben.« Er lächelte und nahm dann einen weiteren mächtigen Schluck aus der Flasche.

»Ganz und gar nicht«, log ich. »Aber du weißt sehr gut, daß eine falsche Identifizierung plus Motiv und Gelegenheit sehr schnell zu einem Justizirrtum führen kann. Aber um Himmels willen, ich weiß doch, daß du nie zu so etwas fähig wärst.«

»Einen Dreck weißt du«, sagte Wilkes. »Weißt du, wenn die Polizei jetzt, in diesem Augenblick, käme, dann sollte ich denen mal von dem Mann erzählen, den ich tatsächlich umgebracht habe. Die heutige Nacht erinnert mich derart an die, in der ich Kapitän Muddock umgebracht habe. Der Nebel draußen ist genau wie ...«

Seine Stimme verlor sich, aber ich reagierte nicht. Wilkes neigte durchaus zu himmelschreienden Behauptungen, und zu diesem Zeitpunkt meiner Bekanntschaft mit ihm hatte ich alle seine Geschichten gehört – oder jedenfalls hatte ich das gedacht. War diese auch neu, es mußte sich einfach um eine weitere seiner tolldreisten Flunkereien handeln. Andererseits ließ seine gesetzte Stimmung darauf schließen, daß es ihm ernst war damit. Ich sagte also mit einem gezwungenen Lächeln: »Von deinem früheren Mord habe ich noch gar nichts gewußt.«

»Nun, dann lehn dich mal zurück und hör zu. Ich war achtzehn, hatte gerade die High School hinter mir und stromerte im letzten Sommer vor dem Studium noch ein bißchen durchs Land.« Er nahm einen weiteren Schluck aus der Flasche, wischte sich mit dem Hemdsärmel über den Mund, stand auf und ging die paar Schritte ans Fenster hinter dem Schreibtisch. Er hielt den Flaschenhals, als wollte er ihr den Kragen umdrehen. Er starrte in den Nebel unter ihm; denn sagte er leise: »Dieser verdammte Nebel erinnert mich wirklich an jene gottverdammte Nacht.«

Dann tat Wilkes etwas völlig Irres. Er ließ die Flasche fallen und begann, sich überall kratzend, herumzuspringen. Während seine Hände seinen Oberkörper bearbeiteten, sprang er abwechselnd von einem Bein aufs andere. Das angehobene Bein rieb dabei die Wade des jeweiligen Standbeins. Das ging vielleicht fünfzehn Sekunden, dann schrie er: »Die Sardinen! Mein Gott, Mann! Die Sardinen!«

Der Ton seiner Stimme war beängstigend, weil er in seiner schmerzhaften Hilflosigkeit so ungewohnt schrill ausfiel. Ich dachte schon, der Mann verliert mir vor meinen Augen den Verstand. Ich stand auf, um auf ihn zuzugehen – warum weiß ich nicht –, als er sich mir, mit einem schmerzlichen Ausdruck auf dem schweißnassen Gesicht, zuwandte: »Ich erzähle es dir.«

Er hob die Flasche wieder auf und ließ sich schwer auf den Drehstuhl hinter dem Schreibtisch fallen. Sein Gesicht war aschfahl.

»Ich habe dir diese finstere Geschichte nie erzählt, weil ich sie auslöschen wollte. Ich sah keinen Sinn darin, darüber zu sprechen. Ich weiß noch nicht mal, ob es jetzt einen hat. Womöglich flippst du mir aus, aber du willst sie ja hören. 1938 habe ich einen Mann umgebracht. Im kalifornischen Monterey. Ich habe ihn kaum gekannt, aber mehr gehaßt als irgend jemanden in meinem Leben. Sogar mehr als Yulburton Abraham Knott. Gehaßt! Gehaßt! Gehaßt!« Er schlug mit der Faust auf den Tisch und genehmigte sich dann einen weiteren Schluck aus der Flasche.

Aus dem Munde von Wilkes, von dem ich wußte, er haßte – und umgekehrt – genug Richter, Ankläger, Bewährungshelfer, Polizisten, Gerichtswachtmeister und Anwaltskollegen aus Zivil- und Strafrecht, um einen Hörsaal zu füllen, wollte das schon etwas bedeuten. Der Knabe aus Monterey mußte wirklich etwas Besonderes gewesen sein. Dieser Gedanke beschäftigte mich mehr als die Enthüllung, daß er den Mann umgebracht hatte. Denn das glaubte ich nicht.

»Ich war achtzehn, und mein Sommerabenteuer an der Westküste ging langsam zu Ende. Ich wollte mir in Monterey nur noch genügend Geld verdienen, um wieder zurück in die Schule zu kommen. Ich ging also jeden Tag hinunter zum Kai in der Hoffnung, auf einem der Fischkutter unterzukommen, ein, zwei Wochen hinauszufahren und mich dann mit meinem Verdienst auf den Heimweg zu machen.

Fisherman's Wharf war damals ein Erlebnis für sich. Sie nennen ihn zwar heute noch so, aber mehr als Grabschrift für das, was er mal war. Damals wimmelte es nur so von fleißigen Fischleuten, die ständig am Schreien und Fluchen waren. Und war schon der Lärm ein Erlebnis für sich, der Gestank, großer Gott, der Gestank, also man hätte am liebsten zu Atmen aufgehört. Man roch diesen Kai auf fünf Meilen gegen den Wind. Schoon, der Körpergeruch unserer Mandanten ist Kölnisch Wasser im Vergleich zu diesem schauderhaften Gestank!

Der Lärm dort sagte einem sofort, daß in Monterey nicht gefaulenzt wurde. In regelmäßigen Abständen bliesen die Pfeifen der Konservenfabriken, um den Arbeitern zu sagen, daß es Fisch zum Zerlegen gab. Frauen, vor allem Chinesinnen und Japanerinnen, arbeiteten unter freiem Himmel auf dem Kai und schlugen mit Holzhämmern auf Seeohren ein. Die lauten Schläge waren der rasende, unregelmäßige Herzschlag des Kais.

Zwischen deinen Füßen rauften sich Katzen, Ratten und Möwen kreischend um die Fischabfälle, die die Fischmetzger auf den Kai warfen. Orientalen, Italiener, Portugiesen, Spanier und Okies plapperten einander in ihren diversen Muttersprachen an. Schiffe jeder Art ließen ihre Dampfpfeifen hören, um einen wissen zu lassen, sie liefen ein oder aus oder einfach nur, daß es sie auch noch gab. Es war ein einziges Getöse, aber diese Kakophonie war die Musik dieser Stadt.

Auf meiner Arbeitssuche ging ich schon früh morgens zu sämtlichen Aufkäufern, um zu sehen, woher sie ihren Fang hatten; dann versuchte ich einen Kapitän zu finden, dem noch ein Mann fehlte. Nach einigen Tagen kam ich zu meinem Job.«

Kapitän Muddock

»Es mochte zwei Uhr nachmittags gewesen sein, als ich ihn zum erstenmal sah. So wie er in den Fischladen stürmte, hielt ich ihn zuerst für einen Zeitgenossen mit einer vollen Blase auf der verzweifelten Suche nach einem Klo. Er fragte den Besitzer, ob nicht vielleicht jemand nach Arbeit auf einem Sardinenkutter gefragt hätte. ›Läuft mir doch einer meiner Hurensöhne eine halbe Stunde vor dem Auslaufen davon. Nichtsnutziges Pack! Ich brauche einen Mann.‹

Ich trat auf der Stelle vor und bot meine nicht vorhandenen Fertigkeiten als Fischer an. Er musterte mich rasch und stieß ein verächtliches Schnauben aus. ›Ich habe keine Zeit, mir groß einen auszusuchen. Mußt du's eben tun, Bleistift.‹

Ich sah meinen neuen Chef an. Kapitän Joe Muddock war ein humorloser kleiner Bärbeißer mittleren Alters mit Hakennase und gewaltigem Bauch. Seine Augen waren groß und schwarz, seine Stimme laut und rauh, und sein sonnengegerbtes Gesicht aufgedunsen, bärtig und voller kleiner roter Furunkel. Er war der häßlichste Kerl, der mir je untergekommen war.

In den sechzig Sekunden, die wir vom Fischmarkt die hölzerne Pier hinab zu seinem Kutter brauchten, wies Muddock mich ein. Er sagte: ›Also folgendes, Bleistift. Wir laufen jeden Tag pünktlich um halb drei aus. Um fünf Uhr früh laufen wir wieder ein. Wir fahren nachts auf Sardinen und teilen zu gleichen Teilen auf, was jeder Fang bringt. Mit Ausnahme von Schiff, Fischkasten und Netz, die Extraanteile kriegen. Außerdem ziehe ich jedem den gleichen Anteil für Diesel und Öl ab. Deine Ausrüstung berechne ich dir. Noch Fragen?‹

Er ließ mir keine Zeit, welche zu stellen. Im Laufschritt rasselte er die nächsten Regeln herunter. ›Die Heuer gibt's um ein Uhr nachmittags nach dem Fang. Kein' Anteil kriegt der Scheißkerl, der was verliert oder liefert. Kein' Anteil kriegt der Scheißkerl, der ins Wasser fällt. Kein' Anteil kriegt der Scheißkerl, der nicht arbeitet, und wenn er zehnmal krank ist. Und Kein Scheißkerl kriegt einen Anteil, wenn wir nichts fangen. Das sind meine Regeln, Bleistift. Wenn sie dir nicht passen, dann setz' erst gar keinen Fuß auf mein Schiff. Irgendwelche Fragen?‹

Als er mir die Frage stellte, sah er mich an. Ich sah in diesen dunklen Augen etwas, was mir ganz und gar nicht gefiel, etwas Fieses, Wildes, aber ich brauchte das Geld, also sagte ich: ›Nein, keine Fragen‹, salutierte und kletterte an Bord.«

SS Muddock

»Eine halbe Stunde nachdem er mich angeheuert hatte, waren wir auf See. Für mich, den nautischen Neuling, sah das Zwanzig-Meter-Schiff namens *Muddock* nicht anders aus, als die Schlepper aus dem New Yorker Hafen. Im Unterschied zu diesen jedoch bedeckte hier das Heck ein riesiges Netz. Von diesem Netz hing bei dieser Fahrt alles ab. Ausgebreitet hätte man es über einen halben Häuserblock legen können. Im Wasser ließen sich damit auf einen Schlag gleich mehrere Tonnen Fisch einkreisen. Bleigewichte am unteren Ende zogen es rasch in die Tiefe, das andere Ende hielten Korkschwimmer oben. Unten war es mit Ringen versehen, durch die ein Seil lief.

Hatte man die Sardinen im Netz, beschrieb das Schiff einen Kreis und schloß sie ein; indem man das Seil in den Ringen einholte, schloß sich das Netz. Dann war es an der Zeit, die Fische mit einem kleineren, an einen Baum auf dem Schiff befestigten Netz abzufischen und in den Fischkasten zu laden. Dieser Fischkasten – im Grunde nur eine schwimmende Wanne von der Größe eines Hauses – wurde hinter dem Schiff hergezogen und diente nur dazu, den Fang aufzunehmen. Er faßte bis zu sechzig Tonnen Fisch.

Man stattete mich für die Fahrt mit drei Kleidungsstücken aus, die jeder der arbeitenden Mannschaft trug: Baumwollhandschuhe, ein Wachstuch, das die Vorderseite des Körpers bedeckte wie ein riesiger Latz, und ein Paar unhandliche, schwere schwarze Gummihüftstiefel. Muddock händigte mir meine Ausrüstung mit einem Ratschlag aus: ›Zieh die hier an, dann tanzt du nicht die ganze Fahrt über in Salzwasser und Sardinenscheiße herum. Aber wenn du damit reinfällst, säufst du ab wie'n Stein. Ha! Ein letzter Sardinen-Scheiße-Cocktail, und du bist gewesen! Ha! Die Miete für Stiefel, Schürze und Handschuhe zieh' ich dir vom Anteil ab, Junge. Der Scheißkerl, der sie verliert, kriegt kein' Anteil. Irgendwelche Fragen?‹

Der erste Nachmittag und die erste Nacht auf See waren schön. Das Meer war ruhig, als wir den Hafen pünktlich um halb drei verließen. Der Himmel war klar und hellblau. Es dauerte keine Stunde, und uns folgten die Tümmler. Ein gutes Zeichen, wie ich erfuhr.

Und das war es auch. Wir holten in dieser Nacht tonnenweise Sardinen ein. Es war anstrengende Arbeit, das Streichnetz zu senken, die Fische abzuschöpfen, sie in den Fischkasten zu werfen und schließlich das schwere Schleppnetz einzuholen und aufzuschlichten. Bei unserer Rückkehr schworen wir uns, stinkend und erschöpft, nie wieder hinauszufahren, aber um ein Uhr am folgenden Nachmittag waren alle Mann wieder da, um die Heuer zu kassieren und sich für eine weitere Fahrt zu verpflichten.

Wir befanden uns mitten in der Wirtschaftskrise, da rümpfte man nicht die Nase über einen Job, der was brachte. Noch nicht einmal eine mit Käpt'n Ahab am Ruder.«

Bleistift

»Im Verlauf dieser Woche begann ich Muddock zu hassen. Ich haßte ihn, weil er mich an jedem Zahltag mit erstunkenen und erlogenen Ausreden um den größten Teil meines Anteils betrog. ›Dir war schlecht, Bleistift. Du hast nicht tüchtig genug zugepackt, Bleistift.‹

Verflucht, jeder von uns wurde seekrank, und wem, zum Teufel, würde es nicht so gehen bei dem ständigen Auf und Ab in einem Kutter, der in einer widerlich stickigen Wolke aus Dieselabgasen schwimmt? Aber Muddock nutzte jede Ausrede, die ihm nur einfallen wollte, um mir meinen fairen Anteil zu verweigern.

So behauptete er, ich sei noch nicht angelernt und hätte somit keinen Anspruch auf einen vollen Anteil; oder, ich sei ein ›nichtsnutziger spilleriger Bücherwurm, der als Köder über Bord geworfen gehört‹.

Im Verlauf dieser Woche, während der wir jede Nacht tonnenweise Sardinen einholten, riß Muddock sich alle Beine aus, um mich zu bekritteln, zu schikanieren und bei jeder Gelegenheit vor der ganzen Mannschaft zu demütigen. Auf einer Fahrt kippte er hinter mir einen Eimer Sardinen aufs Deck, während ich das Netz einholte. Man brauchte eine saubere Oberfläche, um mit seinen Stiefeln genügend Halt zu finden, ein mit Bleigewichten beschwertes Netz einzuholen, das mindestens eine Tonne wog. Ich fiel auf den Hintern, kaum daß ich auf einen der Fische trat, und der Schmerbauch des Kapitäns wurde tüchtig durchgeschüttelt, als er sich darüber vor Lachen bog. ›Schaut euch den Bleistift an, Leute‹, sagte er zu denen, die in der Nähe standen. ›Setzt sich auf seinen Arsch! Wo hast du denn deine Matrosenbeine, Kleiner? Auf dem Arsch nützt du uns nichts!‹

Dann kam er einige Male an und fragte mich, ob ich eine Arbeit erledigt hätte, die er mir angeblich aufgetragen hatte, was aber nicht stimmte. Dann stauchte er mich zusammen, ich würde meine Pflicht vernachlässigen. ›Bleistift, wie willst du studieren, wenn du dir nicht mal fünf Minuten merken kannst, was man dir sagt? Vielleicht müßte der mal ordentlich kielgeholt werden, um seinem Gedächtnis auf die Sprünge zu helfen, eh, Leute? Was meint ihr?‹

Die Mannschaft, größtenteils Berufsfischer und einige Wanderarbeiter, die nahmen, was sie kriegen konnten, waren viel zu eingeschüchtert, um auf Muddocks Bemerkungen zu reagieren. Er war bösartig und verrückt obendrein, aber das waren damals harte Zeiten, und sie brauchten die Arbeit nun mal. Keiner sagte was. Noch nicht einmal ich.«

Die letzte Nacht

»Bis zur siebten Nacht hatte sich die Luft zwischen Muddock und mir geradezu elektrisch geladen. Vom Auslaufen bis zur Rückkehr tat Muddock nichts anderes mehr, als an Deck herumzulungern und auf mich einzuhacken. Es machte auch die Mannschaft ganz unruhig. Ich dachte mir, der Grund, weshalb Muddock mich nicht einfach rauswarf, war der, daß der Saukerl wohl einfach zuviel Freude daran hatte, mich zu quälen und übers Ohr zu hauen. Warum ich mir seine Beleidigungen gefallen ließ, steht auf einem anderen Blatt. Ich brauchte das Geld und wollte nach Hause. Aber heute glaube ich, ich konnte einfach nicht weg, weil ich auf eine Gelegenheit wartete, mich an ihm zu rächen.

Als wir an jenem letzten Tag aus dem Hafen tuckerten, war die See schwerer als die ganze Woche über. Wir tuckerten kleine Berge hinauf und rutschten auf der anderen Seite wieder hinab. An jenem Tag war die See selbst den Tümmlern zu rauh, und wir bekamen nicht einen zu sehen.

Bei Sonnenuntergang wurde mir noch schlechter als sonst; ich wurde ganz grün und kotzte, was das Zeug hielt. Muddock saß mir im Nacken wie ein blutsaugendes Insekt. ›Du Schwächling, du verweichlichter Bücherwurm, bist auch zu gar nichts gut! Fährst wohl diese Fahrt auch wieder bloß als Ballast mit, was?‹

Trotz meiner Übelkeit blieb ich auf Wache und hielt Ausschau nach Fischen. Ich hätte unter Deck in der Koje liegen sollen, aber wenn ich das machte, würde ich auf der Stelle meinen Anteil verlieren, wie ich auf einer früheren Fahrt hatte feststellen müssen. Es passierte nicht viel, bis wir unsere Beute erspähten. Bis wir Sardinen ausmachten, sah man nichts weiter als einen kleinen Keil vom Mond und die leuchtenden Sterne am dunklen Himmel, gelegentlich auch das schwache Licht eines anderen Fischkutters.

Es war da draußen in der Dunkelheit auch nichts zu hören außer dem deutlichen ›tschuk, tschuk, tschuk‹ unseres Diesels. Wenn wir die Maschine stoppten, um Fisch einzuholen, hörten wir aus der Ferne eine glücklichere Besatzung zum Banjo singen. Es war unheimlich da draußen so ganz ohne Küste in Sicht und mit diesem kaum hörbaren Gesang aus dem Nichts.

Auf der SS *Muddock* gab es keine Sänger. Außer Muddock selbst waren wir ein stiller Haufen.

»Nach Sardinen suchten wir, indem wir nach ihrem Leuchten im Wasser Ausschau hielten. Es war ein gespenstischer Anblick, den ich niemals vergessen werde: riesige Gebiete schwach leuchtenden Seewassers in der Schwärze der Nacht. Es ist wie der Nebel heute nacht, Schoon, den von unten die Straßenlampen beleuchten. Der erinnert mich an den Anblick.

Man hat mir damals erklärt, die Schwärme brächten den Ozean deshalb zum Leuchten, weil die Fische das Mondlicht reflektierten. Sie schwammen so dicht, daß sie die ganze Länge und Breite des Schwarms über ein schwaches, aber fleckenloses Licht ausstrahlten.

In dieser letzten Nacht dauerte es wegen des rauhen Seegangs etwas länger, bis wir leuchtendes Wasser ausmachten. Mit zunehmender Höhe des Seegangs wurde mir übler denn je, aber ich blieb auf Posten.

Gegen Mitternacht sah ich den ersten Schwarm. Dem Ausmaß der leuchtenden Fläche nach handelte es sich um einen besonders großen. Wir mühten uns über die Wellen in Position und begannen das Netz auszubringen. Das Ausbringen des Netzes war schon bei ruhiger See eine Schinderei und um so schwieriger bei Wind und rollender See. Jedermann an Bord faßte mit an, während wir das leuchtende Wasser einkreisten. Muddock bellte seine Befehle wie ein Admiral in der Schlacht: ›Paßt auf den Baum auf! Laßt schneller laufen! Auf das Ringtau achten! Seht zu, daß es sich nicht verheddert! Was für ein Schwarm, ihr verdammten Glückspilze! Da könnt ihr euch heute nacht den Arsch aufreißen, die einzuholen! Ha! Schneller! Schneller, ihr verfluchte Saubande!‹

Kaum war das Netz draußen, vollendeten wir den Kreis um den Schwarm und begannen rasch, das Ringtau zu straffen. Das war der schwierigste Teil der ganzen Arbeit, selbst mit Hilfe der quietschenden Winden. Kapitän Muddock schrie seine Befehle weiter mit der üblichen Bösartigkeit, aber seinen speziellen Zorn reservierte er wie immer für mich. ›Mach schon, Bleistift, zieh endlich das Ringtau ein! Fester, der Teufel soll dich holen! Ha! Ein Tintenfischpimmel hat mehr Muskeln als du!‹

Wir zogen das Tau so straff es ging. Auf der Backbordseite der SS *Muddock* sah ich einen Kessel mit Millionen verzweifelter, dem Untergang geweihter Sardinen, die so wahnsinnig mit den Schwänzen schlugen, daß das Wasser weiß brodelte.«

Der große Fang

»›Nun holt sie schon endlich raus!‹ schrie Muddock. Während der größte Teil der Besatzung damit beschäftigt war, den riesigen Fischkasten an den Rand des Netzes zu ziehen, bedienten ich und zwei andere das Streichnetz, eine Vorrichtung, die von einem großen Baum über uns hing. Diesen schwenkten wir so, daß sich das Netz in die schäumende Sardinenmasse eintauchen ließ; dann holten wir eine Vierteltonne heraus und schwenkten den Baum auf die andere Seite, um sie in den Tank zu leeren.

Das Streichnetz würde schwierig zu führen sein. Wir mußten die Wellen abpassen, so daß wir auch Fisch erwischten und nicht nur Luft. Muddock, der die Schwierigkeiten schon ahnte, ernannte mich zum Chef des Teams. Ich griff mir die lange dünne Stange, mit der das Streichnetz auf und ab zu bewegen war. Muddock saß mir im Nacken und brüllte seine vulgären Anweisungen. ›Paß auf den Baum auf, Bleistift! Eintauchen – jetzt! Saukerl! Paß auf die Dünung auf! Jetzt, Bleistift, jetzt! Eintauchen!‹

Ich führte das Streichnetz mit der langen Stange über die Sardinen, während die anderen nach besten Kräften den Baum positionierten. Wir stampften so gewaltig, daß ich mich an der niederen Reling festhalten mußte, um nicht über Bord zu gehen. Die Wogen wurden zu mächtigen Bergen, die über uns hereinbrachen, und der Wind in meinem Rücken machte es mir auch nicht leichter, nicht über Bord zu gehen.

Muddock stand neben meiner Schulter und schrie mir ins Ohr. ›Rein damit, rein damit, Bleistift!‹ Aber ich hatte die Wellen so schlecht eingeschätzt, daß mein erster Versuch gerade mal über die zappelnde Wasseroberfläche strich. Ich erwischte vielleicht jämmerliche zehn Sardinen. Ich versuchte es noch einmal und verpaßte sie völlig.

Muddock war außer sich. ›Arschloch!‹ schrie er und griff nach der Stange, gerade als eine Woge sich auftürmte und das Deck mit Seewasser und zappelnden Sardinen überspülte. Muddock zog es die Beine weg. Das Schiff taumelte unter dem Schlag der Welle, und Muddock fiel gegen mich. Sein Gewicht warf mich halb über die Reling, und ich ließ die Stange ins Wasser fallen. Als ich den Kopf wandte, sah ich sein Gesicht nur einen Fingerbreit vor dem meinen. Ich roch seinen fauligen Atem. Seine schwarzen Augen waren übergroß und blitzten vor Wut. Ich erinnere mich noch an seine abgenutzten gelben Zähne, als er mir ein einziges Wort entgegenstieß: ›ARSCHLOCH!‹

Kaum hatte er das Gleichgewicht wiedergefunden, trat er einen Schritt zurück und stieß mich, so fest er konnte – ich schwöre es bei Gott! – über die Reling ins Meer. Da ich diese Reise nicht allein antreten wollte, krallte ich mich an dem Saukerl fest und riß ihn mit mir hinab.«

Nach dem Fall

»Wir landeten platschend inmitten der gefangenen Sardinen. Auf der Stelle spürte ich Millionen von schleimigen, kratzigen Fingern auf jedem Zentimeter meines Körpers. Das bißchen Wasser, das ich zunächst in der schrecklichen Dunkelheit gespürt hatte, strömte mir jetzt in die Wasserstiefel, und diese zogen mich nach unten, als hätte man sie mit Zement ausgegossen. Ich war bereits unter Wasser, bevor ich kapierte, wie mir geschah. Ich sank in den dichten, quirligen Brei aus Sardinen!

Ich erinnere mich an die Angst noch heute, als wäre es erst

gestern gewesen. Wenn du nie versucht hast, in einer überdimensionalen Büchse Sardinen zu schwimmen, dann kannst du dir unmöglich das Grauen vorstellen, darin zu ersaufen. Ich hatte Sardinen in der Kleidung, im Gesicht, den Augen – überall. Sie erdrückten mich. Ich versuchte es mit Paddeln, aber weder Arme noch Beine bewegten sich schnell genug. Ich war drauf und dran, in diesem überdimensionalen Sardinen-Scheiße-Cocktail zu ersaufen.

Es dauerte nur wenige Sekunden, und ich spürte, wie mir die Luft ausging. Ich schlug um mich wie eine der zum Tode verurteilten Sardinen um mich herum, als ich, bei Gott, einen Besenstiel spürte. Es war die Stange des Streichnetzes, die, wie ich wußte, nach wie vor mit dem Baum verbunden war. Ich hangelte mich die lose Stange entlang, aber erst in die falsche Richtung. Also machte ich kehrt und tastete mich mit beiden Händen bis zum Netz am anderen Ende. Ich zog daran, um es zu straffen. Es wurde nur noch loser. Ich zog wieder daran. Nichts. Ich sank noch immer und stand kurz davor, vor Panik und Luftmangel das Bewußtsein zu verlieren, als sich das Seil endlich straffte und ich mich aus diesem Alptraum zu ziehen begann.

Das Blatt schien sich eben zum Besseren zu wenden, als alles noch schlimmer kam. Muddock befand sich, wie ich jetzt merkte, genau unter mir und packte mich an den Knöcheln, wodurch er meiner Reise gen Norden ein Ende machte und mir wie ein Klotz an den Beinen hing. Unmöglich, in diesem Gedränge auch noch sein Gewicht nach oben zu ziehen – abgesehen davon, daß ich erst gar nicht die Absicht hatte, meine Zeit mit einem Versuch zu verschwenden.

Muddock, dachte ich. Muddock hält mich fest! Muddock! Dieser häßliche Hurensohn von einem Piraten hat mich die ganze Woche über erniedrigt und um meine Heuer betrogen. Er hatte mich eben über Bord gestoßen. Er hat mich umzubringen versucht! Ich würde mich nicht in die Tiefe ziehen lassen, nur weil er nicht allein sterben wollte.

Ich hatte keine Luft mehr. Mein Brustkorb wollte jeden Augenblick explodieren, und ich hing hier mit Kapitän Muddock, den ich in sein nasses Grab begleiten sollte. Ich bückte mich wie zu einem Hechtsprung und riß eine seiner Hände von meinem Bein, während er sich mit der anderen an mir hochzuziehen versuchte. Ich stocherte mit meiner freien Hand nach unten und tastete nach seinem Kopf. Als ich ihn hatte, stellte ich meinen freien Fuß darauf und benutzte seinen Scheitel als festen Grund, um mich Richtung Oberfläche zu stoßen. Als ich sprang, spürte ich, wie sein Kopf unter meinem Stiefel nachgab.

Mit Hilfe des Netzes zog ich mich weiter nach oben. Mein Kopf durchbrach in dem Augenblick das Wasser, in dem ich den Mund aufriß, um nach Luft zu schnappen. Ich erwischte ein Maulvoll Schaum, aber der Baum begann mich nach oben zu ziehen, und bald war ich wieder an Bord.«

Reine Böswilligkeit

»Im offiziellen Bericht hieß es, Kapitän Muddock sei ertrunken. Und das war er auch. Als man ihn später in der Nacht im Netz fand, war seine Lunge voller Salzwasser und Sardinen. Aber außerdem war noch sein Hals gebrochen. Man nahm an, es sei beim Fallen passiert.

Man hat mich nie danach gefragt, was zwischen den Sardinen passiert war, und ich war nicht blöd genug, es von mir aus zu sagen. Was Muddock da unten passiert war, wußten nur ich, die Sardinen und die See.« Wilkes verstummte, um zu sehen, ob ich noch aufpaßte. Als er sah, daß dem so war, nahm er einen weiteren Schluck und fuhr fort.

»Ich habe meine Tat nie bedauert. Ich haßte den Kerl. Ich *haßte* ihn! Er war wie Richter Knott – die pure Bösartigkeit –, und wie Seine verblichene Ehren hatte er seine helle Freude daran, die Leute zu quälen, die gezwungen waren, für ihn zu arbeiten.«

Wilkes stand auf und trat wieder ans Fenster. Seine instinktive Notwehr unter so unglaublich außergewöhnlichen Umständen schien mir weit von einem Mord entfernt. Auch wenn er den Kerl gehaßt hatte, und wenn schon? Es war eine aus der Notwendigkeit geborene Verzweiflungstat.

Ich teilte meine Gedanken mit meinem Freund, und er erkannte ihre Weisheit auch an. »Du hast recht«, sagte er. »Im Wasser, ungesehen und lebendig begraben, war es eine Reflexreaktion ums nackte Überleben. Aber andererseits weiß ich auch, daß ich nicht versucht habe, ihn nach oben zu ziehen. Ich habe das Gegenteil getan, und das nicht aus Luftmangel, Angst oder Feigheit, sondern aus reiner Böswilligkeit. Ohne das geringste Bedauern habe ich ihn auf den Grund geschickt, auf daß er diesen Sardinen-Scheiße-Cocktail säuft. Und jetzt habe ich dasselbe Gefühl, was unseren verblichenen Richter anbelangt.«

Wilkes genehmigte sich einen weiteren Schluck, stand auf und ging noch einmal ans Fenster, um wieder in den langsam unter uns dahinziehenden Nebel zu sehen. Es hatte keinen Sinn, noch weiter darüber zu diskutieren. Schweigend stellte ich mich neben ihn ans Fenster und sah hinab auf das Flickwerk aus leuchtendem Nebel und Dunkelheit. Einen Augenblick lang dachte ich über den Tod von Kapitän Muddock nach.

Und den von Richter Yulburton Abraham Knott.

Kapitel 7

Die Jagd

Frauenzunge wie Schwert, das nie rostet.
Charlie Chan

Man hat mich zu einer ftrafbaren Handlung produtfiert.
Becky Buttermilk

»Laß mal sehen, die letzten drei Richter, die in der Stadt ermordet wurden – also, da hätten wir zunächst mal Richter Crater: Der ist schon vor langer Zeit auf die gute alte Argentinische Art verschwunden. Dann hatten wir da den armen Richter, den der Vater von irgendeinem Mädel erschossen hat, weil sie unter seinem Vorsitz einen Mordprozeß verloren hatte. Und der jüngste Fall, das war doch der Mafiamord an Richter Joseph Blugeot. Und jetzt sticht man Knott ins Kreuz. Der Fall liegt doch anders. Das ist doch schon ein Anhaltspunkt, nicht, Schatzi?«

Mulraney und Jill lagen unter der warmen Decke und diskutierten den Fall. Jill wußte, die Lösung des größten Mordfalles, den die Polizei im Augenblick hatte, wäre eine gewaltige Spritze für die Laufbahn ihres Gatten. Soweit Leistung bei der Polizei überhaupt etwas mit beruflichem Aufstieg zu tun hatte – eine strittige These –, könnte die Lösung des Falles das Sprungbrett für einen mächtigen Satz nach oben sein.

Jill war gescheit – nicht weniger gescheit als ihr Mann, und der war ziemlich gescheit. Bei schwierigen Fällen war sie der beste Resonanzboden, den Mike sich nur wünschen konnte. Sie war Lektorin bei Norton J. Pencroft, einem renommierten Verleger von Lehrbüchern und Fachliteratur aus dem Hightechbereich. Außerdem war sie eine unersättliche Krimileserin. Ihre Intelligenz, ihre fundierte Kenntnis der Polizeiarbeit und ihr überdimensionaler Fundus an Allgemeinbildung machten sie zur unschätzbaren Ressource bei der Suche nach Ideen.

So lagen sie da. Nackt unter der Decke, ihre warmen Arme und Beine ineinander verschränkt, und plauschten über den Mord an Richter Yulburton Abraham Knott. Mike Tüchlein wurde wieder einmal daran erinnert, warum er seine Frau so sehr liebte. Sie hätte auch meckern können, weil er die Verabredung zum Abendessen abgesagt hatte – und das zum drittenmal hintereinander –, aber noch nicht einmal Dr. Watson hätte mit mehr Begeisterung bei der Sache sein können als sie.

»Es ist ein Hinweis, Süßes«, flüsterte er ihr ins Ohr, bevor er es küßte. »Erstechen setzt Nähe voraus, nicht nur im offensichtlichen physischen Sinn, sondern auch was die Beziehung anbelangt. Der Richter und sein Mörder kannten einander wahrscheinlich.«

Mit einer Rolle seitwärts entzog Jill sich Mikes Gliedmaßen, die sie wie Fangarme umgaben, um den Kopf auf den Arm zu stützen. Der Fall faszinierte sie nicht weniger als ihren Mann. Es war ein Geheimnis, ein Rätsel, das nach einer Lösung verlangte, und dabei mit von der Partie zu sein, war einfach toll. »Darin sind wir uns einig«, sagte sie. »Und so wie du den Tatort beschreibst, würde ich sagen, da hat einer eine Rechnung beglichen. Da man sich im Richterzimmer ja nun wohl kaum hätte verstecken können und nichts auf einen Einbruch hindeutet, muß Knott seinen Mörder wohl selbst reingelassen haben. Daß es keine Anzeichen für einen Kampf gibt, heißt nichts anderes, als daß der Richter gegen die Anwesenheit dieser Person nichts einzuwenden hatte.«

Mulraney führte sich den Tatort vor Augen. Als er in Knotts Büro gekommen war, hatte man eben die blutige Leiche mit dem Bauch nach unten auf einen Wagen gelegt. Jemand hatte etwas im Rücken des Richters versenkt, was auf den ersten Blick nach einem goldenen Zeltpflock aussah. Richter Knott sah um einiges älter aus als vor etwa zehn Jahren, als Mike Tüchlein das letzte Mal in seinem Saal gewesen war. Im Grunde relativ hager, war der Richter doch weich geworden. Ein kleines Bäuchlein hing ihm vom Rumpf wie eine Rüttelschwelle, sein Gesicht war faltig, die Haut schlaff. Sein Haar war fast schneeweiß. Irgend etwas eigenartiges an seinem Gesicht erregte Mikes Aufmerksamkeit. Es war nicht nur der altersbedingte Verfall, auch nicht der eigenartig blutleere Teint. Tüchlein hatte diesen Ausdruck schon auf vielen Gesichtern von Leichen mittleren Alters gesehen, an Tatorten quer durch die Stadt. Es war der Ausdruck der Verderbtheit.

Jill fuhr fort: »Ich habe für dich Nachforschungen über die Mordwaffe angestellt. Bei deinem Zeltpflock handelt es sich um Knotts Brieföffner, ein schönes und ausgefallenes Stück. Italienische Arbeit. Ausgesprochen teuer. Der Griff besteht aus zweiundzwanzigkarätigem, aufwendig verziertem Gold: ein Löwenkopf als Knauf und darunter drei Szenen aus den zwölf Arbeiten des Herakles. Handwerklich großartig ausgeführt. Die Klinge ist aus dickem Elfenbein. Da hat jemand weit über tausend Mäuse hingelegt. Leicht.

Die Mordwaffe lag auf dem Schreibtisch des Richters, als der Mörder hereinkam. Also war der Mord womöglich gar nicht geplant. Vielleicht hat der Richter den Betreffenden nur auf die Palme gebracht, und *zack!* – schon kriegt er's zurück.«

Mike rollte sich an den Körper seiner Frau und küßte sie auf den Hals. Sie schlang die Arme um seinen Rücken, zog ihn fest an sich und sagte: »Mike, wie war das noch mal mit dem Gedicht?«

Als Mulraney angekommen war, waren die Jungs von der Spusi eben dabei, das Richterzimmer auf Fingerabdrücke abzugrasen und versauten dabei wie üblich alles mit ihrem Staub. Der riesige Schreibtisch aus poliertem Mahagoni dominierte den Raum, und so wie er stand, ließ es sich gar nicht vermeiden, jemanden hereinkommen zu sehen. Es gab weder Hinweise auf einen Kampf, noch hatte man vor dem Mord im Haus einen Unbekannten gesehen.

Mike machte sich geistig Notizen über alles, was es im Raum so gab: An den Bücherwänden standen, sauber aufgereiht, Hunderte von juristischen Werken; auf Tischen und Stühlen stapelten sich Schriftsätze und Anträge; auf dem ordentlichen Schreibtisch des Richters lagen in einem feinsäuberlichen Stapel Fahnenabzüge der verrückten Zukunftsgeschichten, die Knott unter dem Pseudonym Grotek geschrieben hatte. Mulraney las den Titel auf der obersten Seite der Fahnen: »Zurück zur Zukunft: Ein Sozioökonomisches Argument für die Laserfolterbank im Modernen Strafrecht«.

Der Farbmonitor von Knotts Computer war noch an, aber der Bildschirm war leer. Neugierig, ob wohl etwas drauf war, ging Mulraney hinüber und drückte die Bild-Abwärts-Taste. Zu seiner Überraschung sprang ein Dokument auf den Schirm. In gelber Schrift – Courier – auf königsblauem Hintergrund leuchteten ihm die folgenden Worte entgegen:

Seenot

Unergründliches Strandgut,
Schweigendes Auf und Nieder in meinem Arm

Deine sachten schwarzen Klagen
Krachen donnernd
Gegen die friedlichen Gestade der Seele an,

Zerbröckeln sie
unter den Wogen der drängenden Brandung.

Eine steigende Verzweiflung
zieht mich hinaus ins Dunkel

eine Strömung, die mich unbarmherzig
in die unbekannten Tiefen eines brütenden Meeres zieht.

»Das war's«, sagte Mike, nachdem er das Gedicht aus dem Gedächtnis aufgesagt hatte. »Wird wohl von ihm sein.« Mulraney hatte Jill gebeten, den Autor zu finden, aber ihre Suche war erfolglos geblieben. Die beiden Mulraneys lagen einen Augenblick schweigend da und gingen mögliche Täter durch.

Dann sagte Jill, die Mikes Körper noch immer fest an den ihren drückte: »Das Gedicht ist wichtig. Um wen geht es? Eine Geliebte? Seine Frau vielleicht? Die Frau, ein Gerichtswachtmeister und der Sekretär haben die Leiche gefunden. Das macht sie zu Verdächtigen, wobei seine bessere Hälfte ganz oben steht.«

»Ja, zu der muß ich als erstes. Und dann ist da noch dieser Wilkes«, sagte Mulraney. »Er hatte eben einen Prozeß bei Knott. Knott hat ihn wegen Ungebühr belangt und für den nächsten Tag eine Anhörung angesetzt. Wilkes und Knott haben einander gehaßt. Der Richter hätte ihn einsperren lassen, soviel steht fest. Den muß ich mal unter die Lupe nehmen. Und seinen Mandanten. Feldmarschall Lyle Diderot, den Oberstrolch der Whiz Kids. Von diesem Kroppzeug könnte es auch jeder gewesen sein.«

»Hat man an der Kleidung des Richters Urin gefunden? Das ist doch das Markenzeichen der Whiz Kids, oder nicht, Mike?«

»Es ist ihr Markenzeichen. Seine Kleidung war derart voll Blut, daß man das nicht hätte sagen können. Aber die vom Labor werden das schon nachprüfen.«

Jill sagte: »Könnte auch einer gewesen sein, der mit einer Entscheidung unzufrieden war, oder ein Zeuge, Freund oder Verwandter von so einem. Oder des Zeugen. Vielleicht ein saurer Geschäfts- oder ein wütender Golfpartner. Ein verärgerter Gerichtsfan.« Sie packte Mikes Backen und rückte ihr Gesicht an das seine, so daß sich ihre Nasen berührten, und sagte: »Mit anderen Worten …«

Es war ihr üblicher Vorschlag zu Beginn einer jeden Untersuchung. Mike beendete ihren Satz: »… es gibt acht Millionen Geschichten in dieser gnadenlosen Stadt, und jede einzelne handelt von einem Verdächtigen.«

Sie lachten, packten einander und liebten sich wie zwei Triebverbrecher nach einigen Jahren Einzelhaft.

Inzwischen bei Winston Schoonover

Da man Richter Knott nun mal abserviert hatte, zerriß ich den halbfertigen Antrag, ihn von Wilkes' Disziplinarverfahren abzuziehen. Jetzt, da sich letzteres mangels Kläger erledigt hatte, war der Antrag – wie man in der Branche sagt – gegenstandslos geworden. Statt der Anhörung wegen Ungebühr stand ihm jetzt eine Vernehmung wegen Knotts Ermordung ins Haus. Wilkes hatte sich zu nahe an der Tatzeit im Gericht aufgehalten, um nicht verdächtig zu sein. Aber das schien ihm im Augenblick keine Sorgen zu machen. Seine melancholische Sardinengeschichte vom Abend zuvor war gegessen, und er war emsig dabei, seiner Lieblingsbeschäftigung nachzugehen: Er saß in seinem Büro und unterhielt sich wohlgemut mit einer potentiellen Mandantin.

Als sie sich Wilkes gegenüber in den Sessel lehnte, machte Becky Buttermilk, die potentielle Mandantin des Tages, den Eindruck einer Bordsteinschwalbe der billigsten Sorte. Aber unter dem schrillen Make-up und über der dürftigen und obendrein schlechtsitzenden Kleidung hatte sie das gewöhnlichste Gesicht, das je einen Spiegel sah. Reizlos wie eine hausgemachte Sünde.

Ihr langes, glattes kanariengelbes Haar war ganz offensichtlich gefärbt. Ihr Gesicht war dick bemalt: violetter Lippenstift, rubinrotes Rouge – auf einer Puderschicht, die dick genug zum Skilaufen war –, schwarze Wimperntusche und lila Eyeliner, der sich bis an die Schläfen zog.

Ein mit Buntstiften gemalter Rorschachtest.

Aber um ehrlich zu sein, so genau hätte sich ihr Gesicht niemand angesehen, denn Becky Buttermilk hatte den sensationellsten Körper, der sich in Wilkes' Kanzlei je die Ehre gab. Und sie ging nicht gerade verschämt damit um. Sie trug einen ebenso engen wie kurzen schwarzen Lederrock, der beim Sitzen noch nicht mal ihr rotes Höschen verbarg. Der tief ausgeschnittene Hauch von einer ausgewaschenen Seidenbluse reichte nicht weit genug aus dem Rock, um den schönsten – und größten – Busen zu bedecken, den ich jemals gesehen hatte. Obwohl sie diesen ohnehin schon so gut wie freigelegt trug, gefiel sich Miss Buttermilk darin, sich des öfteren vorzubeugen, um ihren Gesprächspartnern einen tieferen Einblick in die handgreiflichen Reize ihrer Fassade zu geben.

Was mich anbelangt, so war es Lust auf den ersten Blick. Ich legte also größten Wert darauf, Wilkes bei der Befragung unserer üppigen potentiellen Mandantin zu assistieren, und setzte mich neben meinen Freund, als er Miss Buttermilk zur Natur ihres rechtlichen Problems befragte.

»Was bringt Sie zu uns, Miss Buttermilk?« fragte Wilkes mit einem Blick auf ihre Oberweite, als erwarte er die Antwort von ihren Brüsten.

»Ich bin in frecklichen Fwierigkeiten, Mifter Wilkf«, sagte Becky. Ihre Stimme war piepsig, und aufgrund eines leichten Lispelns hörte sie sich an wie Elmer Fudd. »Ich war bei der Arbeit an meinem Arbeitfplatf, alfo in der Fidelen Liebefwanne, und da kommt fo ein Kunde rein und will einmal Liebefwanne Fpetfial, daf heift, er fetft fich in den Whirlpool und ich mich dazu, und wir tfiehen unf auf und machen fo rum. Koftet blof fünftfig Dollar. Ifft'n echtef Angebot.«

»Wenn Sie sagen, Sie ›machen so rum‹, beinhaltet das einen Verkehr?« fragte Wilkes. Eine rein rhetorische Frage. Nackt mit Becky Buttermilk in die Fidele Liebeswanne zu steigen, konnte zu gar nichts anderem führen als Sex.

Mit allen Fikanen

»Fie meinen, ob wir'f in der Wanne machen? Kommt überhaupt nicht in Frage, Mifter Wilkf«, sagte Miss Buttermilk. »Ich fpiele blof fo'n bifchen rum. Reib' mich vielleicht fo'n bifchen an ihm oder laff ihn ein bifchen fmufen, aber wenn einer wirklich Fex will, dann muff er ein Tfimmer nehmen und noch ganf fön waf drauflegen. Wieviel, hängt ganf davon ab, waffa will. Ich mein', tfum Beifpiel, wenn einer blof eine einfache Nummer will, dann koftet ihn daf fo und fo viel, und für frantföfif, da koftet daf dann noch ein bifchen mehr, und für allef – alfo mit allen Fikanen –, alfo daf koftet noch mehr. Alfo mit dem da bin ich noch nicht mal auf' Tfimmer. Wir find einfach nackig in die Wanne und haben fo rumgemacht, wiffen Fie, fo'n bifchen Planfen, reiben und Fmufen.«

Mit knappen Gesten deutete Miss Buttermilk an, wie man im Whirlpool so planschte, schmuste und rieb und tupfte sich dann mit einem schwarzen Seidentuch unter die Augen, als wollte sie Tränen aufsaugen, bevor sie das Tuch absichtlich fallen ließ. Langsam beugte sie sich vor, um es aufzuheben und entblößte dabei ihr prächtiges Kapital. Uns gingen die Augen über. Ich träumte davon, der Glückspilz in der Wanne, das Objekt von Miss Buttermilks planschenden Aufmerksamkeiten zu sein.

Moralverkehr

»Aber was bringt Sie zu mir, Miss Buttermilk? Es ist schließlich kein Verbrechen, mit jemandem im Whirlpool zu baden. Wenigstens noch nicht. Was für ein rechtliches Problem haben Sie denn nun?« fragte Wilkes.

»Na ja, daf ift fo, ich hab' gegen meine eiferne Regel verftofen: Gib nie waf umfonft. Fehen Fie, der Kerl war mir gleich fo fympathif. Ich fand ihn so attraktiv. Er war luftig und hat mich fo nett angemacht. Da ift daf beim Fpielen halt mit mir durchgegangen, wiffen Fie, und dann führte einf tfum andern, und flieflich hab' ich'f ihm umfonft auf Frantföfif gemacht. Ich war wirklich nett tfu dem Kerl. Ohne Aufpreif, verftehen Fie? Und alf ich fo am Blafen und total unter Waffer bin – ich hab' den reinften Weltrekord im Luftanhalten aufgeftellt –, da freit er – angeblich! – mit einmal, ich wär' verhaftet. Fpäter dann hat er behauptet, er hätt'f die gantfe Zeit fon gefrien, aber ich glaub' ihm daf nicht. Ich hab' jedenfallf nikf gehört. Ich bin alfo am Machen, fo unter Waffer, und halte fo richtig gut die Luft an, derweil er oben angeblich freit, ich wär verhaftet. Und daf ift totaler Krampf! Der Kerl lügt! Er hat mich überhaupt nicht weggetfogen, Mr. Wilkf! Erft alf er lofgefpripft hat und ich Luft holen kam, da hat er mir gefagt, daf er'n Bulle wär'! Und jetft werfen fie mir irgend fo'ne abartige Fweinerei vor, von wegen ich wär' moralverkehrt – ich weif nicht, wie ihr Anwälte daf nennt. Moralgenitalif oder fo.«

»Oral – genital«, warf ich ein.

»Ja! Genau daf iffef! Genau fo haben fie'f genannt, Mifter Fkoonblower. Und datfu kommt noch eine Antfeige wegen Proftitutfion, obwohl ich gar keine Proftituierte nicht bin. Ich betreibe ein gantf refpektablef Gefäft. Ich glaube, man hat mich tfu einer ftrafbaren Handlung produtfiert, Mifter Wilkf!« sagte die aufgebrachte Miss Buttermilk, während sie sich verführerisch in ihrem Sessel wand. »Ich kann'f mir nicht leiften, verurteilt tfu werden, Mifter Wilkf, weil ich dann meinen Gewerbefein verlier'. Fehen Fie, ich bin jetft von über fünf Jahre die ftoltfe Befitferin der Fidelen Liebefwanne.«

»Sieh mal einer an«, sagte Wilkes, »ein wirklich interessanter Fall. Aber was mich interessieren würde: Wer hat Sie denn an mich verwiesen?«

Becky öffnete ihre winzige Handtasche und holte einen Artikel aus der jüngsten *Post* heraus, in dem unter »Wilkes' Wunder« von dem Freispruch berichtet wurde, den er für den Feldmarschall erwirkt hatte. »Hier fteht waf von einem grofen Fieg. Da wuffte ich fofort, Fie find der Mann für mich, weil der Fall nämlich ein harter Brocken ift, Mifter Wilkf. Ich brauche einen Kämpfer wie den Mann, der Mifter Lyle Diderot heraufgepaukt hat. Und daf find Fie, Mifter Wilkf. Ich möchte, daffie mein' Fall auch gewinnen.«

Honorarverhandlungen

»Es wäre mir eine Ehre, Sie zu vertreten, Miss Buttermilk, aber zunächst einmal müßten wir natürlich über mein Honorar sprechen.« Wilkes schickte sich zu einer Honorarverhandlung an, eine kleine Konversation in einer teuren Sprache, die jeder kennenlernte, der sich seiner Dienste zu vergewissern suchte. Ihr Alphabet war recht einfach: eine arabische Ziffer, der viele Nullen folgten. Treue Leser dieser Sagen wissen ja bereits, mit welcher kompromißlosen Unnachgiebigkeit mein Freund seine Mandanten von ihrem weltlichen Besitz zu trennen verstand, bevor er ihre Sache zu der seinen zu machen geruhte. Ich fragte mich schon, wie wohl die Honorarverhandlungen mit der betörenden Miss Buttermilk ausfallen würden.

Becky Buttermilk ließ noch einmal ihr Tüchlein fallen, beugte sich vor, um es aufzuheben, und gewährte uns einen Blick auf die herrlichen Zwillinge. »Na ja, Mifter Wilkf«, sagte sie leise, »natürlich möchte ich Ihnen Ihre Arbeit vergüten. Ich dachte mir, ich könnte Ihnen und Mifter Fkoonblower hier dafür die Dienfte von meinem Etabliffment anbieten. Unbegrenfft – oder wenigftenf ein paar Monate lang.«

Wilkes sah mich an und lachte. Er nahm einen Zettel vom Schreibtisch und kritzelte etwas darauf. »So verlockend Ihr Angebot auch ist, Miss Buttermilk, ich muß es ablehnen. Ich trenne nun einmal streng zwischen Geschäft und Vergnügen. Die Damen in Ihrem Gewerbe haben da ein hübsches Sprichwort: ›Wenn du das Geld hast, Schatz, dann hab' ich die Zeit‹. Unsere Gebühren sind immer in der Landeswährung zu entrichten.«

Er beugte sich über den Tisch und reichte ihr den Zettel. »Ich dachte in etwa an etwas in diesem Bereich.«

Becky nahm den Zettel, und sah ihn sich an. Ihr traten die Augen heraus, und ihre schöne Brust hob sich, als sie die Zahl darauf las. Dann bildeten sich Tränen in ihren Augen, echte Tränen, die auf der Stelle dunkel wurden, als sie die schwarze Wimperntusche und den lila Eyeliner passierten. Als sie die rubinroten Bäckchen über der weißen Puderschicht erreichten, nahmen sie noch rasch eine lila-orange Nuance an, bevor sie in ihrem schwarzen Tüchlein verschwanden. Die Tränenspuren kreuzten sich mit den Wischern des Taschentuchs und hinterließen eine grauenhaft grelle Schraffierung auf ihrem Gesicht.

»Och bitte, Mifter Wilkf, bitte! Nehmen Fie mich! Nehmen Fie meinen Fall! Ihre Gebühren find einfach tfuviel. Ich kann ja betfahlen, aber nicht fo viel. Könnten wir nicht über eine andre Tfahlweife reden?« Schwungvoll sprang sie auf und drehte langsam ihren umwerfenden Körper vor uns, auf daß wir auch nicht den geringsten Zweifel hätten, an welche Alternative sie dachte.

Schweigend und sorgfältig musterte Wilkes das Honorarangebot, das sich in seiner ganzen Pracht vor ihm drehte. »Ihre Argumente sind sehr überzeugend, Miss Buttermilk«, sagte er. »Aber wir nehmen hier grundsätzlich nur Bares. Und was den geforderten Betrag anbelangt, so erinnere ich meine künftigen Mandanten gern an das alte Sprichwort des unbekannten britischen Essayisten und Lebenskritikers aus dem 19. Jahrhundert, John Ruskin. Der sagte, und ich zitiere: ›Es ist unklug, zuviel zu bezahlen, aber schlimmer noch ist es, zuwenig zu bezahlen. Bezahlt man zuviel, verliert man etwas Geld – nicht mehr. Bezahlt man aber zuwenig, verliert man zuweilen alles, weil das, was man erstanden hat, seinen Zweck nicht erfüllt.‹ Das sind weise Worte, Miss Buttermilk. Bezahlen Sie zu wenig, bekommen Sie womöglich überhaupt nichts dafür. Und die Gefahr, daß Sie zuwenig bezahlen, ist in dieser Kanzlei erst gar gegeben.«

Die stehende Miss Buttermilk schien nicht zu verstehen. Die Tränen kamen jetzt schnell und schlüpften rasch über die bunten Backen, um dann in freiem Fall in der ungeheuren Spalte zu verschwinden, die sich durch das Aufeinandertreffen der beiden prächtigen Fleischberge aufgetan hatte. Sie trat an den Schreibtisch und beugte sich gewichtig darüber hinweg. Wilkes' Augen sprangen in ihren Ausschnitt.

»Ich verfpreche Ihnen, Ihre Lieblingfkundfaft zu werden, Mifter Wilkf. Und Fie werden die meine. Bitte, bitte, ftreichen Fie ein paar von den Nullern auf Ihrem Tfettel da, und wir find im Gefäft.«

In all den Jahren, in denen ich nun bei Wilkes gewesen war, hatte er noch nicht einem zuliebe seine Gebühren gesenkt. Mandanten boten Ferienhäuser, Schnellboote, exotische Wagen, teuren Schmuck, einfach alles. Wir nahmen nie etwas davon, und das aus einem ganz simplen Grund: wegen der Gefahr, versehentlich Diebesgut anzunehmen, und dann, falls es an seinen rechtmäßigen Besitzer zurückging, mit nichts dazustehen außer der Möglichkeit einer Strafanzeige wegen Hehlerei.

Miss Becky Buttermilks Angebot war da etwas anders gelagert. Bis zu diesem Tag hatte noch nie jemand angeboten, Wilkes' Gebühren mit seinem Körper zu bezahlen. Unmöglich, sich eine Anklage wegen Hehlerei einzufangen, wenn man ihn annahm; allerdings fing man sich womöglich etwas weit Schlimmeres ein.

Brustrabatt

Wilkes starrte noch immer wie gebannt auf die Buttermilk-Zwillinge. Hätten sie sprechen können, sie hätten sich sicher als eloquente Verfechter von Becky Buttermilks Sache entpuppt. Ich weiß das, weil Wilkes schließlich die Worte sagte, die ich bis zu diesem Tag noch niemals gehört hatte. »Ihr Angebot ist sehr verlockend. Für drei Monate übertragbaren Zugang zur Fidelen Liebeswanne, ziehe ich eine Ziffer von der vorgeschlagenen Summe ab.«

Angesichts dieses ungeheuren Nachlasses von zehntausend Dollar richtete Becky Buttermilk sich wieder auf. Mit ihrem Lächeln erschienen plötzlich eine Menge Zähne in der feuchten Farblandschaft ihres Gesichts. Sie streckte Wilkes eine Hand entgegen. »Ef wird mir eine Freude fein, da bin ich ficher. Abgemacht.«

Wilkes stand auf und hielt ihr seinerseits die Hand entgegen. Miss Buttermilk griff danach, zog ihn mit erstaunlicher Kraft an ihre Fülle, wo sie ihn aufs herzlichste drückte und küßte. Wilkes drückte und küßte zurück.

Während ich zusah, wie die beiden zufriedenen Geschäftspartner ihren Abschluß besiegelten, klingelte das Telefon, und ich verließ das Zimmer, um in meinem Büro ranzugehen. Ich grüßte, und schon überlief es mich kalt. Die Stimme am anderen Ende der Leitung sagte: »Hier ist Detective Mike Mulraney, Mordkommission. Ich wäre gern mal rübergekommen, um mit Ihnen und Mr. Wilkes zu reden. Es geht um den Mordfall Knott.«

Kapitel 8

Alice

Wurzeln von Baum führen in viele Richtungen
CHARLIE CHAN

Ay, che chalupas!
EIN VEREHRER VON BECKY BUTTERMILK

Kurz nach fünf Uhr nachmittags hörte es Alice Poplar-Bennett Knott, in juristischen Kreisen besser bekannt als Frau Richter oder Mrs. Yulburton Abraham Knott, an der Haustüre läuten. Sie erwartete ihren Besucher bereits. Ruhig erhob sie sich aus ihrem Sessel und ging zur Tür.

Alice Knott war eine geborene Poplar-Bennett, mit anderen Worten ein Kind von Reichtum und Status. Ein Einzelkind, eine begabte Sportlerin und intelligent, verbrachte sie ihre Jugend jedoch allein hinter der Mauer aus Verachtung, die ihre Eltern allen von geringerem Stand entgegenbrachten. Die Sprößlinge Geringerer waren tabu.

Von dem Augenblick an, in dem Alice den Schoß ihrer Mutter verließ, behandelte man sie als erwachsene Poplar-Bennett und erwartete ein entsprechendes Verhalten von ihr. An den besten Schulen erzogen, die der Osten zu bieten hatte, begegnete sie während ihrer Zeit am Smith College Y. A. Er studierte im letzten Jahr Jura, sie stand vor ihrem Abschluß am Smith. Ihre Eltern hießen ihre Ehe mit Yulburton keineswegs für gut, denn Y. A. kam weder von Reichtum, noch von Status. Er war ein Bürgerlicher, der um die Hand der Prinzessin Poplar-Bennett anhielt.

Hätten ihre Eltern gewußt, daß Y.A. sich auf das Strafrecht, wenn auch nur Wirtschaftsdelikte, verlegen würde, sie hätten der Ehe nie zugestimmt. Alice womöglich auch nicht. Sie hatten jedoch alle gleich weit weniger gegen ihn, als er schließlich Richter wurde, was über einige geschickt plazierte Parteispenden der Poplar-Bennetts zuwege kam.

Im Hause Knott

Als sie sich der Tür näherte, traf sie auf das Hausmädchen, dem sie wortlos abwinkte. Sie öffnete die Tür ihres wunderschönen Heims. Auf der Schwelle stand Mike Mulraney, der eben das Taschentuch wegsteckte, nachdem er sich kräftig geschneuzt hatte. Mulraney musterte Mrs. Knott, als sie so an der Tür stand. Sie sah viel gebieterischer aus als letzte Woche, an jenem schrecklichen Abend, als ihr Mann umgekommen war. Im Augenblick sah sie, obwohl sie längst Anfang Fünfzig war, um gut fünfzehn Jahre jünger aus. Um ehrlich zu sein, wenn er sie so betrachtete, stellte Mulraney sie sich, von vier Nubiern getragen, in einer gutgepolsterten Sänfte vor, von der aus sie auf ihn herabblickte wie auf das unbedeutendste Partikel des Universums.

Alice war groß, eher kräftig, wenn auch keinesfalls unattraktiv, und in Bergdorf Goodmans bestem braunen Abendanzug tadellos gekleidet. Ihre straffen Züge, Produkt eines kürzlichen Laserliftings, hatten noch alle Anzeichen ihrer einstigen Schönheit, obwohl der frische Teint der Jugend längst verblüht war.

»Detective Mulraney, kommen Sie bitte herein«, sagte sie herzlich arrogant. »Wir haben Sie schon erwartet. Sie sind zu spät dran.« Ihr Ton überraschte Mulraney. Er hatte noch das Bild von ihr am Abend des Mordes vor Augen. Sie hatte völlig die Beherrschung verloren, ein Zustand, der Mulraney nun eher die Ausnahme schien. Stundenlang hatte sie sich von einem in Tränen aufgelösten Häufchen Elend in eine wilde Furie verwandelt und wieder zurück. Der Zorn hatte zwar dominiert, aber sie hatte auch nicht zu knapp geweint, so daß Mikes sämtliche Taschentücher naß wurden, nachdem sie den Kleenex-Vorrat des ganzen Gerichts aufgebraucht hatte.

Mulraney betrat das Knottsche Haus im Gedanken an jenen Abend und den Zweck seines Besuchs. Er war gekommen, um nachzuhaken, was ihre Aussage betraf. Die ersten Angaben waren verständlicherweise an jenem schrecklichen Abend bei all dem Zorn, den Tränen und ihrer allgemeinen Aufgelöstheit nur kurz ausgefallen. Sie sagte, sie sei zur gleichen Zeit gekommen wie immer, um ihren Mann abzuholen.

Der Chauffeur wartete mit laufendem Motor in der Limousine, während Alice den Aufzug für die Richter nahm, um den Kontakt mit dem Pöbel in den anderen zu vermeiden.

Es war ein tägliches Ritual, wie Mulraney vom Hauswart und seinen Leuten bestätigt bekam, seit Jahren gehe das schon so, man könne seine Uhr danach stellen. Außer am Mittwoch. An diesem Tag ging der Richter früher, um ein Taxi uptown zu seiner wöchentlichen Fitneßrunde im New Yorker Athletic Club zu nehmen.

Der Abend des Mordes

Am Abend des Mordes, so Alice, habe sie wie immer an die Tür zum Büro ihres Gatten geklopft und sie, in Erwartung eines mechanischen »Komm rein, mein Schatz«, auch gleich zu öffnen versucht. Sie erhielt jedoch keine Antwort, und die Tür war verschlossen. Sie suchte sich Alvin Scribner, den Sekretär des Richters, dessen winziges Büro sich gleich neben dem ihres Gatten befand.

Alvin meinte, der Richter müsse in seinem Zimmer sein, und war überrascht, daß er abgesperrt haben sollte. Er ging mit ihr zurück an Knotts Tür. Er klopfte und versuchte zu öffnen. Schließlich ging er seinen eigenen Schlüssel holen, und als er wiederkam, schloß er auf. Am Abend des Mordes hatte Alice Mulraney unter Tränen und Klagen den gräßlichen Anblick geschildert: »Er war da. Er lag mit dem Gesicht auf dem Teppich, sein weißes Hemd war von der Schulter bis zur Taille voll Blut, und aus seinem Rücken stak *dieses Ding.*«

Dieses Ding, so fand Mulraney heraus, war ein schöner Brieföffner mit goldenem Griff, ein Hochzeitsgeschenk seiner Gattin. Als Mulraney ihn zum erstenmal sah, stak er mitten im gestärkten und ehemals weißen Hemd des Richters, das ein Monogramm zierte. Selbst der blutige goldene Griff mit dem Löwenkopf, der ihn an die brüllende MGM-Katze erinnerte, war bis zur Hälfte versenkt.

Zwischen Klagen und Schreien hatte ihm Alice an jenem Abend folgendes erzählt: »Alvin und ich eilten an die Seite meines lieben Y.A. Mein armer, armer Y.A. Wir ... wir, Alvin, er schrie nach einem Gerichtswachtmeister, irgend jemandem, und dann versuchten er und ich ... versuchten wir, ihn auf die Seite zu drehen. Wir versuchten es, aber das Blut ... das Blut lief mir über die Hände ... Oh! Diese schreckliche ... es war grauenvoll! ... Einen Augenblick lang versuchte Alvin vorsichtig das Messer herauszuziehen, aber es wollte nicht gehen. Ich dachte, ich befinde mich in einem Alptraum. Aber es passierte wirklich!«

Daß Mulraney dieser Abend noch lange in Erinnerung bleiben sollte, lag an dem, was Mrs. Knott als nächstes über die Lippen kam. Sie sah Mulraney an. Ihre Gesichter waren einander ganz nah. Ihre Blicke verschränkten sich einen Moment, und Mulraney sah ihre unbeschreibliche, geradezu animalische Angst. Dann stieß sie einen Schrei aus, der Gläser hätte zerspringen lassen, einen Schrei, bei dem einem das Blut gefror, etwas aus einem Horrorfilm, einen Schrei, der selbst der gefühllosesten Seele durch und durch gegangen wäre. Mehr war aus ihr an jenem Abend nicht herauszubekommen.

Jetzt war er wieder bei ihr. Er hatte bis nach dem Begräbnis des Richters gewartet, um sie ein zweites Mal zu vernehmen. In der Zwischenzeit hatte Mulraney Gelegenheit gehabt, sich zu orientieren und den wenigen offensichtlichen Anhaltspunkten nachzugehen, die er hatte. Eines war sicher, sowohl ihre Aussage als auch die Art der Wunde bestätigten es: Der Mörder hatte sein Werk nur kurz vor dem Auffinden der Leiche getan. Das sagte ihm der Umstand, daß die Wunde noch blutete. Tote bluten nicht derart stark. Der Richter war in etwa in dem Augenblick gestorben, als die beiden eintraten, aber eben nicht ganz. Verdammt aber auch! Wieso hatte er ihnen nicht einfach den Namen seines Mörders zuflüstern können? Das hätte ihm die Ermittlungen bedeutend leichter gemacht.

Auf der Suche nach Anhaltspunkten überwachte Mulraney persönlich das Durchkämmen von Knotts Büro. Nach fünfzehn Jahren auf dem Richterstuhl hatte sich bei Knott eine ganze Menge Papier angesammelt, ganz zu schweigen von den Hunderten von Fällen auf der Festplatte seines Computers. Von besonderem Interesse für Mulraney war der Safe. Er fragte Alvin Scribner nach der Kombination und mußte feststellen, daß dieser damit nicht herausrücken wollte. Er führte seinen Respekt vor dem Toten an, das Richtergeheimnis und eine Reihe anderer blödsinniger Gründe. Der kleine alte Mistkerl entschuldigte sich sogar, während er einen Anwalt anrufen ging! So viel Rücksicht auf die Privatsphäre des Richters machte Scribner auf der Stelle zum Verdächtigen.

Einen von vielen. Selbstverständlich hätte es jeder sein können, aber bei der Polizei lief das nun mal so, daß man sich erst die naheliegendsten Kandidaten vornahm. Was für gewöhnlich genügte.

Sichere Beweise

Nachdem Mulraney mit einem Gerichtsbeschluß gedroht hatte, lenkte Alvin ein. Im Safe fand Mulraney einen Stapel

Schriftsätze, Urteilsbegründungen und Computerdisketten, aber weder Geld noch Wertgegenstände. Bei einem der sichergestellten Dokumente handelte es sich um einen ein Jahr alten Beleg über einen kleinen Aktienkauf von jemandem oder etwas namens »S. Trubluy«. Der Broker war ein gewisser Albert Rhinestrum von der Firma Baynard, Pith & Willikins. Mulraney setzte den frisch beförderten Detective Jaime Perez auf die Spur an.

Der Tatort sagte Mulraney so einiges, unter anderem, daß der Richter seinen Mörder gekannt haben mußte. Die Wahrscheinlichkeit eines heimtückischen Angriffs, so sagte er ihm, sei gering. Der Schreibtisch des Richters stand so, daß Knott jeden im Raum hatte sehen können. Nichts deutete auf einen Kampf, niemand hatte laute Stimmen oder gar Schreie gehört, und auch von einem Fremden, der kurz vor dem Mord im Haus gewesen sein konnte, war nicht die Rede.

Aussage Numero zwei

Mrs. Knott führte Mulraney durch den elegant ausgestatteten Eingangsbereich in ein geräumiges Wohnzimmer direkt aus dem Buckingham Palace. Sie setzte sich, nahm einen verkläfften kleinen Spitz auf den Schoß und begann ihn zu streicheln. Sie war todernst und von einer Negativität, mit der sie Magneten hätte anziehen können.

»Wir haben vergangene Woche noch einige interessante Dinge erfahren«, sagte Mulraney. Er holte sein Taschentuch heraus und nieste hinein. Aus der Sakkotasche brachte er einen Zettel zum Vorschein. »Muß wohl eine Allergie gegen ihren Hund sein. Sagen Sie mal, das hier haben wir im Bürosafe Ihres Mannes gefunden. Eine Quittung über einen Aktienkauf auf den Namen Mr. S. Trubluy. Merkwürdiger Name, finden Sie nicht? Das S steht für Snivlakno. Laut der Quittung hier ging der Verkauf über einen Albert Rhinestrum, einen Broker bei Baynard, Pith

& Willikins. Haben Sie von diesen Leuten schon mal gehört? Oder den Aktien?« Er reichte ihr eine Fotokopie des Belegs.

»Mit Sicherheit nicht«, sagte Mrs. Knott, noch bevor sie auch nur einen Blick auf das Papier geworfen hatte. »Ich habe die Namen nie gehört. Und was Aktien anbelangt, nicht ein Cent unseres Geldes steckt in Aktien. Mein Erbe bestand zwar teilweise aus Aktien, aber es war mein Geld, und das rührte Y. A. nicht an. Papa verlangte von Y.A. das Einverständnis, daß mein Anteil am Familienvermögen mein persönliches Eigentum bleiben sollte. Eine voreheliche Vereinbarung, Sie kennen das ja.«

Mulraney nieste. »Muß wohl eine Allergie gegen Ihr Sofa sein. Keine Bange, meine Empfindlichkeit beschränkt sich auf Organisches und Anorganisches.« Dann stellte er ihr, zwischen Niesen und Schnaufen, die üblichen Fragen über ungewöhnliche Aktivitäten ihres Gatten, merkwürdige Besucher, Anrufe, Briefe und dergleichen. Sie sagte, ihr sei nichts Ungewöhnliches aufgefallen.

»Feinde?« fragte er, bevor er sich die Nase putzte.

»Nun ja«, sagte sie hochnäsig, »da wäre natürlich der menschliche Abschaum, mit dem er Tag für Tag vor Gericht zu tun hatte. Darüber hat er immer wieder geklagt. Er klagte ständig über diese widerwärtigen Tiere.«

»Kann ich verstehen«, meinte Mulraney schniefend durch das Taschentuch. »Ist Ihnen einer der Angeklagten besonders im Gedächtnis geblieben?«

»Wie? Sie meinen ... Angeklagte? Ach was! Ich spreche von den Anwälten, den Verteidigern. Sie waren es, die Y. A. das Leben so schwer machten. Aber wo Sie es erwähnen, auch die Kriminellen, doch, er beklagte sich ständig über die niedere Sorte von Kriminellen, die in sein Gericht kamen. Es gebe keine Gaunerehre mehr, sagte er immer. Und daß sie nicht weniger schlimm seien als die Anwälte. Ja, meiner Ansicht nach könnte es jeder dieser schrecklichen Leute gewesen.«

»Was ist mit Alvin?« fragte Mulraney.

»Mit wem?« Alice hatte nicht die leiseste Ahnung, von wem

Mulraney sprach, obwohl sie dem Sekretär ihres Gatten die letzten fünfzehn Jahre über vermutlich viermal die Woche begegnet war.

»Scribner. Der Sekretär des Richters. Der Mann, der Sie an jenem Abend in sein Büro gelassen hat.«

»Oh, der verhutzelte alte Mann. Der Mann existiert für mich doch gar nicht. Er hat kaum je den Mund aufgemacht, wenn ich ihn sah. Ich habe kaum mit ihm gesprochen. Y. A. hat ihn zu Hause nie erwähnt. Was soll ich sagen?«

Mulraney schneuzte sich. Seiner Ansicht nach war Alice kalt wie ein Fisch. Sie hätte sich nie herabgelassen, mit den Angestellten ihres Gatten zu sprechen. »Ich glaube nicht, daß der Mörder, wer immer es war, in der Absicht zu ihm ging, ihn zu töten. Dann hätte er nicht den Brieföffner genommen.«

Die Tatwaffe

Ihre Augen wurden feucht. »Er war ein Geschenk von mir«, sagte sie. Dann begannen die Tränen zu laufen. Mulraney hielt ihr sein Taschentuch hin, aber sie winkte mit einem Blick ab, der besagte: Sie wollen mir doch wohl keine lebenden Krebszellen andrehen?

»Es war ein schönes italienisches Stück. Sehr teuer. Der Griff besteht, wie Sie ja gesehen haben, aus zweiundzwanzigkarätigem Gold. Haben Sie die feinen Arbeiten darauf gesehen, den wunderschönen Löwenkopfknauf und die drei Szenen aus den Arbeiten des Herakles darunter? Davon gab es zwölf, wissen Sie. Eine herrliche Handwerksarbeit. Einfach herrlich. Und auch die Klinge ist prachtvoll – aus feinstem Elfenbein.«

Mulraney putzte sich die Nase und überlegte dabei, daß Knotts bessere Hälfte mehr Gefühl für den Brieföffner an den Tag legte als für den Tod ihres armen Männe. Er wußte, der Brieföffner hatte sie weit über einen Riesen gekostet, aber für ihre Haushaltskasse war das ein Klacks. Nur reichen Leuten lacht das Herz im Leib beim Anblick eines verzierten Elfenbeinbrieföffners mit goldenem Heft.

Mulraney stellte sich die Knottsche Ehe vor: zwei eisige Planeten in einer festen Umlaufbahn umeinander. Es war nicht Liebe, was sie verband, sondern das Gesetz der Schwerkraft. Aber was sollte es. Es war vorbei, und falls er nicht in einem asthmatischen Koma enden wollte, war es an der Zeit, Mrs. Yulburton Knott Lebewohl zu sagen.

Mulraney atmete schwer. In seinem Kopf hämmerte es; er fühlte sich an wie mit einem Zentner Quecksilber gefüllt. Seine Lunge war dabei, sich mit Flüssigkeit zu füllen, und mit jedem Atemzug röchelte er wie ein selbstgebautes Akkordeon. Er stand kurz vor der Panik: Jeden Augenblick würde sich das Gefühl einstellen, in seinem eigenen Schleim zu ertrinken.

Die große Frage

Aber bevor er ging, mußte er noch die große Frage stellen, die er bis zuletzt aufgehoben hatte, die Frage, die sie entwaffnen sollte, auf die er sie, mehr als auf jede andere, in einem unbewachten Augenblick reagieren sehen wollte. Er reichte ihr ein weiteres Blatt, diesmal eines mit dem Gedicht: ›Seenot‹. »Wir haben das hier an jedem Abend in seinem Computer gefunden. Ich nehme an, es ist von ihm. Ist es Ihnen bekannt?«

Mulraney sah ihren Blick über die Zeilen fliegen. Ihr Gesicht war ausdruckslos und blieb es bis zur letzten Zeile. Keine Reaktion. Mulraney war enttäuscht.

Sie las es zu Ende und sah ihn an. »Nein. Ich habe keine Ahnung, ob er es geschrieben hat. Y. A. war sehr kreativ, wissen Sie, es wäre also durchaus möglich. Er schrieb ständig an etwas Ungewöhnlichem, an Dingen, die so ganz anders waren als das ermüdende Kauderwelsch, mit dem er beruflich Tag für Tag zu tun hatte. Und er konnte schreiben. Er hätte schon vor Jahren an ein Oberlandesgericht gehört.«

Mulraney hustete keuchend. »Hört sich ganz so an, als sei hier jemand am Verzweifeln, was mir den Sprecher ganz schön anzustinken scheint. Wissen Sie, als wäre der eine dem anderen sehr nahe, und was dem einen zu schaffen macht, macht auch dem anderen zu schaffen. Ein Liebespaar vielleicht. Was denken Sie?«

Alices Finger schlossen sich um das Blatt Papier. »Ich denke, ich habe nicht die leiseste Ahnung, um wen oder was es hier geht. Es könnte um alles mögliche gehen. Und um absolut nichts. Und ich möchte noch hinzufügen, daß er mir nie ein Gedicht geschrieben hat.« Das kam so eisig, daß Mulraney ihren kalten Atem zu sehen glaubte. Mehr um das Thema zu ändern, als einer echten Sorge Ausdruck zu geben, fragte sie: »Mein guter Mann, geht es Ihnen auch wirklich gut?«

Mulraney bedeckte sein Gesicht mit dem Tuch, als wäre es eine Sauerstoffmaske. »Aber ja«, log er. »Prima. Nur eine kleine Allergie. Ich filtere nur die Luft.« Aber er konnte es gar nicht erwarten, aus dem Haus zu kommen, bevor ihm die Luft ganz wegblieb. Er überließ Mrs. Yulburton Abraham Knott das Gedicht und sagte ihr Lebewohl.

Fünf Minuten später, nach zwei Seldane, zwei Actifed, vier Tylenol, drei großen Zügen aus dem Inhalator und ein paar Spritzern Afrin für die Nase ließ es sich wieder atmen. Keine Frage: Besser leben mit Chemie!

Natürlich hatte das Zeug Nebenwirkungen. Die Actifed machten ihn müde, und das Albuterol aus dem Inhalator ließ sein Herz doppelt so schnell schlagen wie sonst; auf das Afrin mußte er fünf Minuten lang niesen, während sich der Schleim in heftigen Explosionen ergoß.

Wenn Mulraney in diesem Zustand am Steuer saß, wurde er zur Gefahr für alles, was in Manhattan so auf der Straße war. Trotzdem fuhr er, bis an den Stehkragen voll Medikamente, zurück in die Stadt. Er mußte an den Verblichenen denken. Mulraney hatte Knott nicht gekannt, aber von ihm gehört. Der Richter war ein ebenso beinharter wie humorloser Law-and-Order-

Typ gewesen, der in seiner Freizeit schrullige Essays über die Strafgerichtsbarkeit der Zukunft schrieb. Jetzt lernte ihn Mulraney dafür um so besser kennen: Ein Jurist, der technisch auf dem neuesten Stand war und ein Freund der Polizei obendrein; und wenn er schlecht aufgelegt war, verteilte er mit Vorliebe Knast und Verweise. Das kriminelle Element fürchtete ihn nicht weniger als seine Anwälte. Und er war clever. Er hatte Geld geheiratet.

Am späten Nachmittag rief Mulraney in der Kanzlei von John Wilkes an, um einen Termin zu vereinbaren.

Die Buttermilk-Anklage

Mulraneys Anruf erreichte mich am Abend nach Beendigung unseres Gesprächs mit unserer sinnlichen neuen Mandantin, Becky Buttermilk, die man des ›Oralverkehrs‹ bezichtigte. Da Wilkes und ich am folgenden Morgen in ihrem Fall zur Anklageverlesung erscheinen mußten, kamen wir mit Mulraney überein, uns dort zu treffen; er hätte nur ein paar Fragen, sagte er, und wolle uns deswegen nicht gleich in der Kanzlei stören.

Der Saal eines Hilfsrichters, wie etwa der, in dem die Anklageeröffnungsverfahren stattfanden, ist immer ein lauter quirliger Ort. Es herrscht ein ständiges Kommen und Gehen von Anwälten, Gerichtsfans und frisch angeklagten Mandanten, deren Sache aufgerufen und innerhalb weniger Minuten erledigt wird. Das Schauspiel ist gewissermaßen eine Mischung zwischen einer katholischen Kommunion und dem Brennen von Rindern auf einer Ranch. Die Anwälte und ihre unruhigen Mandanten warten auf der harten Bank der Kathedrale auf den Priester mit dem Brandeisen. Zu gegebener Zeit kommt die Sache zum Aufruf, und nach wenigen Sekunden erhält der Angeklagte ein schmerzhaftes Dokument – die Anklageschrift mit sämtlichen Punkten –, während der Diener Gottes eine hirnlose Litanei herunterleiert, bevor er zum nächsten Fall übergeht.

Wilkes, Becky und ich saßen in der hintersten Reihe des vollen Saals. Becky hatte sich eigens herausgeputzt. Ihr reizloses, puderverkrustetes Gesicht war farbenprächtig bemalt: leuchtendlila Lidschatten, orange Bäckchen und fluoreszierender roter Lippenstift. Sie trug hochhackige gelbe Lacklederpumps, einen engen Mikromini aus rotem Leder, der ihr kaum über den Hintern reichte, und ein bis zur Durchsichtigkeit dünnes lavendelfarbenes Top, das das imposante Holz vor ihrer Hütte so gut wie unbedeckt ließ.

Und das war auch schon alles. Kein Mantel, kein Pullover. Kein Büstenhalter. Noch nicht einmal ein Höschen. Das lange kanariengelbe Haar hatte sie zu einem Pferdeschwanz zusammengefaßt. Was ihre Schultern freilegte und sie noch nackter aussehen ließ.

Sie hätte fast einen Aufstand provoziert.

Während wir dasaßen und auf den Aufruf von Beckys Sache warteten, kam jeder Anwalt, der Wilkes nur irgendwie kannte – und eine Menge weiterer, die ihn nicht kannten – vorbei, um sich über nichts zu unterhalten. Wilkes hatte den Platz gleich am Mittelgang, Becky saß neben ihm und ich zu Beckys Rechter. Die Besucher kamen, um Miss Buttermilks prächtige Anatomie aus der Nähe zu sehen. Die Mandanten, die ihren Anwälten folgten, waren weniger diskret. Sie kamen herüber, wiesen mit dem Finger auf sie und überhäuften sie mit Komplimenten wie »Mann, kuck dir die an!«, *»Ay, que chalupas!«* oder »Was is', Baby, warum geh'n wir zwei beiden nicht mal kurz raus?« Die Manierlicheren sabberten still vor sich hin.

Innerhalb weniger Minuten waren wir von zwanzig Typen umringt, die viel zuviel Lärm machten, als daß man noch hätte hören können, was als nächstes zum Aufruf kam. Ich sah den Gerichtspolizisten aus dem den Parteien vorbehaltenen Teil des Saals auf uns zulaufen. Sicher hätte er die Ansammlung von Gaffern, Sabberern und verhinderten Triebtätern gleich aufgelöst. Aber als er ankam, stellte er sich zu ihnen und gaffte selbst!

Die süße Becky fand soviel Aufmerksamkeit ganz amüsant. Sie sagte: »Fau'n Fie doch mal, die vielen Kriminellen, Mifter Wilkf. Und die Anwälte. Und der Feriff. Hallo, Jungf! Hi!« Sie hob den rechten Arm und winkte dem anschwellenden Kreis von Bewunderern nachdrücklich zu. Das versetzte ihren Busen in wellenartige Wippbewegung, die die Gruppe von Gaffern so aufreizte, daß die erregten unter ihnen sich in unsere Reihe zu drängen versuchten, um über Becky herzufallen.

Wilkes, der die Gefahr für seine Mandantin ahnte, handelte auf der Stelle. Er sprang auf, um den Zugang zu blockieren, und rief: »Auf geht's! Der Richter hat eben unsere Sache aufgerufen!« Er half Becky auf die Beine, und wir verließen die Reihe auf der den Gaffern abgewandten Seite. Der Gerichtswachtmeister, der merkte, daß er von seinem angestammten Platz aus den besten Blick auf Miss Buttermilk hätte, wandte sich an die Menge: »Setzen Sie sich und seien Sie still, sonst fliegen Sie raus!« Dann sprintete er wieder nach vorne, um die mutmaßliche Oralsünderin, die sich schwungvoll in diese Richtung bewegte, aus der Nähe zu sehen.

Als wir vorn ankamen, hatte der Tumult im hinteren Teil des Saales den Lauf der Gerechtigkeit bereits gestoppt. Wilkes sagte dem gereizten Richter: »Euer Ehren, John Wilkes und Winston Schoonover in der Sache Miss Rebecca Buttermilk. Nummer siebenundvierzig auf der Liste. Ich bitte tausendmal um Entschuldigung für die Unterbrechung der Sitzung, aber ich muß Sie mit der Bitte um Nachsicht ersuchen, Miss Buttermilks Anklageverlesung vorzuziehen. Miss Buttermilk, bitte treten Sie vor.«

Gerade als der Richter den Hammer hob, um Wilkes zornig für die anmaßende Unterbrechung des morgendlichen Viehauftriebs zu rügen, bekam er zum erstenmal unsere halbnackte Mandantin zu Gesicht. Seine Kinnlade senkte sich. Der Hammer fiel ihm aus der Hand. »Sekretär«, sagte er, »rufen Sie die Nummer siebenundvierzig auf!«

»Fall Nummer siebenundvierzig«, brüllte der Sekretär in einen mucksmäuschenstillen Saal. »Der Staat New York gegen Rebecca Buttermilk alias Becky Buttermilk alias Nancy Gdanzig Wyzkowski.« Er hatte die sonore Stimme eines Erdnußverkäufers in einem Baseballstadion.

Wilkes und ich sahen einander an. Becky spürte unsere Verwirrung über ihren zusätzlichen Namen und flüsterte: »Fo hab' ich mal geheiffen, bif ich ef habe ändern laffen. Wirklich. Gefetzlich, vor Gericht. Wirklich.«

Wilkes überließ mir die Ehre. Ich wandte mich ans Gericht: »Wir geben zur Kenntnis, daß Rebecca Buttermilk der einzige Name der Angeklagten ist. Sie ist hier anwesend aufgrund einer Vorladung für heute vormittag.«

Währenddessen rasten die Augen des diensthabenden Staatsanwalts an seinem mit Papierbergen überfüllten Tisch zum ersten Mal über Beckys Akte; einen Augenblick später streckte er einen Arm hervor, ohne auch nur in unsere Richtung zu sehen. Am Ende des Arms befand sich eine Hand, und in der Hand die Anklageschrift. Er war der einzige im Saal, der Becky noch nicht bemerkt hatte.

Ich nahm sie ihm ab, während der Ankläger noch in die offene Akte vor ihm sah, um dem Gericht die Anklagepunkte zu verlesen. »Der Angeklagten«, so las er, »wird der Versuch vorgeworfen, mit einem Undercover-Beamten der Polizei oral zu sodomieren. Dazu kommt das Betreiben eines Bordells in einem Etablissement mit dem Namen ›Die Fidele Liebeswanne‹. Die Angeklagte hat diverse Vorstrafen, die auf zehn Jahre zurückgehen. Lassen Sie mal sehen, unter dem Namen Nancy G. Wyzkowski, summierten sich, lassen Sie mal sehen ... zwei, vier, acht, zehn – ja, zwölf Verhaftungen wegen Prostitution, und eine Verurteilung, die später verworfen wurde. Der Grund dafür geht aus der Akte nicht hervor.«

Noch eine Überraschung. Becky hatte es am Abend zuvor versäumt, uns über Nancys Vorstrafen in Kenntnis zu setzen. Becky flüsterte mir lautstark ins Ohr: »Die Verurteilung, daf war wegen Befitfftörung, Mifter Fkoonhower. Und überhaupt! Waf heifft hier tfu fodomieren *verfucht?* Nein! Nein! Nein! Daf ftimmt auch nicht! Ich hab' dem Kerl ein' geblafen! Ehrlich! Von wegen verfucht! Produtfiert hat der mich!«

Als die Worte »ein' geblafen« über den Ankläger hinwegschwebten, nahm er zum erstenmal den Kopf aus der Akte und wandte ihn in unsere Richtung.

»In Anbetracht der Sachlage«, sagte er, »empfehlen wir eine Kaution in Höhe von zehn ... zehn ...«

In diesem Augenblick ließ Becky ein Kleenex zwischen sich und den Ankläger fallen. Sie ging etwas in die Hocke und beugte sich dann vor wie eine Ballerina, um es aufzuheben, wobei sie den Ankläger mit einem Lächeln und einer großartigen Aussicht bedachte. Auf den Rängen stand man auf, um nichts zu versäumen. Selbst der Richter beugte sich über seinen Thron, um einen besseren Blick zu haben.

»... zehn ... zehn ... zehn ... zehn ... zehn ... zehn ...«

»Ich denke, das ist akzeptabel, Euer Ehren. Zehn Dollar«, sagte Wilkes, während der mit Stummheit geschlagene Ankläger seine Zunge einzurollen versuchte.

Peng! machte der Hammer. »So sei es«, sagte der Richter. »Zehn Dollar Kaution. Sekretär, geben Sie ihnen einen Verhandlungstermin in dreißig Tagen.«

Der Arm der Gerechtigkeit

Was er denn auch tat. Wir begleiteten unsere Mandantin – unter den lüsternen Blicken des Publikums – aus dem Saal. Die Korridore des Kriminalgerichts nehmen sich aus wie die Straßen eines Dritte-Welt-Landes bei einem Putsch. Wann immer Anwälte, Polizisten, Mandanten, Geschworene, Zeugen, Gerichtsfans und Sicherheitsleute auf ihre jeweiligen Säle zugehen, kommen Sie an Menschen vorbei, die der Arm der Gerechtigkeit hierherbestellt hat. Auf den Bänken stillen weinende Mütter ihre Kleinsten, während man ihre Männer nach Attika schleppt. Aus braunen Papiertüten kommen die Mahlzeiten für ganze Familien, die man auf dem Boden einnimmt, während Papa um seine Freiheit kämpft. Die armen Kinder – Söhne und Töchter der Männer, denen hier der Prozeß gemacht wird – rennen ballspielend über den Flur oder plärren sich einfach die Seele aus dem Leib. Sie haben keinen Sinn dafür, wie Papa sich im Kreuzverhör macht. Halbwüchsige Junkies nicken vor sich hin oder setzen sich ihren Schuß, Säufer bekotzen sich, ein Transvestit schmust seinen Liebhaber ab, Mütter ziehen Sohnemann bei den Haaren, Sohnemann knallt seine Mutter ins Land der Träume; Diebe stehlen, Gangs führen Krieg, Waffen blitzen auf. Es ist die Stadt von außen nach innen gekehrt – die Korridore des Gerichtsgebäudes sind die brutalen Straßen der Stadt.

Lenny Bruce hat einmal gesagt, Gerechtigkeit finde man in einem Gericht nur auf dem Flur. Heute stimmt das nicht mehr. Die Flure der Gerichtsgebäude sind der Gerechtigkeit viel zu gefährlich geworden.

Gestatten, Mulraney

Aber auf dem Flur trafen wir Detective Mike Mulraney. Er trennte direkt vor der Tür in den Saal für die Anklageeröffnungsverfahren zwei sich keilende junge Kerle. »He, ihr Arschlöcher!« sagte er ihnen. »Ihr wollt doch wohl nicht eure Anklage versäumen. Dann verknacken sie euch als Kautionsflüchtlinge und stecken euch mitsamt euren jungfräulichen Ärschen in den Knast, und da seid ihr die längste Zeit Jungfrau gewesen. Und jetzt rein mit euch.« Er zog die beiden jungen Kerle an ihren T-Shirts hoch und stieß sie durch die Schwingtüre in den Saal.

»John Wilkes, zu Diensten«, sagte mein Freund, als die beiden Raufbolde im Saal verschwanden. Wilkes schien sich fast zu freuen, Mulraney kennenzulernen. Merkwürdig, dachte ich, immerhin war Mulraney gekommen, um ihn zum Mord an Richter Knott zu befragen.

Mulraney ignorierte Wilkes' Gruß. Wenn auch nicht aus Unhöflichkeit. Er konnte sich einfach nicht von der lächelnden Becky Buttermilk losreißen, die neben Wilkes herging, als wir uns ihm näherten. »Ja, ja«, sagte er, nachdem er sie einige Augenblicke mit offenem Mund angestarrt hatte. Er wandte sich an sie. »Und wen haben wir hier? Wilkes, das muß wohl Ihre Assistentin, Wilma Stoopover, sein? Die Dame mit der tiefen Stimme, mit der ich gestern telefoniert habe?«

»Sie haben mit mir gesprochen, Winston Schoonover«, sagte ich. Kein Mensch bekommt meinen Namen richtig hin. Ich machte die Herrschaften bekannt: »Mike Mulraney, darf ich Ihnen Becky Buttermilk vorstellen, im Augenblick eine Jungfer in Not.«

»Sie sieht nicht aus, als könnte ihr was gefährlich werden«, meinte Mulraney.

Womit er nicht unrecht hatte. Daß sie Hilfe brauchte, war das letzte, woran man beim Anblick von Becky Buttermilk dachte. Eher umgekehrt.

Becky hielt ihm die Hand entgegen. Mulraney packte sie eifrig, schüttelte sie kräftig durch und beobachtete die daraus resultierenden Wellen auf ihrer Brust. »Freut mich, Fie kennentfulernen, Mifter Mulraney«, sagte Becky. Ihre Hand noch in der seinen, machte sie einen kleinen Knicks. »Vertreten Fie die tfei jungen Burffen, die Fie grade in den Faal gefickt haben?«

»Nein, ich bin von der Mordkommission. Nett, Sie kennenzulernen. Ich möchte Sie und Mr. Schoonhopper nicht länger aufhalten. Ich habe Mr. Wilkes versprochen, die paar Fragen zu meinem aktuellen Fall, würden nur ein paar Sekunden dauern.« Mulraney ließ Beckys Hand los und wandte sich ab. Wilkes sagte, er wäre gleich wieder bei uns, und folgte ihm dann.

»War nett, Fie kenntfulernen, Detective Mulraney«, säuselte Becky Buttermilk. Gerade daß sie ihn nicht ansprang, als er sich mit Wilkes entfernte, aber ich bekam sie am Ellenbogen zu fassen und konnte sie zurückhalten. »Er ift wirklich attraktiv«, sagte sie.

Becky Buttermilks Verhaftung

Sie verschwanden eben aus unserem Blickfeld, als im Anklagegericht die Pause begann. Mit Becky im Schlepptau ging ich zurück in den Saal, um mit dem Staatsanwalt zu sprechen. Ich verlangte Akteneinsicht. Ich fragte ihn, ob Beckys Akte den Polizeibericht über ihre Verhaftung enthielt.

Der Staatsanwalt hob den Kopf und sah uns an. »Ah ja«, sagte er, »Becky Buttermilks berühmt-berüchtigte Verhaftung. Lassen Sie mal sehen.« Er suchte in den Aktenstapeln nach denen von Becky. »Heureka!« sagte er lachend, als er sie fand, und dann einen Augenblick später: »Ein Wunder! Dem Akt liegt tatsächlich ein Polizeibericht bei! Das ist einzigartig, noch nie dagewesen! Hier.« Er reichte mir ein Exemplar. »Unser unzulänglicher Versuch einer Schilderung des Vorgangs.«

Becky und ich suchten uns einen Platz, um den Bericht zu lesen. Im wesentlichen schrieb der Undercover-Beamte aus dem Sittendezernat Charles X. Tuttlebell folgendes:

> Am fraglichen Tag ging ich mit einem Sender in meiner Sakkotasche in die Fidele Liebeswanne. Ich traf die Verdächtige Buttermilk in einer kleinen Halle im vorderen Teil des Geschäfts. Sie war allein und dürftig bekleidet und stellte sich als Eigentümerin des Geschäfts vor. Ich sagte, daß ich gern einen Whirlpool hätte.
>
> Sie fragte: »Einmal Liebeswanne. Soll's eine heiße, eine schwüle, eine kochende oder eine siedende sein?« Ich wußte aus der Information eines Informanten, je heißer die Wannenkategorie war, desto mehr Sex bekam der Kunde und desto mehr mußte er ausgeben.

Ich sagte ihr, die heiße würde mir genügen. Sie sagte: »Fünfzig Dollar für dreißig Minuten.« Ich bezahlte mit markiertem Geld, und sie führte mich in einen kleinen Raum mit einem Whirlpool und sagte mir, ich sollte mich ausziehen und mich hineinsetzen, was ich auch tat. Zu diesem Zeitpunkt hatte ich keinen Sender an mir, da ich ihn in der Kleidung gelassen hatte.

Ich setzte mich in den Whirlpool. Miss Buttermilk, die mich auf das Zimmer geführt hatte, legte die Kleidung ab und stieg zu mir in die Wanne. Als ich im Wasser saß, griff sie nach meinem Penis und verschaffte mir eine Erektion. Dann, gerade in dem Augenblick, in dem mein Penis die Wasseroberfläche durchbrach, versuchte sie ihren Mund darüber zu bekommen. Ich konnte sie gerade noch aufhalten, bevor es zu einem Verkehr kam. Ich gab mich als Polizeibeamter zu erkennen und verhaftete sie wegen versuchten Oralverkehrs und Betreiben eines Hauses für gewerbsmäßige Unzucht.

Ich konnte nicht anders, als ich den Bericht gelesen hatte, mußte ich lachen. Die meisten der Polizeiberichte, die ich in meinem Leben gelesen habe, waren reine Phantasieprodukte. Jahrelang habe ich gelesen, unsere Mandanten hätten sich ›bereitwillig einverstanden erklärt‹, daß die Beamten ohne Genehmigung ihre mit Drogen gefüllten Autos durchsuchten, sich der verbotenen Substanzen unter den Augen der Polizei zu ›entledigen‹ versucht oder ›bereitwillig‹ auf ihr Recht zu schweigen verzichtet.

Aber dieser Bericht hier übertraf alles. Der Mann, der mit einer nackten Becky Buttermilk in einen Whirlpool stieg und sich dann ihrer Aufmerksamkeiten erwehrte, war noch nicht geboren. Und einer von der Sitte war er nun ganz sicher nicht.

Beckys Reaktion auf den Bericht war weniger fröhlich. Sie sah ihn an, wie er so auf meinem Schoß lag, und schlug mit der flachen Hand danach. »Fo ein Krampf! Ich hab dem Faukerl wirklich ein' geblafen, und von wegen, daff der mich aufgehalten hat. Er hat ja gefpritft, in der Wanne, alf ich unter Waffer war. Erft nachdem er fein Fpaff gehabt hat, ja, da hat er mich eingebuchtet.«

Beckys Version der Ereignisse, mochten sie für Officer Tuttlebell noch so peinlich sein, bewiesen freilich nur ihre Schuld. Die Wahrheit taugte in diesem Fall also nicht zur Verteidigung. Wenn wir bei Tuttlebells Version blieben, konnten wir wenigstens behaupten, er hätte Beckys Absichten mißverstanden. Oder was auch immer.

Wilkes kehrt zurück

»Ich habe mich schon gefragt, wo ihr hin seid.«

Ich hob den Kopf und sah, daß es Wilkes war, der eben von Mulraneys Befragung zurückgekommen war. Der Zeit nach zu urteilen, die er weggewesen war, ganz zu schweigen von seiner unbeschwerten Art, war die Inquisition kurz und gar nicht so unangenehm gewesen.

»Hier ist der Bericht über Beckys Verhaftung«, sagte ich, als ich ihm diesen reichte. »Lies die vier Absätze hier.«

»Daf Ding ift mit Unwahrheiten nur so gefpickt«, sagte Becky, während Wilkes las.

Wilkes beendete seine Lektüre. »Becky«, sagte er, »in diesem Fall wird Ihnen die Unwahrheit die Freiheit bringen.«

Kapitel 9

Bestandsaufnahme

Können nicht sehen Inhalt von Nuß,
bevor knacken Schale.
CHARLIE CHAN

Es ist also durchaus möglich, daß Officer Tuttlebell die Wahrheit sagt. Aber wenn dem so ist, dann ist er zweifelsohne der stolze Besitzer von etwas, was in das Guiness-Buch der Rekorde gehört (das erstaunlicherweise keinen Eintrag für den größten Penis der Welt enthält).
AUS WILKES' PROZESSANTRÄGEN IM FALL NEW YORK GG. BUTTERMILK

Alvin Scribner war bis zu dem Tag, an dem jemand Yulburton Abraham Knott mit einem Brieföffner meuchelte, der Justizsekretär des Herrn Richter gewesen. Verglichen mit Knott war Alvin der umgänglichste Mensch der Welt. Verglichen mit dem Rest der Welt war er zurückhaltend bis zur Menschenscheu. Und um der Wahrheit die Ehre zu geben, Alvin lebte einzig und allein für den nicht mehr allzu fernen Tag, an dem er in Pension gehen würde. Bis dahin erledigte er seine profanen Pflichten als Justizsekretär auf die ihm eigene mausgraue Art.

Klein, schmächtig, das Haar bereits schütter, war er mit schwachen Augen und einer an den Glöckner von Notre Dame erinnernden Haltung gestraft; kurzum, er sah so ungesund aus wie das, was er war: der älteste Vierundfünfzigjährige der Welt.

Und außerdem war er, jedenfalls Detective Mike Mulraneys Ansicht nach, einer der unverdächtigsten Mordverdächtigen, die er je vernommen hatte.

Aber das Leben ist ja bekanntlich voller Überraschungen.

Alvin Scribner hatte eine schlaffe, von tiefen Furchen durchzogene gelbe Haut, die ihm das aufgedunsene Aussehen eines Malariakranken verlieh. Gelegentlich brachte ein Tick beide Augenlider zum Zucken. Seine schwachen haselnußbraunen Augen spähten verkniffen hinter der dicken randlosen Brille hervor, die es ihm gestattete, das meiste von dem, was sich vor ihm abspielte, zu sehen. Beim Gehen hielt er den Kopf gesenkt, als hätte ihm das Leben eben einen schweren Schlag versetzt, und so langsam, wie er dahinschlurfte, hätte man meinen können, er sei auf dem Weg zum elektrischen Stuhl.

Mulraney hielt den Mann schon rein physisch für außerstande, jemandem ein Messer in den Rücken zu stoßen. So gebrechlich wie er war, hätte er für die Werbung eines Muskeltrainers das ›Vorher‹ geben können.

Obwohl er den Eindruck machte, als stünde er kurz vor dem Tod, war Alvin beileibe nicht ernstlich krank. Er war nur der typische Angestellte einer modernen Bürokratie, seine einzige Krankheit war die Verseuchung durch den Staatsposten, die Mike ›Tüchlein‹ Mulraney aus jedem Bereich des öffentlichen Dienstes kannte.

Alzheimer mit Pensionsberechtigung

Alvin war ein besonders schlimmer Fall des ›Alzheimers mit Pensionsberechtigung‹, wie Detective Jaime Perez es nannte, Opfer eines einschläfernden, geisttötenden Gebrechens, das einen jeder Initiative beraubt und nur noch auf die Uhr sehen läßt, Untergang eines jeden Bürokraten, vom kleinen Rädchen bis hinauf zum Honoratioren, im öffentlichen Dienst wie in der privaten Wirtschaft, ob in der Großstadt oder im kleinsten Dorf.

Ein typisches Syndrom sind Wahnvorstellungen. So sehen sie etwa ihren sicheren Posten als Zeit der Persönlichkeitspflege, die unangenehmerweise gelegentlich durch kurze Perioden der Zwangsarbeit im Joch der Öffentlichkeit unterbrochen wird.

Alzheimer mit Pensionsberechtigung träumen den ganzen Tag von immer größeren Zuteilungen ihrer Fünf Großen Manien: SICHERHEIT! GELD! PAUSEN! URLAUB! BEZAHLTE FEIERTAGE! Und von immer kleineren Rationen ihrer Fünf Großen Phobien: Verantwortung, Rechenschaft, Initative, Kontrolle und – vor allem – Arbeit. Die Fünf Großen Phobien liefern die Energie, die Alzheimer mit Pensionsberechtigung darauf verwenden, sich in Gewerkschaften zu organisieren, die ihnen bessere Garantien auf immer neue Zuweisungen der Fünf Großen Manien geben sollen und auf immer kleinere Rationen ihrer Fünf Großen Phobien.

Alvin hat es besonders schlimm erwischt. Er hat als Justizsekretär dreißig Jahre vertrödelt, ein bezahltes Prozeßgroupie sozusagen. Vor etwa fünfzehn Jahren hatte ihm eine glückliche Fügung des Schicksals den Posten bei Richter Yulburton Abraham Knott eingebracht. Was deshalb ein Glücksfall war, weil Richter Knott von Strafverteidigern so häufig abgelehnt wurde, daß er Strafsachen kaum noch bekam. Für Alvin bedeutete das, daß er, zwischen gelegentlichen Zivilprozessen, eine Menge bezahlter Freizeit bekam.

Mike Mulraney traf im Gerichtsgebäude ein und nahm den Fahrstuhl hinauf in den Stock, in dem Alvin im Sekretariat herumsaß. Mike war nicht eben bester Laune. Sein Vorgesetzter, Chief Inspector Dwight Lorton, war diesen Morgen wieder einmal aufs Kruzifix geklettert und hatte ihn mit einer Kreuzigungsrede beglückt. »Der neue Präsident«, so hatte er ihm geklagt, »hat mir diesen Morgen gesagt, er hätte läuten hören, die Mordkommission hätte von allen Abteilungen die höchste Aufklärungsquote. Aber jetzt, so sagt er mir, fängt er an zu glauben, das wäre nur ein Gerücht.«

Lorton entließ Mike mit den Worten: »Der Mord an Knott ist

jetzt über eine Woche her, und wir haben noch nicht eine einzige Spur. Daran muß sich was ändern, oder der Präsident zieht Konsequenzen daraus. Mike, ich möchte erst gar nicht dran denken, wie die aussehen könnten. Aber was immer auf uns zukommt, Mulraney, denken Sie dran: Dem Untersten steht die Scheiße am höchsten.«

Mulraney, der keinerlei Lust auf ein Fäkalienbad verspürte, ging auf der Stelle zu seinem Hauptverdächtigen.

Glatter Mord

Alvin erwartete seinen Besuch; Mulraney hatte ihn gleich am Morgen angerufen. Alvin dachte sich nichts dabei, er tippte auf eine routinemäßige Spurensuche. Als Mulraney etwa Viertel vor zwölf eintrat, führte Alvin ihn in eine unordentliche kleine Kammer im hinteren Teil des Sekretariats, das man zu einem Lagerraum umfunktioniert hatte.

Mulraney sah sich Alvins Aufmachung an: Der Hintern seiner braunen Hose war so abgewetzt, daß er glänzte, der Kragen seines weißen Hemds stand offen, und das Hemd selbst war so fleckig, daß es wie ein gebrauchtes Babylätzchen aussah; darüber trug er eine graue Wollweste mit Button-down-Kragen. Seine Füße steckten in Slippern, die mal wieder etwas Schuhcreme hätten vertragen können.

Als Alvin das Licht anmachte, sauste eine Ratte unter den nächsten Karton; hinter ihr huschte ein Zug Schaben in Sicherheit. Mulraney schnüffelte. Es roch nach feuchter Pappe. Und das bedeutete Schimmel. Und Schimmel bedeutete Allergie. Er nieste bereits, bevor er sich auf einen der beiden ramponierten grauen Metallstühle setzte, die Alvin aus dem Büro hereinzog.

Trotz der schlechten Luft schien Mulraney die Kammer wie für ein Verhör gemacht. Das Licht war schlecht, der Raum winzig; man bekam richtig Platzangst hier drin.

Ihm tränten auf der Stelle die Augen, und noch während er

sich setzte, nieste er schon zum zweiten Mal. Er schneuzte sich in das stets einsatzbereite weiße Taschentuch. Er holte eine Packung Antihistaminpillen aus der Sakkotasche und warf zwei davon ein; da es kein Wasser gab, mußte es eben ein Speichelcocktail tun. Geschmackvoll. Wie immer.

Mulraneys schlimme Allergien führten zu einem völlig falschen Bild bei den Zeugen. Sie sahen den kranken Mann, der jeden Augenblick die Lunge in seinem Tuch haben mußte, ehrfürchtig an. Seine furchtbaren Symptome nahmen einer Befragung die erste Spannung. Die Zeugen hatten den Eindruck, das Verhör durch einen körperlich so gebrochenen Mann könne nur kurz und oberflächlich verlaufen – schließlich müßte er möglichst rasch unter ein Sauerstoffzelt. Aber bereits mit Mulraneys erster Frage war damit Schluß.

»Ich würde gern noch mal auf unser Gespräch am Abend des Mordes zurückkommen, Alvin«, meinte Mike schniefend. Seine Nase war nun völlig verstopft, was seine Stimme näselnd und tot klingen ließ. »Wie steht es mit einem Knaben namens Trubluy? Schon mal von dem gehört?«

»Von wem?« fragte Alvin. Er warf einen Blick auf die Uhr. Nur noch zwölf Minuten bis Mittag. Ob er ihm das sagen sollte?

»Vorname: Snivlakno. Vielleicht ein Osteuropäer, keine Ahnung. Wir haben den Namen von einem Aktienzertifikat aus dem Safe des Richters. Sie wissen doch, Alvin, der Safe, den ich erst aufmachen durfte, nachdem Sie einen Anwalt angerufen hatten. Ach, übrigens, wen haben Sie eigentlich angerufen?«

»Die Gewerkschaft des öffentlichen Dienstes stellt uns Anwälte«, sagte Alvin demütig, ohne die Frage zu beantworten. Seine anfängliche Gleichgültigkeit verwandelte sich in eine verlegene Unruhe. Mulraney faßte ihn nicht eben mit der Zuckerzange an. Er redete nicht um den heißen Brei herum. Er wollte es wissen. »Sagen Sie«, fragte Alvin mit einem Blick auf die Uhr. »In zirka zwölf Minuten ist Mittagspause, die kann ich nicht verschieben.«

»Keine Bange, Alvin, Sie kommen schon zu ihrem Essen. Also,

im Safe fanden wir eine Diskette, an die unsere Jungs nicht rankommen. Der Inhalt ist mit einem Paßwort geschützt. Keine der anderen Disketten hat ein Paßwort. Haben Sie eine Idee, was auf dieser drauf ist oder wie das Paßwort heißt?«

Alvins zarter Körper zitterte etwas, als er antwortete. »Nein. Ich hatte strikte Anweisung, den Computer des Richters nicht anzurühren. Aber ich hätte sowieso keine Ahnung, wie man damit umgeht.« Er rutschte auf dem Stuhl herum und sah weiterhin auf den Boden, während er sich seine Lügen zurechtlegte. Er mußte hier raus, dem Verhör ein Ende machen.

»Was ist mit den Aktien? Wissen Sie was darüber, daß der Richter sie hatte? Schon mal was von einem Albert Rhinestrum von den Brokern Baynard, Pith und Willikins gehört? Sein Name stand auch auf dem Zertifikat.«

Alvin, der nun vollends vornübergebeugt saß und auf den Boden starrte, sagte: »Ich habe von alledem keine Ahnung. Ich weiß noch nicht mal, ob der Richter spekuliert oder einen Broker gehabt hat, und auch nicht, ob er mit diesem Rhinestrum bekannt war. Ich war nur sein Justizsekretär. Ich meine, der Richter und ich kamen beruflich gut miteinander aus, aber ich war weder sein Freund, noch sein Berater in persönlichen Dingen. Richter geben sich mit Angestellten nicht ab. Wir lebten in verschiedenen Welten und gingen unsere eigenen Wege.«

»Na schön, Alvin«, sagte Mulraney. Er spürte, daß der Mann log. Polizisten haben eine Antenne für Lügen. Denn sie gehen davon aus, daß ohnehin jeder lügt. Für gewöhnlich haben sie damit recht. Polizisten glauben nur, wofür sie unwiderlegbare Beweise haben, und selbst dann zweifeln sie noch. Aber wieso, zum Teufel, sollte ein Justizschreiberling wie Alvin den Richter umbringen wollen? Vielleicht hatte er sich einmal zu oft an einem Blatt Papier geschnitten. Vielleicht hatte ihn die ewige Knappheit an Büroklammern rasend gemacht. Oder war der letzte Pott Bürokaffee zu schwach ausgefallen? Immerhin war er ein Alzheimer mit Pensionsberechtigung.

Zwei Tage zuvor hatte Mulraney Frank Fortunata auf Alvins

finanzielle Situation angesetzt, und die ersten Ergebnisse zeigten, daß er von seinem Beamtengeld lebte. Aber irgendwas machte Alvin zu schaffen. Mulraney hielt es für an der Zeit, dem Zeugen etwas mehr zuzusetzen. »Unser Labor hat einen unvollständigen Fingerabdruck von Ihnen auf der Mordwaffe entdeckt.«

Sofort richtete Alvin den krummen Rücken auf; eine leichte Röte überzog seine gelben Backen. Mit großen Augen sah er Mulraney zum erstenmal ins Gesicht. »Na und! Herrgott! Das habe ich Ihnen doch schon gesagt! Sie hat mich doch angeschrien! Sie – Mrs. Knott – schrie, ich soll das Ding rausziehen! Herrgott noch mal! Sie hat derart geschrien. Sie war völlig hysterisch. Ich habe es einmal versucht, aber es stak fest, ich meine, es ging nicht sofort, und dann das Blut, ich –«

»Trotzdem, außer den Ihren sind auf der Mordwaffe keine Abdrücke zu finden, Alvin. Das sieht gar nicht gut aus.«

»Um Himmels willen! Ich habe den Richter nicht umgebracht!« protestierte Alvin. Er war den Tränen nahe. »Warum sollte ich so etwas tun.« Er verschränkte die Arme vor dem Bauch und beugte sich etwas vor, als hätte er Magenschmerzen.

Mulraney bemerkte einen Kugelschreiber in Alvins linker Hemdtasche – in einem Plastiketui, ein Verbrechen unter trendigeren Zeitgenossen, aber für Alvin Scribner und seinesgleichen völlig normal. Er bat darum, ihn benutzen zu dürfen, und sagte: »Der Autopsiebericht ist nicht überraschend, Alvin. Knott starb an einem einzigen Stich von hinten ins Herz, an dem er verblutet ist. Die Tat eines Kenners oder Anfängerglück. Wie auch immer, der Winkel geht nach unten und etwas nach links, was stark auf einen ...«

Während er sprach, griff Alvins Rechte zitternd an die Tasche und reichte ihm den billigen Behördenkuli.

»... auf einen Rechtshänder weist.« Mulraney griff nach Alvins Hand. Sie war ganz feucht. »Haben Sie was dazu zu sagen, Alvin?«

Auf der Stelle entzog Alvin seine feuchte Rechte dem Arm des

Gesetzes, als hätte er sie in einen Topf geschmolzene Lava gesteckt. »Brauche ich einen Anwalt?« fragte er flehentlich. Sein Blick wurde feucht, aber es kamen keine Tränen.

Mulraney starrte ihm in die Augen. »Keine Ahnung, Alvin. Brauchen Sie einen?«

Alvin zögerte einen Augenblick. Er senkte den Blick. Die ersten Tränen fielen wie winzige Bomben und zerbarsten lautlos auf dem schmutzigen Linoleumboden. »Ich habe Richter Knott nicht umgebracht. Es ist Zeit fürs Mittagessen. Ich möchte gehen.«

Mulraney stand auf und gab ihm die Anweisung, die Polizisten ihren Hauptverdächtigen geben: »Verlassen Sie die Stadt nicht. Rufen Sie mich an, wenn Sie reden wollen. Sie wissen ja, wo Sie mich finden.«

Wie ein geprügelter Hund folgte Alvin Detective Mulraney aus der Kammer. Als er Mulraney gehen sah, ging er ans Telefon und rief seinen Anwalt an.

Italian Stallion

Im Büro der Mordkommission saß Detective Frank Fortunata an seinem Schreibtisch und schrieb einen Bericht zum Fall Knott. Wie von Mulraney verlangt, hatte er Scribners Finanzen und Verhältnisse unter die Lupe genommen und sich bei Knotts Beisetzung – einer groß aufgezogenen Angelegenheit in einer der großen Kirchen uptown – umgesehen. Er hatte nichts gehört, was auch nur nach einer Spur aussah. Eine ganze Reihe kühler Ansprachen über den tragischen Verlust eines aufrechten Staatsdieners, aber sie hätten auch der Pensionierung von New Yorks oberstem Rattenfänger gelten können.

Die Angelegenheit war so nüchtern ausgefallen, daß man sie eher für eine Geschäftsversammlung als die Beisetzung eines ermordeten Richters gehalten hätte. Fortunata war nicht überrascht. Seiner Meinung nach waren die meisten Juristen herzlos, vor allem aber die mit politischen Ambitionen, und die hatten die meisten. Wenn sie zusammengekommen wären, um ihre Verluste beim jüngsten Börsenkrach zu beweinen, dann wären genug Tränen geflossen, um eine Arche vom Stapel zu lassen.

»Hey, Stallion! Ich hoffe, unsere Leichenfledderer haben den Richter gründlich aus'nandergenommen. Ich hab' nämlich gehört, daß Frau Richter ihn hat trösten lassen.« Es war Detective Jaime Perez, der eben schwungvoll den Raum betrat, um ausgelassen Yulburton Abraham Knotts Feuerbestattung bekanntzugeben. Perez hatte für jeden einen Spitznamen. Die Pathologen von der Gerichtsmedizin waren die Leichenfledderer. Frank Fortunata war der Italian Stallion.

»Ist doch schon kalter Kaffee, Amigo«, sagte Fortunata seinem quirligen kleinen dicken Partner. »Als sie ihn bei der Beisetzung nicht in die Grube geworfen haben, hab' ich gefragt. Da war er eben frisch aus dem Herd.«

»Wie auch immer, Mann, Tüchlein will, daß ich mal mit Mr. Piss drüben bei Payhard, Piss und wie-hieß-der-andre-gleich-wieder rede. Weißt schon, die Makler. Was zum Geier treibt so'n Makler eigentlich, Stallion? Alles, was ich über Geld weiß, ist, daß ich abgebrannter bin als du, aber Scheiße, woher soll ein Puertoricaner eine Ahnung von Aktien und Anleihen haben? Von wegen Schatzwechsel, ich meine, die einzigen Papiere in meinem Portefeuille sind Rechnungen, Mann. Also, Stallion, ich bin da einfach nicht der Richtige für.«

»Amigo«, meinte Fortunata lächelnd, »selbst mit deinen bescheidenen Fachkenntnissen kannst du nicht erwarten, dein Lebtag nur auf Hahnenkämpfe und Messerstechereien angesetzt zu werden. Sieh's als Erweiterung deines Horizonts.«

Perez wußte, der Italian Stallion wäre nicht vom Schreibtisch zu kriegen, aber ein Versuch konnte schließlich nicht schaden. »Du solltest das machen, Stallion. Ehrlich, Mann, könntest dabei einen kostenlosen Investmenttip für das Kleingeld in deinen Taschen abstauben.«

»Blödsinn«, sagte Fortunata. »Ich muß endlich den Papierkrieg hier erledigen, und dann muß ich irgend so einen rotznasigen Computerfex aus dem Knast holen, damit er uns den Code auf der Diskette aus dem Safe des Richters knackt. Sie hat ein Paßwort, und unsere eignen Jungs haben es nicht geknackt. Tüchlein will den Kleinen, der in die Bankcomputer eingebrochen ist und tonnenweise Geld abgestaubt hat. Er meint, der könnte uns die Datei aufmachen. Du mußt das also schön allein machen, Amigo.«

Mr. Lewis Pith

»Der Name Trubluy ist mir sehr wohl ein Begriff«, sagte Lewis Pith Jaime Perez im Hauptquartier von Baynard, Pith & Willikins, das ganz nach Wohlstand aussah. Pith schien etwas jung für einen Partner. Er hatte volles braunes Haar, das er schräg nach hinten kämmte, ein sauber rasiertes hübsches Gesicht und seine Kleidung hätte ihn an der Finanzmeile zum Yuppie des Monats gemacht. Er trug ein blaues Hemd, eine rotorange Krawatte, einen braunen Leinenanzug und braune Wildlederschuhe mit perforierten Flügelkappen – das komplette Designerensemble. Im Augenblick saß er in einem Lederthron, die Schuhe auf dem ebenso schönen wie feinsäuberlich aufgeräumten Rosenholztisch.

»Ich nehme an, Sie ermitteln gegen Albert Rhinestrum wegen des Diebstahls des Trubluy-Kontos. Wir warten schon lange darauf, daß sich die Polizei endlich damit befaßt. Trotzdem, es ist uns ein Rätsel, was passiert ist. Mit dem Konto wie mit dem Kunden. Und wenn wir schon dabei sind, das gilt auch für unseren Angestellten.«

Jaime Perez verblüffte die unerwartete Informationsflut aus Piths' Mund, kaum daß die beiden sich einander vorgestellt hatten. Er war eben angekommen und hatte Pith den Anteilschein aus Knotts Safe gezeigt, und mit einemmal dieser Erguß. Als wäre bei der Berührung des Wasserhahns in der Küche das Rohr geplatzt.

»Okay, Mann, haben Sie einen von den zwei Typen hier schon mal gesehen?« Perez zeigte Pith ein Foto von Richter Knott und seinem Sekretär Alvin Scribner.

»Nö«, sagte Pith. »Sie könnten mir auch Trubluys Foto zeigen, ich würde ihn nicht erkennen. Ich habe den Mann nie gesehen. Aber ich kann Ihnen die Aufzeichnungen über Trubluys Transaktionen mit seinem Broker zeigen, unserem ehemaligen Angestellten, Albert Rhinestrum. Trubluy hatte ausschließlich mit ihm zu tun.« Pith zog einen Ordner aus seinem Schreibtisch. »Ich habe sie eigens aufgehoben – für den Tag, an dem jemand kommen würde, um sich das Konto anzusehen. Eigentlich dachte ich ja, der Kunde oder ein Verwandter wäre noch vor Ihnen hier. Ich erinnere mich daran, daß ich kurz nach dem Diebstahl zwei Anrufe deswegen bekam. Zwei Männer riefen an, aber sie wollten sich nicht ausweisen. Ich notierte mir die Anrufe hier auf dem Aktendeckel. Übrigens, das Exemplar hier können Sie haben, Detective Perez.«

Er reichte Perez einen gut zwei Finger dicken Aktendeckel, den Jaime aufschlug und überflog. Es handelte sich um eine lange Computerliste von Wertpapierkäufen und -verkäufen, die auf zehn Jahre zurückreichten. Er tat, als würden ihm die Transaktionen vor ihm etwas sagen. »Mit anderen Worten ...«

»Nun, unserem Haus ist es natürlich ausgesprochen peinlich, aber so wie es ausieht, hat unser früherer Mitarbeiter, Albert Rhinestrum, mit einigen erstaunlich erfolgreichen Transaktionen Mr. Trubluys Portefeuille um ein Vielfaches vermehrt. Und dann, vor sechs Monaten, hat der Bursche offensichtlich innerhalb kürzester Zeit alles zu Geld gemacht. Ich würde sagen, er hat weit über drei Millionen Dollar gestohlen und ist einfach verschwunden.«

Der Hacker-Cracker

Jethro Wilmore, auch als ›Hacker-Cracker‹ bekannt, saß im Gefängnis und wartete auf seinen Prozeß: Er hatte gewaltige Summen vom Geld anderer Leute auf seine Konten transferiert, und das alles mit PC, Modem, Telefon und seinem genialen Händchen, die Paßwörter der großen Bankcomputer zu knacken. Diese Codes sind vermutlich die ausgefeiltesten der Welt, nicht weniger gut als die des Militärs, aber Jethro schreckte das nicht ab. Viele Hacker sehen solche Paßwörter lediglich als intellektuelle Herausforderung, nicht so Jethro. Ihm ging es ums Geld.

Es war ein Kinderspiel für Frank Fortunata, den mageren pickeligen Hacker-Cracker zur Zusammenarbeit mit der Polizei zu überreden. Jethro lebte einzig und allein dafür, mit seinem Apple-Computer zu spielen, etwas, was Leuten, die im ›Big Apple‹ auf ihren Prozeß warteten, freilich nicht zur Verfügung stand. Jethro war drauf und dran, vor Langeweile einzugehen.

Jethro war übrigens eher seiner fahrlässigen Fahrweise wegen überführt worden als wegen seiner illegalen Beutezüge durch die Computertresore der Banken. Er bekam pro Monat mehr Anzeigen wegen Alkohol am Steuer und Geschwindigkeitsüberschreitungen als ein heilloser Alkoholiker in drei Leben. Sein schreckliches Konto in der Verkehrssünderkartei machte es immer wieder notwendig, in den Computer der Zulassungsstelle einzudringen, um die ehrfurchtgebietende Latte von Anzeigen zu löschen, damit er den Führerschein nicht verlor.

Eines Tages gab Irma Etius, eine EDV-Kraft der Zulassungsstelle – auch sie ein Fall von Alzheimer mit Pensionsberechtigung – seine fünf jüngsten Strafzettel wegen Geschwindigkeitsüberschreitungen in die Datenbank des Computers ein. Sie begann damit um 4 Uhr 15 und hatte um 4 Uhr 55 gerade mal drei Stück geschafft. Die letzten fünf Minuten ihrer Arbeitszeit nutzte Irma dazu, die drei erledigten Knöllchen abzuhaken, ihren Arbeitsplatz sauber zu machen und den Sekundenzeiger an der Wanduhr bei seiner letzten Runde zu beobachten. Um

Punkt fünf schloß sie sich der donnernden Herde an und stürzte aus dem Büro.

Am nächsten Morgen fand sie es merkwürdig, daß die drei Knöllchen, die sie eingetippt hatte, aus Jethro Wilmores Akte verschwunden waren. Sie bemerkte das nur, weil es sie ärgerte, die drei noch mal eingeben zu müssen, eine Arbeit, für die ein normaler Mensch eine Minute gebraucht hätte. Diesmal gab sie alle fünf ein.

Tags darauf landete ganz zufällig ein weiteres Knöllchen für Jethro Wilmore auf ihrem Tisch, und als sie seinen Akt auf den Bildschirm holte, mußte sie feststellen, daß nun alle fünf gelöscht waren. Diesmal platzte ihr der Kragen. Sie ging auf eine Kollegin los, die sie schon seit geraumer Zeit in Verdacht gehabt hatte, sie in den Wahnsinn treiben zu wollen. Das wiederum führte zu einer körperlichen Auseinandersetzung, die ihrerseits eine Untersuchung des Zwischenfalls nach sich zog, die – ein Jahr später – zu Jethros Verhaftung führte, weil er sich am Computer der Zulassungsstelle zu schaffen gemacht hatte.

Für Jethro war das eine Katastrophe. Bei der Durchsuchung seiner Wohnung nach Beweisen für seine Straftat gegenüber der Zulassungsstelle stießen die Ermittler auf einen Schatz. Sie entdeckten die Computerausdrucke von Jethros weitläufigen neuen Bankverbindungen.

Frank Fortunata unterbreitete ihm das Angebot. »Jethro, wenn Sie uns helfen, helfen wir Ihnen. Wir wollen, daß Sie für uns den Code einer Datei knacken.«

Rasch erklärte Jethro sich bereit, das Paßwort von Richter Knotts Diskette zu knacken. »Als Gegenleistung hätte ich ein paar bescheidene Bitten. Das heißt, ich schlage Ihnen einen Deal vor. Wenn ich die Datei nicht knacke, sagen Sie dem Richter einfach, ich hätte zu helfen versucht. Knacke ich Ihnen den Code, dann will ich die Anzeige gegen mich verschwinden sehen. Auf jeden Fall will ich ein großes Zimmer in einem netten Hotel, wo ich während meiner Arbeit für Sie wohnen kann. Und Computerspiele für meine Ausfallzeiten.«

Fortunata sagte, er würde sehen, was sich machen ließe, könne aber im Augenblick nichts versprechen. Binnen einer Stunde hatten sie Jethro aus dem Gefängnis geholt.

Als Fortunata und Jethro auf dem Revier eintrafen, war Mulraney bei seinem Chef, Dwight Lorton, und den Computerleuten der Polizei. Man ging die Papierschlangen durch, auf denen der Computer alle Dateien Knotts ausspuckte bis auf eine.

Ohne zu grüßen, schmiß Jethro sich an Knotts IBM, startete die Programme und schnurrte vor Zufriedenheit darüber, endlich wieder im Sattel zu sitzen. Die fragliche Diskette steckte bereits im Laufwerk A. Jethro wählte es an. Am untersten Bildschirmrand hieß es: GEBEN SIE DAS PASSWORT EIN. Jethro tippte Knotts Namen ein, und der Bildschirm antwortete mit einem: »Die Datei ist gesperrt.«

Mulraney sagte: »Der Hacker-Cracker, nehme ich an.« Er stellte alle um die Maschine Versammelten vor und sagte: »Das wird nicht eben leicht, Jethro. Wir haben schon bei der Softwarefirma angefragt, aber die meinten, da sei nichts zu machen. Es handelt sich nicht um die übliche Version von der Stange. Knott hat sich seine Programme maßschneidern lassen. Das Paßwort könnte fünfundsiebzig Zeichen haben, und wie man uns gesagt hat, zerstört man die Datei, wenn man einfach in die Software reinfummelt, um den Inhalt herauszuholen. Ohne Paßwort ist nichts zu machen.«

Jethro sah die Männer um ihn herum an. Er freute sich über die ungeteilte Aufmerksamkeit der Polizei, ohne daß man ihn über seine Computerverbrechen auszuquetschen versuchte. »Ja«, sagte er. »Okay, fünfundsiebzig Zeichen, was? Das heißt, es könnte jede Kombination von Ziffern, Leer- und Satzzeichen sein – und alles unsichtbar. Das heißt, mit sämtlichen Buchstaben, das sind sechsundzwanzig, und sämtlichen Ziffern, zehn, und allen anderen Zeichen, das wären zweiunddreißig, macht das achtundsechzig mögliche Kombinationen für jedes mögliche Zeichen des Paßworts.«

Jethro sah Mulraney durch die altmodische Hornbrille an. Er

war im siebten Himmel. Eine Arbeit für ein Genie. Wie geschaffen für ihn. Er fuhr sich mit den Fingern durch das fettige Haar und rieb sich die Hände. Er begann zu tippen und sagte dabei: »Das macht achtundsechzig verschiedene Kombinationen für jede mögliche Stelle des Paßworts. Das heißt für das erste Zeichen sind es nur achtundsechzig, aber für das erste und das zweite zusammen macht das schon achtundsechzig mal achtundsechzig, und fürs dritte achtundsechzig mal achtundsechzig mal achtundsechzig und so weiter bis zu maximal fünfundsiebzig Zeichen. Das ist eine ungeheure Zahl von Möglichkeiten, gewaltig, unmöglich ... laßt mal sehen, ich werde Ihnen mal eine Zahl dazu geben. Ah, okay, der lockere Rhythmus von achtundsechzig ist eins Komma acht, und das fünfundsiebzigmal, das geht in die hundertsiebenunddreißigste Potenz, zehn hoch hundertsiebenunddreißig! Mit anderen Worten, zehn mal sich selber, und das hundertsiebenunddreißig mal oder eine zehn gefolgt von einhundertsiebenunddreißig Nullern. Und das, meine Freunde, meine guten Freunde von der New Yorker Polizei, sind die Kombinationen, die ein Computer durchrechnen muß, wenn man diese Geschichte mit roher Gewalt angeht.«

Dwight Lortons Miene hellte sich auf bei dem Gedanken. »Rohe Gewalt!« sagte er. »Ein Computer kann das also ausrechnen? Braver Junge! Na denn mal los!«

Eine Frage der Zeit

»Sicher«, sagte der Crack, »wenn er die Zeit dazu hat.«

»Großartig«, meinte Lorton. »Mein Sohn, nehmen Sie sich so viel Zeit, wie Sie nur wollen, und wir geben Ihnen jegliche Unterstützung. Nur knacken Sie diesen Code. Wir müssen wissen, was in dieser verdammten Datei steht.«

»Hört sich gut an, Sir, aber lassen Sie mich Ihnen mal eine kleine Vorstellung davon geben, von wieviel Zeit hier die Rede ist. Wissen Sie, wieviel Kombinationen zehn gefolgt von hundertsiebenunddreißig Nullern ergibt? Offensichtlich nicht. Also ich will's mal idiotensicher machen. Es gibt um die zehn hoch siebenunddreißig Elektronen und Neutronen im gesamten Universum. Sie wissen über Elektronen und Neutronen Bescheid, ja, die Grundbestandteile des Atoms? Nun, meine Freunde, es gibt ungezählte Milliarden von Atomen im Universum, und noch mehr Elektronen und Neutronen in fast jedem Atom.

Und deshalb, meine Freunde von der New Yorker Mordkommission, ist die Gesamtzahl der möglichen Paßwortkombinationen, denen wir uns hier gegenübersehen, größer als die aller Elektronen und Neutronen des Universums. Muß ich noch deutlicher werden?«

Als er sah, wie sein Publikum lange Gesichter bekam, fuhr Jethro fort. »Okay, Männer, reden wir nur mal über die Technik einer Lösung durch nackte Gewalt. Wissen Sie, was ein Gigaflop ist?« Ohne auf eine Antwort zu warten, gab er sie selbst: »Das ist die Fähigkeit, zehn hoch neun Fließkommaoperationen pro Sekunde durchzuführen, das heißt zehn-mal-zehn und das neunmal oder eine Zahl mit neun Nullern dahinter, kurzum: eine Milliarde Rechenoperationen. Der Cray-Computer ist in der Lage, im Gigafloptempo zu rechnen, also mit einer Milliarde Operationen pro Sekunde. Es gibt natürlich schnellere Geschichten, bis zu drei, vielleicht vier Gigaflops, die ich, ... äh, aber das ist eine andere Geschichte.«

»Kommen wir an so einen Cray ran?« fragte Lorton. »Wir müssen das Ding einfach aufkriegen. Wir brauchen eine Spur.«

Jethro hielt ihm eine Hand entgegen. »Immer langsam, Commandante. Lassen Sie mich ausreden. Um Ihnen eine annähernde Vorstellung davon zu geben, was wir hier für ein Problem haben, das Universum ist um die zehn hoch zehn Jahre alt. Mit anderen Worten, vielleicht zehn Milliarden Jahre, höchstens zwanzig, plus minus ein paar Millarden.

Also, um unser kleines Codeproblem hier zu lösen, müßten wir einen Cray länger arbeiten lassen, als das Universum existiert, um sämtliche möglichen Buchstaben, Ziffern und Symbole für jede der fünfundsiebzig möglichen Stellen auszuprobieren. Und das unter der Annahme, daß Sie die nötige Hardware – sprich Computer – haben, der die möglichen Lösungen in einem Tempo ausprobiert, in dem der Cray sie ihm liefert, und ein solches Tierchen gibt es noch nicht, kapiert? Also vergessen Sie's.«

Fortunata war von der Chuzpe des Rotzbengels frustriert. »Na schön, Jethro, sieht so aus, als hätte dein kleines Einmaleins dich eben um ein nettes Hotelzimmer und einen bequemen Job gebracht. Also dann wieder zurück in den Kahn, Kamerad.«

»Nicht so hastig, Detective Fortunata«, sagte der Hacker-Cracker. »Immerhin haben Sie mich in Gewahrsam, weil ich angeblich in den raffiniertesten Bankcomputer der Welt reingekommen bin. Das heißt, ich bin da angeblich an ein paar ziemlich happigen Codes vorbeispaziert. Ich habe da nämlich eine andere Methode, als einfach sämtliche möglichen Kombination durchzustöpseln, was wie gesagt hoffnungslos ist.

Lassen Sie mich erst mal'n bißchen im Programm spazierengehen, mich so'n bißchen umsehen. Vielleicht versuch' ich das Paßwort mal von hinten aufzurollen, falls es möglich ist. Aber bei so maßgeschneiderter Software ist das ziemlich unwahrscheinlich. Außerdem muß ich vorsichtig sein, weil der Writer womöglich eine Falle eingebaut hat, der einen Selbstzerstörungsvirus freisetzt. Wenn ich den auslöse, dann heißt es: So long, Datei, genau wie mit dem Tonband in *Kobra, übernehmen Sie!*

Zweitens muß ich Sie bitten, mir ein Austauschprogramm zu besorgen, dann kann ich das Paßwort vielleicht rauswaschen, indem ich die ganze Geschichte auf die ursprüngliche Version konvertiere oder Daten des einen Programms mit dem anderen austausche. Die Optionen sind zwar nicht sehr vielversprechend, aber man kann ja nie wissen.

Als drittes probieren wir's mit dem Dumbo-Angriff, der einfachsten und offensichtlichsten Methode, einen Code zu knacken. Die Leute sind unglaublich faul und dumm, wenn es um Paßwörter geht. Sie nehmen ihren Geburtstag oder die Namen von Kindern und Haustieren. Meistens nicht mehr als acht bis zehn Buchstaben. Ist ziemlich unwahrscheinlich, daß Ihr Richter Knott da anders war.«

Lorton fragte: »Wenn Sie von nur zehn Zeichen ausgehen, könnten wir dann nicht doch mit roher Gewalt rankommen?«

Jethro sagte: »Unmöglich, selbst bei nur zehn Buchstaben und den achtundsechzig Kombinationen wären das noch immer, lassen Sie mal sehen, ah, über dreißig Jahre für einen Cray, immer unter der Voraussetzung, Sie hätten die Hardware, die die Ergebnisse mit seinem Tempo verarbeitet. Ist nicht drin, Mann.

Das beste ist immer noch, die Geschichte logisch anzugehen. Die Dumbo-Methode. Ich versuche, das Paßwort einfach durch induktives Denken zu erraten. Mit anderen Worten, ich muß viel raten. Ich möchte sämtliche Informationen, die Sie über den Richter haben. Absolut alles. Lebenslauf. Stammbaum, Freunde. Haustiere – lebendig und tot. Bildung. Hobbys. Krankheiten. Militärische Laufbahn. Juristische Laufbahn. Seine großen Fälle und seine liebsten Kunden. Einfach alles. Ich gebe sämtliche Kombinationen in Angriffsprogramme ein, und dann lassen wir sie den Angriffscomputer diesem hier systematisch zuspielen. Das ist unsere größte Chance.«

»Wird gemacht«, sagte ein enttäuschter Dwight Lorton. »Geben Sie ihm, was immer er braucht, angefangen mit dem Ausdruck der Fälle des Richters, seinen Schriften und was immer wir, verdammt noch mal, sonst noch so haben.«

Die Buttermilk-Anträge

»Super! Phantastisch! Einfach super, Schoon!« Wilkes war in seinem Büro, den langen, hageren Körper rücklings über den Schreibtisch gestreckt. Auf seinem Schreibtischsofa las er den eben fertig gewordenen Entwurf meines Antrags und rief mir seine Zustimmung herüber. Der Antrag diente der Verteidigung unserer lieblichen Mandantin, der jüngst hoppgenommenen Herrin über die Fidele Liebeswanne und angeblichen Oralsünderin Miss Becky Buttermilk. Wilkes fand den Antrag »super«, weil er genau dem entsprach, was zu schreiben er mich angewiesen hatte. Woran er sich so ergötzte, war folgendes:

Argumente und Beweise für die Geschworenen

1. FAKTEN: Detective Charles X. Tuttlebell behauptet in einer eidesstattlichen Erklärung, zum Zeitpunkt des versuchten Oralverkehrs an ihm in einem großen herzförmigen Whirlpool eines Geschäftsunternehmens namens ›Die Fidele Liebeswanne‹ gesessen zu haben, einem balneologischen Institut, dessen Inhaberin die Angeklagte, Becky Buttermilk, ist. Tuttlebell schwört, in einem Meter Tiefe in heißem sprudelnden Wasser gesessen zu haben, das Gesäß bequem auf dem Boden der Wanne, als die Angeklagte angeblich – ohne den Kopf unter Wasser zu tauchen – am exponierten Penis des Beamten einen Oralverkehr zu praktizieren versuchte.

2. BEWEISANGEBOT: Die Verteidigung beabsichtigt zu beweisen, daß die frei erfundenen Beweismittel des Beamten Tuttlebell nicht nur unglaubwürdig, sondern auch physiologisch unmöglich sind. Obwohl in seiner eidesstattlichen Erklärung nicht ausdrücklich geschildert, geht die Verteidigung davon aus, daß sein Penis zur Zeit der angeblichen Straftat erigiert und stramm war und teilweise aus dem Wasser stand. Wäre dem so, so müßte Officer Tuttlebells Manneszier weit über einen Meter messen, denn nur dann hätte er im Wasser sitzen und der angebliche Akt stattfinden können, ohne daß die angebliche Praktikantin des Oralverkehrs einen nassen Kopf bekam.

3. ERÖRTERUNG: Es handelt sich um eine bemerkenswerte Behauptung, einzigartig sowohl in den Annalen des Verbrechens als auch in denen der Anatomie. Der Beamte Tuttlebell hat sich entweder große Mühe gegeben, sich in einem höchst schmei-

chelhaften Licht darzustellen, oder er hat den größten menschlichen Penis der Welt. Denn wie in Morris' klassischer Abhandlung zum Thema *Menschliche Anatomie* (New York, The Blakiston Company, 11. Auflage, 1953) geschrieben steht: »Der schlaffe Penis variiert in seiner Länge zwischen 8 und 12 cm und zwischen 3 und 4,5 cm im Durchmesser, wobei es je nach Individuum und Rasse zu einer Vielzahl von Variationen kommt ... Bei der Erektion nimmt er sowohl an Länge (12 bis 18 cm /5 bis sieben Zoll) als auch an Breite (4 bis 5 cm) zu.« Dr. Jacobus berichtet in *Simons Buch der Sexuellen Weltrekorde* (New York, Bell Publishers, 1975) auf den Seiten 54–55 von seiner Untersuchung mehrerer hundert Männer, die einen zwölfzölligen Penis an einem Sudanesen zum Vorschein brachte. Er beschrieb diesen Penis als »eher zu einem Esel gehörig als zu einem Menschen«. Im selben Werk berichtet Dr. Robert Chartham vom Phallus eines Engländers, der 10,5 Zoll maß.

Sich der unbestätigten Sichtung noch weit größerer männlicher Glieder durchaus bewußt, sieht die Verteidigung jedoch keinerlei Anlaß, an eine Spannweite zu glauben, wie sie aus Officer Tuttlebells Geschichte hervorgehen muß. Damit soll die Behauptung aber nicht von vornherein abgetan werden. Angesichts der Fortschritte in der Wissenschaft muß das Gericht auch die Möglichkeiten der Phalloplastie, der prothetischen Verlängerung oder der Verpflanzung eines Spenderorgans mit einbeziehen.

Ebensowenig ist eine Vergrößerung durch Krankheit auszuschließen. *Simons Buch der Sexuellen Weltrekorde* berichtet auf Seite 58: »Es besteht wenig Zweifel daran, daß die größten menschlichen Penisse das Ergebnis diverser Fälle von Elephantiasis (sic) des Gliedes und der Hoden sind ...« Der Autor berichtet von den schrecklichen Auswirkungen der Krankheit: »dieses Leiden äußert sich zuweilen in einer Kugelform mit einem Kreismesser von sechzig Zentimetern ... Ein mir vorliegendes Foto zeigt einen groß aufgeblähten Penis, der bis zu den Knien reicht«.

Es ist also durchaus möglich, daß Officer Tuttlebell die Wahrheit sagt. Aber wenn dem so ist, dann ist er zweifelsohne der stolze Besitzer von etwas, was in das Guiness-Buch der Rekorde gehört (das erstaunlicherweise keinen Eintrag für den größten Penis der Welt aufweist).* Officer Tuttlebell und sein Membrum virile sind damit die wichtigsten Zeugen gegen die Angeklagte, und da unsere Verfassung letzterer das Recht auf Gegenüberstellung und Untersuchung jedweder Zeugen garantiert, muß man ihr die Möglichkeit einer Überprüfung der Angaben zu den angeblichen Maßen seiner Extremität geben.

Es ist somit unabdingbar, Officer Tuttlebell, als einzigen Augenzeugen, bei der Verhandlung der Sache als Zeugen aufzurufen. In einem kürzlich im Namen der Angeklagten geführten Telefonat (siehe beigefügte eidesstattliche Erklärung von Mr. John Wilkes) verweigerte der Beamte Tuttlebell dem Anwalt jegliche Angaben bezüglich der tatsächlichen Länge seines Penis. Ob nun aus Gründen einer falschen Bescheidenheit oder einer falschen Aussage, klar ist, daß der Zeuge der Anklage der Verteidigung möglicherweise entlastende Informationen vorenthält. Glücklicherweise sieht weder die Verfassung noch das Strafgesetzbuch in der Bescheidenheit einen Grund für eine Ausnahme, was das Recht auf den Beweis anbelangt. Die Geschworenen müssen die Möglichkeit haben, die Beweismittel selbst abzuwägen.

Vom Gericht ist nun zu klären, in welcher Art der Verteidigung gestattet wird, das Beweismittel der Anklage zu überprüfen. Es bieten sich mehrere Alternativen an. Als erste selbstverständlich die übliche Methode, die Glaubwürdigkeit des Beamten anhand eines Kreuzverhörs zu überprüfen. Aber bei dem strittigen Punkt geht es um mehr als nur die Glaubwürdigkeit; es geht um einen höchst fragwürdigen Sachbeweis.

* Das Werk erwähnt so gut wie jedes andere Maß des größten Menschen der Welt, Robert Wadlow. Er erreichte die bemerkenswerte Größe von zwei Metern zweiundsiebzig, jedoch von der Größe seines Penis kein Wort. Aber selbst aus seiner Ringgröße (25) und seiner Schuhgröße (70) geschlossen, dürfte sein erigierter Penis kaum mehr als zwischen 33 und 38 Zentimeter gemessen haben.

Die Verteidigung erklärt, aufgrund entsprechender Informationen und aus gutem Grund, daß der Beamte in seiner eidesstattlichen Erklärung die Wahrheit in eigennütziger Weise aufgebläht hat und sein Penis wenigstens 75 Zentimeter weniger mißt als von ihm behauptet.

4. Gesuch um Abhilfe: Unter Stützung auf die ›Regel des bestmöglichen Beweises‹ beantragt die Verteidigung eine Inaugenscheinnahme des fraglichen Penis durch die Geschworenen. Dazu wäre es nötig, Officer Tuttlebell anzuweisen, den Damen und Herren Geschworenen während der Verhandlung sein männliches Glied zu entblößen und vorzustellen. Befindet es sich im Zustand der Schlaffheit (oder mißt es zum Zeitpunkt der Entblößung nicht wenigstens 105 Zentimeter), so ist der Beamte durch Gerichtsbeschluß zu zwingen, dafür Sorge zu tragen, daß sein Penis erigiert, worauf dieser in dergestalt verändertem Zustand zu messen ist.

Mag eine solche Inaugenscheinnahme während der Verhandlung auch die von der Gerichtsetikette gesetzten Grenzen überschreiten, so ist es in Anbetracht des Rechts der Angeklagten auf einen fairen Prozeß nichtsdestoweniger unabdingbar zu demonstrieren, daß der Polizeibeamte die Wahrheit in extravaganter Weise über die Grenzen menschlicher Erfahrung hinaus ausgedehnt hat. Darüber hinaus hat die Inaugenscheinnahme im Saal stattzufinden, um weder das im Sechsten Verfassungszusatz garantierte Recht der Angeklagten auf eine öffentliche Verhandlung zu verletzen, noch das Recht der Öffentlichkeit auf Information, was da im Namen des Volkes geschieht.

Aus den genannten Gründen würde sich die Verteidigung aufs heftigste jedem Vorschlag der Anklagevertretung widersetzen, dem Beamten eine private körperliche Untersuchung durch einen Arzt oder Landvermesser anheimzustellen, der dann dem Gericht über seine Erkenntnisse Bericht erstattet.

Als er den Antrag gelesen hatte, hob er lachend den Kopf. »Weißt du, wenn ich einen Schwanz von dieser Größe hätte, ich würde keine Gelegenheit auslassen, damit zu protzen. Verdammt noch mal, ich würde es im Yankee-Stadion tun und Eintritt verlangen!«

»Ich frage mich, was die machen, wenn sie das hier bekommen«, sagte ich. »Ich meine, nachdem sie ausgelacht haben.« Was ich lustig fand, war weniger Officer Tuttlebells »Lüge«, was die Länge seines Schwanzes anbelangte, als vielmehr die falsche Behauptung, Becky hätte keinen Oralverkehr mit ihm gehabt. Ein solches Eingeständnis hätte ihn seinen Job gekostet. Undercover-Agenten werden nicht losgeschickt, um sich mit Prostituierten zu verlustieren. Und die Geschichte, wie sie sich in Polizeiberichten darstellt, weiß, daß sie das auch nie tun. Jedenfalls nicht im Dienst.

Noch bevor Wilkes antworten konnte, klingelte das Telefon. Ich ging ran. Die Stimme am anderen Ende klang gedämpft. »Hallo, ist Mr. Wilkes da? Ich muß ihn sprechen. Um genau zu sein, ich denke, ich brauche einen Anwalt.«

Wilkes sah mich an, um aus meinem Gesicht eine Antwort zu lesen. Sein Ausdruck fragte: »Was ist?« Ich legte die Hand über die Muschel und flüsterte: »Potentieller Kunde«. Die Stimme kam mir merkwürdig vertraut vor. Ich fragte sie also, wer denn dran sei, und seine Antwort haute mich von den Socken: »Alvin Scribner, Mr. Schoondozer. Ich bin in Riesenschwierigkeiten. Lassen Sie mich mit Mr. Wilkes sprechen, ja?«

Kapitel 10

Der Hacker hackt

Junger Mann leiden an überentwickelten
Trieben und unterentwickelter Kontrolle.
CHARLIE CHAN

Für den Staat New York war es nur ein armseliger
kleiner Fall, aber für Becky Buttermilk stand ihr
Recht auf Führung ihres Bordells auf dem Spiel.
W. S.

Becky Buttermilks Prozeß wegen Oralverkehrs war eine absolute Bagatellsache. Derlei Fälle endeten für gewöhnlich beim ersten Gerichtstermin mit einem Schuldbekenntnis auf einen reduzierten Vorwurf wie Störung der öffentlichen Ruhe und Ordnung, Erregung öffentlichen Ärgernisses oder Besitzstörung. Der Ankläger machte Becky entsprechende Vorschläge, aber sie wollte von einem Deal nichts hören. Wie sie auf ihre unnachahmliche Weise sagte, wollte sie einzig und allein eine »Abweifung und eine öffentliche Entfuldigung« akzeptieren.

Für den Staat New York war es nur ein armseliger kleiner Fall, aber für Becky Buttermilk stand das Recht auf Führung ihres Bordells auf dem Spiel. Sie wußte, mit einem Schuldbekenntnis jeglicher Art riskierte sie ihren Gewerbeschein und damit das Recht, ihr Geschäft mit der Liebeswanne weiterhin zu betreiben, einem Etablissement, das bis dahin auf teure Whirlpoolbäder und feuchtfröhliche Ejakulationen spezialisiert war.

Wilkes war es eine reine Freude, eine Mandantin zu haben, die derart resolut auf ihr heiliges Recht auf einen Schwurgerichtsprozeß pochte. Aber es bedeutete auch eine arbeitsreiche Woche durch die Vorbereitungen auf die Verhandlung, einen Prozeß, der durch die störenden Anrufe besorgter Verdächtiger im Mordfall Knott nicht eben gefördert wurde.

Alvin Scribner zum Beispiel, der tatterige alte Sekretär des verblichenen Richters, rief Wilkes immer wieder an, nachdem Mike ›Tüchlein‹ Mulraney ihm mit der Anschuldigung, seinen Chef kaltgemacht zu haben, eine Heidenangst eingejagt hatte.

Außerdem erhielt Wilkes einen Anruf von Lyle Diderot, dem Feldmarschall der Whiz Kids, den Tüchlein ebenfalls nach einem Alibi für die Zeit nach seiner Entlassung aus der Gruft gefragt hatte. Die Befragung hatte freilich ein abruptes Ende gefunden, nachdem es dem Feldmarschall gelungen war, den Polizisten mitten im Gespräch nach bester Whiz-Kids-Manier zu bepinkeln. Der Anruf des Feldmarschalls kam somit aus der Gruft, wo er dafür einsaß, seine Notdurft am Bein eines Beamten verrichtet zu haben.

Ich hielt es für ungehörig, daß die Verdächtigen im Fall Knott sich ausgerechnet an Wilkes wandten. Er war doch selbst verdächtig, Herrgott noch mal!

Fragwürdiger Penis

Am Tag vor der Verhandlung wurde mein Antrag auf Inaugenscheinnahme von Officer Tuttlebells fragwürdigem Meter-Penis durch die Geschworenen abgelehnt. Der Ankläger erklärte dem Richter, Officer Tuttlebell hätte sich beim Abfassen des Berichts schlicht geirrt.

»Der Beamte erklärt, er habe weder jetzt einen meterlangen Penis, noch habe er je einen gehabt«, sagte der Ankläger.

Nichtsdestoweniger ordnete das Gericht auf Wilkes' Drängen eine ärztliche Untersuchung an, auf daß das fragwürdige Glied vermessen würde. Außerdem verlangte Wilkes eine Blutprobe des Beamten, um sicherzugehen, daß das anstößige Instrument nicht an übertragbaren Krankheiten litt. Er sagte dem Richter: »Ich verlange dies nur als Schutzmaßnahme für die Gesundheit meiner Klientin.«

»Und für alle meine Klienten, die alten, die jetfigen und die künftigen!« flüsterte mir Becky ins Ohr, freilich mit einer Stimme, die von keinem zu überhören war, der nicht eben schlief. Glücklicherweise ignorierte der Richter ihre Worte wie die anderer Angeklagter auch, solange sie sich nicht völlig danebenbenahmen.

»Einspruch gegen Mr. Wilkes' Antrag«, sagte der Ankläger, der Beckys Bemerkung ebenfalls ignorierte. »Es ist in diesem Fall zu keinerlei sexuellem Kontakt gekommen. Miss Buttermilk hat es nur versucht.«

»Ein weiterer Fehler in Officer Tuttlebells Bericht!« konterte Wilkes und spuckte jedes Wort aus wie Gift.

Der Richter lehnte sich in seinen Thron zurück und sah sich unsere Mandantin ausgiebig an. Er studierte ihre handgreiflichen Reize; er warf einen weiteren Blick auf die Anklage und Officer Tuttlebells verdächtigen Bericht. Dann sah er sich Charles Tuttlebell, den großspurigen mageren Mann vom Sittendezernat, an, der neben dem Staatsanwalt am Tisch der Anklage saß.

Die Laster der Sitte

Der Richter musterte Tuttlebell. Auch Richtern kommen die Gerüchte über unehrliche Beamte von der Sitte und deren krumme Touren zu Ohren: sich bei Drogenrazzien (und zuvor und danach) an Rauschgift gütlich zu tun; beim Ausheben von Spielhöllen schamlos die Kasse zu plündern; ihre skandalösen Sexabenteuer mit leichten Mädchen bei verdeckten Ermittlungen. Diese Kerle waren weit schlimmer als die kleinen Gauner, hinter denen sie her waren. Und Charles Tuttlebell stand die Sitte ins Gesicht geschrieben.

Wilkes schätzte die Gedanken des Richters ein und meinte hilfreich: »Herr Richter, der Beamte BEHAUPTET, er sei nackt mit DIESER Frau in einen Whirlpool gestiegen und daß er sie verhaftete, als sie nach seinem Dingerich griff. Wir lehnen diese Kurzfassung der Anschuldigung ab. Mein Antrag auf eine Blutprobe basiert auf einem äußerst fragwürdigen Bericht und der menschlichen Natur.«

Sowie Gerüchten und Anspielungen, dachte ich, den Hauptmotiven hinter einem Gutteil richterlicher Entscheidungen.

Der Richter wandte sich von Tuttlebell ab und besah sich noch einmal – sehnsüchtig, wie mir schien – unsere Becky. »Das Gericht ordnet eine Blutprobe an!« bellte er.

Ich bereitete die Anweisung für den Arzt vor, Tuttlebells Glied zu messen, ihm etwas Blut abzuzapfen und es uns auszuhändigen.

Das Blut, meine ich.

Das Buttermilk-Verfahren

Tags darauf trat Wilkes den Geschworenen gegenüber. Becky Buttermilk saß gelassen zwischen Wilkes und mir am Tisch der Anklage. Sie hatte die leuchtendgelbe wilde Haarpracht mit einem kleinen schwarzen Band zu einem zahmen Pferdeschwanz zusammengefaßt. Ein Kleid aus jungfräulich weißer Baumwolle verhüllte den üppigen Körper, füllte sich über den hübschen Rundungen und verbarg die beiden prachtvollen Hügel in losem Stoff – ein tragischer, aber glücklicherweise nur vorübergehender Verlust dieser wunderbaren Formen für den Kreis der Voyeure auf dieser Welt.

Ihr Make-up hatte sie auf die leuchtenden Pastelltöne eines Renoir reduziert, eine entschiedene Verbesserung nach den fluoreszierenden Rot- und Lilatönen, die in ihrem Gesicht sonst für

Akzente sorgten. Statt der abgebrühten Nutte in Kriegsbemalung und Fähnchen ähnelte die verwandelte Becky Buttermilk einer niedlichen, eine Idee zu stark bemalten Bordsteinnaiven. Genau die Aufmachung, die dieser Fall verlangte.

Officer Tuttlebell trat als erster und einziger Zeuge der Anklage in den Zeugenstand. Er sagte von Anfang an, daß ihm bei seinem Bericht über den Vorfall ein Fehler unterlaufen sei. Er habe nicht auf dem Boden des Whirlpools gesessen, als unsere Mandantin den Oralverkehr mit ihm auszuüben versuchte. Er habe vielmehr auf der Wasseroberfläche gelegen, so daß sein Penis ganz und gar in der Luft gewesen sei. Und nein, er habe auch keinen meterlangen Penis. Nur einen ›normalen‹.

Hierin war der Beamte der Wahrheit schon näher gekommen. Tuttlebells körperliche Untersuchung hatte, laut Arztbericht, »einen normalen männlichen Penis«, zutagegefördert, »der im schlaffen Zustand um Haaresbreite unter neun Zentimeter maß«.

Tuttlebells Lüge bestand darin, daß er behauptete, Becky hätte es ihm »nicht gemacht«. Da unsere ›Meter‹-Verteidigung nun nicht mehr so recht stach, mußten wir uns eben mit Tuttlebells größter Lüge behelfen. Wir wollten uns also mit der Wahrheit verteidigen – ein außergewöhnliches Ereignis in der Laufbahn meines Freundes und unter den gegebenen Umständen obendrein ziemlich gefährlich.

Kreuzverhör

Wir wußten alle, daß das Verfahren auf die eine oder andere Weise durch Wilkes' Kreuzverhör entschieden würde. Ich gebe im folgenden das offizielle Protokoll der Befragung Tuttlebells wieder, die ich kurz mit zwei erklärenden Einschüben unterbrochen habe.

Wilkes ging das Kreuzverhör, wie man so schön sagt, mit fliegenden Fäusten an:

Wilkes: Sie behaupten also, keinen meterlangen Penis zu haben?

Tuttlebell: Ja.

Wilkes: Dann war das also eine einzige große Lüge ...

Tuttlebell: Nein.

Wilkes: ... über eine kleine Wahrheit?

Tuttlebell: Hey, das brauch' ich mir nicht bieten zu lassen.

Wilkes: Ihnen ist also, als Sie Ihren Bericht schrieben, ein Fehler unterlaufen? Liegt es daran?

Tuttlebell: Sieht ganz so aus, Herr Rechtsanwalt.

Wilkes: Und anstatt auf dem Boden der Wanne zu sitzen, mit einem Penis, der sich über einen Meter streckt, um aus dem Wasser zu spitzen, wie Sie geschrieben haben, trieben Sie also auf dem Rücken, sehe ich das recht?

Tuttlebell: Ja.

Wilkes: Sie geben also vor dieser Jury zu, keinen meterlangen Penis zu haben?

Tuttlebell: Nicht daß ich wüßte, Herr Rechtsanwalt. (Lacht).

Wilkes: Nun denn, sind Ihnen die Ergebnisse der Messungen bekannt, die ein Arzt gestern an Ihnen vorgenommen hat?

Staatsanwalt: Einspruch. Irrelevant.

Tuttlebell: Hey, der Doc meinte im schlaffen Zustand.

Richter: Inwiefern ist das relevant?

Wilkes: Das Ergebnis von acht Komma neunundachtzig Zentimetern ist unter den gegebenen Umständen von ausgesprochener Relevanz.

Richter: Wie das?

Wilkes: Er sagt, sein Bericht sei falsch. Fände nicht dieses Verfahren statt, hätten wir das nie erfahren. Wir hätten nach wie vor das übertriebene Bild von der Ausstattung des Beamten hier. Ich denke, das sagt einiges über seinen Geisteszustand und seine Neigung zur Übertreibung.

Richter: Die Tatsache, daß er einen Acht-Zentimeter-Penis hat?

Tuttlebell: Neun! Im schlaffen Zustand!

Becky: Ach waf, mit Ftänder – n' richtiger Tfwergenfniepel! Laffen Fie ihn doch die Hofen runterlaffen!
Richter: Ruhe, Miss Buttermilk.
Becky: Tfuldigung, Euer Ehren.
Wilkes: Nun, es trägt zum Gesamtbild bei, Euer Ehren.
Richter: Ja. Es wird als Beweis zugelassen. Einspruch abgelehnt.
Wilkes: Neun Zentimeter also, richtig?
Tuttlebell: Wie der Doc gesagt hat, Herr Anwalt, in schlaffem Zustand.
Wilkes: Und erigiert?
Tuttlebell: Das doppelte, Minimum.
Becky: Quatf!
Richter: Ruhe, Miss Buttermilk!
Becky: Tfuldigung, Euer Ehren.
Wilkes: Behaupten Sie.
Tuttlebell: Das behaupt' ich nicht nur.
Wilkes: Also, Sie sind doch im Schreiben von Berichten unterwiesen, richtig?
Tuttlebell: Man bringt uns das bei, ja.
Wilkes: Und Sie mit großer Sorgfalt zu schreiben?
Tuttlebell: Alles so aufzuschreiben, wie's war, Herr Anwalt.
Wilkes: Genauestens?
Tuttlebell: Genauestens, Herr Anwalt.

(Ich sollte an diesem Punkt einfügen, für all jene, die mit den Gepflogenheiten vor Gericht nicht vertraut sind, daß viele Polizisten im Zeugenstand das Wort ›Anwalt‹ nicht etwa aus Respekt benutzen, sondern lediglich als Gattungsbezeichnung für den Verteidiger. Es ist wie ein Insiderwitz, nur daß es kein Witz ist. Korrupte Polizisten würden eher unter Eid die Wahrheit sagen, ehe ihnen das respektvolle ›Sir‹ oder gar das schrecklich sklavische ›Mr. Wilkes‹ über die Lippen käme. Dem Feind gegenüber Respekt zu zeigen, ist zu schändlich, so daß der Begriff ›Anwalt‹ im Jargon des korrupten Polizeibeamten nur dazu dient, einen Verweis zu vermeiden, den er unweigerlich bekäme, würde er vor Gericht je das Synonym für ›Anwalt‹ – ›GRÖSSTES ARSCHLOCH DER WELT!‹ in den Mund nehmen. Aber fahren wir fort.)

Bitterböses Kreuzverhör

Wilkes: Sie haben also als gelernter Polizeibeamter in diesem Bericht unrichtig angegeben, Sie haben gesessen, wo Sie in Wirklichkeit mit einem stolz stramm stehenden Penis auf dem Rücken durch die Wanne getrieben sind?

Staatsanwalt: Einspruch. Polemisch. Nicht eindeutig.

Wilkes: Ich nehme das ›stramm‹ zurück.

Richter: Antworten, Sie, Officer, falls Sie die Frage verstehen.

Tuttlebell: Zu sagen, ich wäre in dem Whirlpool gesessen, war eine Ungenauigkeit.

Wilkes: Hat Becky Ihnen gesagt, Sie sollten mit erigiertem Penis auf dem Wasser treiben?

Tuttlebell: Nein. Ich wollte es ihr nur leichter machen.

Wilkes: Nach Ihrem Penis zu greifen?

Tuttlebell: Korrekt.

Wilkes: Also, jetzt ist sie auch im Wasser. Schwimmt oder sitzt sie?

Tuttlebell: Sie sitzt. Mehr oder weniger neben mir.

Wilkes: Sind Sie sicher, daß sie gesessen hat? Denken Sie daran, in Ihrem Bericht haben Sie gesagt, sie haben gesessen, und jetzt sagen Sie, Sie schwammen auf dem Rücken, während Ihr Penis über Wasser stand.

Tuttlebell: Sie saß, Herr Anwalt.

Wilkes: Ihr Kopf war also über dem Wasser?

Tuttlebell: Ja.

Wilkes: Und dann treiben Sie vorbei mit Ihrem Penis, der zwar mittlerweile einen Meter kürzer ist, aber doch –

Staatsanwalt: Einspruch, polemisch. Dafür gibt es keinerlei Beweis.

Richter: Richtig. Stattgegeben.

Wilkes: Ich korrigiere mich. Officer, waren Sie schlaff, als Sie ihr Ihren Großmasten zeigten?

Tuttlebell: Ich war erigiert, falls Sie das meinen, Herr Anwalt.

Wilkes: Sie sind also von ganz allein und ohne ein Wort von meiner Mandantin zu einer Erektion gekommen, haben Ihren aufgerichteten Penis vor ihr entblößt und sind damit direkt unter ihr Kinn getrieben, ist das richtig?

Tuttlebell: Das war die Absicht dahinter, Anwalt.

Wilkes: Und Sie sagen, dann habe meine Mandantin oral mit Ihnen zu verkehren versucht. Wie machte sie das?

Tuttlebell: Na ja, als ich unter ihr Kinn trieb, packte sie meinen Penis mit der rechten Hand und bereitete sich auf einen Oralverkehr vor, aber ich habe sie verhaftet, noch bevor es zu einem oralen Kontakt kam.

Wilkes: Darf ich nahelegen, daß sie nur den winzigen Gegenstand wegzuschieben versuchte, mit dem Sie ihr ein Auge auszustechen versuchten?

Tuttlebell: Legen Sie nahe, was Sie wollen. Aber es ist nicht die Wahrheit.

Becky: Ef war reine Notwehr!

Richter: Ruhe, Miss Buttermilk.

Becky: Tfuldigung, Euer Ehren.

Wilkes: Aber sie saß die ganze Zeit über in der Wanne, richtig?

Tuttlebell: Richtig.

Wilkes: Als sie ihn packte, wie Sie sagen, wie nahe stand er da neben ihrem Kinn?

Tuttlebell: Einige Zentimeter.

Wilkes: Wenn ich Ihren Bericht richtig lese, war, bevor Sie in die Wanne stiegen, von Sex nicht die Rede?

Tuttlebell: Das war nicht nötig. Sie ist eine Professionelle. Sie wußte, was passieren sollte. Immerhin handelte es sich um ein Bordell, Herr Anwalt.

Wilkes: (Zum Richter) Er macht das mit Absicht, Richter! Dieser Mann ist ein ausgebildeter Zeuge. Er sagt nun wirklich nicht das erste Mal aus. Ich beantrage diese hochgradig berechnende schlußfolgernde Bemerkung zu streichen, daß dieses legitime Badehaus ein Bordell sein soll. (Weist mit dem Finger auf den Zeugen.) ES HANDELT SICH UM EINE LÜGE, UND ER WEISS DAS!

(Es war dies ein meisterhaftes Beispiel für Wilkes' Einspruchsstrategie. Er schrie sie, laut und zornig, um die Geschworenen wissen zu lassen, daß sich der Polizist da nicht an die Regeln hielt. Das wichtige dabei war, in die langatmige Einrede wenigstens ein Wort (in diesem Fall ›schlußfolgernd‹) einzuflechten, was dem Richter einen Grund gab, die Antwort zu streichen, und dieses Wort in so viel berechnenden Kommentar wie nur möglich zu packen.)

Richter: Streichen Sie das Wort ›Bordell‹. Die Geschworenen werden es nicht beachten. Machen Sie das nicht noch mal, Officer.

Wilkes: Also, als Sie in die Wanne stiegen, da hat also keiner etwas gesagt?

Tuttlebell: Nein.

Wilkes: Und was genau, dachten Sie, würde passieren?

Tuttlebell: Daß sie's mir macht.

Wilkes: SIE haben also daran gedacht.

Tuttlebell: Nein, sie hat das gedacht.

Wilkes: Das ist eine bequeme Rechtfertigung im nachhinein, Officer. Sind Sie im Gedankenlesen ebensogut wie im Berichteschreiben?

Tuttlebell: Nein. Ich bin in beidem nicht besonders, Herr Anwalt.

Wilkes: Das werden die Geschworenen entscheiden. Ich frage nur, was Sie dachten, als Sie nackt wie eine geschälte Banane im warmen, sprudelnden Wasser des kleinen Pools trieben, ihren lotrechten Penis auf das Kinn meiner Mandantin gerichtet?

Tuttlebell: Ich habe nicht gedacht, Herr Anwalt. Ich habe meine Arbeit erledigt.

Wilkes: Sich einen blasen zu lassen?

Tuttlebell: Nein, Herr Anwalt. Meine Arbeit bestand darin zu sehen, ob sie ein Bordell führt.

Wilkes: Und Sie sagen hier aus, daß Sie keinen Sex mit ihr hatten?

Tuttlebell: So ist es, Herr Anwalt. Als sie meinen Penis packte, habe ich sie sofort verhaftet.

Wilkes: Sie haben sie also nicht zum Oralverkehr gezwungen und dabei ejakuliert?

Tuttlebell: Nein, Herr Anwalt.

Wilkes: Und Sie irren sich da nicht etwa auch?

Tuttlebell: Nein, Herr Anwalt.

Wilkes: Erkennen Sie das hier?

Tuttlebell: Ein zerknülltes Kleenex. Nie gesehen.

Wilkes: Wissen Sie, daß die Leute vom Gerichtslabor dieses Papiertaschentuch untersucht haben, mit dem sich meine Mandantin an jenem Abend den Mund auswischte, gleich nachdem Sie sie verhaftet hatten? Es war noch immer im Papierkorb des Whirlpoolraums der Fidelen Liebeswanne.

Tuttlebell: Davon weiß ich nichts.

Wilkes: Nun, wissen Sie, daß wir mit einem DNA-Test herausfinden können, wer der Spender des Samens ist? Wir brauchen dazu nur ein winziges Tröpfchen zu untersuchen und mit dem Blut des Verdächtigen zu vergleichen.

Tuttlebell: Was Sie nicht sagen. Gratuliere.

Wilkes: Das möchte ich sagen. Erinnern Sie sich an das Blut, das Sie auf Anweisung des Gerichts gespendet haben?

Tuttlebell: Das man mir unter Verletzung meiner Rechte abgenommen hat, Herr Anwalt.

Wilkes: Nun, denken Sie sorgfältig nach, bevor Sie die nächste Frage beantworten. Officer, ich frage Sie noch einmal, unter Hinweis auf Ihren Eid, hatten Sie in jener Wanne Oralverkehr mit meiner Mandantin oder hatten Sie keinen?

Staatsanwalt: Einspruch. Die Frage wurde bereits gestellt und beantwortet.

Becky: Ja, blof daff er daf erfte Mal gelogen hat.

Richter: Er kann die Frage noch einmal beantworten. Ruhe, Miss Buttermilk.

Becky: Tfuldigung, Euer Ehren.

Tuttlebell: Ich stehe hier nicht vor Gericht.

Wilkes: Noch nicht. Aber ich frage Sie noch einmal, Officer Charles Tuttlebell vom Sittendezernat. Und ich erinnere Sie, wie es meine heilige Pflicht als Angehöriger dieses Gerichts ist, an die schweren – manche würden sagen drakonischen – Strafen, die im Staat New York auf das Verbrechen des Meineids stehen, und daran, daß die Verfassung Ihnen das Recht zu schweigen gibt, ohne daß Sie deswegen ihrerseits eine Klage zu fürchten brauchen. Also, haben Sie am Abend der Verhaftung von meiner Mandantin Oralsex verlangt oder nicht?

Tuttlebell: Richter, muß ich das mit einer Antwort würdigen?

Richter: Sie müssen.

Tuttlebell: Na, ich tu's trotzdem nicht.

Staatsanwalt: Die Frage ist zu komplex und polemisch.

Becky: FAG DIE WAAHHEIT!

Wilkes: Vielleicht darf ich an diesem Punkt das Gericht um Hilfe bitten.

Richter: Beantworten Sie die Frage.

Tuttlebell: Das ist lächerlich! Ich stehe hier nicht vor Gericht. Ich verweigere die Antwort. Herr Richter, ich weigere mich, auch nur eine Frage von diesem Arschloch zu beantworten.

Wilkes: Ich wäre glücklich, Ihnen den Gefallen zu tun und Ihnen keine weiteren Fragen mehr zu stellen, aber erst nachdem ich vom Richter das schönste kleine Sätzchen gehört habe, das in einem Gericht je gehört wurde.

Richter: (Pause) Die Klage ist abgewiesen!

Bei diesen Worten sprang Becky Wilkes in die Arme, drückte ihn herzlich und gab ihm einen dicken Kuß. »Klaffe Arbeit, Wilkie! Ich bin wieder im Gefäft! Fuper!«

Damit ließ sie meinen Freund los und ging schwungvoll und frohgemut den Gang hinauf in Richtung Tür. Dort drehte sie sich noch einmal um und rief uns – unter der Bewunderung des gerammelt vollen Saals – zu: »Vergeffen Fie die Freikarten nicht, die ich Ihnen und Fkoon für die Liebefwanne gegeben habe!«

Ihre wunderschönen Worte schwebten noch wie Lachgas im Raum, als sie durch die Schwingtür verschwand. Es war nicht das letzte Mal, daß wir Becky Buttermilk sehen sollten.

Der erste Versuch

»Herrgott, das wird ja'n Kinderspiel«, sagte der Hacker. Er saß in seinem Zimmer in einem netten Hotel und ging die Ermittlungsberichte durch, die die New Yorker Polizei ihm lieferte, um ihm mit dem Paßwort zu der geheimnisvollen Datei auf Richter Knotts Diskette zu helfen. Der Anteilschein auf den merkwürdigen Namen ›Snivlakno Trubluy‹, den man im Tresor des Richters gefunden hatte, war das erste, was ihm seltsam vorkam. Er tippte die Buchstaben in den Computer, den ihm die Polizei gestellt hatte:

SNIVLAKNO TRUBLUY

Der Hacker sollte mögliche Paßwörter ausknobeln und dann sämtliche möglichen Varianten davon in ein Angriffsprogramm eingeben. Sein Computer fütterte mit diesen Angriffsprogrammen einen weiteren, der die geheimnisvolle Datei enthielt. Man hoffte darauf, mit einer dieser Attacken Erfolg zu haben und die Paßwortbarriere zu überwinden.

Er tippte die Buchstaben rückwärts ein.

YULBURTONKALVINS

Er lachte sarkastisch. Er trennte die Buchstaben mit einigen Leerstellen und lachte den Bildschirm noch einmal an. Nur eine einzige Art von Polizist hatte das übersehen können, dachte er.

»Ein Volltrottel!« sagte er laut zum Bildschirm.

Als er sich den neu zusammengesetzten Snivlakno Trubluy ansah, fragte er sich, wie in aller Welt diese vertrottelte Polizei ihn jemals hatte überführen können.

YULBURTON K ALVIN S

Kapitel 11

Das Bad

Lange Straße oft kürzester Weg zu Ziel von Reise.
Charlie Chan

Er sah nicht fern. Er war tot.
W. S.

New York. Nacht.

Detective Mike ›Tüchlein‹ Mulraney lag in einer Wanne voll Wasser, so heiß, daß seine Sommersprossen unter einer Krebsröte verschwanden. Aus dem Hahn tröpfelte es brühheiß nach, um das Wasser in der Nähe des Siedepunktes zu halten. Über seinem Gesicht lag ein nasser Waschlappen, der ihm das Aussehen eines Pharao im ersten Stadium der Mumifizierung verlieh. Trotz des schwierigen Einsaugens der Luft machte ihm der nasse Lappen das Atmen letztlich leichter, da die gefilterte heiße Luft genau das richtige für die verkleisterten Nebenhöhlen und seine Lunge war.

Die Wanne war sein Zufluchtsort, wenn die Allergien zuschlugen. Unternahm er nichts gegen sie, stellten sich asthmatische Erstickungsanfälle ein. Während der heiße Dampf das Bad wie Nebel durchzog und die allergischen Reaktionen linderte, weichte Mulraney in der heißen Wanne, sog sich voll Dampf und atmete vor sich hin.

Sehr oft setzte sich Jill zu ihm, und sehr oft kam es dann zu ausgelassenem Sex. An diesem Abend tobten sich die Mulraneys in der Wanne aus wie zwei brünstige Buckelwale und sorgten für eine tüchtige Überschwemmung auf dem Boden des Bads.

Hinterher, seine Lunge war wieder frei, meinte Mike: »Gott! Sex ist das beste Mittel gegen Allergien. Das war wirklich gut.« Er lachte, als er die Überschwemmung sah. »Hat sich die Erde bewegt, oder was?«

Jill kicherte. »Nein, nur das Wasser. Ruf die Feuerwehr. Hier sieht's ja furchtbar aus!«

Cui Bono

Nachdem sie einige Handtücher zum Aufsaugen des Wassers ausgelegt hatte, setzte sich Jill auf den Rand der Wanne und stellte die Füße hinein. Das Rätsel um Richter Yulburton Abraham Knotts Tod beschäftigte sie. »Aus dem letzten Eintrag der Börsenakte geht hervor, daß dieser Makler, Albert Rhinestrum, vor einem halben Jahr alles flüssig gemacht, einen Haufen Geld kassiert und sich aus dem Staub gemacht hat. Seither fehlt jede Spur von ihm. Wir müssen uns also fragen, *cui bono?* Wem nützt es? Wer würde von Richter Knotts Tod profitieren? Die Antwort? Offensichtlich. Der Makler.«

»Ja, die offensichtliche Antwort«, sagte Mulraney. In Gedanken ging er, wie schon so oft seit Richter Knotts Ableben, seine Verdächtigen durch. Er hatte Albert Rhinestrums Biographie abgeklopft – vierunddreißig, seit seinem Abschluß als Wirtschaftswissenschaftler in Harvard elf Jahre zuvor Broker, und das bei ein und derselben Firma. Seine Kollegen aus dem Brokerhaus beschrieben ihn als anständiges, gescheites und ausgesprochen fähiges Arbeitstier, durchaus sympathisch, aber reserviert, ein Einzelgänger, über dessen Familie, Freundin, Hobbys, Religion oder politische Neigungen man nicht das geringste wußte. Ja, um genau zu sein, soweit man wußte, hatte er noch nicht einmal Freunde. Er hatte Kunden, eine ganze Menge, aber das war es auch schon.

Für Jill lag der Fall klar auf der Hand – jetzt, wo der Hacker-Cracker jedem gesagt hatte, daß es sich bei Snivlakno Trubluy in Wirklichkeit um die rückwärtsgeschriebenen Namen Yulburton K (also Knott) und Alvin S (für Scribner) handelte. »Es gibt kein Rätsel«, sagte sie ihrem Gatten. »Aus den Aufzeichnungen geht hervor, daß die Investitionen vor zehn Jahren mit 25000 Dollar begannen, das heißt kurz nachdem Knott ausschließlich Zivilsachen zu verhandeln begann. Er war also in einer ausgezeichneten Position, was Insiderinformationen über in Rechtsstreitigkeiten verwickelte Firmen anbelangt.«

»Ja«, sagte Mike, »als Richter, der über das Schicksal einer solchen Firma zu entscheiden hat.«

»Durch raffinierte Börsengeschäfte hat Rhinestrum aus dieser Summe im Lauf der Jahre drei Millionen und ein paar Zerquetschte gemacht. Zu raffiniert, würde ich sagen. Kein Mensch ist so gut. Nicht ohne Hilfe, sprich Insiderinformationen. Diese Informationen kamen vom Richter und vermutlich seinem Sekretär, Alvin Scribner. Sie steckten da beide mit drin. Was sollte sonst der dußlige Name auf dem Anteilschein – die Namen von beiden rückwärts geschrieben.«

Mulraney lag still in der Wanne und dachte an die zehn Jahre brillanter Börsenmanöver. Rhinestrum war der reinste Zauberer gewesen. Von der ersten Investition an hatte er kaum einen Cent verloren; die wenigen Verluste waren gering, womöglich sogar Absicht, um die Börsenaufsicht zu täuschen. Alles in allem machte Rhinestrum ein Vermögen mit Aktienoptionen. Mulraney hatte sich sagen lassen, daß der Handel mit Optionen – dem Recht, Aktien in der Zukunft zu kaufen – das eigentliche Spiel, also Börse in Reinkultur, war. Erriet man die Zukunft, machte man großen Profit. *Kannte* man diese Zukunft, konnte man so reich werden, wie man nur wollte.

Mulraney hatte einen Ausdruck sämtlicher Zivilsachen angefordert, die von Knott in den letzten zehn Jahren verhandelt wurden. Als er ihn hatte, entdeckte er eine erstaunliche Zahl zeitlicher Übereinstimmungen zwischen Rechtsstreitigkeiten gewisser Firmen und Snivlakno Trubluys Investitionen. Jedesmal, wenn eine an der Börse gehandelte Firma vor Knotts Gericht stritt, tätigte Rhinestrum über ›Snivlakno Trubluys‹ Konto eine Investition, und das immer kurz vor dem Urteilsspruch der Geschworenen oder einer wichtigen Entscheidung des Richters.

Nehmen wir Zellulitex

Nehmen wir Rhinestrums Investition in Zellulitex, einer Firma, die Schlankheitsprodukte verkaufte. Im Juni verkauften sich ihre Aktien zu fünfzig Dollar das Stück. Rhinestrum erstand zehn Kaufoptionen für nur zweitausend Dollar. Das gab ihm das Recht, innerhalb von sechzig Tagen eintausend Anteile zu fünfzig Dollar das Stück zu kaufen.

In diesen sechzig Tagen stieß der Firma etwas zu, etwas ausgesprochen Gutes sogar: Ihre Aktien schossen über die Achtzig-Dollar-Marke pro Stück. Rhinestrum hatte somit das Recht, tausend Aktien im Wert von achtzig Dollar pro Stück für nur fünfzig Dollar das Stück zu kaufen. Jetzt konnte er seine Optionen entweder verkaufen oder ausüben und die Papiere für fünfzig Mücken selber erstehen. So oder so, er hatte die Möglichkeit, einen sauberen Schnitt von 28000 Dollar zu machen, und das in weniger als zwei Monaten.

Mulraney war den Gerichtskalender des Richters zur Zeit der Investitionen in Zellulitex durchgegangen. Gegen die Firma war eine saftige Gemeinschaftsklage ihrer Angestellten anhängig, und verhandelt wurde die Sache von keinem anderen als Yulburton Abraham Knott. Es mußte eine wirklich ernste Klage gewesen sein, die einen Schatten über die Zukunft der ganzen Firma geworfen hatte, denn nachdem Richter Knott, dem Antrag der Firma auf Urteil ohne streitige Verhandlung stattgebend, entschied, folgte der dramatische Anstieg der Aktien.

Knotts Beschluß in der Sache Zellulitex kam zehn Tage nach Rhinestrums Ankauf der Optionen für seinen Kunden Snivlakno Trubluy; es war ganz offensichtlich, daß Rhinestrum aufgrund bester Insiderinformationen handelte.

Jill unterbrach Mikes Gedanken. »Dann waren der Richter und sein Sekretär also zwei ganz krumme Hunde, aber noch krummer war der Broker: Er hat sämtliche Papiere verkauft und ist mit allem auf und davon.«

»Tja, und hat damit eine selbst für die Wall Street satte Courtage kassiert«, sagte Mulraney schwach durch den Waschlappen. »Gibt eben keine Ganovenehre mehr heute.«

»Aber warum haut Rhinestrum gleich mit dem ganzen Geld ab? Warum so gierig? Er hätte sich doch mit diesen Insidertips selbst gesundstoßen können. Bei derart sicheren Dingern. Er schlachtet damit das Huhn, das goldne Eier legt. Kann sich ein Kokser eine derartige Summe in die Nase ziehen?«

»Locker«, flüsterte Mulraney durch den Lappen. »Ein Kokser in New York, schon gar an der Wall Street, kann gar nicht genug haben. Womöglich steckte er bei seinem Lieferanten bis über beide Ohren in Schulden. Drei Millionen sind für einen Kokser von der Wall Street ein Tropfen auf den heißen Stein.«

»Finanziell gesehen, Schatz, könnten wir beide in diesem Tropfen ersaufen«, meinte Jill. »Aber wir wissen ja nicht, warum er das Geld genommen hat. Wir wissen nur, daß er eines Tages das Konto ausräumt, ohne daß der Richter und sein Sekretär davon wissen, und sich aus dem Staub macht. Dann geht der Richter eines Tages sein Geld besuchen, und stellt zu seinem Entsetzen fest, daß der Hüter der Schatzkammer sich verdrückt hat. Was soll der Richter schon andres machen als gute Miene zum bösen Spiel?«

Drrriinnngggg!

Die Familienkonferenz in der Badewanne wurde vom Lärmen des Telefons unterbrochen. Mulraney verbrachte zu Hause so viel Zeit in der Wanne, daß er immer einen Apparat in Reichweite hatte. Seine nasse Hand griff nach dem Hörer, und er meldete sich. Es war Detective Jaime Perez.

»He, Tüchlein, Mann, du wirst es nicht glauben, aber ich habe eben eine Spur von diesem Maklertypen. Er liegt im Krankenhaus. Im Stadtkrankenhaus von San Francisco.«

Nach wie vor in der Wanne, den feuchten Waschlappen überm Gesicht, sagte Mulraney: »Wie, zum Teufel, hast du das rausgekriegt?«

»Sag mal, Mann, du hörst dich ja nicht grade gut an. He, Tüchlein. Bist du krank?« Mulraney nahm den Lappen vom Gesicht. »Nein, meine bessre Hälfte und ich, wir sitzen in der Wanne, und ich hab'n Waschlappen auf'm Kopf.«

»Hört sich ja pervers an, Mann. Immer drauf, Mann. Laßt euch nicht stören. Ich meld' mich später noch mal, Schwerenöter. Aber wie gesagt. Dieser Hacker, Mann, der Junge ist gut, auch wenn er'n kleiner Scheißkerl ist. Der Stallion hat die Schnauze gestrichen voll, auf den kleinen Scheißer aufzupassen. Plötzlich meint der Kleine, die Geschichte mit dem Paßwort wird ihm langsam langweilig, da möcht' er zur Abwechslung mal andren Spuren nachgehen. Wie er das goldne Ei gelegt hat, wollt' er nicht sagen, und ich wette, Mann, wir sollten's auch besser nicht wissen. Er meinte einfach, ich soll's nachprüfen, und dreimal darfst du raten, der Mistkerl ist tatsächlich dort. Unter seinem Namen. Ehrlich.«

»Was du nicht sagst«, meinte Tüchlein und zog den Stöpsel aus der Wanne.

Der Hacker-Cracker

In seinem Hotelzimmer ging Jethro Wilmore geschäftig die Papierstapel durch, die die Leute von der Mordkommission anschleppten. Nur zwei Dinge stellten Jethros Brillanz in den Schatten: seine Amoral und sein Mangel an Urteilsvermögen. Er war wie ein herrliches neues Schiff voll neuester Maschinen und

Apparate, dem eine wichtige Komponente fehlte – das Ruder. Die Gefängnispsychologen waren der Ansicht, das könnte auf seine Kindheit zurückzuführen sein, in der ihm der Fernseher Babysitter, Tröster und Spielkamerad war. Jethro hatte seine Wertvorstellungen von den Seifenopern des Abendprogramms.

Im Zuge seiner Suche nach dem Paßwort für die Datei auf der Diskette hatte der Hacker darum gebeten, alles lesen zu dürfen, was es über Richter Knott gab. »Das Paßwort steckt irgendwo in der Geschichte des Richters, also geben Sie mir, was Sie über ihn nur zusammenkriegen. Außerdem will ich eine Stunde pro Tag, um mir die Beine zu vertreten und Freiheit zu schnuppern.«

Als Dwight Francis Lorton, der Chef der Mordkommission, das hörte, sagte er: »Gebt dem kleinen Scheißkerl, was er will. Der Präsident will endlich eine Spur. Der Bürgermeister will einen Verdächtigen in Gewahrsam genommen sehen. Die Presse will eine Story. Und ich will auf der Stelle diese gottverdammte Datei geöffnet sehen! Die Antwort auf diesen Fall ist auf dieser lausigen Floppydisk. Ich kann es riechen!«

Also war die New Yorker Polizei Jethro gefällig und gab dem kleinen Scheißkerl etwas Freizeit und sämtliche Ermittlungsberichte über den Mord, die der Hacker wie einen fesselnden Thriller verschlang. Er hatte alles: die Aufzeichnungen des Richters, die von zu Hause wie die aus dem Büro, seine Post, seine Korrespondenz, seine Telefonrechnungen, den Inhalt seines Schreibtisches (man kann eine Menge über jemanden lernen, wenn man den Inhalt seines Schreibtisches näher betrachtet), seine Adreßbücher, Kalender, Magazinabos, ja selbst den Inhalt des Arzneischränkchens aus der Toilette des Richterbüros.

Als er die Kartons voll Papierkram durchging, erfuhr Jethro mehr über Richter Yulburton Abraham Knott, als irgendeinen Menschen je interessieren konnte. Er verschlang das Protokoll von Knotts letztem Verfahren, *New York gegen Lyle Diderot,* bei dem Wilkes die Verteidigung geführt hatte; außerdem las er Knotts Gerichtskalender der letzten zehn Jahre. Interessantere Lektüre bot das biographische Material über den Richter, das die Polizei bei Mrs. Yulburton Abraham Knott beschaffte. Hier erfuhr der Hacker etwas über die verstorbenen Eltern (Homer Knott, einen Maurer, der es in der Gewerkschaft zum Ortsvorsitzenden gebracht hatte, und Agatha, Hausfrau und Mutter von fünf Kindern), über seine Geschwister (die Brüder Noel und Howell sowie die Schwestern Lucretia und Mildred), seine Schulzeit (ausschließlich staatliche Schulen), seine Gesundheit (bemerkenswert bis zu dem Messerstich), seine Militärzeit (der Höhepunkt: er ging 1953 als Nachrichtenoffizier nach Korea), und seine Finanzen (die seinen bescheiden; die seiner Frau gediegen – und durch Gütertrennung geschützt).

Unerwarteter Spaß kam mit der Lektüre der völlig abgedrehten futuristischen Essays über eine Absolute Gerechtigkeit, die Knott unter dem Pseudonym Grotek verfaßt hatte. Jethro las über Hank und Frank, die ledergekleideten Polizeiroboter der Zukunft, die gnadenlos einem vom Computer geschaffenen Gesetz zur Durchsetzung verhalfen; er las von den TCI's, den Tektronischen Cranialinfiltratoren, die von einer Umlaufbahn um die Erde aus jeden Gedanken lesen und die Soziopathen unter den Denkern auf der Stelle auszulöschen vermochten, indem sie eine tödliche, wenn auch noch etwas ungenaue Laserkanone, den Zerebralbreispender, auslösten.

Jethro, selbst ein Technofaschist, entzückten diese Traktate, und seine schlechte Meinung über den toten Richter besserte sich mit jeder weiteren Zeile des futuristischen Unsinns, den er da las. Jethro und der Richter hatten etwas gemeinsam: Keiner von ihnen ließ sich vom Gesetz dazwischenfunken, wenn es darum ging, zu bekommen, was immer sie wollten.

Anhand dieser Informationen programmierte der Hacker Tausende von möglichen Paßwortkombinationen, um der geheimnisvollen Diskette auf den Leib zu rücken. Sie schlugen zwar alle fehl, aber immerhin kam Jethro während der Lektüre des Materials rasch dahinter, daß Snivlakno Trubluy ganz einfach ›Yulburton K Alvin S‹ rückwärts war. Für diese Erkenntnis erwartete Jethro mehr als ein Schulterklopfen; er erwartete stattliche Konzessionen, was seine Unterbringung anging. So sagte er Detective Frank Fortunata, daß er einen Fernseher wolle, eine Anlage, jede Menge CD's, besseren Zimmerservice und etwas Taschengeld. Vor allem wollte er ein schriftliches Versprechen, daß er nicht noch mehr Zeit wegen seiner eigenen Klage abzusitzen hätte. Eigentlich verlangte er die Entlassung.

Fortunata, Gefängniswärter und Verbindungsoffizier zwischen dem Hacker und der New Yorker Polizei, haßte den kleinen Klugscheißer zwar, versprach aber, Jethros Forderungen dem Chief anzutragen. Vom Zimmer nebenan rief er Chief Lorton an. Er übertrieb die Forderungen des Hackers nur geringfügig, als er sagte: »Chef, unser Wunderknabe verlangt einen hochauflösenden Farbfernseher von Sony mit allem, was an Heavy Metal auf CD so zu haben ist, ein Zimmermädchen, das kochen kann und ihm rund um die Uhr jeden Wunsch von den Augen abliest, und eine Gehaltserhöhung über das Tagesgeld hinaus, das er jetzt kriegt.«

Fortunata wußte, wenn der Chief etwas haßte, dann war das Heavy Metal und Gehaltserhöhungen. »Der kleine Huren-«

»Das ist noch nicht alles, Chief. Er sagte, die einzige Forderung, über die wir erst gar nicht zu diskutieren brauchen, ist, daß sein Fall abgewiesen wird.«

»Also, dieser kleine Dreckskerl. Ich sage Ihnen, was –«

»Außerdem meint er, wir wären ein Haufen Trottel, was derart Offensichtliches wie diesen Mist mit dem rückwärts geschriebenen Snivlakno Trubluy nicht mitzukriegen.«

Der Chief sagte: »Ach, nur weil er auf irgendeine Kleinigkeit gekommen ist, hält er sich jetzt für Sherlock Holmes, was? Was ist, hat unser kleiner Einstein schon das verdammte Paßwort für die Diskette ausgeknobelt? Irgendwas?«

»Nein«, sagte Fortunata, »und wissen Sie was, Chief, ich denke, der kleine Wurm weiß genau, daß er keinen Wert mehr hat, wenn dieser Teil des Rätsels mal gelöst ist. Ich glaube, daß er nur Zeit schinden will, um nicht wieder ins Gefängnis zu müssen.«

Wie Fortunata gewußt hatte, brachte diese letzte Bemerkung das Zornesfaß des Chiefs zum Überlaufen. Lortons Worte an Frank Fortunata waren laut und beißend, als er sich an eine Kurzversion seiner patentierten Kreuzigungsansprache machte: »Hören Sie, Frank, Sie jagen dem kleinen Stück Scheiße jetzt mal eine Scheißangst ein! Drohen Sie ihm mit einer noch längeren U-Haft! Ich brauche eine Spur! Sofort! Herrgott noch mal, mir sitzen derart viele Leute im Nacken, diesen Fall endlich zum Abschluß zu bringen. Die Leute vom Bürgermeister, der Polizeipräsident, das Gezücht von der Presse, die Öffentlichkeit, ganz zu schweigen von meinen Bewunderern bei der Polizei, die auf meinen Job scharf sind. Wie die Drachen! Und ich spüre den Druck. Also geben Sie diesen Druck mal an den Kleinen weiter, Frank. LEGEN SIE DEM KLEINEN MISTKERL DIE DAUMENSCHRAUBEN AN!«

Daumenschrauben ade

»Sie können sich auf mich verlassen, Chief.« Fortunata legte auf. »Wird mir ein Vergnügen sein.« Lächelnd legte er sich auf sein Bett und überlegte, wie er dem Hacker am nächsten Morgen das Fürchten beibringen könnte.

Gleichzeitig legte im Raum nebenan Jethro ebenfalls auf. Als Nachrichtenspezialist wußte er, wie wichtig es war, immer alles im Griff zu haben, vor allem wenn es um das eigene Schicksal ging. So hatte er in seiner Freizeit sein Telefon mit dem in Fortunatas Zimmer verbunden, um jederzeit über die jüngsten Entwicklungen auf dem laufenden zu sein.

MIR DIE DAUMENSCHRAUBEN ANLEGEN! dachte der Hacker. MIR DIE DAUMENSCHRAUBEN ANLEGEN! DIESE KOMIKERTRUPPE? VON WEGEN! SOLCHE IDIOTEN! Wie in aller Welt haben mich diese Trottel jemals erwischen können? Eine Beleidigung für meine Intelligenz! Für soviel Blödheit verdiene ich mein Schicksal fast schon. Sie wollen also einen neuen Hinweis. Verdammt, ich habe ihnen den Fall doch schon gelöst. Ist doch offensichtlich, wer's gewesen ist. Okay. Wie wär's damit ...

Am Morgen darauf, Fortunata hatte noch nicht einmal Zeit gehabt, die erste Daumenschraube anzusetzen, da versorgte Jethro ihn auch schon mit dem Hinweis auf den Aufenthaltsort des Börsenmaklers: das Stadtkrankenhaus in San Francisco. Er war zwar nicht dahintergekommen, wie er in die Datei auf der Diskette kommen sollte, aber es war die heißeste Spur, die man in diesem Fall bisher hatte, und Fortunata wußte das.

Das Bagdad an der Bucht

Innerhalb von drei Stunden nach seinem Bad saß Mulraney in einer Nachtmaschine nach San Francisco, um mit Albert Rhinestrum zu sprechen, seinem Zeugen und Verdächtigen im Fall des ermorderten Richter Y. Knott. Kaum war er auf seinem Platz, schoß er sich voll mit Antihistaminen, Aspirin, Kaffee, Schleimlösern und Pastillen zur Befreiung der Atemwege, um sich auf die Flughöhe von 35000 Fuß über dem Meeresspiegel vorzubereiten. Ohne Medikamente hätte er wegen der Auswirkungen des wechselnden Atmosphärendrucks auf Ohren und Nebenhöhlen zweifelsohne grauenhafte Kopfschmerzen gehabt. Das schlimmste, was normalen Leuten passiert, sind verstopfte Ohren. Bei Mulraney führten die Druckveränderungen zu einem explosionsartigen Druck auf die Nebenhöhlen und damit zu höllischen Kopfschmerzen.

Kurz vor dem Start schneuzte sich Mulraney, um die Gehörgänge freizubekommen. Ein lautes Trompeten, das dem Schrei einer Wildgans ähnelte, ging durch das Flugzeug. Einige Passagiere drehten sich um, um nach der Herkunft des Lärms zu sehen. Ein kleiner Mann, der nach einem Lateinamerikaner aussah und gleich neben Mulraney saß, starrte ihn an, als hätte er die Beulenpest. Mulraney achtete nicht auf ihn. Er war die Aufmerksamkeit gewöhnt, die ihm sein Leiden brachte.

»Oh, Mann, Sie sind viel zu krank, um soviel von diesem Bordkaffee zu trinken«, meinte der Mann, als sie abhoben. Der Passagier bemerkte, daß Mulraney mit der zweiten Tasse eine Handvoll Pillen hinunterspülte.

»Ja«, sagte Mulraney, als er den letzten Tropfen in sich hineinschüttete. »Ich bin süchtig auf gefärbtes heißes Wasser. Diese Plempe Kaffee zu nennen ist Betrug am Konsumenten. Einfach grauenhaft.«

»Ich sag' Ihnen, Mann, dieser Fliegerkaffee, der ist hundertmal gestreckt. Für mich gibt's nur Espresso. Mann, das ist der wahre Stoff. Also wirklich.«

Nach dieser letzten Bemerkung sah Mulraney sich den nach einem Lateinamerikaner aussehenden Mann neben ihm näher an. Er war klein und mager, und sein öliges braunes Gesicht war nichtssagend, fast ohne Züge. Aber sein Körper pulsierte selbst jetzt, im Sitzen, als hätte man ihm eben tausend Kubik purer Energie gespritzt.

Mulraney fiel die teure, aber geschmacklose Kleidung auf, die dunkel getönte Brille, der Diamant im Ohr, die goldenen Ringe, die goldene Rolex am einen, das goldene Kettchen mit dem Namensschild am anderen Handgelenk. Mulraney kannte den Typ. Er hatte ihn schon hundertmal in der Stadt gesehen. Er hatte den Schneemann persönlich vor sich.

»Einen Espresso könnte ich vertragen«, sagte Mulraney.

»Na auf dem Flieger hier werden Sie den nicht kriegen. Jedenfalls nicht in der Touristenklasse. Mann, ich kann's einfach nicht glauben, daß die erste voll sein soll. Ich fliege sonst nie hier unten, aber heute wäre ich noch nicht mal durch Bestechung vorn untergekommen. Ich wette, die meisten von den Pfeifen in der ersten sind Angestellte der Fluglinie und fliegen umsonst, und ich sitze hier und wäre bereit, jeden Preis hinzublättern, um an die Küste zu kommen. Ist das zu fassen? Also wirklich!«

Mulraney grunzte eine Antwort. Er hatte kein großes Interesse daran, mit einem Dealer zu plauschen, aber der Mann wollte den Mund nicht halten.

»Sagen Sie, Mann, Sie sehen aber gar nicht gut aus. All die Pillen und das Zeug sind wahrscheinlich schlimmer als Ihre Krankheit. Ich kann Ihnen was zum Hochkommen geben, Mann. Astreinen Stoff. Wirklich.«

Mulraney verzog das Gesicht bei dem Gedanken an das, was jetzt kommen würde. Er hatte nicht die geringste Lust darauf, dieses Arschloch mitten in der Nacht in einem Flugzeug Richtung Westküste zu verhaften. Er war müde und wollte schlafen.

Mulraney versuchte dem Dealer ein Schlupfloch zu geben. »Hören Sie, wir sind eh schon auf dreißigtausend Fuß. Das ist ziemlich hoch. Mir jedenfalls langt's.«

»Mann, Sie haben noch nicht mal abgehoben, solange sie nicht was von meinem Stoff probiert haben. Das Zeug macht Ihnen echt Beine, ach was, Beine – Flügel.«

Mulraney tat der Kopf weh. Er wollte nicht, aber der Mann ließ ihm doch gar keine andere Wahl. »Okay«, flüsterte er dem Dealer zu, »ich zeig' Ihnen meins, wenn Sie mir Ihr's zeigen.«

Der Dealer blickte einen Augenblick verwirrt drein, aber dann dachte er, Mulraney rede davon, ihm sein Geld zu zeigen. Mit einem schmallippigen Grinsen griff er in die Tasche und kam mit der geballten Faust wieder heraus. Mulraney griff in die Sakkotasche und brachte ebenfalls eine geballte Faust zum Vorschein.

»Okay, Mann, bei drei machen wir die Hand auf und tauschen. Aber diskret, Mann, verstehen Sie«, sagte der Dealer leise. »Uno. Dos. Tres.«

Der Dealer öffnete seine Faust direkt über Mulraneys Schoß. Auf der Handfläche lag ein durchsichtiges kleines Pergaminbriefchen mit einem weißen Pulver darin. Das Grinsen des Dealers wurde breiter, als er Mulraneys Hand langsam aufgehen sah.

»SCHEEEIIIIIIISSSSSSE!« Dem Dealter traten die tellergroßen Augen aus den Höhlen. In Mulraneys Hand blitzte eine blankpolierte Marke mit den Initialen der New Yorker Polizei.

»Du siehst schon richtig, du Arschloch, eine verschissene

Marke. *Echt.* Wir befinden uns über New York, und du bist verhaftet.« Rasch packte Mulraney den Dealer am Handgelenk und fesselte ihn mit seinen Handschellen an die Lehne. Dann sagte er der Stewardeß, sie möchte schon mal vorausrufen, damit ihn in San Francisco die Polizei abholte.

Mulraney informierte den Dealer über seine Rechte. »Also, Arschloch, ich versuche jetzt zu schlafen, und du hältst den Rand, damit du nicht störst. Wenn du mich störst, dann gehen wir zwei beiden mal kurz vor die Tür. Alles klar?«

Aber Ruhe stand für ihn nicht in den Sternen. Den Rest des Flugs über säuselte der Dealer dem halb schlafenden Mulraney flehentlich ins verstopfte Ohr. »Seien Sie mal nicht so, Mann«, flehte er ihn an. »Wird sich für Sie lohnen. Echt.

Mann, Sie wollen doch Ihre Zeit nicht mit so'nem kleinen Vergehen verschwenden. Denken Sie an all die Zeit vor Gericht, ständig neue Termine, den Papierkrieg. Mein Anwalt wird Sie im Urlaub vorladen. Das ist die Sache nicht wert. Und ich kriege sowieso Bewährung. Also, wirklich.

Ich gehe in ein Reha-Programm, Mann. Echt. Narcanon, glaube ich, nennt sich das. Oder Cocanon? He, ich verspreche, ich tu's nie wieder, Mann. Echt.«

Als die Maschine zur Landung ansetzte, wollte Mulraney schier der Kopf explodieren. Und der Schneemann, überzeugt, daß er so gut wie in der Zelle saß, hörte auf, ihn wegen einer Chance zu bedrängen. Er schloß mit einem aufrichtigen Ausdruck seiner Gefühle: »Bullenschwein, du eiskalter verschissener Drecksack. Du hast mir den Stoff untergeschoben. Du hast keine Zeugen. Mein Wort steht gegen das deine. Ich mach' mir'n Sektfrühstück draus zuzusehen, wie mein Rechtsverdreher dir vor dem Kadi den Arsch aufreißt.«

Mulraney erwiderte nichts. Kaum waren sie gelandet und die Passagiere ausgestiegen, bat er den Piloten, den Kopiloten und eine Stewardeß zu ihm nach hinten. Er sagte ihnen über die Verhaftung Bescheid und daß er Zeugen brauche, wenn er Kleidung und Bordgepäck des Mannes durchsuchte.

Noch bevor Mulraney überhaupt mit der Suche begann, fing der Schneemann schon an zu schreien: »Hat er mir alles untergeschoben! Er hat mir das Zeug zugesteckt! Reingehängt hat er mich!« Mulraney holte zehn Pergaminbriefchen aus seinen Taschen. Im Bordgepäck fand er fünfzig weitere und zwei Gepäckscheine.

Sackgasse

Im Flughafen übergab Mulraney den Dealer mitsamt den Beweismitteln den wartenden Kollegen und schrieb ihnen eine eidesstattliche Erklärung, mit der sie einen Durchsuchungsbefehl für seine Koffer bekommen würden, die man an der Gepäckabholung erwartete. Dann nahm er sich, müde, übelgelaunt und mit einem Brummschädel, ein Taxi in die Stadt und fuhr zum Krankenhaus.

An der Aufnahme wies er sich aus und erfuhr, daß Arthur Rhinestrum auf Etage 5A lag, auf Zimmer 513, um genau zu sein. Die Frau am Schalter sah ihn komisch an, als er sie fragte, ob er gleich raufgehen könnte. Einen Augenblick lang schien sie ganz aus dem Konzept, dann sagte sie: »Ja«, aber es hörte sich an wie: »Wenn Sie verrückt genug sind«.

Im fünften Stock ging Mulraney einen Flur hinauf. In jedem der Räume hauste ein ausgemergelter Mann mit hervorquellenden Augen und einem weißen Laken. Manche hatten die Laken über dem Kopf, einige trugen sie wie eine Toga, andere hatten sie zu Kissen zusammengeknüllt. Einige von denen, die bei Bewußtsein schienen, stöhnten. Er brauchte nicht lange, um dahinterzukommen, daß es sich um die Station für AIDS-Kranke handelte. Ein Zuhause für menschliches Leid. Sieche Körper. Die Sterbestation.

Fast am Ende des Korridors befand sich das Fernsehzimmer. Auf den Stühlen saßen einige Patienten in ihren Laken, die Köpfe leicht angehoben, die Gesichter in Richtung des Apparats. Leere

Augen quollen aus den verzerrten hageren Gesichtern, denen die Entfremdung und die Qualen anzusehen waren, zu denen diese schreckliche Krankheit einen verurteilt. Der Fernseher lief nicht einmal. Keiner sagte ein Wort.

Mulraney durchquerte das Fernsehzimmer in Richtung Zimmer 513. Als er dort ankam, sah er einen Mann flach auf dem Rücken liegen, die Augen halb geöffnet, ohne etwas zu sehen. Offensichtlich starrte er auf den Fernseher, der hoch in einer Ecke unter der Decke hing. Albert Rhinestrum, ausgemergelt und atemlos, sah aus wie ein Knochenbaguette.

Sein Fernseher war an. Der neue Überraschungshit des Vormittagsprogramms lief gerade: Jack Twinks Quiz ›Kampf der Gelehrten‹, in der irgendein Schwachkopf mit fotografischem Gedächtnis gegen einen Almanach antrat. Es ging darum, daß Freiwillige aus dem Publikum den ›Gelehrten‹ mit Fragen aus dem Almanach in Verlegenheit zu bringen versuchten.

»Also, James, es geht um zehntausend Dollar, wie heißt, laut Almanach, Seite 145, der in New York auf dem elektrischen Stuhl hingerichtete Mann, dessen letzte Worte waren: ›Ich werde gleich beweisen, daß auch Holz ein guter Leiter ist‹?«

»Frederick Holz«, antwortete der Gelehrte korrekt und sehr zum Erstaunen von Moderator Jack Twink und dem Fragesteller aus dem Publikum.

Mulraney wandte sich Albert Rhinestrum zu. Albert sah nicht fern. Er war tot.

Mulraney rief zur Schwester hinaus. »Ja«, sagte die Schwester, »der starb so vor einer Stunde. Ich hatte noch keine Zeit, ihn hinunter zu bringen. Ist aber doch besser, ich mach' das jetzt gleich.« Sie rief einem der Pfleger zu, den Toten nach unten zu bringen.

Mulraney stellte sich dem schwarzen Pfleger vor, der hereinkam, um die Bahre in die Leichenhalle zu schieben. Mulraney brauchte ihn gar nicht zum Sprechen aufzufordern.

»Tut mir leid, Bruder. Ein Freund von Ihnen? Wieder ein Holocaustopfer. Schauen Sie sich den nur an. Tut mir leid, aber er sieht aus wie einer von denen, die sie in Auschwitz gefunden haben. So ist das nun mal. Wird wohl in New York nicht anders sein. Stimmt's?«

»Stimmt«, sagte Mulraney.

»Das ist der neue Holocaust, Bruder. Genau wie der letzte, und kein Aas interessiert's außer den Infizierten. Diese armen Schweine kriegen noch nicht mal die neuesten Medikamente. Die reinste Todesstrafe. So viele gescheite junge Männer sterben hier Tag für Tag. Geht einem schon an die Nieren. Es ist schrecklich, Mann. Ich werd' hier aufhören.«

Mulraney fragte: »Wie viele haben Sie diesen Monat verloren?«

»Scheiße, ich muß wohl selber so an die zehn runtergefahren haben. Insgesamt weiß ich es nicht. Es sind jedenfalls mehr, als irgend jemand da draußen glaubt. Und's werden jeden Tag mehr. Der hier war was Besonderes. Reich, gescheit, nett. Hat eine Unmenge Geld für Wunderkuren ausgegeben. Er hat mir erzählt, er wäre ein paar Monate in Paris gewesen, in der Spezialklinik dort, auf der Suche nach dem Wunderheilmittel. Sieht so aus, als hätte er das einzige Mittel gefunden, daß es dagegen gibt.«

»Was wissen Sie sonst noch über den Knaben?«

»Nicht viel. Es zahlt sich nicht aus, die Leute kennenzulernen, weil sie jedesmal 'n Riesenstück von dir mitnehmen. Ist so schon schlimm genug hier. Und früher oder später sind sie alle dahin, und wenn man sich da zu sehr drauf einläßt, dann zerbrechen Sie dran wie'n Steichholz. Die meisten verstehen das auch. Aber der hier, also gegen Ende zu, da war der richtig nett. Hat sein ganzes Geld verschenkt.«

Nachdem er den Pfleger ausgequetscht hatte, viel gab es da nicht zu quetschen, ging Mulraney ins Zimmer 513 zurück, um nach etwas zu suchen, was Rhinestrum mit Yulburton Abraham Knott in Verbindung bringen könnte.

Wollen die Mistkerle also eine Lösung, ej? Genügt ihnen nicht, daß ich ihnen die beiden einzigen Hinweise geliefert habe, die sie in ihrem lausigen Fall bisher haben. Undankbares Gesocks! Aber wegen meiner Anklage gehe ich keinen Tag mehr in' Knast, da kann kommen was will! Kommt nicht in die Tüte! Mit Gefängnis ist Schluß. Das Paßwort. Ich kann's knacken. Ich kenne Knott jetzt. Ich weiß, wie er gedacht hat. Ich kenne den Typ besser als sonst einer. Besser als seine Alte sogar. Der hat seine Datei mit irgendwas aus einer seiner verrückten Geschichten geschützt. Laß mal sehen ...

Der Hacker tippte HANK UND FRANK ein.

Nichts. DATEI GESPERRT gab der Computer zurück.

GROTEK

DATEI GESPERRT

ORBITALE TEKTRONISCHE CRANIALINFILTRATOREN

DATEI GESPERRT

ZEREBRALBREISPENDER

DATEI GESPERRT

Er hatte das Gefühl, ganz nah dran zu sein. Das Paßwort kam aus einer der Zukunftsgeschichten. Er wußte es. Er nahm immer neue Wörter und Wendungen aus den Essays und versuchte sie als Paßwörter, aber nach jedem Eintrag gab der Computer die übliche Antwort aus: »Datei gesperrt«.

Dann tippte er PERFEKTE GERECHTIGKEIT ein.

Der Computer klickte. Der leere Bildschirm füllte sich mit Wörtern. Jethros Herz begann schneller zu schlagen. Ich hab' den verdammten Code geknackt! Ich bin so was von unglaublich gut! Eine Tat von intuitivem Genie! Ich höre schon die Freiheitsglocken! Absolute Gerechtigkeit! Für mich!

Aber nachdem er die ersten Wörter gelesen hatte, blieb Jethro die Luft weg. »Ach, du Scheiße!«

Kapitel 12

Der fingierte Beweis

Eine Wolke machen ebensowenig Sturm wie eine Unwahrheit einen Verbrecher.

CHARLIE CHAN

Wir verhaften ihn. Sollen Gott und der Staatsanwalt die Details ausklamüsern.

DWIGHT FRANCIS LORTON, CHEF DER MORDKOMMISSION

Der Hacker las, was auf dem Bildschirm stand:

Um das schwere Geschütz des androiden Polizeisoldaten und den nicht minder gewichtigen WIKSA-TEST im Krieg gegen das Verbrechen auffahren zu können, braucht der Staat den Segen der letzten Barriere, die Zustimmung durch das Gesetz. Die Testklage beim Verfassungsgerichtscomputer wurde mit dem einen Zweck eingereicht, die Gesetzmäßigkeit des Androidenprogramms zu verankern, vor allem das Recht auf die Festnahme für den WIKSA-Test. Und wer wäre besser geeignet gewesen, die Verfahrensstrategie auszuarbeiten und den Fall der Regierung zu vertreten als der Richter i. R. Moriarity? Seine verblüffenden Siege für beide Programme errang er im Fall *ICBM Polizeisoftware und Bund der Rüstungsindustriellen gegen das Konglomerat Amerikanischer Bürgerrechtler*. Ironischerweise war es eines der ersten Urteile, die unter Mitsprache des damals frisch berufenen Supercomputers,

Richter Dray Giga Flop I, zustandegekommen waren, der dem Gremium als gleichberechtigter Richter beiwohnte. (Inzwischen sind selbstverständlich alle Richter am Verfassungscomputer – wie man ihn heute nennt – humanoide Rechner).

Der Verfassungsgerichtscomputer war, unter dem Vorsitz von Richter Flop, in erster Sitzung zu der Ansicht gelangt, Grundvoraussetzung für ein Urteil in diesem Fall sei eine vernünftige Abwägung der Interessen aller Betroffenen. Auf der einen Seite sei da die ungeheure Gesetzlosigkeit auf den Straßen. Die Rechte der Gesetzlosen hätten da einfach kein Gewicht. In Anbetracht der Kürze besagter Festnahmen durch Androiden, des hohen Grads an Genauigkeit, mit denen sich anhand solcher willkürlicher Befragungen das kriminelle Element ausmachen läßt, und der in einer in Freiheit gehorsamen Gesellschaft stets vorrangigen Interessen der öffentlichen Ordnung, fiel das Urteil zugunsten einer verfassungsmäßigen Verankerung des WIKSA-Programms nicht weiter schwer – wenigstens solange die Zahl der irrtümlichen Festnahmen und Bestrafungen fünf Prozent nicht überschritt.
In Richter Flops Urteilsbegründung heißt es dazu: »Statistiker sagen uns, wirkliche statistische Bedeutung beginne bei fünf Prozent; somit kann eine zu vernachlässigende Zahl (d. h. eine unter fünf Prozent) von bedauerlicherweise falschen positiven WIKSA-Tests und Bestrafungen krimineller Verdächtiger auch nicht zu verfassungsrechtlichen Bedenken gegen ein so großartiges technologisches Programm führen, das so liebevoll und zum Wohle aller geschaffen und von der überwältigenden Mehrheit des Volkes sowie der polizeilich gemeldeten humanoiden ausländischen Mitbürger gewünscht wurde.«

Der Hacker wollte seinen Augen nicht trauen. War das alles? Ein weiterer von Richter Knotts bekloppten Essays über eine perfekte Gerechtigkeit. Das war's? DAS? Nach all der Arbeit? Jethro spielte die möglichen Folgen dieser Entdeckung durch. Wenn er der Polizei diesen wertlosen Mist übergab, wäre er erledigt. Kein Deal. Keine Abweisung seines Falls. Keine Freiheit. Kein gar nichts. So ging das nicht. Auf keinen Fall.

Rasch machte er sich an die Arbeit. Er löschte die gesamte Datei. Dann begann er, unter Stützung auf das von der New Yorker Polizei beigebrachte Beweismaterial, Passagen einzutippen, die den Ermittlungen im Mordfall Knott und – wen wollte es überraschen – den Freiheitsbestrebungen Jethro Wilmores, des Hacker-Crackers, weit dienlicher wären.

Mulraney & Lorton

»Ich möchte, daß Sie Scribner verhaften, Mike«, sagte der Chef der Mordkommission, Dwight Lorton.

Mulraney, vom Jetlag geplagt, stank wie der Abfall von letzter Woche und litt an Kopfschmerzen und Niesanfällen. Er war eben vom Flughafen gekommen und hatte die Nachricht von Albert Rhinestrums Tod überbracht. Er fuhr sich mit bloßen Händen übers Gesicht und spürte den Knies, der sich auf ihm gebildet hatte. Er war nicht in Stimmung, jemanden zu verhaften.

»Wozu? Wir haben doch gegen den Sekretär keine Mordanklage beisammen. Noch nicht.« Er wischte sich mit dem Hemdsärmel die Nase ab. Er war müde und gereizt. Seine Reise hatte sich als Hin- und Rückflug in eine Sackgasse erwiesen. Jetzt wollte der Chief den größten Mordfall des Dezernats mit einer Verhaftung lösen – mit nichts weiter in der Hand als dem Verdacht auf ein so grauenhaftes Verbrechen wie Insiderhandel.

»Und ob wir die haben. Sehen Sie sich das an.« Genüßlich knallte der Chief einen Computerausdruck auf seinen Tisch. »Das hier beweist, daß der Hurensohn uns die ganze Zeit über angelogen hat. Scribner hat Ihnen doch gesagt, er hätte keine Ahnung von den Finanzen des Richters gehabt. Sehen Sie sich das an. Er und der Richter investieren seit zehn Jahren zusammen an der Börse. Mit Insiderinformationen aus seinem Gericht! Sehen Sie sich's an! Lesen Sie's!«

Aufgeregt wies der Chief auf das Dokument, bis Mulraney den Blick darauf richtete. Dort standen, in feinsäuberlichen Spalten, die Daten und Summen der Investitionen neben den Namen der Papiere und deren Tageswert. Die letzten beiden Spalten waren mit ›Knott‹ und ›Scribner‹ überschrieben und enthielten die Summe ihres jeweiligen Anteils.

»Das«, sagte Lorton triumphierend, »ist der letzte Beweis. Sie werden sehen, daß die Zahlen eindeutig mit denen übereinstimmen, die wir bei der Maklerfirma unter dem Kundenkonto ›Snivlakno Trubluy‹ gefunden haben, was zufällig nichts anderes bedeutet als ›Alvin S‹ und ›Yulburton K‹ von hinten. Die einzige Zugabe bei diesem Dokument, und eine recht nette obendrein, ist die Aufteilung der Summen zwischen dem Richter und seinem Sekretär.«

Klarer Fall

Mulraneys Blick war viel zu trüb, um die Zahlen vor ihm scharf zu bekommen. Er glaubte dem Chief einfach und sagte: »Und weswegen verhaften wir ihn? Dafür, daß er einen Polizisten belogen hat? Paragraph 10b, Absatz 5? Wo soll hier eine Mordanklage sein?« Er mußte plötzlich niesen. Keine Zeit mehr, die Ladung mit dem Taschentuch aufzufangen. Die frische Brise der Explosion hob einige Seiten des Computerausdrucks und überzog sie mit einem dünnen Film.

Die weißen Backen des Chiefs wurden rot. »Gesundheit! Verdammt noch mal! Herrgott, Mann, sehen Sie doch mal richtig hin! Die Anklage ist nur ein bißchen versteckt! Was wollen Sie noch?« Lorton war wie aufgezogen. Wie immer, wenn er kurz davor stand, einen großen Fall abzuschließen. So ein Abschluß bedeutete für ihn die gelungene Flucht vor der eingebildeten

Kreuzigung durch den Bürgermeister, den Polizeipräsidenten und die Presse, die ihm vorwarfen, den größten Mordfall der Stadt nicht knacken zu können.

»Sie wollen Beweise, Mann? Dann spitzen Sie mal die Ohren, Tüchlein. Dieser alte Knochen und sein Richter haben im Lauf der Jahre Millionen verdient. Dann, eines Tages, kurz bevor man Scribner mit seinem Reichtum in eine wonnige Pension schickt, sagt der Richter ihm, das Geld wäre verschwunden. Ihr Makler hätte es gestohlen. Der hat eben erfahren, daß er nur noch sechs Monate zu leben hat, und hat sich auf die Suche nach einem Wundermittel gegen AIDS gemacht.

Also, Scribner hat zehn Jahre gewartet, um das Geld in die Finger zu kriegen. Er glaubt dem Richter nicht. Er denkt, der Richter hat es entweder auf den Kopf gehauen oder ist einfach nur gierig und will es für sich allein behalten. Mit seinem Traum vom Luxus ist mit einem Mal Schluß. Wissen Sie, was Scribner damit bleibt, Tüchlein?«

»Ja, seine magere Pension.« Mulraney wußte sehr wohl, was Lorton dachte, aber er war einfach zu müde, um dieses Quiz mitzumachen. Er nieste wieder.

»Nein, verdammt noch mal, ihm bleibt ein verdammt gutes Motiv. M-O-T-I-V! Und wissen Sie, was er noch hat? Die Gelegenheit. Eine G-E-L-E-G-E-N-H-E-I-T. Er hat Zugang zum Richter. Und er ist der einzige, der zur Tatzeit in seiner Nähe war. Er ist der letzte, der das Opfer lebend gesehen hat. Wie die meisten Mörder.«

»HAAAATSCHHHHIII!«

»Und wir haben Beweise, Mike. Wir haben seine Fingerabdrücke auf der Waffe. Der Winkel der Stichwunde entspricht einem mit der Rechten geführten Stoß, und er ist Rechtshänder. Man hat ihn mit dem Blut des Richters an seiner Kleidung gefunden. Und wir wissen, daß er noch am selben Abend einen Anwalt anzurufen versuchte, während er auf seine Vernehmung gewartet hat. Wir haben einen soliden Fall. Er hat Sie angelogen, daß sich die Balken bogen, was seine Beziehung zum Richter und ihre krummen Investitionsgeschäfte anbelangt. Warum? Weil er ein Motiv gehabt hat.«

»HAAATSCHHHHHIII!« nieste Mulraney noch einmal, ohne die Analyse seines Chefs zu kommentieren. Er war nicht beeindruckt, aber er wußte, der Chief hatte sich entschlossen, und daß es sinnlos war, ihm mehr entgegenzusetzen als: »Das heißt noch lange nicht, daß wir ihm was nachweisen können.«

»Tüchlein, was zum Teufel wollen Sie eigentlich? Glauben Sie vielleicht, der Kerl kommt hier auf den Knien reingerutscht und legt eine Beichte ab? Glauben Sie, der bittet uns, ihn zu verhaften? Nein, wir haben den Scheißkerl mit allem, was dazu gehört: Motiv, Gelegenheit, Beweise, vor allem die Lügen. Wir verhaften ihn. Sollen Gott und der Staatsanwalt die Details ausklamüsern.«

»Na schön, ich habe zwei Tage nicht geschlafen, Chief. Also wenn Sie ihn unbedingt einbuchten wollen, sollen Jaime und Frank ihn sich greifen.«

»Keine Sorge, Tüchlein. Ich habe sie schon zum Gericht geschickt, um ihn aus dem Verkehr zu ziehen. Ich habe auch der Presse einen Tip gegeben. Müßte jeden Augenblick hier sein. Aber reden sollen Sie mit ihm, Mike. Er kennt Sie. Sehen Sie zu, daß Sie ein Geständnis bekommen. Dann haben wir einen klaren Fall.«

Fernsehverhaftung

Alvin Scribner wurde mitten unter der Arbeit im Sekretariat des Gerichtsgebäudes verhaftet – vor rollenden Kameras und den Augen der ganzen Welt. Wegen Lortons Tip waren die Sender in der Lage, das freudige Ereignis live in die ganze Stadt auszustrahlen.

Detective Jaime Perez legte Alvin die Handschellen um die zitternden Hände, während Detective Frank Fortunata ihm seine Rechte vorlas. Alvins Kollegen hatten sie umringt und sahen zu.

»Ich muß Ihnen die vorlesen, Scribner. Sie haben sie zwar schon oft genug vor Gericht gehört, aber ich muß Sie Ihnen trotzdem vorlesen. Sie haben das Recht zu schweigen ...«

»Solange Sie können«, flüsterte Perez. Und lachte dann.

»Halt den Rand, Jaime. Sie haben das Recht auf einen Anwalt –«

»Wenn Sie das nötige Kleingeld haben.«

»Nu' halt schon das Maul, Jaime ..., und wenn Sie sich keinen leisten können –«

»Kriegen Sie einen von der Rechtshilfe Gesalbten. Der schaut womöglich sogar mal bei Ihnen vorbei.«

»Achten Sie nicht auf den da, Scribner. Hören Sie, Sie kennen Ihre Rechte. Sie stehen unter Mordverdacht. Wollen Sie was sagen oder nicht?«

Alvin Scribner hatte nicht ein Wort von dem gehört, was die beiden Polizisten gesagt hatten. Der Schock der Verhaftung hatte ihm jeden Gedanken aus dem Gehirn gesaugt. Alvin war taubstumm und besinnungslos. Ein Psychiater hätte in diesem Augenblick einen vorübergehenden dissoziativen Dämmerzustand konstatiert.

Mit anderen Worten, er hatte die Hose gestrichen voll.

Da der Verhaftete nicht antwortete, griffen sich Fortunata und Perez pro Mann einen Arm und führten, ja trugen den gelähmten Alvin aus dem Büro und durch die Reihen entsetzter Kollegen, gleichgültiger Polizisten und eine Gruppe gaffender Richter, Anwälte, Zeugen, Gerichtsgroupies und im Gericht lebender Obdachloser hinaus.

Panik

Rasende Reporter zogen schiebend und drängelnd ihre Kameraleute hinter sich her, um eine Position zu ergattern, in der sich dem Beschuldigten eine scharfsinnige Frage stellen ließ, die ihren Tausenden von Zuschauern alles erklärte. Angst, ja Panik lag in der Luft, aber nicht wegen Alvins Schicksal. Nein, was hier in der Luft lag, war die Angst, daß einem ein anderer bei der STORY DES JAHRES zuvorkommen könnte. Es war eine weit größere Angst als das übliche »mein Gott, mir geht der Pulitzerpreis durch die Lappen, wenn ich die Story nicht kriege.«

DIE GROSSE ANGST war folgende: Wenn ein anderer einen besseren Kamerawinkel bekam oder die bessere Frage stellte, führte das möglicherweise zu negativer Aufmerksamkeit beim Sender. Negative Aufmerksamkeit bei der STORY DES JAHRES führte möglicherweise dazu, daß man nicht mehr auf die besten Stories angesetzt würde, keine Gehaltserhöhung bekam, aber dafür eine Standpauke darüber, mehr Aggressivität an den Tag zu legen, wenn es um die STORY DES JAHRES ging. Und es bedeutete – und da sei Gott vor! – möglicherweise eine Degradierung, wenn nicht gar die Entlassung.

Und was dann? Keine Arbeit. Kein Geld. Unbezahlte Rechnungen.

Und was dann? Demütigung. Kündigung. Hunger. Und schließlich war die ganze Familie … tot!

Die aufgedrehte Horde ekelhafter Reporter und Kameraleute hatte also allen Grund zu stoßen, schieben, drängeln, grunzen, schreien, spucken, beißen und treten, um an die STORY DES JAHRES zu kommen: Sie mußten am Schauplatz der STORY DES JAHRES die Besten sein. Es ging hier um Leben und Tod – ihren eigenen und den ihrer Familien!

Wenigstens sahen sie das so.

Als Alvin in der Reihe schreiender und gestikulierender, mit Mikrofonen und Kameras bewehrter Menschen an Morty Qualls vom Kanal 79 vorbeikam, stieß dieser ihm so heftig das Mikro ins Gesicht, daß er fast zu Boden gegangen wäre. Dann schrie er ihm im Schnellfeuertempo eine Frage entgegen, nach deren Beantwortung sich sämtliche seiner Kollegen die Finger leckten: »Alvin Scribner, Sie sind alt, Sie haben eine Glatze, Sie sind schwach, Sie stehen kurz vor der Pensionierung bei voller Lohnfortzahlung, und jetzt verhaftet man Sie wegen eines skrupellosen Mords an ihrem ehemaligen Chef, Richter Yulburton Knott. Also, sagen Sie unseren Zuschauern ... wenn Sie doch mal hersehen würden, Alvin. Alvin, sehen Sie doch mal her! Alvin, drehen Sie sich um! ALVIN SCRIBNER, SAGEN SIE UNS: HABEN SIE KNOTT UMGEBRACHT ODER NICHT?«

Alvin war wie betäubt. Hatte er auch keinen direkten Blackout, so lief er doch bestenfalls auf Sparstrom. Mit Hilfe der vier Arme des Gesetzes fand er sein Gleichgewicht wieder und setzte seinen Weg zur Tür schweigend fort.

Es war eine für einen so publicityträchtigen Fall typische Verhaftung: Man sorgte beim beschuldigten Bürger für ein Maximum an Demütigung und Angst. Einen gefesselten Angeklagten im Licht von Blitzlichtern und Scheinwerfern wie einen tollwütigen Hund von seiner Arbeitsstätte zu zerren, war der beste Anfang, der Öffentlichkeit den Glauben an seine Schuld einzuimpfen. Und was zum Teufel sollte es schon, wenn der Mann doch noch Glück hatte und davonkam, na, dann hatten die Bullen wenigstens ein paar gute Schläge untergebracht.

Im Büro

Mulraney nieste und schneuzte sich, als Perez und Fortunata Scribner in die ›Stube‹ führten. Sie setzten ihn direkt vor Tüchlein auf einen Stuhl. Perez sagte: »Wir haben ihm seine Rechte verlesen, Tüchlein, aber er macht den Mund nicht auf. Ich meine, nicht ein Wort hat er gesagt.«

Alvins nahezu kahler Kopf zitterte. Er schwitzte. Seine zusammengekniffenen Augen zuckten wie wild. Er sah Mulraney an und formte schwach die ersten Worte: »Ich bin unschuldig.«

»He, der Verdächtige kann ja reden«, sagte Fortunata.

»He, Alvin, der letzte Unschuldige ist am Kreuz gestorben«, sagte Perez. »Gib schon auf.«

»Sie haben mich angelogen, Alvin. Sehen Sie sich das an.« Mulraney schob ihm den Computerausdruck der Investitionen unter die Nase. Es war die von Jethro gefälschte Datei, die, obwohl falsch, zufällig auch wieder der Wahrheit entsprach. Gefälscht war sie, weil die paßwortgeschützte Datei des Richters derartige Informationen nicht enthalten hatte; wahr war sie, weil sie mehr oder weniger Aufschluß über die von Scribner und Knott unter dem Namen Snivlakno Trubluy getätigten Investitionen gab.

Alvin sah sich den Ausdruck einen Augenblick an. Er bekam große Augen, als er die Angaben über die Aufteilung sah. »Diese Zahlen sind falsch«, sagte er unwillig. »Mir stand von Anfang an nicht die Hälfte zu. Der Richter bestand auf siebzig Prozent.«

»Sie haben mich angelogen, Alvin«, wiederholte Mulraney.

»Warum erzählen Sie uns nicht einfach alles?« sagte Fortunata.

»Ja, Alvin«, sagte Perez. »Kommen Sie schon, geht Ihnen gleich viel besser danach. Vielleicht können wir Ihnen helfen, Mann. Ich meine, vielleicht haben Sie sich einfach geärgert, weil der Richter ihr mühsam gestohlenes Geld genommen hatte, und da haben Sie ihn ja vielleicht nur so'n bißchen von hinten gestochen – aus Versehen.«

Alvin sah seine drei Vernehmungsbeamten an. Tränen rollten ihm über die faltigen gelben Backen. Er setzte sich auf. »Ich habe genug gesagt.« Er zog eine von Wilkes' Geschäftskarten aus der Brusttasche und las die gedruckte Erklärung auf der Rückseite. Unter der Überschrift IM FALLE EINER VERHAFTUNG DER POLIZEI VORZULESEN las Alvin: »Auf Anraten meines Rechtsbeistands erkläre ich hiermit meine völlige Unschuld und bestehe auf meinem Recht auf Aussageverweigerung und einen Anwalt.«

Damit fiel sein nahezu haarloser Kopf auf den ramponierten grauen Metalltisch, wo seine Arme den Fall auffingen. Er begann zu heulen wie ein Baby.

Hätte man Ungeheuer wie Hitler, Stalin, Mussolini oder Pol Pot, um nur einige der letzten Massenmörder zu nennen, in New York wegen des Mordes an zehn oder zwanzig Millionen Menschen verhaftet, sie hätten höchstwahrscheinlich John Wilkes um die Verteidigung gebeten. Ob sie ihn sich hätten leisten können, steht auf einem ganz anderen Blatt.

(Jemand hat einmal gesagt: »Töte einen, und du bist ein Mörder, töte Millionen, und du bist ein Staatsmann.«)

Es überraschte nicht weiter, daß Alvin Scribner schon lange vor seiner Verhaftung Wilkes um Rat angegangen war. Man hatte sich jedoch noch nicht offiziell geeinigt – mit anderen Worten, man hatte noch nicht über das Honorar gesprochen. Als wir von Scribners Verhaftung im Radio hörten, stürzten wir auf die Wache, um mit unserem Mann in Not zu sprechen.

Wir fanden Scribner in einem kleinen Zimmer, wo er darauf wartete, zur Anklageverlesung ins Gericht verbracht zu werden und dann in die Gruft. Wilkes setzte sich vor ihn und kam sofort zur Sache. »Alvin, wir haben ja bereits über diese Möglichkeit gesprochen. Also, nun brauchen wir uns nur noch über das Honorar zu unterhalten, bevor ich mit Ihnen vor Gericht gehen und meine Vertretung bekannt geben kann.«

Scribner war erleichtert, uns zu sehen. »Gott sei Dank, daß Sie da sind. Sie haben mich ja schon darauf vorbereitet, Mr. Wilkes, aber man kann sich auf so etwas einfach nicht vorbereiten. Es war schrecklich. Man hat mich vor aller Augen verhaftet. Mit Kameras. Seien Sie mir nicht böse. Ich ... ich ... ich habe einige Worte zu den Beamten gesagt.«

»Alvin«, sagte Wilkes, »immer der Reihe nach. Wegen des Honorars.«

Ich habe Wilkes' direkte Art im Umgang mit Mandanten schon immer bewundert. Er redete nicht lange drum herum. Es hat keinen Sinn, seine Zeit zu verschwenden, wenn man dann doch nicht zusammenkommt. Ich konnte das nie so gut. Noch hätte ich die exorbitanten Summen auch nur über die Lippen gebracht, die Wilkes nicht nur aussprach, sondern auch so gut wie immer kassierte.

Alvins Erleichterung verwandelte sich beim Ausbruch der Honorarverhandlungen rasch in sichtbaren Kummer. Seine Stimme wurde zu kaum mehr als einem Flüstern. »Mr. Wilkes, alles, was ich besaß, war das Geld auf dem Aktienkonto. Und das ist fort. Ich habe kein Geld auf der Bank. Mein Haus ist bis übers Dach belastet. Ich könnte Ihnen höchstens meine Pension überschreiben?«

Ich lachte in mich hinein. Für Wilkes lachte nur Bares. Wenn Alvin keine Werte hatte, dann bekäme er auch nicht den unbeugsamen John Wilkes zum Verteidiger. Ich wartete darauf, daß Wilkes dem Gespräch ein Ende machte.

»Nein«, sagte Wilkes. »Ich habe mir das durch den Kopf gehen lassen, Alvin. Ich bin bereit, Sie für die Übertragung sämtlicher Buch- und Filmrechte, die sich aus diesem Fall ergeben könnten, zu verteidigen.«

WAAAAAAAAS? Ich war schockiert! Ich hörte wohl nicht recht. Wilkes hatte noch nie jemanden für etwas anderes verteidigt als Bares auf den Tisch des Hauses. Gesetzliches Zahlungsmittel. In der Landeswährung. Richtige Kohle. Grünes amerikanisches Moos. Darunter lief nichts. Ein Anteil an der Lebensgeschichte eines Alzheimers mit Pensionsberechtigung, und wenn er zehnmal des Mordes an einem Richter beschuldigt wurde, war in etwa so profitabel wie eine Konzession zum Verkauf von Hühnchenlippen in Schokoguß.

Zum Wohle der Allgemeinheit

»Dann wird das also eine unentgeltliche Verteidigung«, sagte ich sarkastisch. »In einem Mordfall.« Ich war verwirrt. Das sah Wilkes so gar nicht ähnlich. Wo war der Zettel mit der ungeheuren Honorarforderung, der Zahl, bei der so vielen potentiellen Klienten die Luft wegblieb und die schon so viele dazu gebracht hatte, sich von ihrem irdischen Mammon zu trennen?

»Ich weiß, daß er unschuldig ist«, sagte Wilkes.

»Gott segne Sie dafür, Mr. Wilkes«, kam es klar wie ein Glöckchen aus Alvins Mund.

Unschuldig? Unschuldig! Unschuld hatte bei Wilkes' fürstlichen Lösegeldforderungen noch nie auch nur die geringste Rolle gespielt. Daran dachte er während der Honorarverhandlungen noch nicht einmal. Weit wichtiger war die erdrückende Beweislast, die die Verteidigung des Mandanten erschwerte. Das allein war ein sachdienliches Argument für die Höhe der Forderung. Aber bei den Honorarverhandlungen an die Schuldfrage zu denken, war für Wilkes ebenso fehl am Platz wie für einen Bundesrichter bei der Urteilsverkündung ein Wort über Bewährung.

Ich sagte: »Da haben die Indianer ja ein besseres Geschäft mit Manhattan gemacht.«

Wilkes sah mich an, ohne zu antworten. Da war noch etwas, was er nicht sagte. Alvin wußte genau, daß da noch etwas war, was Wilkes nicht sagte – er hatte seine übliche himmelschreiende Honorarforderung nicht genannt. Bereitwillig nahm Scribner die Bedingungen an: »Wo soll ich unterschreiben?«

»Mr. Schoonover wird einen ordentlichen Vertrag aufsetzen, der Sie auch auf den potentiellen Interessenkonflikt aufmerksam macht, wenn ich die Buch- und Filmrechte an Ihrem Fall übernehme. Sehen Sie, es könnte ja jemand hergehen und sagen, ich würde in diesem Fall für besonders viel Publicity sorgen, um den Wert der Buch- und Filmrechte in die Höhe zu treiben. Was nicht in Ihrem Interesse wäre, aber in meinem. Und dergleichen mehr.«

Ich konnte noch immer nicht glauben, was ich da gehört hatte. Das hier paßte einfach nicht zu ihm. Er würde nie einen Fall unentgeltlich übernehmen, schon gar keinen Mordfall, es sei denn ... es sei denn ... es sei denn, Scribner hatte etwas gegen ihn in der Hand. Aber was? Richter Knott hatte Wilkes am Tag des Mordes ein halbes Dutzend Verweise erteilt. Das wäre ein Motiv. Was, wenn Wilkes kurz vor dem Mord zurückgegangen wäre, um sich mit Richter Knott anzulegen? Das wäre die Gelegenheit. Vielleicht hatte Wilkes Alvin bei der schmutzigen Tat gesehen, oder schlimmer noch, vielleicht hatte Alvin Wilkes gesehen … Herrgott noch mal! Wilkes, der Mörder von Kapitän Muddock, dem Peiniger aus seiner Jugend. Und jetzt der Mörder seines jüngsten Peinigers Y. Knott? Warum nicht? Großer Gott! Das wäre nun wirklich ein Interessenkonflikt! Vertritt der wahre Mörder den des Mordes Beschuldigten, oder ist der Anwalt der einzige Augenzeuge der Tat seines Mandanten? Wie soll ich das in einem Vertrag unterbringen?

Während ich an den Tod und Konflikte dachte, sagte Wilkes seinem neuen Mandanten: »Es geht alles so, wie wir es bereits besprochen haben, Alvin. Als erstes brauchen wir einen Plan für Ihre Kaution. Haben Sie sich mit Ihren Verwandten in Verbindung gesetzt?«

Verzweiflungsstrategie

Am selben Nachmittag erfolgte die Verlesung der Anklage im Mordfall Knott, bei der Wilkes einen leidenschaftlichen Kautionsantrag stellte. Egal wie hoch. Unser Mandant sei alt und gebrechlich. Er habe keinerlei Vorstrafen. Er habe dreißig Jahre am Gericht gearbeitet, ohne auch nur einen einzigen Richter umzubringen; und zu guter Letzt hätte er, auch wenn man ihn zehnmal für schuldig hielt, bis zum Urteil als unschuldig zu gelten.

Während des Studiums heißt es, die grundlegende Unschuldsvermutung sei ein mächtiges Bollwerk gegen Justizirrtümer. Im Gerichtssaal sehen wir das etwas anders. Gibt man die Unschuldsvermutung in eine Tasse warmer Spucke, bleibt einem nichts weiter als eine Tasse warmer Spucke zurück. Sich beim Kautionsantrag auf die Unschuldsvermutung zu berufen war in etwa so, als verlange man von Seiner Ehren, gegen seinen Schluckauf ein Glas Rohrfrei zu trinken.

Auf unseren Antrag auf eine erschwingliche Sicherheitsleistung reagierte der für das Anklageeröffnungsverfahren zuständige Richter kurz und mit der erwarteten Entschlossenheit: »Der Antrag ist abgelehnt.«

Wieder in der Kanzlei, lief Wilkes in seinem Büro auf und ab wie eine gefangene Katze. Er war aufgeregt. Worüber? Die Kaution für Alvin? Er wußte, Alvin würde die Miete für seine Freiheit nicht aufbringen können. Und um sie zu bekommen, mußten wir einem Gericht schon etwas Außergewöhnliches zeigen.

Während er auf und ab lief, setzte ich ihm wegen des Honorars zu. »Dieser Vertrag ist doch wertlos und wird es auch nach dem Urteil noch sein. Die Verteidigung kostet uns ein Vermögen! Was ist nur los?«

Wilkes ließ sich nicht aufhalten. »Falsch, Schoon. Ich hatte bereits einen Anruf von einem unabhängigen Produzenten, der über Optionen sprechen will, nach dem Urteil und falls –«

»Falls?«

»Falls der Fall sich als mehr erweist, als der eines gierigen kleinen Schreiberlings, der seinen Chef des Geldes wegen erstochen hat.«

»Du meinst, du mußt Alvin herauspauken, und das sensationell genug, um filmreif zu sein?«

»So in der Art. Um genau zu sein, der Produzent würde es begrüßen, wenn wir auch gleich den wahren Mörder finden.«

»Lächerlich«, sagte ich und ging in mein Büro, während Wilkes seinen Verdauungsspaziergang fortsetzte.

Nachdem er etwa drei Meilen gelaufen war, rief er herüber: »Schoon, sofort einen Antrag, *ex parte,* Garfield Bonzo an Scribner noch heute abend im Gefängnis einen vertraulichen Lügendetektortest vornehmen zu lassen. Besteht er ihn, so ist das vielleicht sein Ticket aus dem Gefängnis.«

Eine Verzweiflungsstrategie, aber ich stürzte mich auf die Gelegenheit, etwas anderes zu tun, als ständig darüber nachzudenken, wer für Y. Knotts Ableben gesorgt hatte. Vielleicht beantwortete der Lügendetektortest ja die Frage. Rasch setzte ich den Antrag auf und brachte ihn zur Unterzeichnung zu einem der Hilfsrichter. Es handelte sich um eine Routineangelegenheit, und der Richter unterschrieb noch am selben Nachmittag. Noch vor fünf hatte ich ihn an Bonzo weitergereicht.

Garfield Bonzo

Bonzo war der typische Lügendetektorspezialist: Ungebildet, angelernt und ungehobelt. Er stammte aus South Carolina, war so um die fünfzig und so übergewichtig, daß er beim Gehen alle zehn Meter stehenbleiben mußte, um wieder zu Atem zu kommen. Um nicht den Eindruck zu erwecken, er sei außer Form, nutzte er die Gelegenheit, sich entweder eine Zigarre anzustecken oder daran zu ziehen, und das auf Lunge. Er trug ausschließlich karierte Sakkos und Hosen, deren Farben und Muster sich bissen wie zwei tollwütige Hunde. Tieforange Hosenträger zogen seine Hose so hoch nach oben, daß die Gürtellinie eine gute Handbreit über dem Nabel lag. Ich habe mein Lebtag keinem getraut, der seine Hosen in einer derartigen Höhe trägt.

Bonzo hatte einen riesigen Kopf, dessen Form der von Lyndon Johnson ähnelte, dazu die Schlappohren von Dumbo, ein langes, dickes Nebelhorn von einer Nase und Schweinsäuglein. Das schüttere Haar mit der angehenden Glatze hatte er glatt nach hinten geklebt. Ein Blick auf Garfield, und man dankte Gott, daß die Ergebnisse von Lügendetektortests nicht beweiskräftig sind. Jede Glaubwürdigkeit seiner selbst oder seiner Ergebnisse würde sich in dem Augenblick in Luft auflösen, in dem er den Gerichtssaal betrat.

Nichtsdestotrotz war Garfield vor langer Zeit einmal der Herr über die Lügendetektoren der New Yorker Stadtpolizei gewesen und stand in dem Ruf, nie auch nur einen Verdächtigen bestehen haben zu lassen. Das hatte ihm ein gewisses Maß an Glaubwürdigkeit bei Anklägern, Polizisten und Richtern gebracht. Wilkes charakterisierte seine Beliebtheit bei der Polizei folgendermaßen: »Bonzos Tests bei der New Yorker Polizei hatten die Verläßlichkeit eines kaputten Thermometers, das immer einundzwanzig Grad anzeigt. Hin und wieder, wenn das Wetter stimmte, dann stimmten auch sie, meistens jedoch nicht. Aber für den, der es gern einundzwanzig Grad hatte, war es ein akzeptables Ergebnis. Und der Polizei waren Bonzos Ergebnisse ganz recht.«

Überraschenderweise begann Garfield, nachdem er aus der Polizei ausgeschieden und in die private Praxis gegangen war, bei seinen verdammten Tests hin und wieder auch mal einen bestehen zu lassen. Ein bestandener Lügendetektortest konnte in Scribners Fall bei einer künftigen Kautionsanhörung durchaus überzeugend sein.

Spät am selben Tag warteten Wilkes und ich im Woolworth Building auf Bonzo. Um mir die Zeit zu vertreiben, setzte ich den albernen Honorarvertrag auf und dachte dabei die ganze Zeit, es wäre weniger kompliziert und genauso profitabel, den Fall gleich umsonst zu übernehmen.

Die Antwort der Lügenkiste

Gegen elf erschien Bonzo; seinen Polygraphen in der Hand, kam er mit dem Resultat von Alvin Scribners Test in unser Büro gewatschelt. Langsam und sorgfältig breitete er einige meterlange Tabellen auf Wilkes' Schreibtisch aus. Ungeduldig, wie er war, fragte Wilkes: »Und?«

Nach den zehn Metern vom Aufzug in unser Büro schnappte Bonzo erst mal nach Luft. Dann sagte er: »Sie sind jetzt mal still. Lassen Sie mich das erst mal ansehen.«

Ehrfürchtig, als hätte er das Turiner Grabtuch vor sich, sah er sich die Papiere an. Dann beugte er sich vor, drückte die Nase gegen die wilden Schnörkel auf dem Tabellenpapier und folgte dem Auf und Ab der Linien, die sich parallel zueinander nach rechts bewegten. Die ganze Zeit über murmelte er vor sich hin: »Sehr interessant. Hmmm. Eine Abwehrmaßnahme? Nein, bloß das Zuschlagen einer Zellentür. Hmmm. Eine Vagusreaktion? Nö, nur'n Rülpser. Hmmm. Treppenatmung. Hmmm. Hier haben wir keine Kontrollreaktion. Systolische Kurve steil, hier und hier, reagiert auf Relevanz. Und WAAAHNSINN! SEHEN SIE SICH DIESEN ANSTIEG AN! HMMM! HMMM!«

»Würden Sie endlich den Mund halten und mir einfach nur sagen, ob er Ihren gottverdammten Voodootest bestanden hat!« rief Wilkes aus. Mein Freund war nicht in Stimmung für die Gesänge des Medizinmanns.

Gewesen sein könnt' er's

»Tja, Sir«, meinte Bonzo schleppend, »ich geh' mal davon aus, daß Sie die Tabellen hier nicht mathematisch aufgeschlüsselt haben wollen. Ich könnte natürlich, wissen Sie. Auf die Kommastelle. Aber ich würde sagen, Wilkes, Ihr Knabe könnt's gewesen sein. Es sei denn, wir haben eine falsche Positivmeldung oder einen Schuldkomplex. Vielleicht auch ein störendes Peripherieproblem oder einen schlechten Satz Fragen, einen Fehler oder einen Maschinenirrtum, was aber alles nicht besonders wahrscheinlich ist.«

»Vielleicht trifft alles auf einmal zu, wozu ich noch die offensichtlichen Defekte des Prüfers hinzufügen würde!« heulte Wilkes. »Alvin Scribner hat den Richter nicht umgebracht, und ich dachte, dahinter käme sogar ein Trottel wie Sie. Also beim Wilkes-Test fallen Sie schon mal durch, Bonzo. Grundlegende Wahrheiten erkenne ich nämlich, wenn ich sie sehe. Ganz im Gegensatz zu Ihnen.«

Wilkes griff sich sein Jackett und machte sich auf den Weg nach draußen. »Gib ihm sein Geld, Schoon. Bezahl ihn für seine Sachverständigenmeinung, daß unser Mandant ein verlogener Mörder ist.«

»Die Lügenkiste lügt nicht«, sagte Bonzo, als Wilkes auf die Tür zuging.

»Solange man sie nicht anschaltet«, sagte Wilkes, als er durch die Tür verschwand.

Ich gab Bonzo einen Scheck dafür, daß er uns erzählt hatte, unser Mandant sei ein verlogener Mörder.

»Oh, ich würde nie sagen, daß Ihr Knabe schuldig ist«, meinte Bonzo zu mir, während seine fleischige, haarige Pfote nach seiner Bezahlung griff. »Ich sage nur, daß Mr. Scribners Reaktionen auf die Fragen, ob er den Richter ermordet hat, mit den Täuschungsindikatoren übereinstimmen.«

Der Hacker

Nach der Anklageeröffnung ging Detective Frank Fortunata zurück ins Hotel, um wieder auf seinen Gefangenen, Jethro Wilmore, aufzupassen. Jethro wartete schon sehnsüchtig auf die gute Nachricht. Hatte er der Polizei nicht die Chance gegeben, die sie gebraucht hatte? Hatte er nicht die paßwortgeschützte Datei geknackt und den Beweis für Richter Knotts und Alvin Scribners geheimen Aktienschatz entdeckt? Hatte er nicht bewiesen, daß Scribner ein Lügner war? War das nicht das Motiv für den Mord? Hatte er nicht eben im Fernsehen gesehen, wie sie den Mann aufgrund seiner Hinweise verhafteten? Jetzt war es Zeit, daß er bekam, was ihm zustand. Es war Zeit, daß die Bullen ihn laufen ließen und seine Straftaten, das gestohlene Geld und die Gefängnisstrafe vergaßen.

Als Fortunata ins Hotel zurückkam, sprach er nicht mit dem Hacker. Er ging in sein Zimmer nebenan und rief seine Freundin an, ein Anruf, den der Hacker über die angezapfte Leitung mithörte. Jethro hörte nur lange genug zu, um das Bruchstück eines einzigen Satzes mitzubekommen, aber das genügte ihm: »Wird dem Rotzbengel nicht schmecken, wieder in den Knast zu gehen –«

Auf der Stelle legte der Rotzbengel auf, setzte das Spezialschloß, das ihn auf seinem Zimmer halten sollte, außer Gefecht und floh. Er hätte schon viel früher fliehen können, jederzeit während seiner komfortablen Haft im Hotel, aber Jethro hatte geduldig darauf gewartet, daß Polizei und Staatsanwalt ihn für seinen großartigen Beitrag zur Verhaftung Alvin Scribners, dem Mörder von Richter Knott, mit der Freiheit belohnten.

Der Hacker atmete die freie, verschmutzte Stadtluft. Er freute sich schon darauf, einmal mehr die zahlreichen angeblichen hackersicheren Computerschutzsysteme anzugehen.

Inzwischen beendete Frank Fortunata seinen Satz: »– und sei es auch nur für eine Nacht. Dann geht der Deal über die Bühne, und er ist ein freier Rotzbengel.«

Kapitel 13

Junior

Der Eigennutz ist ein weiteres wunderbares Instrument, uns auf angenehme Weise zu blenden. Der gerechteste Mensch der Welt sollte nicht in eigener Sache richten.

PASCAL

Unmöglich, Verteidigung vorzubereiten, bevor Richtung bekannt, aus der Angriff kommt.

CHARLIE CHAN

Lasciate ogni speranza, voi ch'entrate!

JOHN WILKES (& DANTE)

Kurz vor unserem Gerichtstermin saß ich im Büro und hörte Wilkes nebenan ins Telefon lachen. Woran an sich nichts Eigenartiges war, außer daß er den Hörer zwischen Ohr und Schulter geklemmt hatte und seine freien Hände links und rechts vom Mund hin und her zuckten. Es sah aus, als stelle er pantomimisch einen Mundharmonikaspieler dar.

»Was zum Teufel treibst du«, fragte ich, als er auflegte.

»Ich habe eben mit unserer ehemaligen Mandantin Miss Becky Buttermilk gesprochen, der Inhaberin der Fidelen Liebeswanne. Sie will wissen, wann wir unsere Freikarten einlösen kommen. Offensichtlich ist das Geschäft etwas flau.«

Ich warf einen Blick auf das Stück feuchte Zahnseide, das er um die Finger gewickelt hatte. Wilkes bemerkte ihn. »Ach das. Ich wollte nur mal sehen. Schoon, setz' einen Aufschubantrag für Alvins Termin auf. Begründung: medizinischer Notfall. Ich benötige ganz offensichtlich eine dringende zahnärztliche Behandlung von der Größenordnung einer Operation, und zwar auf der Stelle.«

»Und das wäre?« fragte ich

»Ich muß mir die Zähne reinigen lassen. Meinst du, damit bekomme ich ein paar Wochen Aufschub, Schoon?«

Er lachte; das Ganze war natürlich nur ein Scherz. Nicht daß er es in einem anderen Fall nicht versucht hätte; es war nur so, daß unser Mandant, Alvin Scribner, alt und gebrechlich und, wichtiger noch, im Gefängnis war. Er würde sich dort nicht lange genug halten, um noch zu seinem Prozeß zu erscheinen, wenn Wilkes nach der ›Alter-Wein-guter-Wein-Strategie‹ vorging und den Prozeß um die üblichen zwei Jahre verschob.

Es war der ungewöhnlichste Fall, den Wilkes je gehabt hatte: kein großes Honorar, kein geeigneter Sündenbock und keine Verzögerungstaktiken. An diesem Fall stimmte rein gar nichts. »Gehen wir«, sagte ich. »Wir kommen sonst zu spät zum Termin.«

Auf dem Weg zum Gericht

Es war ein kalter Novembermorgen, und wir überquerten rasch die Straße vor dem Woolworth Building, gingen durch den City Hall Park und dann hoch zum Foley Square. Trotz des Winds und der Kälte war Wilkes entschieden gut aufgelegt. »Weißt du, Schoon, der Fall gegen Alvin steht genaugenommen auf sehr schwachen Beinen. Hat er die Polizei eben angelogen, was seine geglückten Investitionen mit dem Richter angeht. Na und? Ist das Geld eben verschwunden und Alvin leer ausgegangen. Na und? Waren eben seine Fingerabdrücke auf der Waffe. Na und? War er eben voll Blut. Na und? Wo sind die Beweise?«

»Also für mich hört sich *das* nach Beweisen an«, kommentierte ich ihn.

»Ist doch alles leicht zu erklären. Alvin hat die Leiche gefunden. Er versuchte, das Messer zu entfernen. Natürlich war er voll Blut, natürlich waren seine Abdrücke auf dem Messer. Wichtig ist doch, daß er kein Blut an sich hatte, als die Gattin ihn sah, kurz bevor sie sein Büro gemeinsam betraten. Und schön, hat er eben über seine Investitionen mit dem Richter gelogen, aber nur aus falscher Loyalität für seinen betrügerischen Chef. Oder um sich selbst zu schützen. Na und? So schlecht steht die Sache gar nicht, Schoon. Der Fall des Staatsanwalts ist hauchdünn. Mit dem richtigen Richter kommt er noch nicht einmal vor eine Jury, und Alvin kommt mit einem blauen Auge davon.«

Seine Euphorie ließ Wilkes die Sache nicht ganz klar sehen. Ich sagte: »Ja klar, neunzig Prozent der Richter würden ihre Geschworenen anweisen, wie das Urteil auszusehen hat. SCHULDIG NÄMLICH! Und falls der Fall tatsächlich vor eine Jury kommt, was dann? Willst du's mit Totschlag probieren?«

»Sicher, aber erst mal versuchen wir's mit einem Freispruch mit Pauken und Trompeten.«

Mit hängender Zunge

Das Kriminalgericht am Foley Square liegt nur wenige Blocks nördlich vom Woolworth Building. Es ist ein großer, schmutziger, schwarz-grüner, neostalinistischer Kasten, der nicht weniger befremdend und gefährlich wirkt als ein Tag an der Front, ein Sonnenbad in Tschernobyl oder, schlimmer noch, eine Nacht im Manhattaner Christlichen Verein Junger Männer. Es sieht genauso aus, wie wir es nennen – wie der Tempel des Verderbens.

Die Pforte öffnet sich wie ein riesiger Mund, aus dem scheinbar permanent eine Zunge von Einlaßbegehrenden hängt, die sich zur Magnetometerkontrolle aufgereiht haben. Die Schlange besteht aus einer Regenbogenkoalition von schwarzen, braunen, gelben und weißen Leuten, einige in Straßenkleidung, andere in Anzug und Weste, einige mit Aktenköfferchen, andere mit Ghettoblastern. Wie an jedem anderen Tag auch spuckte der Tempel einen Großteil der verschluckten Besucher auch wieder aus. Andere freilich wurden verdaut.

Während der morgendlichen Stoßzeiten wird die Schlange gewöhnlich länger und bewegt sich noch langsamer hinein. Das Magnetometer ist so empfindlich, daß es auf jeden Metallgegenstand anspricht, der größer ist als ein goldener Nasenring. Wenn das passiert, läßt man dem Einlaßbegehrenden eine Sonderbehandlung durch einen Polizisten mit einem handgeführten Metalldetektor angedeihen. Sorgfältig führt er den Detektor über sämtliche Nischen und Winkel des Verdächtigen, während sich schon mal fünf Leute vom Wachpersonal nähern, um zu sehen, ob nicht eine Gewalttat droht.

Während man dieses Ritual von der Schlange aus beobachtet, liegt eine erwartungsvolle Spannung in der Luft: Irgendwann, eines Tages, vielleicht bald, vielleicht heute, vielleicht jetzt sofort, zieht hier jemand eine Uzi aus der Tasche und spritzt den Laden damit ab.

In dieser fröhlichen Stimmung betraten wir das Kriminalgericht von Manhattan. Während Wilkes und ich in der Schlange standen, sah Wilkes sich um und sagte nüchtern: »*Lasciate ogni speranza, voi ch'entrate!*« Das war von Dante, und fing die Stimmung treffend ein: »Wer eintritt, lasse jede Hoffnung fahren!«

Termin mit dem Schicksal

Schließlich bestanden wir die Inspektion durch die Wachleute, fanden offiziell Einlaß in den Tempel des Verderbens und gingen auf den schmuddligen Aufzug zu, der uns in den Saal des Hilfsrichters führte. Dorthin wollten wir aus drei Gründen: Erstens, um den Namen des Prozeßrichters zu erfahren, zweitens, um einen Prozeßtermin zu bekommen, und drittens, weil man uns, wären wir nicht wie befohlen erschienen, verhaftet und in Ketten hingeschleppt hätte.

Das wichtigste war die Wahl des Prozeßrichters. Selbstverständlich konnten wir nicht auf einen hoffen, der der Verteidigung auch nur die geringste Sympathie entgegenbrachte; solche Richter existieren, ganz im Gegensatz zu populären Vorstellungen, schlicht und ergreifend nicht. Das Beste, worauf sich hoffen ließ, war ein Richter, dem mehr daran gelegen war, unparteiisch zu erscheinen, als sich allzu offensichtlich auf die Seite der Anklage zu schlagen, um unseren Mandanten in Teamarbeit hinter Gitter zu bringen. Das ist heutzutage der Unterschied zwischen einem neutralen Richter und einem Lynchrichter.

Diesem Fall einen Prozeßrichter zuzuweisen, war alles andere als leicht. Auf der einen Seite war das Opfer ein Richter, ein Mitglied der Bruderschaft in der schwarzen Kutte, der, wenn auch nicht von allen Brüdern und Schwestern geliebt, immerhin einer der ihren gewesen war. Und dann war der Gedanke, daß ein Justizsekretär seinen eigenen Richter ermordet, die schlimmste Bedrohung, die ein Richter sich nur vorstellen konnte.

Auf der anderen Seite gab es kaum einen Richter, der für Yulburton Abraham Knott besonders viel übrig gehabt hätte.

Auf der anderen Seite handelte es sich hier um einen publicityträchtigen Fall mit jeder Menge ›Fototerminen‹ und der Chance, im Rampenlicht zu stehen. Einer guten Vorstellung mit dem krönenden Abschluß einer Verurteilung konnte rasch eine Berufung an die nächste Instanz folgen.

Auf der anderen Seite gab es da einen mächtigen Faktor, der, da er zu Nervenzusammenbruch und Frühpension führte, gewichtiger als alle anderen war, ein Faktor, wegen dem man sich sagte: »Ich würde diesen Fall nicht für Geld übernehmen!« Dieser Faktor hieß John Wilkes. Die Tatsache, daß er die Verteidigung führte, würde den größten Teil der Richterschaft abschrecken.

Während wir also im vollen Gerichtssaal darauf warteten, daß uns Hilfsrichter Julius Dungus mit seiner irdischen Gegenwart beehrte, gingen wie Flüsterparolen die Namen der Richter und Folterkammern (Gerichtssäle), die wir wohl ziehen würden, durchs Publikum. Die Namen Holmes, Dardozo, Brandeis, Marshall, Harlan, Frankfurter, Black, Douglas, Warren und Learned Head befanden sich nicht darunter.

Julius der Schlächter

Julius Dungus war der Herr über die Gerichtstermine. Er war der älteste Richter im Haus und hatte sich im Lauf seiner Karriere einer Reihe von Spitznamen erfreut: der ›Zweitausendjährige Richter‹, der ›Schlichte‹ (der ihm der liebste war, sich aber nur bis zu seinem ersten Urteil hielt), der ›Schlechte‹ (während der ersten zwanzig Richterjahre) und der ›Schlächter‹ (während der letzten zwanzig Jahre).

Kein Mensch wußte, wie alt er war, aber im Anwaltscafé hieß es von Zeit zu Zeit, er hätte mit Richter Joseph Force Crater am 6. August 1930 in Billy Hass' Restaurant in der 45. Straße gespeist und sei einer der letzten, die den Richter lebend gesehen hätten.

Er war klein und gebeugt. Sein Kopf war völlig kahl und so voll dicker welliger Hautfalten, daß er aussah, als hätte er das Fell mit einem Shar Pei getauscht. Ansonsten war sein kleiner Kopf nicht weiter bemerkenswert.

Sein Gebiß war zu groß für seinen Mund. Oft saß es so locker, daß es beim Sprechen laut schmatzte. Die Anwälte diskutierten seit zwanzig Jahren darüber, ob man ihm nicht einen Spitznamen geben sollte, der seiner verboten überdimensionierten Kauleiste Rechnung trug.

Lesen konnte der Schlächter wie ein Zweitkläßler, nur daß er nicht so viel verstand. Obwohl er fast blind war, weigerte er sich, eine Brille zu tragen. Er benutzte statt dessen ein Vergrößerungsglas, um die Prozeßakten und den Gerichtskalender zu lesen. Wenn er den Kopf hob und auf die Tische von Anklage und Verteidigung oder auf die Publikumsbänke dahinter blickte, so war da buchstäblich eine blinde Justiz am Werk.

Sein Verstand mußte einem postatomaren Schlachtfeld gleichen: Millionen toter Hirnzellen auf weiter Flur, über der gelegentlich der Funke einer mutierten Synapse aufblitzte. Woran sie gestorben waren, war ein Rätsel. Das Alter hatte damit wohl etwas zu tun. Überanstrengung sicher nicht. Julius war keineswegs senil. Er war einfach nur dumm.

Im Lauf der Jahrzehnte hatten Anwälte, die eben aus seinem Saal kamen, immer wieder aufgebrachte Beschreibungen ihrer Augenblicke mit Julius geliefert. Da gab es die sattsam bekannten: Der hat sie wohl nicht mehr alle, der ist doch nicht mehr ganz dicht, der hat doch nicht alle Tassen im Schrank, der hat nicht alle Nadeln an der Tanne, der hat einen Sparren zu wenig, der tickt doch nicht richtig, der ist doch mit der Muffe gebufft, der hat wohl heut nacht in den Mond geguckt, bei dem ist doch ein Ziegel gerutscht, bei dem haben sie eingebrochen und 'nen Strohsack geklaut.

Oder die kombinierten: Der hat doch eine Schraube locker (bei dem rappelt es wohl); der hat doch einen Kopfschuß (der hat doch einen Sprung in der Schüssel); der hat doch einen Vogel (bei dem piept's wohl); bei dem geht das Rädchen links rum (bei dem hakt' s wohl); der hat doch einen Furz gefrühstückt (dem haben sie doch ins Gehirn geschissen).

Oder die innovativen: der hat doch nicht alle Latten am Zaun; der hat wohl die Pfanne heiß; dem brennt wohl der Kittel.

Bis hin zur tollsten: Wenn Hirn Benzin wäre, würde es bei dem nicht mal für eine Runde Ameisen-Go-cart um einen Schließmuskel reichen.

Julius' Auftreten im Gerichtssaal teilte sich in zwei verschiedene Phasen: die REM-Phase und das Weggetretensein bei Bewußtsein. Um dem entgegenzukommen, stellten die Sekretäre den beiden Parteien Schilder auf den Tisch: WENN SIE SICH AN

DAS GERICHT WENDEN, DANN NUR SEHR, SEHR LAUT! Also schrie man das Gericht grundsätzlich nur an. Was ihn entweder – bei Phase eins – aufweckte, oder – im Fall von Phase zwei – seine Aufmerksamkeit erregte.

Man sah Julius den Schlächter an und dachte sich: Großer Gott! Dieser Mann verteidigt die Verfassung der Vereinigten Staaten! Und dann betete man für sein Land und seinen Mandanten.

Freiwillige vor

»Das Volk des Staates New York gegen Alvin Scribner«, rief Julius' Sekretär, nachdem der alte Mann wie ein Baby die drei Stufen zu seinem Thron hochgekrabbelt war.

»Miles Landish, Staatsanwalt, als Vertreter des Staats New York«, schrie Miles Landish, der sicher einige New Yorker vertrat. Wenn auch nicht Alvin Scribner.

»John Wilkes für den hier anwesenden Mr. Alvin Scribner, gegenwärtig in Untersuchungshaft«, brüllte Wilkes zum Richter hinauf. Alvin saß am Tisch der Verteidigung, vornübergebeugt und zitternd vor Angst.

Julius musterte durch das Vergrößerungsglas die Papiere vor sich. Den Kopf kaum mehr als zwei Fingerbreit über den Zeilen, das Glas zwischen Kopf und Schreibtisch, sah er aus wie ein Wissenschaftler auf der Suche nach einem verlorenen Molekül. Langsam begann er von einem der Papiere vorzulesen.

»Der Staat New York gegen Alvin Scribner. Wie Sie alle wissen, handelt es sich hier um keinen gewöhnlichen Fall, in dem man nur einen Prozeßrichter zu wählen braucht. Für gewöhnlich würde die Auswahl willkürlich erfolgen, nicht so heute. Die meisten Richter haben diesen Fall abgelehnt wegen der engen Beziehung mit dem lieben Verschiedenen, Richter Yulburton Knott, einem Kollegen, den man hier sehr vermißt.«

Wir wußten sofort, daß das Ärger bedeutete. Schlimm genug, das Schmatzen seiner falschen Zähne zu hören, die ihm um den Gaumen schwappten, aber daß er eine Ansprache vorbereitet hatte, deutete auf eine vorsätzliche Tat. Daraus und aus der Sprache, die er benutzte, war klar, daß Julius nicht ein Wort von dem geschrieben hatte, was er da las; der Sprache fehlte das für ihn charakteristische Merkmal: das zusammenhanglose Gewäsch. Das bedeutete, daß da eine dunklere, intelligentere Macht am Werk war als er.

Der Schlächter fuhr mit seiner langsamen Lesung fort: »Nach diesen freiwilligen Rücktritten standen nur noch einige wenige Richter zur Wahl. Und von diesen hat denn ein braver, tapferer und aufrichtiger Jurist auf meine Bitte hin die Aufgabe akzeptiert. Er hat mir versichert, daß seine Beziehung zu dem Verstorbenen sich auf einige wenige zwanglose Mittags- und Abendmahlzeiten im Hause eines der beiden Herren beschränkte, einige gemeinsam besuchte Seminare, Hochzeiten, Golfpartien, Angelausflüge, gelegentliche gesellschaftliche Zusammenkünfte, Richterversammlungen und den Austausch von Weihnachtsgeschenken.«

Während Julius diese Worte verlas, spürte ich, wie Wilkes neben mir nervös zu werden begann. Ihn beschlich eine Vorahnung. Ich spürte es selbst. Es war das alte Gefühl, gleich in aller Öffentlichkeit übers Ohr gehauen zu werden und daß wie gewöhnlich wir die Gelackten sein sollten.

»Und nachdem ich diesen hervorragenden Richter dazu bewegen konnte, seine überfüllte Prozeßliste am Zivilgericht vorübergehend liegenzulassen und diesem Verfahren vorzusitzen, das so wichtig ist für die Stadt, weise ich den Fall hiermit offiziell dem Ehrenwerten Lester J. Throckton junior zu. Prozeßbeginn ist in drei Wochen. Das Gericht vert–«

Als er den Namen Lester J. Throckton jr. hörte, rastete Wilkes aus. Wie von der Tarantel gestochen, fuhr er auf. »THROCK-

TON? JUNIOR? DIESEN FALL? NICHT THROCKTON! DAS IST JA WOHL EIN WITZ!«

Er war aschfahl; er stand unter Schock; er war wie toll. Der ehrenwerte Lester J. Throckton jr., der treue Leser wird sich erinnern, war der von Sal Minchinzi und dem Mob gesponsorte Richter, den Wilkes in einem Rennen um einen Richterposten geschlagen hatte. Während des Wahlkampfs bezeichnete Wilkes Junior in seinen berühmten ›Abschaum-Reden‹ als korrupten Abschaum und Mafiakreatur.*

Aber der Schönste im Land

»Er hat mir versichert, allen Parteien gegenüber fair sein zu können«, sagte Julius der Schlächter. »Wir sollten dankbar sein, daß er den Fall übernimmt.«

»Jawohl«, rief Miles Landish. »Richter Throckton wäre der geeignete Mann für diesen Fall. Das Volk akzeptiert die Zuweisung.« Der Ankläger wandte seinen halslosen feisten Kopf in Wilkes' Richtung und strahlte übers ganze Gesicht.

Wilkes ignorierte Landish und protestierte beim Richter. »ABER ICH HABE JUNIOR WEGGEKNALLT! ICH HABE IHM WÄHREND DES WAHLKAMPFS BUCHSTÄBLICH DIE SCHEISSE AUS DEM LEIB GEPRÜGELT! DAS IST LÄCHERLICH! ICH BEANTRAGE, IHN WEGEN BEFANGENHEIT VON DEM FALL ABZUZIEHEN!«

Julius krabbelte eben wie ein Baby die Stufen des Podiums herab, als Wilkes' Verbalsalve ihn traf. Noch immer auf allen vieren, versuchte er ihm die Worte »Antrag abgelehnt!« hinzuspucken, aber statt dessen kamen seine Zähne heraus. Sie schossen zu Boden und klapperten – »klicketi-klack, klicketi-klack« – die gut drei Meter bis an die Wand.

* Alles dokumentiert in *Wilkes im Fegefeuer*. Wilkes gewann die Wahl zwar, wurde aber dann aus technischen Gründen disqualifiziert, die mit den Wünschen eines gewissen Mafiadons und dem Verlangen einiger New Yorker Stadtväter nach einer normalen Lebensspanne zu tun hatten.

Julius der Schlächter, nunmehr zahnlos, murmelte kaum verständlich: »Vertagt!«, krabbelte auf seine Zähne zu, hob sie auf und verschwand durch die Tür, während der zornige Wilkes sarkastisch hinter ihm dreinschrie: »OH, JA, WOMIT DAS PROBLEM TODSICHER GELÖST IST! ER WIRD SCHON FAIR SEIN! DER RICHTER HAT ENTSCHIEDEN! DAMIT IST ALLES ERLEDIGT! ABER NICHTS IST ERLEDIGT, SAGE ICH!«

Selbst nachdem der Richter längst draußen war, schrie Wilkes noch auf Reporter, Gerichtsgroupies und Gelegenheitsschaulustige ein. Eine gute Taktik. Was immer Wilkes sagte, half uns dabei, Throckton loszuwerden, und je skandalöser seine Äußerungen, desto größer die Chance eines Vergeltungsschlags seitens des Richters, was uns um so mehr Gründe an die Hand gab, ihn aus dem Fall zu werfen.

»ICH KANN NICHT GLAUBEN, DASS ER EINEN FALL ÜBERNOMMEN HAT, IN DEM ES UM DEN MORD AN SEINEM GELIEBTEN FREUND, RICHTER KNOTT, GEHT. UND ICH KANN NICHT GLAUBEN, DASS ER EINEN FALL ÜBERNIMMT, IN DEM ICH DIE VERTEIDIGUNG FÜHRE. MEINE DAMEN UND HERREN! HALTEN SIE ES FÜR FAIR, DASS ICH DIESEN FALL VOR POLITISCHEM ABSCHAUM VERHANDELN SOLL, DEN ALS SOLCHEN ZU BEZEICHNEN ICH DAS VERGNÜGEN HATTE, BEVOR ICH IHN WEGGEKNALLT HABE? NENNEN WIR DAS KIND DOCH BEIM NAMEN: ES IST DER ANFANG EINES GERICHTLICH SANKTIONIERTEN LYNCHMORDS!«

Als der Gerichtspolizist kam, um Alvin Scribner in die Zelle zurückzubringen, sah dieser zu seinem wetternden Anwalt auf und begann haltlos zu weinen. Ein lautes, trauriges Schluchzen füllte den Saal. Ich legte Alvin eine Hand auf den zitternden Rücken, und Wilkes kam herbei, um ihn gleichfalls zu trösten. Alvin heulte weiter.

Auch der Ankläger kam herüber, aber nicht um Hilfe oder Trost zu spenden. Er hatte einen Packen Papiere in der Hand. Er sagte: »Da würde ich auch heulen, wenn man mich auf frischer Tat beim Mord an einem Richter ertappt hätte. Vor allem, wenn ich ihn auch noch gestanden hätte …«

»So ein Krampf«, sagte Wilkes.

»... bei einem Gefängnisgeistlichen.«

Alvin hörte einen Augenblick auf zu schluchzen und wandte sich Landish zu. Der Gerichtspolizist half ihm auf die Beine. Alvin sah Wilkes an und schrie: »Ich habe nicht ein Wort gesagt, Mr. Wilkes. Das ist gelogen.«

Landish warf den Stapel Papier auf den Tisch. »Hier, Wilkes, Ihre Kopie davon zur Einsicht.« Er betrachtete Alvin. »Lesen Sie's und heulen Sie mit.«

Bei diesen Worten begann Alvin wieder lauthals zu heulen und schluchzte den ganzen Weg bis zur Hintertür des Gerichtssaals, durch die er mit den Gerichtspolizisten verschwand. Wilkes und ich starrten auf die Papiere auf dem Tisch, als wären sie unsere Todesurteile.

Wilkes fiel schwer auf den Stuhl. Sein vormittäglicher Optimismus war längst wie eine Seifenblase geplatzt. Ohne die Augen von den Papieren zu nehmen, verfiel er in einen gemurmelten Singsang: *»Lasciate ogni speranza, voi ch'entrate; lasciate ogni speranza, voi ch'entrate; lasciate ogni speranza, voi ch'entrate; lasciate ogni speranza, voi ch'entrate.«*

Befangenheitsantrag eines Gelackmeierten

Wann immer Wilkes vor Gericht der Gelackmeierte ist, und das passiert oft, läßt er einen Teil seines Zorns an mir aus, in Form von Aufgaben. Diesmal war keine Ausnahme. Ich sollte den Antrag aufsetzen, der uns Junior wegen Befangenheit gegenüber Wilkes vom Hals schaffen würde, und das noch in derselben Nacht. Es machte mir nichts aus. Meistens graute mir davor, Wilkes' Anträge zu schreiben, weil sie entweder schikanös, von der Stange, hoffnungslos oder so spitzfindig waren, daß sie noch nicht einmal ein Rechtsgelehrter verstanden hätte. Ich wußte, es bestand keine Gefahr, daß ein Richter sie jemals las, geschweige denn bewilligte. Die Justizsekretäre, darauf programmiert, ›Abgelehnt!‹ in allen nur verfügbaren Versionen zu schreiben, die die englische Sprache nur bot, waren die einzigen Menschen, die je ein Auge darauf werfen würden.

So hatte ich für gewöhnlich keine große Lust, mir die Nacht um die Ohren zu schlagen, um auf Bestellung Wilkes' Anträge auszustoßen. Diesmal jedoch lag der Fall anders. Das hier WAR ein Skandal. Mein Zorn und ein Computer voll vorfabrizierter Befangenheitsanträge trieben mich an. Dazu kam die *New York Times* dieses Morgens, die sich – dank Wilkes' Freundin, der Reporterin Adell Loomis – in einem Leitartikel über die Zuweisung eines Richters äußerte, »dessen häßliche politische Fehde mit Mr. Wilkes, die bis zu einer peinlichen körperlichen Auseinandersetzung ging, diese Wahl über die Maßen unangebracht erscheinen läßt.«

Wilkes bestand darauf, eine eigene eidesstattliche Erklärung aufzusetzen, um den ›Befangenheitsantrag eines Gelackmeierten‹ zu stützen. Ich durfte auch nicht ein Wort daran ändern. Da es sich vermutlich um ein Dokument handelt, das in der Geschichte der Jurisprudenz einmalig ist, gebe ich es hier in seiner Gesamtheit wieder.

JOHN WILKES
ANWALTSKANZLEI JOHN WILKES
233 Broadway
New York, N.Y.
Tel.: (212) 232-2222

In anwaltschaftlicher Vertretung für Alvin Scribner
AMTSGERICHT DES BEZIRKS MANHATTAN IM STAATE NEW YORK
Strafsache 89666

DAS VOLK DES STAATES NEW YORK, Kläger,

GEGEN

ALVIN SCRIBNER, Beklagter

Erklärung von John Wilkes zum Antrag auf Ablehnung wegen Befangenheit des Richters Throckton

ORDNUNGSGEMÄSS VEREIDIGT, GEBE ICH, JOHN WILKES, FOLGENDE ERKLÄRUNG AB:

1. Ich hasse Lester J. Throckton junior. Ich habe bereits seinen Vater gehaßt.
2. Er haßt mich nicht weniger als ich ihn. Desgleichen galt für seinen Vater.
3. Während unseres politischen Wahlkampfs um einen Richtersitz warf er mir eine Reihe von Unflätigkeiten an den Kopf, und seine Anhänger drohten mir sogar mit dem Tod.
4. Während dieses Wahlkampfs nannte ich ihn unter anderem einen »korrupten Hurensohn«, eine »dreckige kleine Mafiakreatur«, einen »hirnlosen Trottel«, »besser geschmiert als eine Wagenachse«, einen »Steuerhinterzieher«, einen »Sadisten«, und einen »Zuhälter in der schwarzen Kutte«. Siehe dazu Beweisstück A, die Artikel aus der *New York Times,* in der meine Reden unter dem Sammeltitel »Abschaum-Reden« erschienen.
5. Ich war der einzige Kandidat, der die Wahrheit sagte (siehe Punkt 4).
6. Vor der Debatte mit Throckton konnte ich, vielleicht übermäßig stimuliert durch die Anschuldigungen und Todesdrohungen gegen mich, nicht anders, als Throckton mit einem Schlag umzuhauen, worauf er die Besinnung verlor. Zu diesem Zeitpunkt trug er Make-up.
7. Nur ein Känguruh könnte sich in Richter Throcktons Saal wohl fühlen.
8. Richter Throckton SCHEINT voreingenommen, was mich anbelangt. Er IST voreingenommen gegen mich. Er WIRD

IMMER VOREINGENOMMEN SEIN, was mich anbelangt und jeden, den ich verteidige. Es ist ein Affront gegen mich, ihm diesen Fall zuzuteilen; es ist ein Skandal, daß er diesen Fall angenommen hat.

9. Mein Mandant, Alvin Scribner, wird des Mordes an Yulburton Abraham Knott, einem Richterkollegen und Freund Throcktons, bezichtigt. Mr. Scribner hat Anspruch auf ein faires Verfahren, und zwar woanders als in einem Gericht, das nur für australische Beuteltiere taugt.

Ich erkläre unter Kenntnis der Strafe für einen Meineid, daß Obiges der Wahrheit entspricht.
John Wilkes

Bekenntnis zu allen Punkten

Nach dieser Erklärung wandte er seine Aufmerksamkeit dem Geständnis zu, das Miles Landish uns gegeben hatte. Obenauf lag ein Brief von Mr. Landish, mit dem er uns das Dokument im Rahmen seiner Aufklärungspflicht übergab und das großzügige Angebot auf ein ›Bekenntnis zu allen Punkten‹ unterbreitete, was in der Sprache des Kuhhandels zwischen Anklage und Verteidigung nichts anderes heißt, als daß der Beklagte sich zu allen Punkten der Anklageschrift schuldig bekennt. »Im Lichte der erdrückenden Beweislast gegen Ihren Mandanten und des beiliegenden Geständnisses gegenüber einem freiwilligen Gefängnisgeistlichen, bin ich bevollmächtigt, ein Angebot zu unterbreiten, das jedoch nur einen Tag gilt. Wenn Ihr Mandant sich in allen Punkten der Anklage für schuldig erklärt, fordert die Staatsanwaltschaft nicht mehr als die zulässige Höchststrafe. Außerdem erklärt sich der Ankläger bereit, der Anklage keine weiteren Punkte hinzuzufügen, was die aus den zusammen mit Richter Knott getätigten Investitionen abzuleitenden Verstöße betrifft.«

Während Wilkes mir das vorlas, ging er im Büro auf und ab. Er hörte damit auch nicht auf, als er die Gefängnisbeichte unseres Mandanten einem gewissen Pater Harold Leech gegenüber vorlas. Alvins angebliches Geständnis dem Pater gegenüber war kurz und kam, wie man sagen möchte, gleich zur Sache: »Als ich herausfand, daß er mir mein ganzes Geld abgegaunert hatte, habe ich den nichtsnutzigen Schwindler in den Rücken gestochen.«

Ich stöhnte. Damit war der Fall hoffnungslos. Sie hatten ein Motiv; sie hatten die Gelegenheit; sie hatten Beweise; und jetzt auch noch Alvins Geständnis.

Wilkes jedoch begann zu kichern. Ich dachte schon, jetzt ist er übergeschnappt. Ich meine, wieviel Schläge hält ein Mensch pro Tag aus? Dann wurde es gar noch schlimmer. Sein Lachen wurde zu einem lauten Geheul, und schließlich brüllte er so wild, daß er unter Zuckungen zu Boden ging.

»Pater Harry Leech!« brüllte er, während er auf seinem Podex saß. »Der Beichtvater! Herrgott, Schoon, eine so schlechte Nachricht ist das gar nicht! Es könnte sogar unsere Chance sein!« Einen Augenblick später sprang er auf, lief zum Kopierer und machte eine Kopie eines der Blätter. Dann kam er mit dem einen Blatt in der Rechten an meinen Schreibtisch gerannt.

»Schoon«, sagte er, als er triumphierend vor mir stand, »gleich morgen früh bringst du das hier zu Miles Landish.«

Er ließ das Blatt fallen, und es schwebte wie eine Feder von Wilkes' Hand auf meinen Tisch. Vor mir lag, aus der Feder von John Wilkes, ein einzigartiges juristisches Dokument. Ich fragte: »Was zum Teufel ist das?«

»Das«, sagte er, »ist unsere Antwort auf Landishs Ultimatum.«

Und das ist, was er mir da gegeben hatte:

VON: STAATSANWALT MILES LANDISH

ÜBERBRINGUNG DURCH BOTEN

AN: JOHN WILKES
ANWALTSKANZLEI JOHN WILKES
233 Broadway
NEW YORK, N.Y.
Tel.: (212) 232-2222

Betr.: DAS VOLK DES STAATES NEW YORK GEGEN ALVIN SCRIBNER

Beiliegend finden Sie zur Einsicht im Rahmen der Aufklärungspflicht das diesem Büro jüngst zugegangene Geständnis des Mordes an Richter Yulburton Abraham Knott.
Im Lichte der überwältigenden Beweislast gegen Ihren Mandanten und des beiliegenden Geständnisses gegenüber einem freiwilligen Gefängnisgeistlichen, bin ich vom Oberstaatsanwalt bevollmächtigt, ein Angebot zu unterbreiten, das jedoch auf einen Tag befristet ist.
Das Angebot lautet folgendermaßen: Ihr Mandant bekennt sich in der anhängigen Mordklage für schuldig. Als Gegenleistung dafür fordert die Staatsanwaltschaft nicht mehr als die zulässige Höchststrafe. Außerdem erklärt sich der Ankläger bereit, der Anklage keine weiteren Punkte hinzuzufügen, was die aus den zusammen mit Richter Knott getätigten Investitionen abzuleitenden Verstöße betrifft.
Ein Versäumnis, das Angebot zu akzeptieren, kann zur Folge haben, daß zur Anklage zusätzliche Punkte hinzukommen, die sich im Falle einer Verurteilung strafverschärfend auswirken.

Ich erwarte eine Antwort von Ihnen spätestens morgen früh.

Hochachtungsvoll
Miles Landish

PS: Schönen Tag noch.

Kapitel 14

Ruby und die Geschworenenwahl

Muß ein sehr verregneter Tag sein,
damit Ente ertrinkt.
CHARLIE CHAN

Keine Bange. Die zwölf, die wir zusammenstellen,
die werden sich ihr Lebtag nicht einig.
RUBY FULGIONI

Die Verteidigung in einem Mordfall ist eine häßliche Sache. Ein Verteidiger im Tempel des Verderbens hat es schon schwer genug, aber die Zwangsarbeit im blutigen Tümpel von Mord und Totschlag setzt noch eins drauf. Und ist das Opfer auch noch völlig unschuldig, wird es besonders schwer. Ist es jedoch ein mieser Typ wie Y. Knott, nun, dann sieht die Sache ganz anders aus.

Theorie des Falles

Ein Verteidiger braucht für jeden seiner Fälle eine Theorie. Vielleicht besteht ja kein Zweifel daran, daß der Angeklagte mit dem Beil auf das Opfer eingeschlagen hat, bis es tot war. Aber vielleicht gibt es ja eine Erklärung dafür. Notwehr. Unzurechnungsfähigkeit. Ein Alibi. Vielleicht alle drei. Man könnte anführen: »Hat, meine Damen und Herren, mein Mandant die tödlichen Schläge geführt? Oder war er, wie wir aufgezeigt haben, nicht bei Sinnen und glaubte sich woanders und dem Angriff einer Horde von Killerschaben aus dem All ausgesetzt?«

Sofort stellen sich bei den Geschworenen Bilder von einem Angeklagten ein, der weit weg vom Tatort wie wild um sich schlägt. Wie ein Wahnsinniger drischt er auf ganze Horden säurespritzender Rieseninsekten von fremden Sternen ein. Er verteidigt sich. Er ist verrückt. Er ist woanders.

Es ist eine Theorie. Und allemal besser, als sich schuldig zu bekennen.

Oder vielleicht hatte das Opfer ja den Tod so ein bißchen verdient. In diesem Fall stellt die Theorie der Verteidigung den Mord als Dienst an der Allgemeinheit dar – als eine Art alternatives Müllkonzept. Darunter können sich Geschworene etwas vorstellen. Vielleicht hat Ihre Mandantin Ihrem Mann ja in den Rücken geschossen, während er auf der Couch lag und schlief. Na und? Der Saukerl hat sie geschlagen; er war ein nichtsnutziger Säufer; er hat sie betrogen. Er hat nur gekriegt, was er verdient.

Selbstverständlich dürfen Sie eine derart moralische Rechtfertigung für einen Mord nie in Worte fassen. Besser Sie sagen: »Meine Damen und Herren, diese Tragödie ist geschehen, um einen Teufelskreis sinnloser Gewalt zu beenden, der diese arme, zum Krüppel geschlagene Frau an die Grenzen menschlicher Belastbarkeit geführt hat. Die Waffe wurde abgefeuert. Sicher. Aber nur in einem Akt präventiver Notwehr, einem Akt, der dem prügelnden Ungeheuer, das da schlief, sagen sollte: ›Du wirst mich nicht mehr schlagen.‹«

Es ist eine Theorie. Und allemal besser als sich schuldig zu bekennen.

In dem Fall *Das Volk gegen Alvin Scribner* hatten wir unsere Schwierigkeiten, eine Theorie aufzubauen. Wir mußten Alvins Verteidigungstheorie (»Ich bin's nicht gewesen«) mit dem Belastungsmaterial der Anklage verbinden (das lauthals schrie: »OH, UND OB SIE DAS WAREN!«). Einige der Beweismittel waren unwiderlegbar, und wenn man sich unwiderlegbaren Beweisen gegenübersieht, ist es von größter Bedeutung, sie mit der Theorie der Verteidigung unter einen Hut zu bringen. In Alvins Fall fehlten uns jedoch die Harmonien zur Beweislast der Anklage: der fehlende Spekulationsgewinn, sein Eingeständnis, daß er mit Knott an Insidergeschäften beteiligt war, das Blut an seinem Hemd, seine Fingerabdrücke auf dem Brieföffner, und jetzt auch noch die Beichte bei Pater Leech.

Unser großes Problem war, daß Alvins magere kleine Verteidigungstheorie alles war, was wir im Augenblick hatten. Man mußte sie erst ordentlich aufbauschen. Aber es war wenigstens eine Theorie, und sie war allemal besser als ein Schuldbekenntnis.

Vorprozessualer Streßreaktionsblues

Richter Throckton kam nicht dazu, vor Prozeßbeginn unseren Antrag, ihn aus unserem Verfahren zu werfen, zu beantworten. Das war Absicht. Indem er die Antwort (»Ihr Antrag ist abgelehnt!«) bis zum Prozeßbeginn hinauszögerte, machte er es uns unmöglich, bei der nächsten Instanz dagegen Rechtsmittel einzulegen. Richter haben eine Schwäche für unkassierbare Urteile. Es gibt ihnen das Gefühl, unbesiegbar zu sein. In Juniors Fall garantierte ihm das den Vorsitz über Alvin Scribners Prozeß.

Als wir uns am Morgen des ersten Prozeßtags an unseren üblichen Eilmarsch zum Gericht machten, hatten wir mehr als nur Angst. Wilkes litt entschieden an einem schlimmen Fall von vorprozessualem Streß. Ich hatte ihn selten so wütend, so nervös, so gestreßt gesehen. Ich bezweifle, daß er die Nacht zuvor ein Auge zugetan hatte. Er hatte am Morgen eine ganze Kanne Espresso in sich hineingekippt, und das Koffein hatte ihn mit einer Million Volt innerer Elektrizität aufgeladen.

Wilkes hatte guten Grund, sich Sorgen zu machen. Wir traten mit kaum mehr als einer schwachen Verteidigungstheorie an.

Wir traten gegen einen Ankläger mit einer Tonne Belastungsmaterial an und einen Schlächter in schwarzer Robe, der seinen Richterstuhl der Mafia verdankte, einen Mann, von dem man immer wieder hörte (am öftesten von John Wilkes): »Er ist der beste Richter, der für Geld zu haben ist.«

Es geht los

Wir waren noch nicht einmal in der Nähe des Gerichts, da sahen wir uns schon von den Medienmaden umschwärmt. Man streckte Wilkes Kameras, Scheinwerfer und Mikrofone jeder Größe ins Gesicht, während die Zeitungsleute, die uns Bleistifte und Füller entgegenhielten, in das Geschrei der üblichen scharfsinnigen Fragen mit einstimmten.

»Werden Sie Alvin heute herauspauken, Wilkes?«

»Wie viele Geständnisse Alvins hat der Staatsanwalt denn?«

»Ist die Höchststrafe in diesem Fall lebenslänglich oder der Tod?«

Wilkes sagte nur: »Ich bin hier, meine Damen und Herren, um sicherzustellen, daß die Unschuld auch nicht einen Tag länger leidet.« Aber den Medien genügte das nicht; sie belästigten ihn weiter mit dummen Fragen. Also sagte Wilkes: »Nun gehen Sie schon aus dem Weg, verdammt noch mal, damit ich meine Arbeit tun kann.« Damit begann er sich grob einen Weg durch den Mob in Richtung Tempel des Verderbens zu bahnen.

Als ein Verein mit eigenen Regeln kennen Medienleute weder Verlegenheit noch Beleidigungen oder gute Manieren. Sie wollten einfach nicht aus dem Weg gehen. Statt dessen umringte uns eine langsam zurückweichende Armee von schreienden Reportern, während wir uns wie Jäger auf Dschungelsafari eine kleine Schneise von der Straße ins Gericht bahnten, durch die Magnetometerkontrolle, in den Aufzug hinein, hinauf und aus dem Aufzug heraus und den Korridor hoch in den Saal, der uns als Richter Throcktons Folterkammer bekannt war.

Unseren lärmenden Hofstaat im Schlepptau, fielen wir in den Gerichtssaal ein. Der Krach im Saal war noch schlimmer als unser Pressetroß. Es waren noch weitere Reporter dort, und als sie Wilkes sahen, warfen sie uns praktisch hinaus. Die Wucht des anbrandenden menschlichen Fleisches schleuderte uns rücklings in den ersten Medienmob und dann hinaus auf den Korridor. Wir mußten uns unseren Weg in die Sicherheit des für Anklage und Verteidigung reservierten Raums vor dem Richtertisch hart erkämpfen; glücklicherweise hatten hier weder Reporter, Gerichtsgroupies noch Gelegenheitsschaulustige Zutritt.

Wilkes gelangte an den arg mitgenommenen Tisch der Verteidigung und fand darauf einen Zettel vor. »Was zum Teufel!« brüllte er. Er ließ sich schwer auf den Stuhl fallen und las Richter Throcktons Anweisung vor: »Befangenheitsantrag abgelehnt!« las er. »Beide Parteien haben sich innerhalb einer Woche schriftlich dazu zu äußern, ob die von der Verteidigung des Angeklagten eingereichte eidesstattliche Erklärung mehr enthält als unbewiesene Diffamierungen. Besteht der Antrag aus nichts als derlei Verleumdungen, beantworten Sie bitte folgende Frage: Rechtfertigt der Antrag der Verteidigung die Überweisung an den Disziplinarausschuß wegen Verdachts auf Meineidigkeit?«

Wilkes zerknüllte die richterliche Anweisung und warf sie vor den Richterthron. So also begann unser Tag, als wir unsere Plätze einnahmen, um auf den Beginn des Prozesses gegen Alvin Scribner, den angeblichen Mörder Richter Yulburton Abraham Knotts, zu warten. Als nächstes stand die Auswahl der Geschworenen auf dem Programm.

Ruby

Wilkes glaubte nicht, daß spezielle psychologische Berater bei der Geschworenenauswahl besser waren als sein Instinkt. Im allgemeinen ging das so: Wenn Wilkes der Ansicht war, mit einem Geschworenen auszukommen, wenn er der Typ war, mit dem er sich beim Essen nicht langweilen würde, dann nahm er ihn an. Wenn er ihn nicht mochte, dann weg mit ihm. Diese Methode hatte ihm gute Dienste geleistet. Er hatte gelegentlich schon so einen Experten in Sachen Geschworenenauswahl bezahlt, fand aber, daß die Kosten hoch waren und die ganze Prozedur viel zu langsam und kompliziert, während die Resultate nicht merklich besser ausfielen.

So jedenfalls hatte er gedacht, bis ihm Ruby Fulgioni über den Weg gelaufen war, eine Brooklyner Kartenlegerin und Expertin in Sachen Geschworenenauswahl. Das mit Ruby war, was Wilkes anbelangt, Liebe auf den ersten Blick gewesen.* Sie war um die sechzig, ihr Gesicht unscheinbar und faltig, die Nase breit, und ihre Oberlippe zierte ein leichter Bart – eine Vogelscheuche von gerade mal anderthalb Metern Größe. Sie trug Tag für Tag dasselbe Wollkostüm, dessen Ausdünstungen sich proportional zu seinem Verfall zu intensivieren schienen. Ein straßbesetztes lila Gestell hielt zwei Gläser von Flaschenbodenstärke, denen auch eine Mittelstreckenrakete nichts hätte anhaben können. Diese Saison trug Ruby ihr Haar feuerrot und im Pagenschnitt. Sie sah aus wie ein Kartoffelsack im Fummel.

Wilkes mochte ihre beinharte Art nicht weniger als ihre Gewieftheit. Sie hörte sich an wie ein Boxer im Ruhestand – ihr Dialekt war Brooklyn pur –, und wenn sie einem die Meinung sagte, kannte sie keinen Pardon. Wir beschäftigten sie, weil sie Menschen las wie die Schlagzeilen der *Post*. Ein Blick von Ruby, und sie erzählte einem eine Stunde lang die intimsten Dinge von jemandem. Und manchmal hatte sie sogar recht.

Und das wichtigste: Ruby war billig.

* Ruby half Wilkes auch, die Jury in seiner tapferen, wenn auch unglücklichen Verteidigung von Hank ›Der Echse‹ Gidone auszusortieren. Ironischerweise fand dieses Verfahren unter dem Vorsitz von Yulburton Abraham Knott statt. Siehe *Wilkes im Fegefeuer*.

An diesem ersten Morgen von Alvins Prozeß hörten wir sie, bevor wir sie sahen.

»Nimm deine dreckigen Flossen weg, Freundchen, sonst gibt's was zwischen die Hörner! Und jetz' laß mich schon endlich rein.« Ein stämmiger Gerichtswachtmeister versuchte sie am Betreten des den Anwälten vorbehaltenen Bereichs zu hindern. Ich ging rasch hinüber und sagte dem Mann, daß sie zum Team der Verteidigung gehörte. Er sah mich an, als wäre ich nicht ganz richtig im Kopf, aber er ließ sie durch. Als sie eintrat, bedachte sie den Knaben mit einem scharfen Blick und fauchte ihn an: »GESTAPO!«

Kaum war Ruby bei uns am Tisch, als der Gerichtspolizist unseren Mandanten aus der Gewahrsamszelle in den Saal schleppte. Das erste, was Ruby zu uns sagte, als man den armen Alvin Scribner an den Tisch der Verteidigung führte, war: »Was denn, Wilkie, verteidigste schon wieder so 'n Fußabstreifer?«

»Eine getretene Kreatur«, sagte Wilkes. Er legte einen Arm um den nunmehr sitzenden Alvin. Unser welker Mandant zeigte bereits, aus welchem Holz er geschnitzt war: Er hatte den Kopf in die auf dem Tisch verschränkten Arme gelegt und weinte leise vor sich hin.

»Den hier sollste verteidigen? Du machst wohl Witze!« sagte Ruby. Sie setzte sich zu meiner Rechten. Alvin war zu meiner Linken und Wilkes links von Alvin.

»Tja, das ist er«, sagte Wilkes. »Nicht gerade ein Auftritt, wie er nach meiner Choreographie verlaufen wäre, ich meine, stolz, trotzig und empört über den verleumderischen Vorwurf gegen ihn, aber nichtsdestoweniger ein Bürger in Not.«

»Spar dir den Krampf, Wilkie.« Ruby beugte sich über meinen Schoß, um dem armen Alvin etwas zuzuflüstern: »Keine Bange. Die zwölf, die wir zusammenstellen, die werden sich ihr Lebtag nicht einig.«

Alvin hob einen Augenblick den Kopf, um die Herkunft der merkwürdigen Worte auszumachen. Kaum hatte er Ruby richtig gesehen, fiel sein Kopf schwer auf seine Arme zurück, und er begann zu stöhnen. »OH! OH!« jaulte er. »Ich sterbe im Gefängnis! OH! OH!«

Wilkes bemerkte unseren Gegner, den Staatsanwalt Miles Landish, der in Begleitung von Mike Mulraney und eines Psychologen das Schlachtfeld betrat, der ihnen bei der Auswahl der Geschworenen helfen sollte. Mit einem Blick zu Ruby sagte Wilkes: »Das ist die Opposition.«

»Ja, na ja, die schaffen wir schon. Du kennst meine Regeln ja, Wilkie.« (Siehe Rubys Regeln) Ruby bemerkte, daß sich die Tür zum Richterzimmer öffnete und eine Gestalt erschien. »Nu' sag' mal, Wilkie, der Typ da, hab' ich den nicht im Kino gesehen? *Die Nacht der Reitenden Leichen,* oder? Herrgott, das is' ja da Richta!«

Der aufgetakelte Richter

Ja, es war Richter Throckton, der da in den Gerichtssaal kam. Wilkes und ich achteten nicht weiter auf seine Erscheinung, als er seinen Thron bestieg. Wir warteten bereits auf das verbale Feuerwerk, Juniors Vergeltungsschlag für den skandalösen Antrag, mit dem wir ihn hatten loswerden wollen. Aber Junior ignorierte uns und begrüßte statt dessen die Schar der potentiellen Zeugen, die Damen und Herren von der Presse, Anwälte, Zeugen, Gerichtspersonal, Groupies, Gelegenheitsgucker und den Rest des Pöbels im Saal, mit der Ankündigung, er werde die Geschworenen nun durch den Prozeß der Geschworenenauswahl führen.

Juniors Auftritt war eine ziemliche Überraschung. Er tat, als hätte mein Partner nicht eben einen Antrag eingereicht, in dem er ihn einen »korrupten Hurensohn« genannt hatte, eine »dreckige, kleine Mafiakreatur«, einen »hirnlosen Trottel«, »besser geschmiert als eine Wagenachse«, einen »Steuerhinterzieher«, einen »Sadisten« und einen »Zuhälter in der schwarzen Kutte«.

Er schwieg sich über das Thema aus, zufrieden damit, erst einmal seine richterliche Anweisung wirken zu lassen. Er schien ganz bei der Sache. Er schien alles im Griff zu haben. Er schien ratlos. Der Grund: Für Junior hatte dieser Prozeß nur einen einzigen Zweck – es jemandem heimzuzahlen.

Kalt und herrisch thronte Junior auf der Richterbank. Das war nichts Neues. Er war kalt und herrisch. Er tat, als wäre es seine gottgegebene Pflicht, sich gegenüber dem Rest der Welt als Herr aufzuspielen. Obwohl klein, mager und von der Statur her ein Zwerg, wirkte Throckton auf seinem Thron groß, ein Eindruck, den er mit einem dicken Kissen und einem Schemel noch unterstrich. Wenn er dann aufstand, gewann er noch einmal eine Ellenlänge dazu.

Vor Gericht war Junior immer geschminkt, eine Angewohnheit, die er sich vor Jahren zugelegt hatte, als er gegen Wilkes um den Richtersitz angetreten war. Der Puder auf den Backen machte sein Gesicht kreidebleich. Auch Juniors helle himmelblaue Augen waren entwaffnend, um nicht zu sagen schockierend, weil das Weiß der Augäpfel so nahtlos in das ausgesprochen helle Blau seiner Iris überging, daß es aussah, als hätten sie überhaupt keine Farbe. Zusammen mit den gepuderten Backen hatte er das blutleere Aussehen eines Albinozombies. Alles in allem sah er unheimlich aus – als hätte er sich für Halloween maskiert.

Junior sprach nach wie vor zur Menge. »Ich muß die Geschworenen folgendes fragen: Würde die Tatsache, daß es sich hier um einen Mordprozeß handelt, oder die Tatsache, daß das Opfer der allseits geliebte Richter Yulburton Abraham Knott war, oder die Tatsache, daß der Angeklagte Alvin Scribner, der Justizsekretär des verstorbenen Richters, ist oder daß die Anklage von Mr. Miles Landish vertreten oder die Verteidigung von einem gewissen John Wilkes geführt wird, würde eine dieser Informationen bei irgend jemandem unter Ihnen zu Zweifeln darüber führen, ob er bei diesem Prozeß auf der Geschworenenbank sitzen sollte?«

Nicht eine Hand ging nach oben.

»Gut. Also, da es diesem Verfahren beschieden ist, wenigstens mehrere Wochen zu dauern, würde es für den einen oder anderen von Ihnen Probleme bringen, ihm als Geschworener beizusitzen?«

Jede verfügbare Hand fuhr nach oben, selbst unter Gerichtsgroupies und Gelegenheitsschaulustigen, ja selbst Alvins (die ich freilich sofort wieder auf den Tisch zurückdrückte). Throckton ließ den Blick über den Wald aus Armen schweifen, der vor ihm wogte. »Machen Sie sich bitte klar«, sagte er, »daß es nicht nur eine Ehre ist, Geschworener zu sein, sondern auch Bürgerpflicht.«

Nicht eine Hand senkte sich.

»Das Gerichtssystem dieser Stadt funktioniert nicht ohne den Freiwilligendienst ganz gewöhnlicher Bürger wie Sie, die der großen Sache der Gerechtigkeit ein kleines Stück ihres Lebens opfern.«

Nicht eine Hand senkte sich.

Härtefälle

Throckton blieb gelassen. Er hatte noch mehr im Repertoire als bloße blauäugige Appelle an Hilfsbereitschaft und Nächstenliebe. »Nun denn, meine Damen und Herren, ich hoffe, jene unter Ihnen, die sich aus Gründen unbilliger Härten entschuldigen wollen, haben das geforderte notariell beglaubigte Attest ihres Arztes oder Arbeitgebers oder wem auch immer dabei, denn ich möchte hier keine Bitte um Befreiung von dieser Pflicht ohne Attest hören. So will es das Gesetz. Man hat Sie darauf im Abschnitt zwölf am Fuße von Seite drei der Anweisungen auf Ihrer Vorladung hingewiesen.«

Die meisten Hände senkten sich. Ein allgemeines Stöhnen ging durch den Saal.

»Schön. Ich bitte die Härtefälle vorzutreten. Die Herren Landish und Wilkes dürfen sich gerne dazu gesellen, wir werden Sie hören.«

Nur etwa zehn Leute waren mutig genug, sich dem Richtertisch zu nähern. Ruby und ich blieben am Tisch der Verteidigung, während Wilkes und Landish sich ebenfalls am Thron einfanden, um zu hören, wie sich die Geschworenen aus der Pflicht zu betteln versuchten. Als die Schlange sich bildete, stieß Ruby mich mit dem Ellenbogen an. »Schoonie, der Typ da, der Cowboy. Hat'n süßen Hintern, findste nich'? Nu guck doch mal.«

Sie deutete auf einen hochgewachsenen Weißen um die Dreißig, der als letzter in der Schlange der Härtefälle stand. Er hatten einen Dreitagebart, langes braunes Haar, trug eine bis zum Nabel offene Levisjacke, kein Unterhemd, enge Levis, abgestoßene schmutzige Cowboystiefel und ein rotes Halstuch. Ruby konzentrierte sich ganz auf den Hintern. »Hmmmmm«, machte sie, »perfekt!«

Während Ruby noch über dem Gesäß des Cowboys meditierte und Alvin weiterhin heulte, hörte ich, wie Junior sich den ersten Härtefall vornahm: »... keine notarielle Entschuldigung? Nun, was wollen Sie dann hier? Ich kann noch nicht einmal daran denken, Sie von Ihrer Pflicht zu befreien.«

Die Geschworene, Wanda Farouk, eine Dame mittleren Alters und selbständige Buchhalterin, versuchte zu erklären, daß man als Selbständiger keinen hatte, der einem eine schriftliche Befreiung von einem längeren Dienst ausstellt. Sie hatte sich ihre eigene geschrieben, in der sie alles erklärte und befreit zu werden bat; sie war aber nicht notariell beglaubigt.

Wanda fragte: »Wollen Sie damit sagen, wenn ich meine eigene Erklärung notariell beglaubigen lasse, hören Sie sich meinen Härtefall an? Kann ich nicht einfach gleich hier darauf schwören?«

»Um das hier voranzubringen, Richter, der Verteidigung ist es recht, wenn man die Dame entschuldigt«, sagte Wilkes laut. Eine Bemerkung, mit der er, egal wie es ausging, nur gewinnen konnte. Befreite man sie von ihrer Pflicht, wäre sie Wilkes dankbar, und nicht nur sie. Genaugenommen bestand die Möglichkeit, daß die ganze Schar potentieller Geschworener an Wilkes Gefallen fand. Auf der anderen Seite, wenn der Richter ihre Entschuldigung ablehnte, würde sie den Richter hassen, nicht ihn.

Als Landish das aufging, versuchte er in dieselbe Kerbe zu schlagen. »Nun ja, die Position der Staatsanwaltschaft –«

Zu langsam. »Sie beiden sind mal still«, unterbrach Junior ihn. Wanda Farouk sagte er gereizt: »Madam, ich bin kein Rechtsberater. Ich mache die Regeln nicht. Es ist meine heilige Pflicht, sie auszuführen. Ihr Härtegesuch ist abgelehnt. Der nächste.«

Damit gaben der Cowboy und sechs weitere Härtefälle auf. Die Entscheidung zu Wandas Fall war das Todesurteil für ihre eigene Chance. Innerhalb weniger Minuten waren die restlichen Härtefälle auf dieselbe Weise erledigt, und man kehrte auf seine Plätze zurück. Damit konnte die reguläre Befragung der Geschworenen beginnen.

Mit der Aufforderung an seinen Sekretär, einen Anwesenheitsappell vorzunehmen, brachte Junior die Sache in Gang. Man steckte vierzehn von ihnen auf die Geschworenenbank, damit die beiden Anwälte sie befragen konnten; diese hatten dabei zweierlei im Sinn: zum einen ›aus wichtigen Gründen‹ die hinauszuwerfen, die ganz offensichtlich befangen waren – Verwandte des Opfers, die Gattin des Angeklagten und Angehörige der Mordkommission der New Yorker Stadtpolizei; dann hatte jede Seite zehn Abschüsse frei, das heißt zehn ›unbegründete Ablehnungen‹, die es den Anwälten erlaubten, jeden der Kandidaten nach Gutdünken zu feuern. Der einzige Grund, den es für eine unbegründete Ablehnung brauchte, so erklärte Ruby Fulgioni unserem Mandanten, sei folgender: »Weil ich die Arschgeige da nich' im Umkreis von zehn Meilen von meiner Geschworenenbank sitzen sehen will!«

Der erste Tag der Geschworenenwahl war tonangebend für den Rest. Das wichtigste und zeitraubendste Thema, das es abzuhaken galt, war der Medienrummel im Vorfeld des Falles. Die Medienmaden hatten mit täglichen Schlagzeilen und Fernsehspots beste Arbeit geleistet, die Schuld unseres Mandanten in aller Köpfe zu hämmern. Das einzige Zugeständnis an die Fairneß war, daß man dem Wort ›Mörder‹ fast immer das Wort ›mutmaßlich‹ voranstellte. So tönten etwa die ›News um Elf‹: »Der mutmaßliche Mörder Alvin Scribner beichtet einem Gefängnisgeistlichen!« Oder die Sensationsschlagzeile der *Post:* »ICH WAR'S!« sagt Alvin, gefolgt von einem kleineren: MUTMASSLICHER MÖRDER PACKT AUS.

Nach diesem pausenlosen Sperrfeuer der Medien war in den Augen der Öffentlichkeit der ›mutmaßliche Mörder Alvin‹ längst gleichbedeutend mit ›Alvin, dem Mörder‹.

Jetzt galt es, bei der Wahl der Geschworenen die Medienpropaganda ungeschehen zu machen, wobei unsere unbezahlbare Ruby abschätzte, welche der Kandidaten wir feuern sollten und welche nicht. Ihr Rat stellte Wilkes' impulsive und instinktive Art der Geschworenenauswahl auf eine ebenso grobe wie interessante, aber stets intelligente Grundlage.

Genaugenommen wählten wir gar nicht aus; es war vielmehr ein Ausscheidungsverfahren: Man warf so viele wie nur möglich hinaus, und übrig blieb die Jury. Wie Ruby unserem Mandanten so eloquent auseinandersetzte, während Wilkes mit den Kandidaten plauderte: »Alvin. Al, Baby, hörste mich? Siehste, man kann sich so 'ne Jury nicht aussuchen, 'ne Jury ist immer, was überbleibt, wenn der größte Mist aussortiert ist.«

Rubys Erklärungen dessen, was wir da machten, schien Alvin zu beruhigen. Er weinte nicht mehr. Sein Kopf kam vom Tisch, und er sah sich um. Das war schon ein Fortschritt. Womöglich sah er sich ja tatsächlich an, was passierte, wenn der Prozeß erst einmal begann.

Wir brauchten drei volle Tage, um die Geschworenen über den Einfluß der Medien zu befragen. Wir mußten sie haufenweise gehen lassen, weil die Berichterstattung bei ihnen die ›Unschuldsvermutung‹ zerstört hatte und Alvins Schuld für sie längst erwiesen war. Wie einer von ihnen Wilkes so schön sagte: »Sicher glaube ich an die Unschuldsvermutung. Aber ebenso glaube ich, daß er schuldig ist. Ich muß sein Geständnis ja ein Dutzendmal in den Zeitungen gelesen haben, und das wird mir natürlich durch den Kopf spuken, da kann mir der Richter Gesetze vorlesen, solange er will.«

Nachdem Wilkes in diesem Fall mit seiner Ablehnung aus triftigen Gründen Erfolg gehabt hatte, breitete sich die Aussage des Mannes aus wie eine ansteckende Krankheit. Drei Tage lang betete ein zeitungslesender Geschworener nach dem anderen den Refrain des ersten nach: »Das Geständnis wird mir natürlich durch den Kopf spuken, da kann mir der Richter Gesetze vorlesen, solange er will.«

Nachdem das vom ersten Dutzend gekommen war, ging es mit Alvin, der die Vorgänge bis dahin aufrecht und trockenen Auges verfolgt hatte, mit einem Mal wieder bergab. Als wieder ein Geschworener mit seinem »Das Geständnis wird mir natürlich ...« kam, begann er am ganzen Körper zu zittern. Dann, der Geschworene sagte eben »... durch den Kopf spuken ...«, fiel er so schwer nach vorn, daß sein Kopf mit einem lauten Bums auf der Tischplatte aufschlug. Anschließend hallten, von den Wänden reflektiert, seine lauten traurigen Schreie durch den Saal.

Mit einem Blick auf Wilkes sagte Junior: »Entweder Sie sorgen dafür, daß Ihr Mandant seine Gefühle in den Griff bekommt, oder ich schließe ihn vom weiteren Verfahren aus.«

Und Miles Landish fügte hinzu: »Ja, das ist doch ein Trick. Eine von Wilkes' Maschen, um Sympathien zu heischen.«

Was dazu führte, daß Wilkes nach vorne stürzte, um mit dem Richter zu konferieren, und seine ersten drei Anträge einbrachte, den Prozeß wegen Verfahrensmängeln abzubrechen. »Euer Ehren, ich beantrage mit allem Respekt den Abbruch des Verfahrens. Ihre Drohungen, meinen Mandanten von seinem eigenen Verfahren auszuschließen, stellen einen Verfahrensfehler dar. Zweitens, Euer Ehren, wegen der skandalös falschen Unterstellung des Staatsanwalts, der spontane und seelenvolle Aufschrei einer geschundenen Kreatur sei ein Trick der Verteidigung. Und zuletzt, Euer Ehren, beantrage ich Abbruch wegen Euer Ehren Saumseligkeit hinsichtlich meines Antrags, Sie wegen Befangenheit von diesem Prozeß auszuschließen.«

Landish wollte schon antworten, aber Junior hob die Hand. »Lassen Sie mich das rasch erledigen. Ihre Anträge sind abgelehnt. Alle drei. Und nun fahren wir endlich fort, meine Herren.«

Wilkes war außer sich. Alvin spielte die Rolle des schuldigen Angeklagten perfekt. Auch Ruby war aufgebracht. »Hör auf zu flennen, Mann«, flüsterte sie Alvin zu. »Machst mir ja's ganze Kostüm naß, und du schwemmst dich mit deinem Wasserbruch schnurstracks in' Knast.«

Als der Medienteil der Geschworenenanhörung endlich erledigt war, hatten wir so gut wie alle Kandidaten, die lesen konnten, eliminiert. Außerdem hatte sich herausgestellt, daß kaum einer Nachrichten im Radio hörte, so daß es hier kaum Grund gab, einen zu feuern. Die größte Überraschung war, daß die Nichtlesenden, aber Fernsehenden unter den Geschworenen trotz der ungeheuren Fernsehberichterstattung von dem Fall nichts gehört haben wollten.

Nach drei Tagen Fragen zur Publicity hatten wir massenweise Kandidaten hinausgeworfen, die felsenfest von Alvins Schuld überzeugt waren. Unser Mandant verheulte die ganze Prozedur. Nachdem ihn drei geschlagene Tage lang Geschworene für schuldig erklärt hatten, hob er am Ende des dritten das Gesicht lang genug, um sich schluchzend an Ruby zu wenden: »Aufhören ... machen Sie endlich Schluß. Sie ... sie bringen mich ja um. Sagen Sie Mr. Wilkes, er soll endlich weitermachen. Ich will auf der Stelle meinen Prozeß.«

Worauf Ruby ihm sagte: »Al, Baby, wenn wir den Prozeß mit den Pennern hier anfangen, dann landest du auf dem Stuhl.«

Was Alvin eine Weile den Mund halten ließ.

Vier, fünf, sechs

Die nächste Phase bei den Geschworenenausscheidungen war die allgemeine Anhörung. Das bedeutet, die Kandidaten dazu zu bekommen, offen über ihre Familie, ihre Wohngegend, ihre Arbeit, Bildung und Ausbildung, über Verwandte, Freunde und ihre Erfahrungen mit dem Gesetz zu plaudern. Nachdem sie einem diese biographischen Informationen mitgeteilt haben, kann man sich daran machen, sie nach ihrem Verhältnis zur Strafgerichtsbarkeit, zu Verfassung und Anwälten auszufragen. Dabei wird dann ordentlich gelogen.

Der potentielle Geschworene John Jasper Witherby sagte, er sei sechsunddreißig, wohne am Riverdale Drive und arbeite als leitender Angestellter bei einer Manhattaner Bank. Er meinte, er sei für die Todesstrafe bei Mord, lange Haftstrafen für Drogenhändler sowie für Dienst an der Gemeinschaft und Wiedergutmachung für Weiße-Kragen-Kriminelle. Ruby riet Wilkes: »Vor dem Yuppie da hüten Sie sich besser mal! Die Penner haben kein Herz. Alles, was die int'ressiert, ist, um acht im Theater zu sein. Sieht mir nach Regel Num'ro drei aus, Wilkie.«

Er wurde gefeuert.

Mildred Lytton war Mitte Fünfzig, mollig, schrill und wohnte in der Nähe des Konfektionsviertels. Sie berief sich des öfteren auf Gott, während sie sprach. Ruby riet ihm: »Betschwester, was? Schmeiß sie raus, Wilkie. Regel Num'ro fünf. Andere Backe hinhalten und so is' bei der nich'. Die hält's mit dem Alten Testament.«

Sie wurde gefeuert.

Wyatt Wonderlick, der Cowboy mit dem knackigen Hintern aus der Schlange der Härtefälle, sagte, er sei ein arbeitsloser Automechaniker und Schauspieler, wohne in diversen Wohnungen in Manhattan, meist denen von Freundinnen, und Vater und Onkel seien bei der Polizei. Er sagte, um eine Entschuldigung wegen unbilliger Härte hätte er deshalb bitten wollen, weil sein Paps ihm gerade einen Job als Automechaniker bei der Polizei an Land zu ziehen versuche.

Wilkes' Instinkt sagte ihm, ihn auf der Stelle zu feuern, aber Ruby meinte, er sollte ihn mal behalten. »Regel Sechs, Wilkie, außerdem gefällt mir sein Hintern.« Wilkes gehorchte.

Die Missionarin

Wanda Farouk, die erste der abgewiesenen Härtefälle, sagte, sie wohne in den oberen Siebzigern und daß sie selbständige Buchhalterin sei. Ruby wußte, daß Staatsanwalt Miles Landish Wanda feuern würde, weil Wilkes bei ihr einen Stein im Brett hatte. Ruby schlug Wilkes folgendes vor: »Die is' schon so gut wie wech vom Fenster, Wilkie, also mach' das beste draus. Nutz' sie aus, die Missionarin.«

Mein Freund wußte genau, was Ruby meinte. ›Missionare‹ nannte Ruby freundliche Geschworene, die der Staatsanwalt unter Garantie rauswarf, weil sie zum Evangelium standen. Man wußte, daß ihre Antworten zufriedenstellend ausfallen würden, also bediente man sich ihrer, obwohl sie bereits verurteilt war, um die frohe Botschaft unter den anderen auf der Geschworenenbank zu verbreiten.

Innerhalb weniger Minuten war klar, daß Ruby recht gehabt hatte. Wanda fand Gefallen an Wilkes. Das vermutlich, weil sie dachte, Wilkes hätte sich vor Junior für sie aus dem Fenster gehängt, als er vorschlug, es sei okay, sie als Härtefall zu entschuldigen; und wenn sie jetzt recht nett zu ihm wäre, würde er mitziehen und sie als echter Menschenfreund und netter Kerl, der er nun mal war, hinauswerfen, damit sie wieder ihren Geschäften nachgehen konnte.

Wilkes begann mit so kontroversen Themen wie ihren Glauben an das Gute, an die Moral und das Gesetz. Sie war ausgesprochen freundlich und sagte zu allem ja, beantwortete aber Wilkes' Fragen so leise, daß er vor die Barriere treten mußte, um sie zu verstehen.

»Und, Mrs. Farouk, würden Sie versprechen, meinem Mandanten ein faires Verfahren zuteil werden zu lassen? Und sprechen Sie etwas lauter, damit wir Sie alle verstehen.«

Sie sagte laut: »Ja, selbstverständlich würde ich das, Mr. Wilkes.«

Wilkes, der nun direkt vor ihr stand, fragte sie darauf: »Und warum glauben Sie, daß ein faires Verfahren wichtig ist. Laut, bitte.«

»Na ja«, sagte sie. Wanda war etwas verblüfft über eine Frage, die mehr als eine einsilbige Anwort verlangte. Sie lächelte. »Äh, das ... das ... na ja, das macht Amerika schließlich aus. Gerade das ist doch Amerika, das was fair und richtig ist, meinen Sie nicht, Mr. Wilkes?«

Bei diesen Worten streckte Wilkes lächelnd die Hand über die Barriere und sagte: »Nun sicher, Madam, und Gott segne Sie dafür.« Dann klopfte er ihr auf die Schulter, wandte den Kopf in Richtung des Throns und sagte Junior triumphierend: »Die Verteidigung kann die Geschworene akzeptieren.«

Miles Landish stand auf, um Einspruch zu erheben, aber sein holographisches Ebenbild auf dem Thron, der Richter, kam ihm zuvor. »Geschworene sind nicht zu berühren, Mr. Wilkes. In keiner Weise.«

Landish stellte ihr einige mechanische Fragen und warf Wanda dann prompt hinaus. Wir machten mit diesem Manöver einige Punkte. Und es sollten die letzten sein, die wir für den Rest des Verfahrens machten.

Als es Zeit wurde, den Rest der unbegründeten Ablehnungen anzubringen, kam Wilkes zu Ruby und bat sie um Vorschäge. Ruby sagte: »Also, ein größerer Haufen von Pennern ist mir noch nie untergekommen, Wilkie. Spielt wirklich keine große

Rolle nich', wer da jetzt noch rausfliegt. Jetzt kannste sie bestenfalls auf G'ratewohl abschießen.«

So kam es, daß Wilkes, als am sechsten Tag die Sonne unterging, aufs Geratewohl den Rest seiner Ablehnungen verschoß, während sein Mandant, den Kopf auf dem Tisch begraben, heulte wie ein gerupfter Strauß auf dem Weg in den Topf.

Wir hatten eine Jury. Nun stand uns noch das Schlimmste bevor: die Präsentation der Beweismittel. Nachdem die Geschworenen vereidigt und für den Rest des Tages entschuldigt waren, bedachte Ruby sie, die fröhlich im Gänsemarsch abzogen, mit einem letzten angewiderten Blick. Als sie draußen waren, sagte sie zu Wilkes: »Also der Jury, Wilkie, der ist nach 'ner Party – 'ner Lynchparty.«

Rubys Zehn Ge- und Verbote für die Geschworenenauswahl im Staate New York

1. Nimm keinen Geschworenen, dem die Spucke wegbleibt, wenn die Anklage verlesen wird.
2. Nimm Geschworene, die Schwierigkeiten mit der englischen Sprache haben.
3. Nimm keinen Geschworenen, der zu sabbern beginnt, wenn er auf die Todesstrafe zu sprechen kommt.
4. Nimm jeden Abkömmling von Boß Tweed.
5. Nimm keine religiösen Geschworenen mit Ausnahme von Anhängern der Freimaurer Satans, der Jünger Alphonse des Abtrünnigen, der Heiligen Mission des Todgeweihten Tabernakels im Göttlichen Licht, der Göttlichen Kreuzzügler Charles Cruds, der Diener Beelzebubs, des Bunds für Satans Rache im New Age, des Vereins Postatomarer Vorabüberlebender im Antichrist oder der Unitarier.
6. Nimm aus der Kammer ausgeschlossene Anwälte, aus Amt und Würden gejagte Richter und Politiker, Proktologen und arbeitslose Performancekünstler.

7. Nimm nie eine Buchhalterin, die zum Taschenrechner greift, wenn sie die Frage »Was halten Sie von begründeten Zweifeln?« beantworten soll.
8. Nimm unbedingt Geschworene, die auf die Frage »Ist jemand vorbestraft?« die Hand heben.
9. Nimm keine Geschworenen, die folgender Frage ausweichen: »Könnten Sie den Angeklagten so behandeln, als wäre hier Ihr einziger Sohn vor Gericht?«
10. Nimm Geschworene, deren Familienname mit einem Buchstaben nach S beginnt. Sie sind schon als Kinder mit langen Wartezeiten aufgewachsen und haben sich dabei eine Persönlichkeitsstörung namens ›ABC-Neurose‹ geholt. Je länger der Prozeß dauert, desto größer die Wahrscheinlichkeit eines Nervenzusammenbruchs und damit eines Verfahrensabbruchs.

Kapitel 15

Der Horrorprozeß

Jage nie Hase mit totem Hund
CHARLIE CHAN

Die Zurschaustellung einer *Leiche im Gerichtssaal reicht völlig aus.*
JOHN WILKES

Miles Landish beendete eben seine Eröffnungserklärung an den Lynchmob, der auch unter dem Namen Jury firmiert. Obwohl gerammelt voll, herrschte Stille im Saal. Eine nervöse Spannung lag in der Luft wie immer, wenn einer dran glauben soll. Landish manövrierte seine wuchtige Gestalt an die Barriere der Geschworenenbank und wandte sich laut an die Jury. Er neigte zu einer feuchten Aussprache, so daß die Geschworenen, die seinen Resümees in unmittelbarer Nähe lauschten, nicht selten Schirme und Regenmäntel hätten brauchen können.

»Mit einem Wort, meine Damen und Herren, hier wird Schuld aufgezeigt werden, damit wir uns recht verstehen. Wir werden über den Schatten eines Zweifels hinaus beweisen, daß der Angeklagte ein Lügner, ein Dieb und ein Mörder ist. Achten Sie auf die Tatsachen, die mit der Gewalt der Niagara-Fälle aus dem Zeugenstand fließen werden. Sie werden erfahren, daß Scribners Fingerabdrücke auf der Mordwaffe waren. Beim Eintreffen der Polizei war er voll Blut. Der Mörder stach mit seiner Rechten zu, als er Richter Knott den Dolch in den Rücken stieß, und dieser Angeklagte ist Rechtshänder. Der Angeklagte hat zusammen mit Richter Knott illegal Millionen verdient, indem er Informationen aus Gerichtsverfahren benutzte, um an der Börse zu spekulieren. Der Angeklagte hat die Polizei über diese Investitionen belogen, weil das fehlende Geld das Motiv für den Mord war. Und schließlich hat er nach seiner Verhaftung einem Mitgefangenen, der dort als Geistlicher tätig ist, seine Tat gestanden.

Also, das sind die Tatsachen! Sie werden aus diesem Zeugenstand strömen, den Angeklagten umspülen und jeden berechtigten Zweifel mit fortreißen, bis er in seiner eigenen Schuld ertrinkt. Nachdem Sie sie gehört haben, werden Sie allen kläglichen Verschleierungsmanövern der Verteidigung zum Trotz die Schuld nicht aus diesem Saal entkommen lassen. Sie werden sie finden, HIER IN DIESEM SAAL!«

An dieser Stelle drehte sich Landish auf dem Absatz um, streckte den Arm in unsere Richtung und wies mit dem Zeigefinger direkt auf Alvin. »Sie werden sie an diesem Tisch finden, zwischen diesen beiden STRAFverteidigern!«

Alvin, der wie gewöhnlich den Kopf in den Armen auf dem Tisch vergraben hatte, stöhnte. Dieses Stöhnen – »UUUUUUUOOOOOOOOUUUUUU! UUUUUUUOOOOOOOOUUUUUU!« – wurde immer lauter, so daß es, als Landish den Höhepunkt seiner Ansprache erreicht hatte, nicht weniger laut war als das Gebrüll des Anklägers selbst.

Landish schlachtete das nach Kräften aus. »Der Angeklagte, meine Damen und Herren, versteckt sich selbst jetzt, während ich Ihnen von seinem Verbrechen erzähle, vor Ihnen. So groß ist seine Schande für seine verworfene Tat, daß er sich Ihnen nicht stellen kann. Aber Sie hören die Schande in seinen Schreien, und ich weiß, sie werden nicht ungehört bleiben. Sie werden reagieren. Sie werden Alvin Scribner des feigen Mordes an Richter Yulburton Abraham Knott für schuldig befinden. Ich danke Ihnen.«

Landish nahm das Kinn nach oben, ging schwerfällig an seinen Tisch zurück und setzte sich. Detective Mike Mulraney, der sachbearbeitende Polizeibeamte, warf ihm einen anerkennenden Blick zu, der besagte: »Verheerend«.

Etwas aus Nichts

Ich sah Wilkes an. Er hatte einen Ausdruck auf dem Gesicht, der besagte: »Verheerend«. Es war nun an ihm, sich an die Jury zu wenden, aber er saß da wie in Trance. Das einzige Geräusch im Saal war Alvins Stöhnen. Und Wilkes war tatsächlich in Trance. Er gab sich alle Mühe, sich geistig von dem Dilemma zu lösen, diesen Geschworenen zu erzählen, was unsere Beweise aufzeigen würden, wo wir ihnen doch absolut nichts zu zeigen hatten.

Richter Throckton hob verwirrt den Kopf. »Sind Sie bereit, Mr. Wilkes?«

Das riß Wilkes aus seiner Trance. »Wenn Sie bereit sind«, sagte er, erhob sich dann und stellte sich hinter Alvins bebenden Rücken. Er beugte sich vor und legte Alvin eine Hand auf die Schulter. »Meine Damen und Herren, ich werde es kurz und bündig machen. Ich kenne Alvin Scribner seit vielen Jahren als Justizsekretär an diesem Gericht. Ich habe ihn als ergebenen Vertrauten des verstorbenen Richters Y. Knott gekannt. Ich fühle mich geehrt, ihn zum Mandanten zu haben. Ich kenne seine liebenswürdige Natur, seine Loyalität, und jetzt ...«

Wilkes hielt inne. Er sah, daß Landish Anstalten machte, Einspruch zu erheben. Er ging rasch hinüber zur Geschworenenbank, legte beide Hände auf die Barriere und sah jedem einzelnen in die Augen. »Ich kenne alle seine Geheimnisse. Ich weiß, daß ich sie kenne. Und ich sage Ihnen eines, und Gott ist mein Richter dabei, ich weiß, daß Alvin Scribner, was diese Anklage anbelangt, absolut unschuldig ist. Ich danke Ihnen.«

»EINSPRUCH!« schrie Miles Landish. »Das kann er nicht sagen!«

»WARUM ZUM TEUFEL NICHT?« sagte Wilkes und tat gekränkt.

»WARUM ZUM TEUFEL NICHT?« Wilkes wußte sehr gut, warum zum Teufel nicht. Die Marquis-von-Queensberry-Regeln der Gerichtsetikette verbaten es einem Anwalt, den Geschworenen zu sagen, was er tatsächlich über einen Fall wußte. Aber was sollte es? Was sonst konnte er sagen? Ihm fehlte es an den wesentlichen Zutaten, über die er in der Eröffnungserklärung hätte sprechen können; ihm fehlte das Entlastungsmaterial.

»JA! JAWOHL! STATTGEGEBEN!« schrie Richter Throckton. »MR. WILKES, SIE WISSEN, DASS DAS UNGEHÖRIG WAR!« Junior wandte sich an die Geschworenen. »Meine Damen und Herren, ich muß Sie über etwas Wichtiges belehren. Was der Strafverteidiger des Angeklagten da eben sagte, war ungehörig; sie dürfen es nicht beachten, es sei denn als Beispiel dafür, wie weit manche Anwälte in ihrer Unziemlichkeit gehen, um zu gewinnen; es darf keinerlei Rolle bei ihren Überlegungen zur Schuld des Angeklagten spielen; Sie müssen es für immer aus Ihrem Gedächtnis streichen. Mr. Landish, rufen Sie Ihren ersten Zeugen auf.«

»UUUUUUUUOOOOOOOOUUUUUU! UUUUUUUUOOOOOOOOUUUUUU!« stöhnte Alvin.

»Ich muß das Gericht bitten, vortreten und einen Antrag außer Hörweite der Geschworenen stellen zu dürfen«, sagte Wilkes. Er wollte einen Antrag auf Abbruch des Verfahrens auf der Basis der Bemerkungen des Richters über sein Auftreten stellen.

Junior hatte so etwas erwartet. »Nein, Mr. Wilkes, das ist nicht nötig. Wir können hier nicht ständig Privatkonferenzen führen. Bei einem solchen Hin und Her findet dieser Prozeß nie ein Ende. Ich denke, ich kenne den Inhalt Ihres Antrags. Ein A-Antrag, wenn ich mich nicht irre. Er ist abgelehnt, Herr Anwalt. Und jetzt setzen Sie sich, und verkneifen Sie sich weitere ungehörige Bemerkungen.«

»Na schön«, sagte Wilkes, »auf der Basis dessen, was Sie eben gesagt haben, möchte ich zusätzlich zum ersten A-Antrag einen zweiten A-Antrag stellen.«

Junior lächelte. »Mit demselben Ergebnis.«

»Uuuuuuuuooooooooouuuuuu! Uuuuuuuuuoooooooouu-uuuu!« stöhnte Sie-wissen-schon-wer.

So begann der Höllenprozeß.

Die Beweislast

Nach diesem vielversprechenden Anfang brüllte Miles Landish: »Das Volk des Staates New York ruft als ersten Zeugen Mrs. Yulburton Abraham Knott.«

Die große, hübsche und in Pelze gehüllte Alice Knott erhob sich. Sie tanzte den Gang herab wie ein angemalter russischer Zirkusbär. Als sie sich setzte, warf sie einen unverhohlenen Blick auf unseren Tisch und musterte uns wie ein Entomologe eine Sammlung malariaverseuchter Moskitos. Wilkes beugte sich zu mir herüber und flüsterte: »Alice Knott, *videris de odio et atia*«, was nichts anderes heißt als »Alice Knott, du siehst nach Haß und Bosheit aus«.

Landish machte sich sofort an die Vernehmung. Mrs. Knott erwärmte sich für Landishs Fragen und wurde richtig geschwätzig, als sie den Geschworenen erzählte, daß sie den Richter regelmäßig jeden Abend um fünf abgeholt und die Tür seines Büros immer offen gefunden hatte bis auf den Abend des Mordes, da sei sie verschlossen gewesen. Daraufhin sei sie zu Alvin gegangen, damit er ihr öffnete, und als sie eingetreten sei, habe sie ...

»Auf dem Boden lag mein geliebter Mann, aus dessen Körper das Leben rann.« Sie holte ein Taschentuch aus ihrer Handtasche und saugte die Tränen auf. »Es war schrecklich, absolut grauenhaft.«

Landish stellte ihr nun die Schlüsselfrage, die, so hatte er es wie Tausende andere auch auf der Gladiatorenschule der Staatsanwaltschaft gelernt, bei präziser Formulierung das sofortige Abspulen gewaltiger Mengen von Belastungsmaterial garantiert: »Und was passierte dann?«

»Dann begann sich die Welt um mich zu drehen, buchstäblich ... ich, nun ja, ich wäre fast ohnmächtig geworden, aber ich weiß noch, daß ich an Y. A.s Seite lief. Er lag auf dem Boden, auf dem Bauch, und aus seinem Rücken stak etwas. Dann, so erinnere ich mich, passierte etwas ganz Merkwürdiges. Der Angeklagte Scribner streckte blitzschnell die Hand aus, packte die Mordwaffe und zog heftig daran.«

»Und was passierte dann?«

»Ich schrie auf, und dann bemerkte ich auf seinem Ärmel etwas, das nach einem Blutfleck aussah.«

»UUUUUUUOOOOOOOOUUUUUU! UUUUUUUOOOOOOOOUUUUUU!«

Alvins Stöhnen wirkte wie ein Ausrufungszeichen nach dieser verheerenden Aussage. Wilkes hatte Alvin schon während der Geschworenenauswahl zu überreden versucht, entweder still zu sein oder sich von uns den Mund mit Klebestreifen verschließen zu lassen. Oder noch besser: gleich auf sein Anwesenheitsrecht bei der Verhandlung zu verzichten und den ganzen Tag im Gefängnis zu bleiben. Aber Alvin hatte darauf bestanden, dabeizusein. Miles Landish brauchte Alvins Kommentar jedoch gar nicht, um die Bedeutung von Mrs. Knotts Aussagen zu verstehen. Jetzt galt es, diese den Geschworenen einzubleuen. »Sie sagen, Sie hätten den Blutfleck auf seinem rechten Ärmel schon gesehen, bevor er die Klinge berührte?«

Wilkes versuchte, den Schaden abzuwenden. Er erhob Einspruch. »Suggestivfrage! Geht von Fakten aus, die nicht eingebracht wurden. Komplex. Außerdem bereits gestellt und beantwortet.«

»Ja«, sagte Alice rasch, ohne auf Juniors Entscheidung zu warten. »Dessen bin ich mir ganz sicher.«

Dann gab Junior Landish eine weitere Gelegenheit, seine Punkte zu machen.

»Mr. Landish, was sagen Sie zu den diversen Einreden des *Straf*verteidigers?«

»Ich sage dazu, daß es wichtig ist, die Geschworenen wissen

zu lassen, daß sie das Blut auf seinem rechten Ärmel schon gesehen hat, bevor sie der Leiche näherkam, was beweist –«

Wilkes fiel ihm ins Wort: »Ich erhebe Einspruch gegen diese eigennützige Erklärung seiner unzulässigen Frage vor den Geschworenen hier und gehe davon aus, daß das Gericht sie darüber in derselben Weise belehrt wie zuvor in bezug auf mich.«

Junior hob beide Hände. »Aber, aber, meine Herren, beruhigen wir uns. Die Antwort kann stehenbleiben. Ich nehme an, die Anklagevertretung versucht aufzuzeigen, daß der Angeklagte den Richter vorher getötet, dabei Blut an den Ärmel bekommen hatte und daraufhin das Beweisstück zu verbergen versuchte, indem er sich überall mit Blut besudelte. Somit ist also beides, Frage und Form, völlig einwandfrei. Ihre nächste Frage, Mr. Landish.«

»UUUUUUUOOOOOOOOUUUUUU! UUUUUUUOOOOOOOOUUUUUU!« stöhnte das Barometer, das den Schaden an der Sache der Verteidigung maß.

»Ich habe zwei weitere A-Anträge für Euer Ehren«, sagte Wilkes, als er auf den Stuhl neben seinem stöhnenden Mandanten rutschte. »Darf ich vortreten, um dem Gericht die Begründungen dafür auseinanderzusetzen?«

»Abgelehnt. Völlig unnötig«, sagte Junior. »Begründung ist dieselbe, die ich bei der Ablehnung des ersten A-Antrags angeführt habe. Das gilt für beide Anträge. Ich kenne ihren Inhalt, und sie entbehren jeder Grundlage. Um jedoch Ihnen gegenüber absolut fair zu sein und aus völlig übertriebener Vorsicht, damit auch ja alle nur erdenkbaren Rechte Ihres Mandanten gewahrt bleiben, dürfen Sie Ihre A-Anträge morgen früh schriftlich zur nochmaligen Prüfung einreichen.«

Nach diesem Abtausch war es offensichtlich, daß Einreden hier nicht nur vergeblich, sondern auch gefährlich waren. Junior würde wie ein Echo die Argumente des Anklägers wiederholen und damit die belastendsten Punkte für die Geschworenen noch hervorheben. Und Alvin würde mit seinem Geheul das Ausrufungszeichen setzen, als wäre jeder neue Punkt ein Pfeil in seinen Körper. Dann würde Wilkes seine Anträge auf Abbruch des Verfahrens vor den Geschworenen stellen und von Junior gedemütigt werden.

»Mrs. Knott, hat der Angeklagte gesagt, warum er die Klinge herauszuziehen versuchte?« fragte Landish.

»Nein, nein. Er hat sie einfach gepackt und daran gezogen. Ich habe ihn angeschrien, es nicht zu tun. Aber er zog einfach daran. Dann schien er sich jede nur erdenkliche Mühe zu geben, sich mit Y. A.s Blut zu beschmieren.«

»UUUUUUUOOOOOOOOUUUUUU! UUUUUUUOOOOOOOOUUUUUU!« Diese beiden Schmerzensschreie füllten den Saal und brachten die Aussage zum Erliegen. Landish nutzte sie für einen bedeutungsschwangeren Abgang. »Keine weiteren Fragen«, sagte er.

Der wunde Punkt

Überraschend eingeführte Beweismittel sind im Gerichtssaal das Gegenstück zum altehrwürdigen Hinterhalt. Zeugen, die bereits ein Dutzendmal vernommen wurden, sagen, kaum daß sie im Zeugenstand stehen, die verrücktesten, unerwartetsten Dinge. Mrs. Knott hatte niemandem erzählt, daß sie diesen angeblichen Fleck auf Alvins Ärmel schon gesehen hatte, bevor er das Messer herauszuziehen versuchte. Jetzt erinnerte sie sich plötzlich daran. Wie praktisch. Wilkes erhob sich, um sie zu befragen.

»Mrs. Knott, haben Sie Alvin nicht zugerufen, das Messer aus dem Körper Ihres Gatten zu ziehen? Ist das nicht der Grund, weshalb er er versuchte?«

Alice Knott wurde steif, als Wilkes sie das fragte. Ihr haßerfüllter Blick stellte sich wieder ein. »Absolut nicht.« Sie griff nach dem Glas Wasser auf dem Zeugenstand und nippte daran.

»Ein wenig Wasser reinigt uns von der Tat. Fort, verdammter Fleck?« sagte Wilkes, indem er Macbeth zitierte.

»Das ist keine Frage«, heulte Landish.

»Aus Gründen der Unverständlichkeit gebe ich meiner eigenen Einrede hierzu statt«, sagte Junior.

Wilkes fuhr fort, als würde er sie gar nicht wahrnehmen. »Sie wurden doch mehrere Male von Detective Mulraney vernommen, dem Herrn mit dem Taschentüchlein an der Nase, der hier drüben neben Mr. Landish sitzt?«

»Zweimal.«

»Sie haben ihm gegenüber den Blutfleck an Alvins Ärmel nie erwähnt, nicht wahr?« Wilkes hatte Mulraneys Berichte über die Vernehmung in der Hand, aus denen eine solche Aussage nicht hervorging.

»Ich habe es ihm gesagt«, sagte sie. »Entweder das erste Mal, also noch am Abend, an dem Ihr Mandant meinen Gatten ermordete, oder das zweite Mal, nach dem Begräbnis, bei mir zu Hause.«

»Aus seinen Notizen ist darüber nichts zu entnehmen«, sagte Wilkes. »Ich frage mich, warum?«

»Einspruch«, schrie Landish. »Geht von Fakten aus, die nicht zum Beweismaterial gehören. Mr. Wilkes gibt wieder einmal völlig unnötige Kommentare ab, Richter.«

»Stattgegeben, was die Frage und die unnötigen Kommentare anbelangt«, sagte Junior. »Die Geschworenen werden sie ignorieren, wie zuvor angewiesen.«

»Madam«, sagte Wilkes, »haben Sie Detective Mulraney nicht gesagt, daß Alvin zuerst um Hilfe gerufen hat, daß er nach dem Gerichtspolizisten gerufen hat, und daß Sie dann beide Ihren Gatten auf die Seite zu drehen versuchten, damit Alvin das Messer leichter und vorsichtiger herausziehen konnte?«

»Nein. Er mag um Hilfe geschrien haben. Ich schrie ja selbst um Hilfe. Er mag auch die Leiche umgedreht haben. Aber ich habe ihm nicht gesagt, daß er das Messer herausziehen soll, und ICH HABE DAS BLUT AUF SEINEM HEMDSÄRMEL GESEHEN, BEVOR ER DAS MESSER ODER DIE LEICHE ANGEFASST HAT!«

»UUUUUUUOOOOOOOOUUUUUU! UUUUUUUOOOOOOOOUUUUUU!«

»Nun, da Sie die Leiche zuerst gedreht haben, könnte das Blut doch sehr gut an seinen Ärmel gekommen sein, als er mit der Leiche in Berührung kam und bevor er danach griff, nicht wahr?«

»Nein. Ich weiß genau, als ich den Ärmel das erste Mal sah, war das Blut bereits dran. Und zuerst gesehen habe ich ihn, als er das erste Mal nach der Leiche griff.«

»Ach, blutete der Körper nicht wie ein Springbrunnen, als Sie in den Raum kamen?«

»Absolut nicht. Das Blut war ... mein Gott, Euer Ehren, muß ich das beantworten?« Alice tupfte sich mit dem Tuch über die Augen und sah dann Junior um Erlösung an.

Landish folgte ihrem Beispiel. »Einspruch. Verletzung der Privatsphäre.« Ein Einspruch, der dem juristisch Bewanderten völlig lächerlich war, aber dann wiederum war Landish juristisch ja nicht bewandert.

Junior sagte Alice mit einem warmen Blick Unterstützung zu und meinte dann zu Wilkes: »Ich bin sicher, Mr. Wilkes wird diesen Punkt angesichts der *Identität* der Zeugin und der *Grausigkeit* der Thematik in *extremer* Kürze abhandeln.«

Nun, sich vor Gericht kurz zu fassen, war bei Wilkes von Natur aus nicht vorgesehen, und schon gar nicht in einem hoffnungslosen Fall. Zuerst einmal, je länger das Verfahren, desto ferner das Urteil. Die Zeit schreitet fort, Zeugen sterben, Beweismaterial verschwindet. Mit anderen Worten, solange man vor Gericht steht, gibt es noch Hoffnung. Wilkes hatte also nicht die geringste Absicht, das Tempo zu beschleunigen, wußte aber, daß er den Richter mit einer Lüge hinhalten konnte, die Richter von Anwälten auf der ganzen Welt zu hören bekommen: »Nur noch einige Fragen, Herr Richter.«

Wilkes fuhr fort: »Na schön, Mrs. Knott, versuchen wir doch einmal, das den Geschworenen auszumalen. Spritzte es wie Wasser aus einem Hochdruckgartenschlauch, als Sie in den Raum kamen, oder eher wie aus der Wasserpistole eines Kindes.«

»Sir, ich möchte hier nichts ausmalen. Ich sage Ihnen nur soviel: Um die Wunde herum floß reichlich Blut, aber nicht ein Tropfen flog über die Oberfläche des Körpers hinaus.« Mrs. Knott sagte das tränenfrei und mit der Kaltblütigkeit eines Leichenbeschauers.

»Nicht so, daß Sie es gesehen hätten, meinen Sie?« sagte Wilkes. Dann kehrte er wieder zurück zu Macbeth: »Aber wer hätte gedacht, daß der alte Mann noch soviel Blut in sich hätte?«

»Stattgegeben«, sagte Junior. Mit dem Stiel voran, wies er mit dem Hammer auf Wilkes. »Noch etwas in der Art, und Sie können gehen, Mister!«

Alice antwortete: »Ich habe nichts durch die Gegend fliegen sehen. Ich habe kein Blut abbekommen, bis ich ihn tatsächlich berührte, um ihn umzudrehen, o Gott!«

Und damit kamen, wie aus dem Hahn, die Tränen. Wilkes kam nicht voran. Eher hätte man eine Murmel auf eine glitschige Scheibe gespießt, als Lady Knott festzunageln. Wir würden schon Detective Mulrany in den Zeugenstand bitten müssen, um ihre Glaubwürdigkeit zu erschüttern, indem er sagte, sie hätte den Blutfleck während der Vernehmungen nicht erwähnt.

»Wie groß war der Fleck auf seinem Ärmel?« fragte Wilkes.

»Größer als Ihr Herz«, heulte Alice in ihr Taschentuch. »Etwa von der Größe eines Vierteldollars.«

»Uuuuuuooooooouuuuu! Uuuuuuooooooouuuuu!«

Mit diesem nichts Gutes verheißenden Auftakt endete der Waffengang mit Alice Knott, und der Staatsanwalt führte vom Start weg mit mehreren Längen.

Dr. Death

Als nächsten rief Landish Dr. Lane Springwood auf, den Pathologen, der Richter Knott obduziert hatte. Seit vielen Jahren schon hatte Springwood seine helle Freude daran, als Leichenbeschauer »mit Fleisch zu arbeiten« und sich dann vor Gericht über seine Erkenntnisse zu verbreiten. Er liebte seine Untersuchungen, das konkrete Schneiden und Sägen am Kadaver, und hatte sogar den Geruch seiner Arbeit lieben gelernt. Aus Gründen, die wohl nicht näher erläutert zu werden brauchen, war er in Gerichtskreisen nur Dr. Death.

Landish pinnte riesige Fotos von der blutverschmierten nackten Leiche des Richters an eine Staffelei. Dr. Deaths Leute hatten die Kleidung aufgeschnitten, so daß das Messer nach wie vor aus dem Rücken stak. Mit der Plazierung der Fotos war die Aussage des Zeugen im Grunde unnötig geworden, aber der Pathologe sagte aus, daß die Todesursache seiner Sachverständigenmeinung nach – welch eine Überraschung – die Klinge eines spitzen Gegenstandes war, der, durch den Rücken eingedrungen, die Aorta angeritzt hatte. Das Opfer sei verblutet. Der Winkel der Klinge in der Leiche wies auf das Einführen durch einen Rechtshänder hin.

Nachdem Dr. Death die blutigen Fotos identifiziert hatte, sagte Landish: »Ich beantrage, die Fotos als Beweismittel aufzunehmen.«

Wilkes stand auf. Der Richter erwartete schon einen Einspruch dagegen, die blutrünstigen Autopsiefotos als Beweismittel zuzulassen, und war darauf vorbereitet, den Antrag umgehend abzuschmettern. Aber Wilkes hatte einen anderen Antrag im Sinn. »Euer Ehren, es ist mir höchst unangenehm, das vorzubringen, aber da mir Gerichtsetikette und Strafgesetzbuch keine andere Wahl lassen, beantrage ich, Mr. Landish anzuweisen, den Reißverschluß an seiner Hose zu schließen.«

»WIE?« schrie Junior. Er warf einen Blick auf Landish, der neben der Staffelei vor der Geschworenenbank stand.

»Durch eine entsprechende Handbewegung, Euer Ehren«, antwortete Wilkes.

»UNERHÖRT!« schrie Landish, als er an sich hinabsah und feststellte, daß der Reißverschluß jenseits des Bauches tatsächlich auf Halbmast stand. Rasch zog er ihn hoch. Er war rot angelaufen, und für einen Augenblick erschien ein kleines, verlegenes Lächeln auf seinem Gesicht.

»JAWOHL«, sagte Wilkes, »ich beantrage, die Anhäufung gleichgearteter Beweise zu unterlassen. Die Zurschaustellung *einer* Leiche im Gerichtssaal reicht völlig aus.«

»SETZEN SIE SICH!« sagte Junior. »Ich habe nicht die Absicht, diese Bemerkung mit einer Antwort zu würdigen. Aber nun ist Schluß damit. Ich warne Sie, Sir. Ich habe Ihnen einen enormen Spielraum gewährt. Damit ist es jetzt vorbei. Die Geschworenen haben die Bemerkung des *Straf*verteidigers zu ignorieren. Ihren nächsten Zeugen, Herr Staatsanwalt.«

Über die Reaktion der Geschworenen auf Wilkes' Antrag war Gutes wie Schlechtes zu berichten. Das Schlechte: Nicht einer der Geschworenen hatte auch nur ein müdes Lächeln für Wilkes' Bemerkung. Das Gute: der Geschworene Wyatt Wonderlick, der Stadtcowboy, der Ruby so gefallen hatte, lächelte nicht nur nicht, er war noch nicht einmal wach. Vielleicht verschlief er ja den ganzen Prozeß und stellte sich dann bei der Urteilsberatung quer – mit der Begründung, er hätte nicht ein belastendes Wort gehört.

Wilkes hatte den Pathologen nicht das geringste zu fragen, so daß er ihn denn auch nur etwa zwei Stunden vernahm. Wir erfuhren dabei, daß Knotts Herz 490 Gramm gewogen hatte, daß der Arzt mehrere Querschnitte durch die Kranzarterie untersucht, aber keinerlei Anzeichen für Verengungen hatte feststellen können, daß am Herzmuskel nichts auf einen Infarkt gedeutet hatte, daß Trikuspidal-, Pulmonal- und Aortenklappen keinerlei Abnormitäten aufwiesen und daß der Leiche, abgesehen von dem kleinen Schlitz in der Aorta, nichts fehlte, was eine beherzte Entfernung des Messers nicht hätte kurieren können.

Einer relevanten Frage am nächsten kam im Grunde nur folgende: »Sir, haben Sie im Magen des Richters Reste einer kürzlich konsumierten Pizza gefunden?« Auf die der Sachverständige antwortete: »Nein, nicht die Spur einer Pizza.«

Mit dieser Deutung der Eingeweide endete der erste Tag der Beweisaufnahme. Der Staatsanwalt führte und hatte nicht einen Gegentreffer einstecken müssen.

Aufnahme des Aktienbestands

Tags darauf belegte Landish mit ausführlichem Beweismaterial die Insidergeschäfte, die der Richter und Alvin über Albert Rhinestrum an der Börse getätigt hatten. Es ging darum, Alvins Motiv für den Mord an dem Richter aufzuzeigen – daß er gedacht hatte, der Richter hätte die ganzen drei Millionen verpulvert, und das in dem Augenblick, in dem Alvin sich bequem aufs Altenteil zu setzen gedachte. Als erster sprang Jaime Perez von der Kriminalpolizei in den Zeugenstand. Er sagte aus, Alvin hätte die Spekulationen mit dem Richter kurz nach seiner Verhaftung vor versammelter Wache gestanden. Außerdem hätte er bei der Einlieferung mit der rechten Hand unterschrieben.

Ein Fachmann der Polizei stellte eine Reihe von selbstgemalten Tabellen auf, die zeigten, daß die Aktienkäufe immer vor einer richterlichen Entscheidung in bezug auf die betroffene Firma getätigt wurden. Der Fachmann sagte den Geschworenen, daß sich im Safe des Richters eine Diskette befunden hätte, auf der nach dem Knacken des Paßwortes eine komplette Aufstellung der Investitionen zu sehen war, die Alvin mit dem Richter getätigt hatte. Diese Aufzeichnungen deckten sich fast genau mit denen, die man bei einem New Yorker Börsenmakler unter dem Namen Snivlakno Trubluy gefunden hätte.

Wilkes konnte mit dem Zeugen im Kreuzverhör nichts anfangen. Wir hatten keine Verteidigung gegen die Beweise für die Insidergeschäfte. Unser Mandant hatte sie ja gestanden. Was uns allerdings neu war, das war die Geschichte mit dem Paßwort für die Diskette des Richters.

»Wie lautete das Paßwort, das die Datei schließlich öffnete?« fragte Wilkes.

»Absolute Gerechtigkeit«, sagte der Spezialist.

»Wie sind Sie da draufgekommen?« fragte ihn Wilkes.

»Bin ich nicht.«

»Also dann jemand anderes. Und wer mag dieser Jemand wohl sein?«

»Ein junger Mann namens Jethro Wilmore.«

Wilkes sagte der Name nichts, aber ich, der ich mich erst kurz zuvor in den Umgang mit Computer und Textverarbeitung hatte einweisen lassen, hatte mich für Nachrichten aus der Welt der Computerkriminalität zu interessieren begonnen. Jethro Wilmore war der berüchtigte Hacker-Cracker, ein Computerkrimineller, der es jüngst zu einiger Berühmtheit gebracht hatte und eigentlich einsitzen sollte. Ich ließ Wilkes eine Notiz zukommen.

»Sir«, sagte Wilkes, der meine Mitteilung las, »ist das derselbe Jethro Wilmore, der als Hacker-Cracker bekannt ist, der Bursche, der mit Hilfe seines PCs und der Telefongesellschaft enorme Summen abgestaubt hat?«

»Derselbe«, sagte der Spezialist.

»Dann lassen Sie mich folgendes fragen. War jemand zugegen, als der Hacker angeblich dieses Paßwort knackte?«

»Nicht, daß ich wüßte.«

»Was bezahlte man ihm für seine Arbeit?«

»Ich habe keine Ahnung.«

Wilkes wandte sich Junior zu. »Nun, ich möchte das wissen, Herr Richter. Es besteht keine ausreichende Grundlage für die Zulassung dieses Beweismittels, da der Zeuge, der dieses Paßwort angeblich geknackt hat, nicht anwesend ist. Die Information, daß der Polizei bei diesen Ermittlungen ein Verbrecher half, der augenblicklich im Gefängnis sitzt, hat man uns vorenthalten. Wir müssen wissen, was er für diesen Dienst bekam. Die Freiheit, wie ich vermute. Es handelt sich hier um eine erstaunliche Entwicklung. Ich muß auf der Grundlage dieser Entwicklung einen weiteren A-Antrag stellen.«

Für uns war das eine Chance in der Hinsicht, daß auch der kleinste Stopp der unbarmherzigen Beweislawine ein Vorteil war.

»Einen Augenblick mal«, sagte Landish. »Das ist lächerlich! Der Angeklagte hat gestanden, heimlich Insidergeschäfte mit dem verstorbenen Richter Knott getätigt zu haben. Das Ganze ist bestenfalls belanglos und letztlich irrelevant.«

»Es erheben sich im Gegenteil verfassungsrechtliche Fragen von einiger Tragweite hinsichtlich des Rechts auf gleiche Behandlung vor dem Gesetz und ein ordentliches Verfahren«, entgegenete Wilkes. »Wann wurde dieser Hacker zu einem Angestellten der New Yorker Stadtpolizei? Was hat er dafür bekommen? Wie wollen wir wissen, daß diese Datei authentisch ist?«

Junior blickte Wilkes an. Sein Gesichtsausdruck war der eines Lokführers, dem einige Terroristen vor seiner rasenden Lok die Schienen zu sprengen versuchen. »Ich denke, die Echtheit der Computerdatei liegt in sich selbst, Mr. Wilkes. Darüber hinaus ist die Rolle dieses Jethro Wilmore angesichts Ihres geständigen Mandanten und der eigentlichen Problematik hier wirklich nur marginal. Ich werde die Zeit der Geschworenen nicht weiter verschwenden, um der Sache nachzugehen. Sie haben Ihre eigenen Möglichkeiten, das selbst zu tun, wenn Sie wollen. Sämtliche Anträge diesbezüglich, auch die, an die Sie eben denken, sind hiermit abgelehnt.«

Und so rollte der Zug über die Terroristen hinweg.

»UUUUUUOOOOOOUUUUUU! UUUUUUOOOOOOUUUU!«

Eine Bombe

»Ich danke Ihnen, Euer Ehren«, sagte Landish. »Als nächstes rufe ich Lewis Pith in den Zeugenstand.«

Pith war einer der Partner bei Baynard, Pith & Willikins, der Brokerfirma, die Albert Rhinestrum beschäftigt hatte. Er sagte aus, daß Rhinestrum das Konto von Snivlakno Trubluy betreut hätte – bis zum Tag seines Verschwindens mitsamt dem Geld auf dessen Konto.

Landish fragte: »Und was passierte dann?«

»Nun, ich erinnere mich daran, nach seinem Verschwinden zwei Anrufe bezüglich des Kontos erhalten zu haben. Zwei Männer riefen an, von denen sich keiner ausweisen wollte. Ich notierte die Anrufe auf dem Umschlag der Kontenmappe.«

»Ja«, sagte Landish, »und glauben Sie, Sie würden die Stimmen dieser Personen wiedererkennen, wenn Sie sie hören?«

»Na ja, ich weiß nicht. Ich könnte es versuchen.«

»Euer Ehren, das Volk des Staates New York bittet das Gericht um eine Stimmprobe des Angeklagten Scribner. Wir würden ihn gern eine Erklärung verlesen lassen, die wir nach Mr. Piths Notizen auf dem Aktendeckel erstellt haben.«

Noch bevor Wilkes Einspruch erheben konnte, sagte Junior: »Das Gericht ordnet eine Stimmprobe an. Der Angeklagte wird die Notizen verlesen.«

Alvin, der zuhörte, wenn er nicht gerade stöhnte, nahm den Kopf lang genug aus den Armen, um zu sehen, daß Landish ihm Piths Aktendeckel unter die Nase hielt. »Nehmen Sie.«

»Vermerken Sie im Protokoll, daß der Angeklagte die Akte MIT SEINER RECHTEN HAND entgegengenommen hat«, sagte Landish. Er deutete auf einige sauber in Druckbuchstaben geschriebene Sätze und sagte: »Lesen Sie das.«

Alvins Augen, geschwollen und blutunterlaufen vom Weinen, sahen auf die Stelle, auf die Landish' Finger wies. Wie befohlen, begann er zu lesen.

»Kann ich bitte Albert Rhinestrum sprechen? Kann ich dann jemanden sprechen, der mir Auskunft bezüglich des Kontos für Snivlakno Trubluy geben kann? Das Geld ist fort? Sind Sie Sicher? Verschwunden?«

»Ja, das ist die Stimme des zweiten Anrufers«, sagte Pith.

»Sie sagen also, das ist die Stimme des Mannes, der das zweite Mal anrief?« wiederholte Landish, als wäre er schwerhörig.

»Ja«, sagte Pith, und wies auf Alvin. »Es war eine sehr eigene Stimme, heiser und müde, wie dieser Mann sie hat. Ich glaube nicht, daß ich sie jemals vergesse.«

Alvin sah ihn merkwürdig an. Ehe Wilkes oder ich die Hand auf seinen Mund legen konnten, sagte Alvin: »Mr. Pith, ich habe nicht gefragt: ›Das Geld ist fort?‹, wie Sie hier geschrieben haben. Ich habe Sie gefragt: ›Die Aktien sind alle weg?‹«

»Tut mit leid, alter Junge, ich dachte, ich hätte das richtig hingekriegt«, antwortete Pith. Und so endete Tag zwei des Horrorprozesses. Der Vorsprung der Anklagevertretung war so groß, daß sie nicht mehr zu sehen war.

Kapitel 16

Pater Harry Leech

Wer sich mit Esel anfreundet,
muß auf Tritt gefaßt sein.
CHARLIE CHAN

... doch allen Lügnern wird der Mund verschlossen.
PSALMEN 63, 12

Im Guadalajara Café in der Nähe unseres Büros genehmigten wir uns die dringend benötigte Koffeinspritze, bevor wir wieder zum Kriminalgericht hochwanderten, um uns einen weiteren Tag blutige Köpfe zu holen. Vielleicht hätten wir uns ja besser mit einem Anästhetikum vollgepumpt. Wie auch immer, Lunko, der kleine Wirt mit der Heldenbrust, schenkte uns eine weitere Tasse seines frisch aufgebrühten Gebräus ein. Wilkes sagte ihm, er solle es auf unsere Rechnung setzen. Lunko antwortete mit einem Rülpsen, womit die Sache in Ordnung war.

Wilkes war niedergeschlagen und still. Er hing über seinem Kaffee, als hätte er eine Wirbelsäulenverkrümmung. Sein Gesicht war aschfahl, seine Kleidung hätte ein Aufbügeln vertragen, und seine abgestoßenen Schuhe waren verstaubt. Er sah aus, wie er sich fühlte.

Ich las in der *Times* Adell Loomis' Artikel über unser Verfahren. »He«, sagte ich, »bei Adell kommen wir gar nicht so schlecht weg, wenn man bedenkt, wie es läuft. Sie hat deinen Namen schon vor der Falte dreimal erwähnt. Auf der Titelseite.«

»Ich hab's gelesen«, sagte mein deprimierter Freund in seinen Kaffee. »›John Wilkes' Verteidigung‹, schreibt sie, ›mußte gestern einige schwere Schläge einstecken, als die Zeugen Wilkes' Mandanten, den des Mordes bezichtigten Alvin Scribner, reihenweise mit Belastungsmaterial überhäuften. Angesichts einer solchen Flut von Beweisen und der ständigen Zurechtweisungen durch Richter Lester J. Throckton junior versuchte Wilkes vergeblich, die Schatten des Zweifels gegen seinen Mandanten zu zerstreuen.‹«

Wilkes hatte die Passage wortwörtlich im Kopf. Sein Gedächtnis war erstaunlich. Ich warf einen Blick in seine Richtung, als er sich mir mit einem verächtlichen »Kapierst du nicht« zuwandte.

»Um Himmels willen, Schoonover! Adell ist mein Mädchen! Sie ist meine Freundin, und noch nicht mal sie kann eine Katastrophe beschönigen! Mann, da möchte ich die *Post* erst gar nicht sehen.«

Das stimmte. Adells Artikel war nicht eben berühmt. Weil die Wahrheit nun mal nicht berühmt war. Es handelte sich um eines der ganz wenigen Male, in denen die Meldungen über ein Ereignis, mit dem ich persönlich zu tun gehabt hatte, in etwa den Tatsachen entsprachen. Für gewöhnlich nehmen die Medien ein Ereignis her und machen daraus eine Fiktion für den Märchenonkel der ›News um Elf‹.

»Wenigstens hat sie das mit dem Deal zwischen der Polizei und diesem Hacker-Cracker mitgekriegt. Das ist doch ein Skandal! Das sollte der New Yorker Polizei aber verdammt peinlich sein. Soll ich Condo auf die Suche nach dem Jungen schicken?« fragte ich. »Und vielleicht sollte er sich auch gleich nach Vorstrafen umsehen. Und feststellen, ob ihn jemand vertreten hat und der Deal schriftlich fixiert wurde.«

»Sicher. Wieso nicht?« sagte Wilkes uninteressiert. »He, Lunko, gib mir einen deiner besten Donuts. Zum Eintunken. Mir ist nach einem Ölteppich auf dem Kaffee.«

Während Wilkes seinen Donut ersäufte, rief ich Condo an

und gab ihm seinen neuen Auftrag durch. Er ließ mich wissen, was er bisher unternommen hatte, und dann machten Wilkes und ich uns auf den Todesmarsch in den Tempel des Verderbens. Unterwegs informierte ich Wilkes darüber, was Condo über den nächsten Zeugen der Anklage aufgestöbert hatte.

Wieder im Tempel

Da das Verfahren sich rasch und wie geschmiert dem unvermeidlichen Ausgang entgegenbewegte, erschienen Landish und Junior zum dritten Verhandlungstag ziemlich entspannt. Ihre Vernichtungsmaschine raste auf das Ziel – die Auslöschung Alvin Scribners – zu, und sie fühlten sich gut.

Landish rief seinen nächsten Zeugen auf. »Das Volk des Staates New York ruft Pater Harry Leech in den Zeugenstand.«

Durch die Tür, die den Gerichtssaal mit der Gewahrsamszelle verband, erschien ein Häftling, der so feist war, daß selbst der runde Miles Landish wie ein Zahnstocher wirkte. Ein gewaltiger Speckkloß mit Augen und Mund watschelte, eine Bibel in der Hand, auf den Zeugenstand zu.

Harry Leech sah aus wie ein Filmstar: Von der Statur her ähnelte er dem Blob, das Gesicht hatte er von Jabba the Hutt. Harry war ein Häftling, der seine Zeit im Gefängnis dazu nutzte, sich an publicityträchtige Angeklagte ranzuschmieren, um ihnen »die Beichte abzunehmen«, die er dann für einen Strafnachlaß dem Staatsanwalt zutrug. Zu ›Pater‹ Leech wurde er, weil allein schon seine Präsenz Wunder wirkte: Es schien, als legte jeder Insasse, der auch nur in seine Nähe kam, eine Beichte ab.

Nachdem das jahrelang so gegangen war, Einbrüche, Raubüberfälle, Knast, Beichte und dann der Deal mit dem Staatsanwalt, entschloß sich Leech, das Versprechen seines Spitznamens einzulösen, und trat einem Gefängniskult, der Kirche zum Seligen Ständchen, bei. Bei dieser handelte es sich um einen von Knastbrüdern ins Leben gerufenen Insider-Witz, der ihnen die

Privilegien für Religionsgemeinschaften sichern sollte: so die allabendliche Zusammenkunft zum Gottesdienst, bei dem sich der heilige Ritus des Pokerspiels pflegen und das Sakrament der Wette zum samstäglichen Football-Toto empfangen ließ, vor allem aber das von den strengen Ernährungsregeln der Glaubensgemeinschaft vorgeschriebene Filet Mignon.

Beichte und Konversion

Miles Landish freute sich, Leech als Zeugen zu haben. Es war ihm völlig egal, ob das mit der angeblichen Beichte Scribners gelogen war, solange er es weder ihm persönlich noch im Zeugenstand eingestand. Er wollte von Leech nur sein *a cappella* für die Geschworenen, um die berechtigten Zweifel endgültig zum Glauben an Alvins Schuld zu konvertieren. Und ein Geständnis, eine Beichte, war für gewöhnlich genau das richtige Mittel dazu.

Nachdem Leechs Personalien aufgenommen waren, fragte Landish ihn nach seinem Kontakt zu dem Insassen Alvin Scribner im Knast. Leech hatte die aufgeschlagene Bibel auf dem mächtigen Bauch. Wie sich das für einen berufsmäßigen Zeugen gehörte, sah er bei seiner Antwort die Geschworenen an.

»Kaum war Alvin in die Zelle gekommen, Sir, da hat er sich mir anvertraut. Er sehnte sich nach der Wiedergeburt durch den Herrn, und ich habe ihm mit meinen bescheidenen Fertigkeiten Trost zu spenden versucht. Der Sünder hat sich von seiner Last befreit.«

Dann nahm Leech die Bibel zur Hand und las: »Und ich sprach zu Mr. Scribner, und ich zitiere dabei Sacharja 3, 4: ›Hiermit nehme ich deine Schuld von dir und kleide dich mit festlichen Gewändern.‹«

»Sagen Sie uns, was er Ihnen gesagt hat, Pater«, fragte ein respektvoller Miles Landish.

»Mr. Scribner sagte, nach einer kleinen Pizza mit dem verschiedenen Richter Knott in dessen Büro seien die beiden Sünder auf die Millionen zu sprechen gekommen, die sie bei ihren geheimen Börsengeschäften verdient hatten. Dabei gab Richter Knott eine überaus unselige Erklärung ab: Er sagte Mr. Scribner, er hätte ihr geheimes Aktienvermögen verpulvert, das Geld, das Mr. Scribner für den Ruhestand beiseite gelegt hatte. Der Richter sagte, es täte ihm leid. Scribner sagte, das täte es ihm auch. Er griff nach dem Brieföffner auf dem Tisch und erstach den Richter damit.«

»UUUUUUUOOOOOOOOUUUUUU!« Mit gesenktem Kopf und einem Stöhnen in den Megadezibeln strich unser Mandant die belastende Aussage für die Jury heraus.

»Und das hat Ihnen dieser Angeklagte hier, Alvin Scribner, gesagt, ist das richtig?« Ohne auf eine Antwort zu warten, setzte sich Landish auf seinen Stuhl. »Ich danke Ihnen, Pater.«

Leech sah Landish überrascht an. Er hatte den besten Teil der Beichte vergessen. »Um genau zu sein, Mr. Landish, er hat gesagt: ›Als ich herausfand, daß er mir mein ganzes Geld gestohlen hatte, habe ich dem nichtsnutzigen Schwindler das Messer in den Rücken gerannt.‹«

Mit diesen Worten war die fünfminütige Vernehmung von Pater Harry Leech vollständig.

Wilkes' Kreuzverhör dauerte – mit zwei Tagen – ein klein wenig länger.

Alttestamentarische Gerechtigkeit

Wäre es nicht so furchtbar pervers, es wäre durchaus amüsant, einen Lügner sich in Gesetz und Bibel flüchten zu sehen, um mit ihrer Hilfe einen Meineid gegen die Freiheit zu tauschen. Wie muß es um die Moral eines Menschen bestellt sein, der so etwas ohne auch nur einen Gedanken an die Folgen für seine Opfer tut! Aber solche Perversionen sind unvermeidlich. So lange man Lügen gegen Vergünstigungen eintauschen kann, werden Meineidige den Zeugenstand umschwärmen wie Fliegen den Mist.

Wilkes erhob sich zum Kreuzverhör. Er war natürlich außer sich und konnte es kaum noch erwarten, sich mit dieser Made zu messen. Es gibt keine größere Befriedigung für einen Anwalt, als einen Verräter beim Kreuzverhör in der Luft zu zerreißen. Pater Harry Leech freilich betrieb das Geschäft mit dem Meineid so professionell es nur ging, und mit Richter und Staatsanwalt als Leibwächter würde das nicht eben leicht. Das ist es nie.

Wilkes: Sie sagen also, Pater Leech, mein Mandant, der weder am Tatort, noch in diversen Vernehmungen durch die Polizei, noch seinen Freunden, seinen Kollegen, seinen Mitgefangenen, ja noch nicht einmal seinen Anwälten –

Landish: EINSPRUCH gegen das, was sein Mandant ihm gesagt hat.

Gericht: Stattgegeben.

Wilkes: Nun, wie kommt es, daß er sich von allen Menschen ausgerechnet Sie für ein Geständnis ausgesucht hat?

Leech: Die Wege des Herren sind unergründlich. Halleluja!

Wilkes: Er hat Sie noch nie im Leben gesehen und packt so einfach vor Ihnen aus? Einem wie Ihnen?

Leech: Die Wunder des Herrn. Ich stelle sie nicht in Frage, Sir. Ich bin Sein bescheidener Diener und juble und freue mich über seine rettende Tat.

Wilkes: Sie lächeln, wenn Sie das sagen. Lächeln Sie bei Ihren Meineiden immer?

Landish: EINSPRUCH! POLEMISCH!

Gericht: Stattgegeben. Die Geschworenen werden auch diese Bemerkung des *Straf*verteidigers, Mr. Wilkes, ignorieren.

Leech: Es ist die Wahrheit.

Wilkes: Leech, Sie würden die Wahrheit nicht erkennen, wenn Sie von ihr eine gelangt bekämen.

Landish: Einspruch gegen diese skandalöse Bemerkung. Ich fordere das Gericht auf, den *Straf*verteidiger zu ermahnen.

Wilkes: [an Landish] Warum, Mr. Landish? Spreche ich vielleicht aus*landisch*?

Gericht: Stattgegeben. Stattgegeben. Die Geschworenen werden auch diese Bemerkung des *Straf*verteidigers ignorieren, der, wie ich hinzufügen sollte, seine Zunge besser an die Kandare nimmt.

Kriminelle Vergangenheit

Wilkes: Wie vieler Verbrechen wegen sind Sie bereits verurteilt worden, oh frommer Pater?

Leech: Das weiß ich nicht so genau, Sir. Das war vor meiner Wiedergeburt im Hause des Herrn. Aber um Ihre Frage zu beantworten: mehr als zwei und weniger als zehn.

Wilkes: Dann lassen Sie mal sehen, ob ich Ihrem selektiven Gedächtnis nicht auf die Sprünge helfen kann, Pater Leech. Fangen wir doch mit der Gegenwart an. Weswegen sitzen Sie im Augenblick ein?

Leech: Ich soll andere mit vorgehaltener Waffe von ihren weltlichen Gütern getrennt haben. Eine unselige Verwechselung seitens des Opfers, das kann ich Ihnen versichern. Das Strafmaß ist noch nicht ausgesprochen, und ich bin guter Dinge, daß sich das alles noch klärt.

Wilkes: Mit anderen Worten, eine Jury wie diese hier hat Sie des bewaffneten Raubs für schuldig befunden. Und jetzt versuchen Sie, zwanzig Jahren Haft zu entgehen, indem Sie sich mit freundlicher Genehmigung Ihres Herrn und Meisters Landish Ihr Abendessen ersingen.

Landish: EINSPRUCH!

Gericht: Stattgegeben. Die Geschworenen werden auch diese Bemerkung des *Straf*verteidigers nicht beachten. Stellen Sie Ihre Fragen ohne polemische Monologe, Mr. Wilkes.

Wilkes: Pater Leech, was steht in Ihrer kriminellen Vergangenheit als nächstes an?

Leech: Ach, vor langer, langer Zeit, einige Einbrüche, Überfälle und dergleichen. Aber wie gesagt, das war in meinem früheren Leben, das zugegebenermaßen das eines Schurken war, aber wie gesagt: vor meiner Wiedergeburt.

Wilkes: Dann haben wir hier also Harry Leechs Nachgeburt vor uns?

Landish: EINSPRUCH!

Gericht: Stattgegeben. Die Geschworenen werden auch diese Bemerkung des *Straf*verteidigers ignorieren. Mr. Wilkes, sie flirten mit einem Verweis wegen Ungebühr. Ich warne Sie.

Wilkes: Leech, zu Ihren Verbrechen gehören einige, bei denen Sie zu nachtschlafender Zeit in fremder Leute Häuser gekrochen sind, um ihnen ihr Eigentum zu stehlen. Und wenn sie wach waren, haben Sie sie mit der Pistole terrorisiert und damit geschlagen, ist das richtig?

Leech: Bedauerlicherweise gab es in meinem früheren Verhalten gewisse Ähnlichkeiten mit Ihrer brutalen Schilderung, Sir. Aber das ist so lange her. Und ich habe mit diesen Opfern getrauert, aufrichtig getrauert. Ich habe für sie gebetet und für sie gebüßt. Ich bin jetzt rein von Sünden. Ich verwende meine Zeit im Gefängnis darauf, das Wort der Kirche zum Seligen Ständchen anderen Gefangenen zu verkünden. Wie auch immer, es kam dabei niemand ernsthaft zu Schaden.

Wilkes: Mr. Slipper, treten Sie doch bitte vor. Leech, erkennen Sie diesen Mann?

Leech: Nein.

Wilkes: Während Ihres letzten Einbruchs sind Sie in sein Haus eingedrungen und haben ihm so heftig auf den Kopf geschlagen, daß er einen Schädelbruch erlitt.

Leech: Es war dunkel. Ich konnte keine Gesichter erkennen. Außerdem ist es lange her und in einem anderen Leben passiert.

Slipper: Zwei Jahre! Warte, wenn ich dich in die Finger kriege! [Mann muß körperlich von einem Angriff auf den Zeugen abgehalten werden]

Leech: Vergib mir, Vater, denn ich weiß nicht, was ich getan!

Wilkes: Wie oft wurden Sie wegen Einbruchs verurteilt?

Leech: Daran erinnere ich mich nicht mehr. Ich erinnere mich an überhaupt nichts mehr aus diesem anderen Leben.

Wilkes: Liegt das an einem Gedächtnisverlust oder einfach daran, daß es zu viele Verbrechen waren?

Gericht: Mr. Wilkes, wann werden Sie endlich von diesen ungehörigen Bemerkungen Abstand nehmen?

Wilkes: Wenn er aufhört, diesen Geschworenen hier etwas vorzulügen, um einen unschuldigen Mann reinzuhängen! Dann wird Landish, der Herr, ihn wieder auf die Gemeinschaft loslassen, damit er weiterhin rauben und plündern und anständigen Leuten wie Mr. Slipper oder den Damen und Herren Geschworenen hier den Schädel einschlagen –

Gericht: GENUG! Ich erteile Ihnen einen Verweis, mit dem wir uns später befassen. [An den Zeugen] Pater Leech, können Sie uns nicht einfach erzählen, was Sie von Ihren Vorstrafen noch im Gedächtnis haben?

Leech: Gute Idee, Euer Ehren. Fragen Sie mich nach einer, und ich sage Ihnen, was ich noch weiß.

Wilkes: Erinnern Sie sich daran, Mr. Slipper einen Schädelbruch zugefügt zu haben?

Leech: Eigentlich nicht.

Wilkes: Was daran liegt, daß Sie in Ihrem Leben so viele Leute überfallen haben, richtig?

Leech: Nein. Ich erinnere mich einfach nicht mehr, aber meine Sünde steht mir vor Augen, »denn ich bin in Schuld geboren, in Sünde hat mich meine Mutter empfangen.« Psalmen 51, 5.

Wilkes: Mir gefällt, wie Sie aus der Bibel zitieren, Leech. Ich habe den Teufel noch nie die Heilige Schrift zitieren gesehen.

Gericht: Das ist keine Frage.

Wilkes: Schon gut, Richter. Leech, lassen Sie mich eines fragen: Mr. Slipper hier kann sich nicht erinnern, daß Sie ihm die Heilige Schrift zitiert hätten, als Sie ihn angegriffen haben. Erinnern Sie sich nicht mehr an seine Bitten, ihm nichts zu tun, und an Ihre Worte: »Hier, du Mistkerl, krepier!«, als Sie ihn mit Ihrer Waffe schlugen?

Leech: Nein. Ist schon eine Weile her.

Wilkes: Wann hatten Sie das letzte Mal eine feste Anstellung?

Leech: Sie meinen, bevor ich mein Leben der Kirche zum Seligen Ständchen gewidmet habe? Tja, das ist schon lange her. Ich habe Kleider im Konfektionsviertel ausgeliefert.

Wilkes: Das ist aber schon über zehn Jahre her, nicht wahr?

Leech: So um den Dreh.

Wilkes: Wovon haben Sie seither gelebt?

Leech: In der Hauptsache hat mich der Staat ernährt. Ich war viel im Gefängnis.

Wilkes: Sieht so aus, als hätte der Staat Sie ganz gut ernährt. Haben Sie auch ein Armutsgelübde abgelegt?

Leech: Nicht direkt. Das ist im Gefängnis nicht nötig.

Wilkes: Aber was war während der kurzen Zwischenspiele, als der Staat den Riesenfehler machte, Sie freizulassen?

Schule des Verbrechens

Leech: Das wissen Sie doch. Mein anderes Ich, das vor meiner Wiedergeburt in die Kirche zum Seligen Ständchen, hat Schlimmes getan. Das mir der Herr vergeben hat. Aber davor, im Gefängnis, habe ich sozusagen die Schule des Verbrechens absolviert. Als ich herauskam, war ich schlechter als zuvor.

Wilkes: Na schön. Dann sagen Sie uns doch mal, was er Ihnen so vergeben hat.

Leech: Ich habe in meinem früheren Leben gestohlen.

Wilkes: Allerdings. Wenn Sie etwas wollten, haben Sie es einfach anderen weggenommen. Sie haben Leute mit vorgehaltener Waffe ihres Hab und Guts beraubt, weil sie hatten, was Sie haben wollten.

Leech: Manchmal.

Wilkes: Sie sind also ein berufsmäßiger Dieb, ein Kerl, der sich damit den Lebensunterhalt verdient?

Leech: Ich habe nie berufsmäßig gestohlen. Ein Profi hätte sich nicht so oft erwischen lassen wie ich. Ich glaube, daß alles zum Plan gehörte, den der Herr für mich hat: Gottlosigkeiten, mein Sünderdasein und die Erlösung durch die Gnade Gottes.

Wilkes: Dann ist es also reiner Zufall, daß der Staatsanwalt für die Abnahme dieser Beichte und dafür, daß Sie den Geschworenen hier die Liturgie der Kirche zum Seligen Ständchen vorbeten, die Freiheit gibt? In Wirklichkeit ist doch Miles Landish Ihr Erlöser, nicht wahr? Der Staatsanwalt ist der Gott, den Sie anbeten, weil er Lügner wie Sie von Häftlingen zu freien Menschen konvertiert?

Leech: [Zum Richter] Erhebt der Staatsanwalt denn keinen Einspruch dagegen? Ist doch keine Frage.

Landish: Ich erhebe Einspruch. Das ist doch keine Frage.

Gericht: Mr. Wilkes, das reicht jetzt. Kommen Sie her. Die letzte Frage oder Erklärung ist zu streichen. Meine Damen und Herren, ich habe Ihnen nun schon einige Dutzendmal gesagt, wenn ich eine der unqualifizierten Bemerkungen des *Straf*verteidigers streichen lasse, dann haben Sie sie völlig zu ignorieren und dürfen bei Ihren Erwägungen seines Vortrags den Umstand miteinbeziehen, daß er überhaupt zu solchen Taktiken Zuflucht nimmt. [Zu Wilkes, der jetzt neben dem Richtertisch stand] Sie bitten geradezu um unmittelbare Sanktionen, Wilkes. Und ich meine damit Gewahrsam.

Wilkes: Ich beantrage Abbruch wegen Verfahrensfehler. Es handelt sich hier um einen offenkundigen Meineid.

Gericht: Ich bin ganz Ohr, aber alles, was ich höre, ist Ungebühr.

Wilkes: Richter, bei allem Respekt, haben Sie sich Ihre Ohren in der letzten Zeit mal nachsehen lassen?

Landish: Ungebühr! Verweis! Sperren Sie ihn ein, Richter! Auf der Stelle!

Gericht: Ein Verweis ist in der Tat fällig, aber ich werde Mr. Wilkes nicht gestatten, hier einen Verfahrensfehler zu provozieren. Seine Bemerkungen sind notiert, und wir werden uns mit Ihnen nach der heutigen Zeugenvernehmung befassen. Und jetzt gehen Sie wieder an Ihren Platz und beginnen endlich mit Ihrer Verteidigung. [Parteien kehren an ihren jeweiligen Tisch zurück]

Epistel an Sankt Landish

Wilkes: [Zeigt dem Zeugen Brief] Pater Leech, haben Sie diesen Brief an den Ankläger geschrieben?

Leech: Ist das meine Epistel an Mr. Landish? In der ich ihm von der Beichte Ihres Mandanten berichte? In dem ich Mr. Scribners Tapferkeit lobe, ein volles Geständnis abzulegen, um sein Gewissen zu erleichtern? Ich hoffe, ich habe ihm in dieser Zeit der Not einen gewissen Trost spenden können.

Angeklagter: UUUUUUUOOOOOOOOUUUUUU!

Wilkes: Und als Gegenleistung für Ihr Angebot, hier auszusagen, nennen Sie in Ihrer sogenannten Epistel eine ganze Liste von Forderungen an den Heiligen Landish hier, stimmt's? Zum Beispiel, daß man die Anklage gegen Sie fallenläßt?

Leech: Das haben sie nicht gemacht, aber ich wollte nur die Möglichkeit, mein Geistlichenamt draußen in der freien Welt zu praktizieren.

Wilkes: Und eine Verlegung nach Miami Beach über den Winter, ist es nicht so?

Leech: Richtig. Das habe ich. Aber das wollten sie nicht machen.

Wilkes: Eine neue Identität? Arbeit? Geld?

Leech: Richtig. Das habe ich. Aber das wollten sie nicht machen.

Wilkes: Ein garantiertes Jahreseinkommen? Eine Limousine mit Chauffeur zum Gericht und Kilometergeld?

Leech: Alles richtig. Ich habe darum gebeten, ja. Aber sie haben nicht reagiert.

Wilkes: Und sagar noch ein Zeugengeld?
Leech: Wie ich gesagt habe, ja. Aber ich habe es nicht bekommen. Man wird ja wohl mal fragen dürfen, Mr. Wilkes. Letztlich ist Geben besser als Nehmen.
Wilkes: Vielleicht auch noch ein Sachverständigenhonorar?
Leech: Was?
Wilkes: Als professioneller Meineidiger?
Gericht: Die Geschworenen werden die letzte Bemerkung ignorieren. Mr. Wilkes, damit haben Sie für heute nacht Kost und Logis. Sie wissen, was ich meine.
Wilkes: Die Haftbedingungen sind nicht besonders in der Gruft oder auf Riker's Island, nicht wahr?
Leech: Nein.
Wilkes: Beantworten Sie mir mal eines: Ihre Religion wurde doch im Gefängnis begründet, nicht wahr?
Leech: Der Stifter war im Gefängnis, ja.
Wilkes: Und die Ernährungsvorschriften der Kirche zum Seligen Ständchen schreiben zum Abendessen Filet Mignon vor, ist das richtig?
Leech: Ja, und wenn Sie sich die Entscheidungen ansehen, dann werden Sie sehen, daß die Gerichte uns als Religion anerkannt haben. Filet Mignon gehört deshalb zu unseren besonderen Ernährungsvorschriften, weil geschrieben steht: »Jedermann sollte essen und trinken und die Früchte seiner Arbeit genießen, es ist das Geschenk Gottes.« Kohelet 3, 13.
Wilkes: Warum sehen Sie dabei die Geschworenen an, Mr. Leech? Hat Ihr Herr und Meister [weist auf Mr. Landish] Ihnen gesagt, Sie sollen das tun?
Leech: Nein.
Wilkes: Dann nehmen Sie wohl nur Maß an Ihren künftigen Opfern, was?
Landish: Ich erhebe Einspruch!
Gericht: Stattgegeben. Das macht eine weitere Nacht auf Kosten des Hauses, Mr. Wilkes.
Wilkes: Sie wissen, Sie brauchen bloß eine Geschichte zu erfin-

den, die den Staatsanwalt interessiert, und schon haben Sie den Deal, der Sie aus dem Gefängnis bringt?

Leech: Man muß die Wahrheit sagen. »Solange noch Atem in mir ist, soll Unrecht nicht von meinen Lippen kommen, noch meine Zunge Falsches reden.« Hiob 27, 4.

Wilkes: Für Sie ist das alles nur ein Spiel, nicht wahr, Mr. Leech?

Leech: Kein Spiel. Es ist das Leben.

Wilkes: Sie kommen hier einfach herein, sagen ein paar Worte, die der Ankläger hören will, und schon sind Sie frei, habe ich recht?

Leech: Nein.

Wilkes: Schwitzen Sie immer so, wenn Sie unter Eid lügen?

Leech: »Wer Streit anfängt, entfesselt eine Wasserflut.« Sprüche 17, 1.

Die Heilige Schrift der Neuzeit

Wilkes: Sprechen wir über die angebliche Aussage meines Mandanten Ihnen gegenüber. Haben Sie die Zeitungsberichte zu diesem Fall verfolgt?

Leech: Ich lese die Heilige Schrift: »Forschet nach im Buche des Herrn.« Jesaja 34, 16.

Wilkes: Wenn also hier ein anderer Häftling hereinkäme, um auszusagen, daß Sie eine Akte mit Zeitungsausschnitten über den Fall angelegt haben, wäre er also ein Lügner?

Leech: Ich schneide nur den religiösen Teil aus, da ich es ganz mit Johannes halte: »Erforscht die Schriften, weil ihr meint, in ihnen das ewige Leben zu haben; gerade sie legen Zeugnis über mich ab.« Johannes 5, 39. Ich habe nichts über diesen Fall gelesen.

Wilkes: Sie lächeln, während Sie das vorlesen, Mr. Leech. »Daß einer lächeln kann und immer lächeln und doch ein Schurke sein.« Hamlet, Erster Akt, Szene fünf.

Leech: Mr. Wilkes, wenn Ihnen jemand gesagt hat, ich hätte was über diesen Fall gelesen, dann hat er Sie belogen, und wenn ich einen freundlichen Ausdruck auf dem Gesicht habe, dann nur, weil »Gott einen fröhlichen Geber liebt.« Zweiter Korinther 9, 7.

Wilkes: Leech, wenn Sie das Lügen so komisch finden, dann schadet Ihre Aussage womöglich noch Ihrer Gesundheit.

Leech: Was?

Wilkes: Sie könnten sich totlachen.

Landish: Ich erhebe Einspruch. Es ist Zeit für weitere Sanktionen! Ungebühr!

Gericht: Ja, ja, ja. Ermahnung an die Geschworenen bezüglich der Bemerkungen des *Straf*verteidigers wie gehabt. Das macht drei Nächte auf Kosten des Hauses. Wieviel Zeit brauchen Sie noch mit dem Zeugen, Mr. Wilkes?

Wilkes: Oh, so um die zehn Pfund. Pater Leech, der Ausdruck ›Zinker‹, sagt Ihnen der was?

Leech: Es ist einer, der das Geständnis eines Mithäftlings weitergibt.

Wilkes: Gegen eine Belohnung, nicht wahr? Gegen eine Gegenleistung.

Leech: Eine Liebe ist der anderen wert.

Wilkes: Sie lächeln schon wieder, Mr. Leech. Gibt es Häftlinge, die sich bei Fällen mit besonderem Medieninteresse eine Akte anlegen, um die Einzelheiten des Falles kennenzulernen, um dann dem Staatsanwalt etwas von einem angeblichen Geständnis erzählen zu können?

Leech: Es soll schon vorgekommen sein, aber nicht in diesem Fall. Ich habe einen Eid geleistet, Mr. Wilkes. »Wenn du vor dem Herrn, deinem Gott, ein Gelübde machst, sollst du nicht zögern, es zu erfüllen; sonst wird es der Herr, dein Gott, von dir einfordern.« Deuteronomium 23, 21.

Wilkes: Nun hören Sie aber auf. Also, Sie haben doch über diesen Fall eine solche Akte angelegt, nicht wahr?

Leech: Wie ich schon gesagt habe, mein Interesse an Zeitungen beschränkt sich im großen und ganzen auf den religiösen Teil.

Wilkes: Wie wäre es, wenn Sie meine Frage beantworten würden? Haben Sie zu diesem Fall Artikel ausgeschnitten, gelesen, aufbewahrt, archiviert oder sind Sie in irgendeiner Weise mit solchen Artikeln in Berührung gekommen? Antworten Sie mit ja oder nein.

Leech: In Anbetracht der Weitschweifigkeit der Frage, wie Sie da eben detailliert, aber viel zu komplex formuliert wurde, kann ich nur antworten: nicht, daß ich wüßte.

Wilkes: Wie viele Leute haben Sie in Ihrer glanzvollen Karriere als Zinker so verzinkt?

Leech: Sie meinen, Sie wollen, daß ich nachzählen soll, wie vielen ich die Beichte abgenommen habe. Das ist meine Aufgabe als Priester der Kirche zum Seligen Ständchen. Ich habe das nicht gezählt.

Wilkes: Was ist mit dem Beichtgeheimnis? Wie kommt es, daß Sie die Beichten, die Sie abnehmen, immer zum Staatsanwalt tragen? Weil der Staatsanwalt der wahre Herr Ihrer Kirche ist, habe ich recht? [Pause] Sie sehen Landish an, Leech.

Leech: Mr. Landish ist nicht der Herr, und das Beichtgeheimnis läßt sich hier nicht anwenden, weil es uns einfach nicht möglich ist, für uns zu behalten, was unsere mitgefangenen Schäfchen uns anvertrauen.

Wilkes: Haben Sie sich denn gewehrt? Haben Sie sich geweigert, sie preiszugeben? Hat man sie Ihnen mit einem Gerichtsbeschluß abgezwungen?

Leech: Nein. Wir geben dem Kaiser, was des Kaisers ist.

Wilkes: Allerdings. Also, Pater Leech, wann haben Sie meinen Mandanten in der Gruft gesehen?

Leech: Ich habe ihn nur einmal gesehen. Er war auf dem Weg zum Gericht, genau wie ich, und da sind wir eben ins Gespräch gekommen, während wir warteten.

Wilkes: Warum, glauben Sie wohl, hat er sein Geständnis ausgerechnet bei Ihnen abgelegt, einem Gauner, den er noch nie im Leben gesehen hatte?

Leech: Liegt wohl an meinem ehrlichen Gesicht.

Wilkes: Sie meinen *dieses* Gesicht?

Leech: Er wollte ganz allgemeine Sachen wissen. Was zum Beispiel vor Gericht passieren würde, wissen Sie. Und da sind wir eben ins Gespräch gekommen, und da hat er mir gesagt, was er getan hat.

Wilkes: Mr. Leech, wer war an diesem Morgen mit Ihnen sonst noch in der Zelle?

Leech: Eine ganze Reihe von Leuten, aber die haben wahrscheinlich nichts gehört, weil wir in der Ecke saßen und nur leise sprachen.

Wilkes: Und warum haben Sie einen Monat gewartet, bevor Sie dem Staatsanwalt geschrieben haben, um ihm von dem Geständnis zu berichten?

Leech: Es gab keinen Grund. Es war eine Routinebeichte. Ich bin einfach nicht dazugekommen.

Wilkes: [Reicht dem Zeugen Beweisgegenstände] Mr. Leech, das hier sind die Zeitungsartikel, die über den Fall erschienen sind, bevor Sie angeblich mit meinem Mandanten gesprochen haben. Wenn Sie mir jetzt sagen wollen, ob es in Ihrem Brief an den Staatsanwalt auch nur einen Fakt gibt, der nicht in diesen Zeitungsartikeln steht.

Leech: [Pause. Zeuge liest die Artikel] Ich habe dem Staatsanwalt noch gesagt, das Opfer hätte um sein Leben gebettelt. Das sehe ich hier drin nicht.

Angeklagter: UUUUUUUOOOOOOOOUUUUUU!

Wilkes: Nach all den Leuten, die Sie selbst schon umzubringen versuchten, würde es Ihnen doch sicher nicht schwerfallen, das zu erfinden, oder? Haben nicht alle Ihre Opfer um ihr Leben gebettelt, bevor Sie ihnen den Schädel eingeschlagen haben?

Leech: Es steht nicht in den Zeitungen. Er hat es mir erzählt.

Wilkes: Alles, was Sie dem Staatsanwalt sonst so geschrieben haben, hätte aber aus den Zeitungen oder den Fernsehnachrichten sein können, habe ich recht?

Leech: Hätte es, war es aber nicht.

Wilkes: Also, Sir, dann lesen Sie doch einmal den Abschnitt des Times-Artikels hier vor, ab »John Wilkes, der Anwalt des Beschuldigten, sagt …«

Leech: [liest] »… sein Klient und Richter Knott hätten eben einen kleinen Snack zu sich genommen, den sie sich von NYPD Pizza hatten kommen lassen.« Ja, Mr. Wilkes, das hat er mir auch erzählt. Pepperoni und Pilze, glaube ich. Das habe ich auch dem Staatsanwalt geschrieben.

Wilkes: Nein, das glaube ich nicht. Sie sollten nicht alles glauben, was in den Zeitungen steht, Leech. Ich habe das erfunden.

Landish: ER TRITT SELBST ALS ZEUGE AUF. EINSPRUCH!

Gericht: Stattge –

Wilkes: Augenblick mal, Richter. Einen Augenblick, verdammt noch mal, ja! Lassen Sie mich hier mal etwas Wahrheit einbringen. Ist vielleicht ganz erfrischend. Ich werde jetzt eine Aussage machen. Ich habe der Reporterin das mit der Pizza erzählt, um eine Falle für meineidige Spitzel wie Leech aufzustellen. Und er ist hineingetappt.

Landish: ER SAGT IMMER NOCH AUS. EINSPRUCH!

Gericht: STATTGEGEBEN! Die Geschworenen werden Mr. Wilkes' Bemerkung ignorieren. Er hat später Gelegenheit, seine Zeugen aufzurufen, meine Damen und Herren. Im Augenblick werden Sie seine Bemerkungen nicht weiter beachten, es sei denn als Hinweis darauf, daß er vor nichts zurückschreckt. Macht vier Nächte, Mr. Wilkes.

Wilkes: [zum Richter] Wenn Sie meinen. [Zum Zeugen] Aber lassen Sie es mich so sagen, Pater Leech. Wenn Sie die Reporterin hier aussagen hören, daß ich ihr die kleine Flunkerei mit der Pizza nur erzählt habe, um meinem Mandanten vor meineidigen Kotzbrocken wie Ihnen zu schützen, die Zeitungen als Quellen für ihren Meineid benutzen, wie würden Sie sich das erklären?

Landish: Gleicher Einspruch, Euer Ehren.

Wilkes: Ich versuche hier nur eine Menge Zeit zu sparen, Exzellenz.

Gericht: Nicht, indem Sie hier als Zeuge auftreten.

Leech: Mr. Wilkes, ich habe die Antwort. Ich kann nur nahelegen, daß Mr. Scribner mich ebenfalls über die Pizza belogen hat, wie Sie die Reporterin, als er behauptet hat, er und der Richter hätten an jenem Nachmittag italienisch gegessen.

Wilkes: Leech, Sie lächeln wieder. Die beiden haben keine Pizza bestellt. Sie haben keine Pizza gegessen. Pizza wurde weder im Büro des Richters gefunden, noch bei der Autopsie. Ich habe das erfunden, und Sie haben es mir abgekauft. Sie sind drauf reingefallen, Sie armselige Schlange.

Leech: Das war ich nicht. Es war der Herr.

Wilkes: Ja, na gut, dann wollen wir doch mal sehen, ob Ihr *Herr*, Mr. Landish, will, daß Sie hier weitersingen ...

Landish: EIN –

Wilkes: ... und wenn nicht, dann können Sie sich jetzt aus dem Zeugenstand wälzen und ...

Landish: – SPRUCH!

Wilkes: ... ins Gefängnis zurückkriechen ...

Landish: EINSPRUCH! UNGE–

Wilkes: ... wo Sie sicher schon Ihr Filet Mignon erwartet. Sie haben Sich Ihr Abendessen redlich ersungen. [Mr. Wilkes nimmt Platz]

Gericht: STATTGEGEBEN. Die Jury wird das ignorieren. Mr. Landish, irgendwelche Fragen an Pater Leech?

Landish: Nur eine. Haben Sie hier die Wahrheit gesagt?

Wilkes: [Stehend. Schreit] EINSPRUCH! DER ZEUGE IST NICHT KOMPETENT, DIE FRAGE ZU BEANTWORTEN!

Gericht: Die Geschworenen werden das beurteilen. Abgelehnt. Setzen Sie sich.

Leech: Ja, »ich wählte den Weg der Wahrheit.« Psalmen 119, 30.

Und so verließ der Meineidige den Zeugenstand, nachdem er zwei Tage lang falsches Zeugnis abgelegt hatte. Meiner Ansicht nach hatte Wilkes ihn in der Luft zerrissen, vor allem mit dem Trick mit der Pizza, aber was spielte das schon für eine Rolle? Das Geständnis würde seinen Tribut fordern. Selbst wenn die Geschworenen ihn für den meineidigen Schleimscheißer hielten, der er war, sie würden sich trotzdem denken: »Der Typ mag ja ein verlogener Arsch sein, aber bei all den Beweisen, die wir gehört haben, könnte das Geständnis genausogut wahr sein.« Damit war der Schaden nicht wiedergutzumachen.

Nachdem Leech auf einer Schleimspur aus dem Saal gekrochen war, gab Landish bekannt: »Nachdem das Volk des großen Staats New York seine Anklage über den Schatten eines Zweifels hinaus bewiesen hat, schließt es die Beweisaufnahme ab.«

Junior antwortete, es sei schon spät und damit Zeit, sich zu vertagen. Er entließ die Geschworenen für den Abend. Nachdem sie gegangen waren, fügte er hinzu, »Gerichtspolizist, nehmen Sie Mr. Wilkes fest und führen Sie ihn ab. Er wird die nächsten vier Nächte im Gefängnis verbringen.«

Wilkes machte der Befehl keine großen Sorgen. Als der Gerichtswachtmeister auf ihn zukam, sagte er: »Euer Ehren, Sie erweisen mir eine große Ehre, indem Sie mich, wenn auch unfairerweise, dafür bestrafen, meinen Mandanten gegen die Lügen der Staatsanwaltschaft zu verteidigen. Trotzdem muß ich einen Antrag auf Verfahrensfehler stellen, da Sie mich arbeitsunfähig machen und damit meiner Möglichkeit berauben, Mr. Scribners Verteidigung zu führen. Wenn Sie das tun, wenn Sie mich einsperren, mache ich Sie darauf aufmerksam, daß ich morgen meine Beweisaufnahme mit der Begründung beende, daß ich unfähig war, meine Zeugen vorzubereiten, mich mit meinem Mandanten zu beraten und die zahlreichen anderen wichtigen Dinge zu erledigen, die ein Prozeßanwalt während eines Verfahrens zu erledigen hat. Wenn Sie sie hören wollen, ich kann Ihnen, auf der Stelle und aus dem Kopf, Fälle zitieren, in denen das Verfassungsgericht Urteile revidiert hat, weil Richter die Verteidigung in weit weniger unerhörter Weise behindert haben als Sie mich.«

In der Zwickmühle

Der Antrag war kühn. Wir hatten keinen Zeugen der Verteidigung, der den Namen wert gewesen wäre. Wir könnten natürlich Scribner aufrufen, wenn wir unseren Mann ein paar Stunden lang unter Eid stöhnen hören wollten. Aber im Prinzip war der Antrag großartig. Wenn der Richter Wilkes in den Bau warf, hätten wir einen prima Grund, in Berufung zu gehen, eine Versicherungspolice, die uns ein zweites Verfahren garantierte. Und daß Wilkes im Gefängnis nächtigte, würde die Verteidigung nun wirklich nicht behindern. Da gab es nichts zu behindern.

Alle sahen Junior an. Er schien etwas sagen zu wollen, litt aber an einer verbalen Verstopfung. Mit durchdrehenden Rädern dachte er: Falls Wilkes recht hat, und dem Mistkerl ist das glatt zuzutrauen, hält Scribners Verurteilung – und die ist ihm sicher – vor einer Berufung nicht stand. Und womöglich gibt es ja sogar einschlägige Fälle, wie der Mistkerl behauptete. Woher soll ich das wissen? Ich habe seit Jahren keine Entscheidungen des Verfassungsgerichts mehr gelesen. Wer hat schon Zeit für diesen Mist! Man würde mir die Schuld dafür geben! Mit meiner Berufung an die nächste Instanz wäre es damit Essig, dank diesem Teufel. Auf der anderen Seite, ihn jetzt einzusperren, wäre die Sache vielleicht sogar wert!

Nachdem er sich die Angelegenheit durch den Kopf hatte gehen lassen, bewegte Junior schließlich die Lippen. »Nach reiflicher Überlegung werde ich die Verbüßung der vier Nächte aufschieben, bis der Angeklagte Scribner verur-, ich meine, äh, bis nach dem Spruch der Geschworenen. Scribner steht die Möglichkeit zu, sich nach besten Kräften zu verteidigen, obwohl Mr.

Schoonblower hier im Falle Ihrer Inhaftierung, Mr. Wilkes, meiner Ansicht nach durchaus in der Lage wäre, sich um die Vorbereitungen zu kümmern. Aber bis zum Urteil, Wilkes, setzt das Gericht Sie gegen Ehrenwort auf freien Fuß. Freilich auf Widerruf, falls es zu weiteren unprofessionellen Ausbrüchen wie denen der letzten Tage kommt. Das Gericht vertagt sich auf morgen.«

Kapitel 17

Eine leidige Sache, so ein Selbstmord

Wahrheit wie Stich von grausamem Messer
CHARLIE CHAN

Eines muß man dem Guadalajara Café lassen.
Wenn man hier wieder rausgeht,
weiß man, daß man was geschluckt hat.
JOHN WILKES

Wenn Sie wissen wollen, wie es um ein Flugzeug steht, sehen Sie sich die Flugbegleiter an. Selbst bei Turbulenzen schlendern sie so seelenruhig durch die Kabine und servieren Speisen und Getränke, als ob sie im eigenen Haus spazierengingen. Ausgesprochen beruhigend. Ist ihnen aber ihre Angst anzusehen, dann wissen Sie, was los ist.

Dasselbe gilt für Strafgerichte. Verhalten und Reaktionen des Gerichtspersonals – Gerichtspolizist, Protokollführer, Justizsekretär – sagen einem eine ganze Menge, wie es um ein Verfahren so steht. Für gewöhnlich ist es ihr gelangweilter Ausdruck, der einem signalisiert, der Fall geht seinen üblichen Gang, selbst bei Sensationsprozessen. Aber beginnen sie einen erst einmal mitleidig, beklommen oder schlicht entsetzt anzusehen, dann fühlt man sich langsam, aber sicher leicht deplaziert – wie eine schwangere Aussätzige bei der Miss-Amerika-Wahl.

Derlei Blicke empfingen Wilkes und mich, als wir in den Saal kamen, um uns an unsere sogenannte Verteidigung unseres

Mandanten zu machen. Freilich hätte es die Blicke des Gerichtspersonals nicht gebraucht, wir wußten auch so, daß die Staatsanwaltschaft einen handfesten Fall aufgebaut hatte. Wilkes war verzweifelt. Diesen Morgen hatte er ein riesiges ledergebundenes Buch dabei – fast einen halben Meter im Quadrat und schenkeldick. Gewaltige goldene Lettern zierten Deckel und Rücken, selbst ein Blinder hätte den Titel – JUSTIZIRRTÜMER – noch lesen können, und das von jedem Platz im Gericht. Vielleicht überlegten es sich die Geschworenen ja noch mal, bevor sie Alvins Freiheit ein Ende machten, wenn sie der Ansicht wären, es könnte ein Irrtum sein.

Wie gesagt, Wilkes war verzweifelt.

Überraschung

Wir nahmen unsere Plätze am Tisch der Verteidigung ein. Wilkes plazierte das Buch so, daß es mit dem Rücken zur Geschworenenbank lag. Dann warteten wir darauf, daß unser heulender Mandant in den Saal kam. Wie immer war der Laden gerappelt voll, aber die Stimmung unterschied sich gewaltig von der vor nunmehr vierzehn Tagen. Zu Beginn hatte man die Erwartungen gespürt wie vor einem Schwergewichtskampf mit einem Herausforderer, dem man kaum eine, aber immerhin eine Chance einräumt. Die Chance, einen Glückstreffer zu landen. Die Gerichtsbeobachter dachten, Wilkes könnte sich auf seine unnachahmliche Art mit der Flucht an die Seile über die ersten Runden retten und den Fall dann im letzten Augenblick mit einem Überraschungstreffer entscheiden.

Jetzt sagte die Stimmung eher: Wieviel schlimmer kann es noch werden?

Antwort: viel schlimmer.

Als Junior den Richtertisch stürmte, bemerkte ich den ungewöhnlichen Schwung in seinem Gang. Er schien geradezu begeistert. »Ich bitte die Anwälte vorzutreten«, posaunte er los.

Wir versammelten uns im Schatten des Throns und blickten Junior ins weißgekalkte Gespenstergesicht. »Meine Herren, ich habe eine gute Nachricht und, wie ich fürchte, auch eine schlechte. Die schlechte Nachricht, die ich Ihnen zu überbringen habe, ist, daß der Angeklagte gestern, in den späten Abendstunden, einen Selbstmordversuch unternommen hat. Ein Wärter hat ihn besinnungslos aufgefunden und noch rechtzeitig abgeschnitten. Wie ich aus der Krankenstation höre, ist er wohlauf, wenn auch etwas niedergeschlagen.«

Wilkes und ich waren wie vom Blitz getroffen. Alvin machte Schlimmes durch, sicher, aber daß es so schlimm war, hatten wir nicht gedacht.

»Gott sei Dank ist er in Ordnung«, sagte ich zu Wilkes. »Das ist doch eine gute Nachricht.«

Junior korrigierte mich. »Ja, ein ausgesprochener Glücksfall, aber die gute Nachricht, von der ich sprach, ist, daß er nach Ansicht der Ärzte morgen wieder erscheinen kann. Ich schlage vor, die Geschworenen für heute zu entschuldigen und heute die Schlußbelehrung auszuarbeiten, um nicht die wertvolle Zeit des Gerichts zu verschwenden. Irgendwelche Einwände?«

»Das arme Schwein,« murmelte Wilkes.

»Kein Einspruch seitens des Volkes«, sagte Landish. »Aber wenn ich das so höre, Euer Ehren, denke ich, das Volk möchte seinen Fall noch einmal aufnehmen, um den versuchten Selbstmord des Angeklagten als Beweis einzubringen.«

Wilkes wurde rot. Er sah Landish an. »Der Mann ist fast tot, und das erste, woran Sie denken, ist, das als Beweis einzubringen.«

»Aber, aber, Mr. Wilkes«, sagte Junior. »Mr. Landish wirft hier eine interessante Frage zur Beweislage auf, die ich noch gar nicht bedacht habe. Ich nehme sie sehr ernst, und außerdem macht er nur seine Arbeit.«

»Ja, ein richtiger Berufsmensch, der Mann.«

Von Junior ermutigt, begann sich Landish über den lächerlichen Punkt zu verbreiten. »Ja, der Selbstmord des Angeklagten kommt einer Flucht vom Tatort gleich. Es ist etwas, woraus die Geschworenen auf ein schlechtes Gewissen schließen können.«

Wilkes sah Landish an. »Sie spinnen wohl? Sie müssen doch den Verstand verloren haben? Es ist völlig irrelevant«, sagte Wilkes. »Und selbst wenn es einen gewissen minimalen Beweiswert haben sollte, so überwiegt doch bei weitem das Vorurteil, das daraus gegen die Verteidigung und den Angeklagten entsteht. Es könnte die Depressionen meines Mandaten noch vertiefen und womöglich zu einem erneuten Versuch führen.«

»Seit wann ist der Versuch eines angeklagten Mörders, sich dem Arm des Gesetzes zu entziehen, irrelevant?« sagte Landish zu Junior. »Das demonstriert doch eindeutig, daß er sich seiner Schuld bewußt ist.«

Wilkes hielt das Argument für so morbid und albern, daß er Landish mit einem furzenden Schnauben bedachte: »Prprprprprpprprprprprprprprprprprprprp.« Die Geschworenen, außer dem wie immer eingenickten Wyatt Wonderlick, wandten sich verwundert in Richtung des lauten Gesprächs, neugierig, was da am Thron vor sich ging.

Junior nahm die Sache, wie versprochen, sehr ernst. Wie es aussah, war er in die Betrachtung eines juristischen Problems von einiger Tragweite versunken, während er mit seinem goldenen Kugelschreiber auf den Tisch eintippte. Da Wilkes rasch kapierte, daß den Richter sein Gefurze nicht überzeugte, griff er zum Wort: »Aber er war bewußtlos.«

»Nun, dann zeigt es vielleicht, daß er sich seiner Schuld nicht bewußt ist«, sagte Junior, nachdem er einen weiteren Augenblick überlegt hatte. »Okay, ich bin zu folgender Entscheidung gekommen: Ich bitte Sie, sich über Nacht mit der Angelegenheit zu befassen und mir dann morgen Ihre jeweiligen Positionen zu unterbreiten.«

Junior entschuldigte die Geschworenen für den Tag, ohne ihnen zu sagen warum, und wir verbrachten die folgenden Stunden mit einem endlosen Gerangel um die ›Belehrung‹, jene unverständliche monotone Litanei aus juristischem Kauderwelsch, das der Richter am Schluß eines Prozesses den völlig verwirrten Geschworenen zu verlesen hat. Geschworenenbelehrungen sind ein ganz spezieller Teil der Prozeßliteratur. In den juristischen Elfenbeintürmen der höchsten Instanzen ersonnen, auf Fachchinesisch formuliert und den gewöhnlichen Sterblichen auf heiligen, aber ungelesenen Tafeln gereicht, entscheiden sie über Maß und Ziel gesetzlicher Macht. Nicht nur, daß sie kein Mensch versteht, sie sind auch nicht auf verständliche Weise zu übermitteln. Trotzdem verfügen die unantastbaren Gebote von oben, daß sie – unter Androhung der Urteilsaufhebung – genau so zu verlesen sind, wie die Hohepriester sie zu Pergament gebracht haben. Und so lesen sie denn grollende Richter wortwörtlich und mit der Begeisterung eines beim Finanzamt vorgeladenen Steuerzahlers den Geschworenen vor.

So unergründlich sie auch sein mögen, diese Belehrungen enthalten das Regelwerk, nach dem der Angeklagte, Männlein oder Weiblein, seine Freiheit bekommt oder zu einem Leben im Käfig verurteilt wird.

Da wir keine Verteidigung hatten, verlangten wir eine Belehrung, die den Geschworenen wenigstens die Möglichkeit gab, sich eine auszumalen: Alibi, Notwehr, Schutz des Eigentums, Tatprovokation, eine skandalöse Verfehlung seitens des Staates, ein Härtefall, Unmöglichkeit, Unzurechnungsfähigkeit sowie das Einverständnis des Opfers. Junior lehnte sie allesamt ab. Er erklärte sich jedoch einverstanden, die Geschworenen über das Prinzip des berechtigten Zweifels zu instruieren, aber auch das nur, weil er wußte, daß die Hohepriester von der Berufungsinstanz es verlangten, ganz egal wie erdrückend die Beweislast auch ist.

Als unser Streit mit Junior und Landish über die Belehrung zu Ende war, hatten wir das typische Sortiment: kompliziert genug, um selbst eine Linguistentagung vor ein Rätsel zu stellen. Dann gingen Wilkes und ich in die Krankenstation des Gefängnisses, um unserem armen Mandanten die Aufwartung zu machen.

Mulraney

Mike ›Tüchlein‹ Mulraney saß über Jaime Perez' Bericht über den jüngsten Mordfall aus dem Dealermilieu, einem Schuß aus einem fahrenden Wagen in Spanish Harlem, als Chief Lorton ihn in sein Büro zu kommen bat. Dort angekommen, stellte er sich vor den Schreibtisch des Chiefs und tat seine Anwesenheit durch ein Niesen kund. Der Chief hob den Kopf und reichte ihm eine Vorladung. »Die Verteidigung ruft Sie morgen als Zeugen auf.«

Mulraney war nicht überrascht. Nachdem Alice Knott vor Gericht behauptet hatte, sie hätte ihm bei der Vernehmung gesagt, daß sie den Blutfleck auf Alvins Ärmel schon gesehen habe, bevor er die Leiche ihres Mannes berührte, hatte er seinen Aufruf erwartet. Aus seinen Notizen über ihre Vernehmung ging nichts dergleichen hervor, und er war sich sicher, sie hatte es nicht erwähnt. Von dem Fleck hatte er zum erstenmal bei ihrer Aussage gehört.

»Ach ja, kein Problem. Wird wegen Alice und dem Blutfleck auf dem Ärmel sein.«

»Schon, schon«, sagte der Chief, »aber was wollen Sie tun?«

Mulraney sah ihn verwirrt an. »Was soll'n das heißen? Ich werd' sagen, daß ich mich nicht dran erinnern kann, daß sie mir das jemals gesagt hätte. Und die Verteidigung wird mich fragen, ob ich das für wichtig gehalten hätte, und ich werd' ja sagen, weil es so war.«

Der Chief war mit Mulraneys Antwort gar nicht zufrieden.

Er hätte seine Aussage gern etwas undurchsichtiger gesehen, wie sich das für einen Polizisten gehörte, um der Starzeugin der Anklage unter die Arme zu greifen. »Wieso, Mike? Wieso wollen Sie das sagen? Können Sie nicht einfach sagen, daß sie's gesagt haben könnte? Ich meine, sie könnt's doch gesagt haben, oder vielleicht nicht? Vielleicht hat sie's gesagt, als Sie grade niesen mußten. Wäre doch möglich.«

Mulraney putzte sich die laufende Nase, verschnupft, weil sein Chief ihn so unter Druck setzte. Er wandte sich zum Gehen und sagte dann mit dem Rücken zu seinem Chief: »Das glaub' ich nicht, Chief.« Auf dem Weg den Flur hinab lief ihm die Stimme des Chiefs hinterher: »Ah-hahh! Sehen Sie, Sie GLAUBEN es nicht! Sie niesen ganz schön laut, Tüchlein. Sie sind sich da gar nicht so sicher. Bei all den Medikamenten. Möglich ist es allemal, SIE KÖNNTE ES GESAGT HABEN ...«

Zeuge in eigener Sache?

Am nächsten Morgen tauchte Alvin auf und sah im Grunde nicht anders aus als am Abend davor, als wir ihn in der Krankenstation besucht hatten. Mit anderen Worten, sie hatten ihn so mit Antidepressiva vollgepumpt, daß er fast katatonisch war. Er setzte sich zwischen Wilkes und mich und starrte geradeaus vor sich hin. Genaugenommen ging es ihm heute eigentlich besser. Sicher, er sah aus wie ein bis an die Halskrause zugeknallter Zombie, so leer wie er in den Raum stierte, aber wenigstens hatte er den Kopf oben und heulte nicht mehr.

Junior zitierte uns vor den Thron. »Wie ich sehe, ist der Angeklagte nicht nur anwesend, ihm ist auch nichts anzusehen. Also, ich habe im Interesse von Fairneß und Zweckmäßigkeit beschlossen, die Anklagevertretung ihren Beweisvortrag nicht wiederaufnehmen zu lassen, um den Selbstmordversuch als Beweis einzubringen. Falls der Angeklagte jedoch selbst in den Zeugenstand tritt, kann er freilich zu einem wichtigen Thema werden, ich kann Mr. Landish gestatten, ihm beim Kreuzverhör nachzugehen. Sie dürfen Ihren Fall vortragen, Mr. Wilkes.«

Juniors Verfügung hatte nur einen Grund: unserem Mandanten Angst vor einer Aussage zu machen. Was er freilich nicht wußte, war, daß uns schon lange vor seinem Selbstmordversuch klar gewesen war, daß er unmöglich aussagen konnte. So wie er sich schämte, so instabil wie er war, und obendrein sah er noch so furchtbar schuldig aus mit dem gesenkten Kopf und der ewigen Schluchzerei; er wäre uns im Zeugenstand zusammengebrochen und hätte alles gestanden, was Landish nur wollte.

Fort, verdammter Fleck!

Wilkes rief unseren ersten Zeugen auf, Detective Mike Mulraney. Mulraney sagte genauso aus, wie er das seinem Chief am Abend zuvor gesagt hatte: Alice hätte ihm nichts von dem Blutfleck erzählt. Wie vorauszusehen, fragte ihn Landish beim Kreuzverhör: »Sie hätte es aber doch sagen können, oder? Sie erinnern sich ganz einfach nicht mehr, richtig? Vielleicht ist es Ihnen während eines Ihrer Nieser entgangen?« Aber Mulraney blieb fest: Sie hätte den Fleck auf dem Ärmel nicht erwähnt.

Bei Mulraneys Antwort warf Landish einen Blick nach hinten zu Lorton, der in der ersten Publikumsreihe saß. Dann wandte er sich wieder dem Zeugenstand zu, um seine Ansicht etwas nachdrücklicher zu vertreten. »Sie waren an jenem Tag sehr krank, ihr Kopf war verstopft und tat ihnen weh, die Nase lief, die ganze Palette, nicht wahr?«

»Das ist bei mir ziemlich normal«, sagte Tüchlein. »Das hat keinerlei Einfluß auf meine Arbeit.«

»Und Sie hatten Ihre üblichen Medikamente genommen, stimmt's? Tropfen für die Augen und Nase, die Asthmapillen, Antihistamine, Schleimlöser, Espresso und Aspirin, habe ich recht?«

Mulraney sah Lorton an. Der Scheißkerl hatte Landish präpariert. Es war das erste Mal, daß man seine Allergie und sein Asthma im Gerichtssaal gegen ihn anführte. Und dahinter steckte sein eigener Chef!

»Ja«, sagte Mulraney, der Lorton nach wie vor anfunkelte, »das übliche.«

»Dann können Sie sich doch nicht hinsetzen und dieser Jury hier sagen, daß sie nichts über den Fleck gesagt hat, angesichts Ihrer Behinderung, meinen Sie nicht?«

»Wie gesagt, ich habe gehört, was sie gesagt hat. Von dem Fleck war nicht die Rede.«

»Soweit Sie sich erinnern?« erklärte Landish in dem Versuch, die Aussage mit einem Zweifel ausklingen zu lassen. »Zwischen Husten, Schneuzen und Niesen.«

»Ich sage wohl offensichtlich über das aus, woran ich mich erinnere, und das sind sämtliche wesentlichen Aspekte meiner Vernehmung von Alice Knott. Ein Blutfleck wäre wesentlich gewesen. Sie hat davon nichts gesagt.«

Wilkes, den das Kreuzverhör, das der Staatsanwalt seinem eigenen Ermittlungsbeamten angedeihen ließ, amüsierte, saß da und sah zu. Als Landish fertig war, hatte auch Wilkes keine Fragen mehr an Mulraney, der den Zeugenstand mit einem bösen Blick auf Landish verließ und dann seinen Stuhl soweit vom Ankläger fortrückte, wie es ihr gemeinsamer Tisch nur zulassen wollte.

Wilkes ruft Wilkes

Wilkes rief darauf unseren nächsten Zeugen auf. »Als nächsten Zeugen rufe ich John Wilkes.« Dann schritt er auf den Zeugenstand zu und setzte sich. Mit einem Blick auf Junior verkündete er: »Ich könnte den Zeugen selbst verhören, habe mich jedoch dazu entschlossen, mich von meinem Partner, Mr. Schoonover, vernehmen zu lassen.«

Landish stand auf und erhob Einspruch. Aus seinem Melonenkopf kam das übliche Gepolter: »Einspruch! Einspruch, Euer Ehren! Es verstößt gegen die Regeln, daß ein Anwalt als Zeuge in einem Prozeß auftritt, in dem er die Verteidigung führt.«

Worauf Junior antwortete: »Ist ja wohl nichts Neues. Keine Regel, gegen die er hier noch nicht verstoßen hätte.«

Worauf Wilkes entgegnete: »Na versehentlich habe ich doch sicher die eine oder andere befolgt.«

Ich zögerte nicht länger und feuerte die erste Frage ab: »Mr. Wilkes, in der *New York Times* war am Morgen nach Mr. Scribners Verhaftung zu lesen, Sie hätten gesagt, daß Mr. Scribner und Richter Knott am Nachmittag des Mordes eine Pizza mit Pilzen und Pepperoni gegessen hätten? Haben Sie das gesagt?«

Wilkes sah die Geschworenen an. Die meisten von ihnen wichen seinem Blick aus – mit Ausnahme von Wyatt Wonderlick, dessen Augen geschlossen waren. »Das habe ich. Ich habe der Reporterin gesagt, daß mein Mandant mich darüber informiert hätte. Aber in Wirklichkeit habe ich die Geschichte mit der Pizza frei erfunden. Wie ich schon beim Kreuzverhör des meineidigen Paters gesagt habe, handelte es sich dabei um eine Falle, mit der ich zu beweisen hoffte, daß Harry Leech alle seine Informationen über diesen Fall aus den Zeitungen hatte. Alvin hat Leech weder das noch etwas anderes gesagt. Das weiß ich.«

»Wollen Sie damit andeuten, Harry Leech hätte gelogen, als er vor dieser Jury ausgesagt hat?«

»EINSPRUCH!« brüllte Landish.

»ABSOLUT!« brüllte Wilkes.

»STATTGEGEBEN«, brüllte Junior.

»Ich danke Ihnen, Euer Ehren«, sagte ich in der Hoffnung, die Geschworenen hätten den Unterschied zwischen Stattgegeben! und Abgelehnt! noch nicht kapiert. Dann ließ ich den Zeitungsartikel als Beweismittel aufnehmen und setzte mich wieder.

Landish wollte sich die Gelegenheit nicht nehmen lassen, Wilkes selbst eine Frage zu stellen. Ich betete, daß es nicht die richtige war. »Sie haben die Reporterin der *Times*, Adell Loomis, also belogen?« fragte er. Das war die falsche. Die richtige wäre gewesen: »Wie oft belügen Sie Adell Loomis denn so – im Bett?« Glücklicherweise hatte er keine Ahnung, daß Adell und Wilkes etwas miteinander hatten.

Wilkes lächelte Landish an. »Ich habe nicht gelogen«, fuhr er ihn an. »Ich würde lieber sagen, ich habe einen meineidigen Pater gefangen. Es ist eine wirksame und altbewährte Methode, wie Sie sehr gut wissen, Mr. Landish. Die Polizei macht das ständig.«

Diese Antwort führte zu weiteren lautstarken Einsprüchen von Landish, der behauptete, Wilkes weiche ihm aus, während ich juristische Rationalisierungen dazwischenbrüllte, um Wilkes ausweichende Antwort zu decken (»Landish hat der Antwort die Tür geöffnet!«). Junior gab Landishs Einsprüchen statt. Ich sagte, »Ich danke Ihnen, Euer Ehren.« Und so endete Wilkes' kurze Einlage als Zeuge der Verteidigung.

Das war's

Mit Wilkes war der kurze Aufmarsch unserer Zeugen auch schon wieder vorbei, und wir schlossen unseren Beweisvortrag ab. Die Schlußplädoyers an die Geschworenen konnten beginnen. Landish machte den Anfang. Er gab eine Wiederholungsvorstellung seiner Eröffnungserklärung. Die reinste Symphonie. Er begann ruhig, ging die Beweise, die er eingebracht hatte, durch und begann dann allmählich belastende Schlüsse aus diesen Fakten zu ziehen, wobei er immer lauter wurde, bis er die Geschworenen schließlich, wild gestikulierend, mit feuchtem Spuckenebel eindeckte, während er wie ein Wahnsinniger nach einem Schuldspruch schrie. Unsere Verteidigung stand seiner Ansicht nach auf zwei kümmerlichen Beinchen: (a) ob Alice Knott Mulraney von dem Blutfleck auf Alvins Ärmel erzählt hatte oder nicht, und (b) wie Harry Leech zu der Aussage kam,

Alvin und Knott hätten sich eine Pizza bestellt. Er tat sie beide mit einem »Na und?« ab. »Selbst wenn Wilkes in diesen Punkten recht haben sollte, und ich räume nicht einen Augenblick lang ein, daß er recht haben könnte, so macht das seinen Mandanten noch lange nicht unschuldig. Er hat trotzdem Blut an den Händen, und Sie werden ihn schuldig sprechen! Die Beweislast ist erdrückend, und – das ist wichtig – PRAKTISCH UNBESTRITTEN!«

Dann endete er mit einem feuchten Ruf zu den Waffen: »Lassen Sie der Gerechtigkeit ihren Lauf!« Als er sich setzte, wischten die Geschworenen sich die Gesichter ab. Den Aufruf, der Gerechtigkeit ihren Lauf zu lassen, kommentierte Wilkes mit einem: »Wir gehen in die Berufung.«

Jetzt stand Wilkes auf, um sein Plädoyer zu halten. Er trat an die Barriere der Geschworenenbank und begann still davor auf und abzugehen. Ich hatte keine Ahnung, was er sagen würde – angesichts der Tatsache, daß nichts zu sagen war.

»Meine Damen und Herren. Zuerst einmal möchte ich eines klarstellen. Der Richter und ich, wir waren uns vom ersten Augenblick an nicht grün. Ich habe meine Arbeit zu tun und Ihnen alle Beweismittel zu präsentieren versucht, die mir zur Verfügung stehen, um Ihnen zu zeigen, daß Alvin unschuldig ist. Und er hat mich dafür mehrere Male wegen Ungebühr belangt. Offensichtlich muß ich nach Ende des Prozesses ins Gefängnis.«

Junior mischte sich ein: »Mr. Wilkes, Ihr Plädoyer ist ungebührlich. Machen Sie nur so weiter, und ich erteile Ihnen einen weiteren Verweis. Die Geschworenen werden das ignonieren. Fahren Sie fort.«

Wilkes fuhr fort, als hätte Junior nichts gesagt. »Und nachdem mich am Ende des Prozesses das Gefängnis erwartet, sollte ich aus diesem Plädoyer vielleicht das längste der Menschheitsgeschichte machen. Dann kann ich wenigstens das trostlose Schicksal hinauszögern, das mich erwartet. Vielleicht lenkt der Richter ja ein oder geht in den Ruhestand oder segnet das Zeitliche – was weiß ich. Aber das werde ich Ihnen, Meine Damen und Herren, nicht antun. Alles, was ich Ihnen sagen möchte, ist:

Falls Sie von mir, John Wilkes, dem alten Landanwalt, enttäuscht sind, dann werfen Sie das bitte, bitte nicht meinem Mandanten vor.

Ich stehe hier vor Ihnen, um Ihnen etwas über die Wahrheit zu sagen. Die Wahrheit. Sie ist das große Geheimnis eines jeden Verfahrens, und Ihre Aufgabe wird es sein, sie zu finden. Es ist keine leichte Aufgabe. Wie Robert Frost so schön gesagt hat: ›Wir stehen im Kreis herum und stellen Vermutungen an, während das Geheimnis in der Mitte sitzt und alles weiß.‹ Sie glauben, Sie kennen die Wahrheit über diesen Fall? Ich sage Ihnen, daß die Wahrheit hier unter uns vor dem Richtertisch sitzt, unsichtbar wie mein Freund Harvey, der Hase, und überlegt, ob sie wohl je einer sieht.

Also, dann lassen Sie mich Ihnen jetzt das Werkzeug erklären, mit dem Sie in diesem Fall die Wahrheit finden. Ich spreche hier vom begründeten Zweifel. Sie haben Mr. Landish darüber nicht viel sagen hören, obwohl es sich dabei um die wichtigste Regel des amerikanischen Strafrechts handelt, die uns unsere Verfassung gibt. Sie ist in diesem Fall Ihr Führer zur Wahrheit. Was das bedeutet? Lassen Sie mal sehen, ob ich Ihnen einige Beispiele für begründete Zweifel geben kann.

Vielleicht haben Sie sich gefragt, was ich wohl hier erforscht hätte, hätte der Richter es mir nur gestattet. Diese Ihre Sorge, das ist der begründete Zweifel! Vielleicht haben Sie sich gefragt, warum der Ankläger in seinem Plädoyer die Regel des begründeten Zweifels nie erwähnt hat. Diese Verwunderung ist ein begründeter Zweifel. Und vielleicht haben Sie meinen Mandanten dort am Tisch der Verteidigung sitzen sehen, vom unerträglichen Schmerz ob seiner falschen Anklage gequält. Der Schmerz, der für Sie so sichtbar ist, das ist begründeter Zweifel! Und was ist mit mir? Sie haben mein Engagement für Alvin gesehen. Sie wissen, meine persönlichen Maßstäbe würden es mir niemals erlauben, einen Menschen zu verteidigen, der–«

An dieser Stelle brach Wilkes sein Plädoyer ab. Er wußte, wenn er das nächste Wort – SCHULDIG – aussprach, würde Junior ihn wegen Ungebühr belangen. Statt dessen machte Wilkes etwas total Verrücktes. Er kam an den Tisch der Verteidigung, setzt sich darauf und begann zu weinen. Und wenn ich sage, er weinte, dann meine ich das auch. Er holte sein Taschentuch heraus und breitete es über sein Gesicht, um die Tränen aufzufangen, die wie ein Monsunregen fielen. Angesichts dieser Entwicklung, brach unser katatonischer Mandant, als er seinen eigenen Anwalt in lautes Schluchzen ausbrechen hörte, sein Schweigen und begann selber zu heulen. Ich war so überwältigt von ihrem Tränenduett, daß ich die Arme um Alvin und Wilkes legte und in das Schluchzen miteinstimmte. Wir beweinten das häßliche Schicksal, das unser harrte. In diesem Augenblick schien es das einzig richtige.

Miles Landish war völlig aus dem Konzept gebracht. Er stand auf, um Einspruch zu erheben, kam aber nicht darauf, was er sagen sollte. Er sah Junior an, der sein Staunen nicht weniger konzeptlos erwiderte. Beide blickten sie zum Tisch der Verteidigung herüber und sahen drei erwachsene Männer sich völlig haltlos die Augen ausheulen. Diese Ablenkung führte dazu, daß sie beide vergaßen, aus dem Protokoll streichen zu lassen, was Wilkes in seinem regelwidrigen Plädoyer den Geschworenen untergejubelt hatte. Nachdem er dreißig Sekunden lang zugehört hatte, wie wir drei Rotz und Wasser heulten, sagte Junior: »Die Herren Verteidiger möchten bitte vortreten.«

Wilkes faßte sich, stand auf, holte einen Zettel aus seinem Jackett und trat damit vor den Thron. Ich stellte mich neben ihn.

Junior gefiel das ganz und gar nicht. Wilkes' Plädoyer war nicht nur regelwidrig, durch den Dammbruch war es auch noch viel zu aufdringlich geraten. Das machte es gefährlich. Womöglich glaubte einer der Geschworenen noch, daß Wilkes' Mandant unschuldig war. Geschworene wußten, daß Verteidiger für gewöhnlich Bescheid wissen. Junior blickte auf uns herab. »Wilkes, ich werde es Ihnen nicht erlauben, während des Plädoyers zu weinen. Das ist unprofessionell. Das hat mit anwaltschaftlicher Vertretung nichts mehr zu tun. Es ist ein billiger Versuch, um Sympathien zu werben, die mit diesem Fall nichts zu tun haben.«

»Bei allem Respekt, Euer Ehren«, sagte Wilkes, der sich wie durch ein Wunder von seinem Gefühlsausbruch erholt hatte, trockenen Auges. »Ich bin mit den Regeln auf diesem Gebiet durchaus vertraut. Gestatten Sie mir, Ihnen aus einer höchstrichterlichen Entscheidung zu zitieren, die ein berühmter Verwandter von mir, der leider nicht mehr unter uns weilende Richter Wilkes vom Berufungsgericht in Tennessee, formuliert hat. Er schreibt – und das brillant, wie ich anmerken möchte – über den führenden Fall zu diesem Thema, *Ferguson gegen Moore*, in Band 98 der *Tennessee Reports*, auf den Seiten 251 bis 252.«

Wilkes begann von der Fotokopie des Falles zu lesen, die er in der Hand hatte:

> »Tränen sind seit jeher legitime Argumente vor einer Jury, und hat sich die Frage eines solchen Verhaltens vor diesem Gericht auch noch niemals gestellt, so ist uns auch keine Entscheidung eines untergeordneten Gerichtshofes bekannt, nach der sie in Zaum zu halten wären. Sie erscheinen uns als eines der naturgegebenen Rechte der Verteidigung, das ihnen weder ein Gericht noch eine Verfassung zu nehmen vermag. Mit Sicherheit jedoch sind sie, wenn nicht mehr, ein höchst persönliches Privileg. Ja, falls ein Anwalt sie auf Kommando abrufbar hat, so muß man sich ernsthaft die Frage stellen, ob es nicht seine berufliche Pflicht ist, sie zu vergießen, wann immer sich die Gelegenheit dazu ergibt.«

»Ich mache hier also lediglich von einem persönlichen Privileg Gebrauch, Richter. Wenn die Unschuld meines Mandanten mich zu Tränen rührt, nun, dann ist daran nichts falsch, und es kann

– wie mein geliebter Vorfahr schreibt – sogar zu einer Frage beruflicher Pflicht werden, meiner Drüsensekretion keinen Zwang anzutun, sondern den Tränen freien Lauf zu lassen. Ich habe nichts dagegen, wenn Mr. Landish während der Erwiderung auf mein Plädoyer weint, obwohl ich seine Tränen lieber nach der Urteilsverkündung sehen würde. Ich bin sicher, die Geschworenen sehen lieber seine Tränen, als in seiner feuchten Aussprache zu ertrinken.«

Landish hatte keinen Präzedenzfall zur Hand, mit dem er Wilkes' berühmtem Vorfahr hätte begegnen können. »Von mir aus«, versetzte er, »können Sie und Ihr Mandant auf Ihren Krokodilstränen bis nach Sing Sing schwimmen. Kein Mensch wird Ihnen diesen Krampf abkaufen.«

Junior war nicht gewillt, Landish so einfach beizupflichten. Er kannte die Risiken von Wilkes' tränenreichem Resümee. »Das Gesetz des Staates Tennessee hat in New York keine Anwendung. Mr. Wilkes, Sie können heulen, soviel Sie wollen, wenn die Geschworenen aus dem Saal sind, aber nicht während Ihres Plädoyers.«

»Sie befehlen mir also, die tiefen Emotionen des Augenblicks nicht zu fühlen? Weisen Sie mich tatsächlich an, die vegetativen Aspekte meiner Physiologie in den Griff zu bekommen?«

»Ganz genau.« Damit und mit einer Handbewegung waren wir entlassen. Während wir an unsere jeweiligen Plätze zurückkehrten, sagte er den Geschworenen: »Meine Damen und Herren. Hier wurde eben das Thema der Tränen eines Anwalts während des Schlußplädoyers angesprochen. Ich habe entschieden, daß beide Anwälte davon absehen sollten, hier vor Ihnen wie die Schloßhunde zu heulen. Es untergräbt ihre Worte. Fahren Sie fort, Mr. Wilkes.«

Trockenen Auges machte Wilkes sich wieder ans Werk, behielt aber sein Taschentuch in der Hand, nur um die Geschworenen an seine Gefühle zu erinnern. »Wir sprachen eben über den begründeten Zweifel – mit anderen Worten über Alvins Unschuld –, als mich meine Gefühle überwältigten. Womöglich kommt Ihnen das verwunderlich vor. Nun, dieses WUNDERN über meine Gefühle, DAS ist begründeter Zweifel!«

Und so ging es weiter. Wilkes zählte den Geschworenen noch zirka fünfhundert weitere Beispiele begründeten Zweifels auf, die, würde man sie in einem Lehrbuch zusammenstellen, für ein Seminar in Unlogik ausreichen würden.

Nachdem er fertig war, schrie Landish sich spuckend durch eine Erwiderung. »Die Beweislast könnte gar nicht erdrückender sein«, brüllte er, »und jetzt sind Sie am Ball. Die Augen der Welt ruhen auf Ihnen. Man erwartet von Ihnen, Ihre Pflicht zu tun, wie Sie es vor Gott dem Allmächtigen geschworen haben. Auch er sieht heute hier zu. Also tun Sie Ihre Pflicht. Tun Sie sie rasch. Verurteilen Sie ihn für das, was er ist: ein elender und gemeiner, feiger, kleiner Mörder!«

Bei Landish hörte sich Alvins Verurteilung an wie das Elfte Gebot. Er kam mir vor wie ein Wanderprediger, der den Ungläubigen in seinem Zelt mit der ewigen Verdammnis droht. Und mißt so ein Prediger den wahren Glauben nach der Höhe des Scherfleins, das man ihm in den Opferkorb legt, zeigte sich für Landish der wahre Glaube seiner Geschworenen in einem Schuldspruch für Alvin. Und einem schnellen obendrein.

Als Landish sich setzte, las Junior den verständnislosen Geschworenen die nicht zu verstehenden Belehrungen vor. Er hätte ebensogut in Zungen sprechen können.

Warten

Gegen vier Uhr nachmittags zog sich die Jury zur Beratung zurück. »Ich rechne mit einem raschen Urteil«, sagte Junior, als sie gegangen waren. »Ich entlasse hiermit die Ersatzgeschworenen mit dem Dank des Gerichts und ordne an, daß die Anwälte das Gebäude für den Rest des Nachmittags nicht verlassen. Wir sollten das Urteil wohl in, äh, einer Stunde haben.«

Auf einen Geschworenenspruch zu warten, ist das Schlimmste, was man sich vorstellen kann. Wilkes ging nervös auf dem Korridor auf und ab, während ich auf einer Bank saß und zusah, wie er hin- und herstapfte, als warte er auf seine Hinrichtung. Um fünf gingen wir zurück in den Saal, weil wir irgendwie das Gefühl hatten, der große Schlag sei nicht mehr fern. Es war schon überraschend genug, daß sie noch nicht wieder zurück waren, obwohl der Grund dafür vermutlich eine lebhafte Debatte um die Wahl des Obmanns war. Oder sie wollten einfach den Eindruck der Fairneß erwecken, indem sie sich Zeit ließen. Wilkes, Alvin und ich sahen sie schließlich wieder auf ihre Plätze marschieren. Sie waren entspannt und vergnügt – zu vergnügt.

Junior fragte sie, ob sie zu einem Urteil gekommen seien und einen Obmann gewählt hätten – in dieser Reihenfolge. Eine Geschworene gab bekannt, die Obfrau sei sie, und nein, ein Urteil hätten sie noch nicht. In Juniors Gesicht spiegelte sich seine Enttäuschung. Aber dann fügte sie hinzu: »Wir haben aber schon große Fortschritte gemacht.«

»Das höre ich gern«, sagte Junior. »Wir sehen Sie dann also morgen, und Sie dürfen sich wieder an Ihre Beratung machen und kommen hoffentlich zu einem Schluß. Das Gericht vertagt sich.«

Kaum waren die Geschworenen aus dem Saal, beantragte Wilkes einen Verfahrensabbruch aufgrund eines Formfehlers.

»Das Gericht setzt die Geschworenen unter Druck, indem es ihnen unerlaubterweise eine Frist setzt. Ich beantrage den Abbruch des Verfahrens.«

Junior ließ das kalt. Die großartige Nachricht von den Fortschritten der Geschworenen hatte ihn definitiv heiter gestimmt. »Abgelehnt«, sagte er. »Und da wir dem Spruch schon so nahe sind, muß ich beide Anwälte bitten, sich morgen hier einzufinden, um das Urteil entgegenzunehmen, wenn es soweit ist.«

Wir verließen das Gericht und machten uns an den üblichen Eilmarsch zurück zum Woolworth. Wilkes war über die Maßen aufgebracht. Den ganzen Weg über verfluchte er sich.

»Verdammt aber auch. Hol mich der Teufel. Ich hätte den Fall ganz anders anfassen müssen. Ich hätte mich von Junior nicht so oft vor der Jury rügen lassen dürfen. Verflucht, vielleicht hätte ich Alvin doch aussagen lassen sollen. So was von unschuldig wie er ist, vielleicht wäre das ja irgendwie durchgekommen, und wenn Landish im Zeugenstand zehnmal ein Geständnis aus ihm herausgeprügelt hätte.«

Derart heftige Selbstkritik war ganz und gar untypisch für Wilkes. Während er sich geißelte, trat er nach allem, was ihm an Unrat nur vor die Füße kam. Bier- und Limodosen, Styroporbecher und -packungen, Zeitungen, Kaugummipapierchen, gebrauchte Spritzen und Kondome, Zigaretten- und Zigarrenstummel, und selbst der seltenste aller Funde auf einem New Yorker Gehsteig, ein Stein, flog von Wilkes' Fuß wie ein Ball. Sein seltsames Gebaren ließ in mir einmal mehr den Gedanken aufkommen, wieviel Wilkes wirklich über den Tod von Yulburton Abraham Knott wußte.

Meine Sorge nahm noch zu, als wir an den allgegenwärtigen Obdachlosen vorbei mußten – oder drüber hinweg – und Wilkes ihnen sein Papiergeld zuwarf, ob sie nun danach bettelten oder nicht. Am Fuße des Woolworth angelangt, hatten wir eine kleine Armee dieser Leute auf den Fersen, die nach immer mehr schrien, während sie wie Staubsauger Dollarnoten, Fünfer, Zehner und Zwanziger schluckten, bis Wilkes nichts mehr hatte. Dann borgte er sich das bißchen, was ich bei mir hatte und warf es unter die Menge. Am Eingang sagte er: »Ich kann mich jetzt nicht einfach ins Büro setzen und warten. Ich gehe ein bißchen spazieren.«

Mit diesen Worten ging er den Broadway hinab, mit dem Bataillon abgerissener Obdachloser auf den Fersen, von denen der eine oder andere rief: »Her mit dem Moos!« Abgesehen von den kleinen Unterbrechungen, als ich ihn rund ums Gebäude, auf den Bänken im City Hall Park und in den Lokalen der Gegend suchen ging, blieb ich die ganze Nacht im Büro. Er nahm diesen Fall so persönlich. Immer wieder kam mir der eine Gedanke, den ich nun wirklich nicht denken wollte; ich versuchte ihn zu unterdrücken, aber er ließ mich nicht los.

Wie eine Riesenschlagzeile stand er in meinem Kopf: VIELLEICHT BENIMMT ER SICH SO VERANTWORTUNGSBEWUSST, WEIL ER VERANTWORTLICH IST.

Schlammschlacht

So gegen sieben Uhr morgens erwachte ich aus einem Nickerchen und machte mich wieder auf die Suche nach Wilkes. Ich fand ihn, wo ich ihn nun wirklich nicht vermutet hätte: Er schlief gegenüber vom Woolworth Building auf einer der Bänke von St. Peter. Genauer gesagt, er war stockbesoffen. Ich schleppte ihn ins Guadalajara Café, um ihm so viel von Lunkos schlammigem Kaffee einzuflößen, wie ich nur konnte. Nach der dritten Tasse schien er mir klar genug, um ihm zu erzählen, was mir unser Ermittler, Uriah Condo, am Abend zuvor am Telefon erzählt hatte.

»Er hat den Hacker-Cracker gefunden. Wo, hat er nicht gesagt, und es war mir eigentlich auch egal, aber er will wissen, was er unternehmen soll. Der Hacker verlangt eine Garantie, daß du ihn für seine eventuelle Mitarbeit unentgeltlich in der Sache seiner Flucht vertrittst. Eine heikle Geschichte. Der Kerl ist ein unsicherer Kantonist und obendrein auf der Flucht vor der Justiz.«

Wilkes' blutunterlaufene Augen schienen sich wieder scharf zu stellen. Der völlig weggetretene Säuferblick löste sich auf. Er holte seine Brieftasche heraus, blätterte ein Sortiment Visitenkarten und Papiere durch und zog dann eine Eintrittskarte heraus, die er mir gab. »Ruf Condo an. Er soll dem Hacker sagen, er soll zu der Adresse auf der Rückseite des Tickets hier kommen. Dort wird er seine Anweisungen erhalten.«

Ich sah mir das ›Ticket‹ an und las:

> FREIKARTE
>
> FÜR EINE SIEDENDE SITZUNG IM WHIRLPOOL DER FIDELEN LIEBESWANNE MIT PERSÖNLICHER BETREUUNG DURCH DIE HAUSMASSEUSE UND INHABERIN.
>
> MISS BECKY BUTTERMILK
>
> *Kommen Sie doch bitte, ja?*

Es handelte sich um eine der Freikarten für einen wäßrigen Orgasmus, die wir von unserer ehemaligen Mandantin, der vollbusigen Becky Buttermilk, bekommen hatten. Ich sah meinen verjüngten Freund an, der sich eben einen von Lunkos berühmten Donuts mit Fettfüllung und eine weitere Tasse Schlamm kommen ließ. Meine kleine Nachricht hatte zu einer wunderbaren Genesung geführt. Er lächelte mich an, während er das schale Gebäck mit der Panzerglasur in seinem Schlammbad ertränkte und die tropfende Schweinerei dann in den Mund praktizierte. »Eines muß man dem Guadalajara Café ja lassen«, sagte er glücklich, den Mund voll glasiertem Schlamm, »wenn man hier wieder rausgeht, weiß man, daß man was geschluckt hat.«

»Wilkes, denkst du, was ich denke, daß du es denkst – daß Becky –«

Wilkes führte meinen Gedanken korrekt zu Ende: »– dem kleinen Saukerl ablutschen wird, was er weiß? Du hast verdammt recht, das denke ich.«

Kapitel 18

Endspiele

Neque enim lex aequior ulla,
Quam necis artifices arte perire sua.
Denn es gibt kein gerechteres Gesetz für den, der Mordpläne schmiedet, als durch seine eigenen Pläne zu enden.
OVID

Immer gut, Goldmedaille erst anzunehmen, wenn Wettlauf gewonnen.
CHARLIE CHAN

»... er if' ja fo ein herrlicher Flingel. Ich kannf gar nicht glauben, daff ich ihn feit grade kenn'. Daf ift Liebe auf den erften Biff. Und er liebt mich auch. Vielen Dank, Mifter Wilkf, daffie ihn mir gefickt haben. Ef ift wirklich Liebe, Mifter Fkoonover. Wahre Liebe, wenn Fie wiffen, waf ich meine?«

»Ich weiß es, Becky.« Und das stimmte auch. Becky Buttermilk war am Apparat und berichtete, der halbwüchsige Schlacks von einem pickligen Computergenie, seinen Verehrern als Hacker-Cracker bekannt, hätte sich mitsamt Hornbrille, fettigen Haaren und soziopathischer Persönlichkeit in die buntbemalte Chefin und einzige Angestellte eines Kuretablissements namens Liebeswanne verliebt. Und das nach nur einem Sprung in besagte Wanne. Andererseits, welcher halbwüchsige Computerfreak würde sich nicht in eine wirtschaftlich unabhängige

Frau verknallen, die wie eine Comicfigur redete und direkt den grellbunten Glanzseiten eines Pornoheftes entstiegen zu sein schien? Die beiden waren füreinander geschaffen.

»Wir tfwei werden heiraten, ach ja, und Tfeffro hilft natürlich auch Mifter Wilkie. Er hat fogar fon eine Idee für ihn.«

Becky war ganz erpicht darauf, uns zu helfen. »Ich werd' fon waf auf ihm raufholen«, hatte sie Wilkes in ihrer typischen Art gesagt. »Ich bohr' und fuch' und frag' einfach folang', bif ich der Fache auf den Grund gekommen bin. Ich bin euch flieflich noch waf fuldig für meinen Moralverkehr.«

Außergerichtlich

Ich ging zurück ins Büro, während Wilkes am Gericht auf das Urteil wartete. Er sagte, er würde schon anrufen, wenn es was Neues gäbe.

Kurz vor Mittag rief Becky an. Sie hatte ihr Versprechen auf sensationelle Weise gehalten. »Er hat einen wirklich heiffen Tip, Fkoony, eine echt gute Idee für euern Fall. Er hat fogar ein Gedicht gefrieben«, sagte sie stolz. »Ein Liebefgedicht.«

»Im Whirlpool?« fragte ich und überlegte, woher der Hacker diesen Morgen die Zeit genommen hatte, in den Whirlpool zu steigen, es mit Becky zu treiben, sich zu verlieben, ihr einen Antrag zu machen, ein Liebesgedicht zu schreiben und ihr obendrein noch einen heißen Tip für Alvins Fall zu geben.

»Ach waff, Dummerchen. Auf feinem Laptop. Und er tippt alle meine Einnahmen in ein verflüffeltef Buchhaltungffyftem, fo daff ich die Privatfähre meiner Ftammkundfaft fützen kann. Iffa nicht der Wahnfinn?«

»Der reine Wahnfinn!« sagte ich. »Also, wie war das nun mit dem heißen Tip?«

Schlechte Nachrichten

Kaum hatte ich aufgelegt, rief Wilkes an; er hörte sich an, als hätte man ihn eben für tot erklärt. »Sie sind zu einem Urteil gekommen.«

»Laß Junior das auf keinen Fall hören!« sagte ich. »Halt sie hin! Tu irgendwas! Geh ins Gefängnis! Werd' krank! Becky hat da was Heißes für uns!«

»Es ist ihr Beruf, was Heißes zu haben.«

»Ach was, ich meine damit, sie hat ihr Versprechen gehalten.« Ich erzählte ihm von Jethros Tip, und Wilkes übersetzte meine Nachricht simultan in einen Auftrag für Condo, der neben ihm stand. Dann sagte er, ich solle auf der Stelle ins Gericht kommen.

Ich rannte also zum Gericht und traf binnen einer Viertelstunde nach Wilkes' Anruf dort ein. Der Saal war voll. Es summte vor Spannung, während man auf den todsicheren Schuldspruch wartete. Man hatte Alvin offensichtlich keine Psychopharmaka mehr gegeben, weil er wieder am Tisch der Verteidigung saß, den Kopf in den Armen, und leise vor sich hinstöhnte. Sämtliche Spieler waren versammelt außer Wilkes und Junior. Kaum erspähte mich Juniors Sekretär, winkte er mich an seinen Tisch. »Wilkes ist seit zwanzig Minuten auf dem Klo. Wir warten schon die ganze Zeit, daß er rauskommt. Der Richter sagt, er schickt ihm Gerichtspolizisten rein, damit er zur Urteilsverkündung herauskommt. Ich schlage vor, Sie sehen zu, daß Sie ihn entweder auf der Stelle herausholen oder das Urteil selber entgegennehmen.«

Aufschub in der Folterkammer

Da ich nicht die Absicht hatte, das Urteil entgegenzunehmen, ging ich auf die Toilette, eine Erfahrung, die man sich am Kriminalgericht wirklich nur in den dringendsten Fällen antut. Das erste, was einem auf der Toilette des Gerichtsgebäudes entgegenschlägt, ist, mit einigem Glück, der grauenhafte Gestank. Wenn man Pech hat, ist es die Faust eines Räubers. Dann kommt der Dreck, oder was man davon in der Dunkelheit sehen kann. Glühbirnen halten hier keinen Tag, und die Lampen, die man nicht herausgerissen hat, funktionieren nicht mehr. Auf dem Boden schwimmt eine Brühe aus Urin, Wasser und Schaum. Was an Toilettenpapier nicht gestohlen wurde, schwimmt auf dieser herum. Die Wände sind schwarz und von zahllosen Tritten und schlagkräftigen Treffern verschrammt; den Rest der Fläche zieren Graffiti und Schnitzereien. Hier hilft auch kein Streichen mehr. Im Augenblick sind sie ein Spielplatz für Schaben.

Einige wenige, die unwissenden Neulinge im Tempel des Verderbens, betreten die Einrichtung zu ihrem eigentlichen Zweck. Andere, um Gras zu rauchen, zu spritzen, einen Deal abzuschließen, es miteinander zu treiben oder kaputtzumachen, was immer noch funktioniert. Dann gab es hier noch Zeugen zu erpressen, Leute zu berauben und Morde zu begehen. Die Toilette im Tempel des Verderbens ist eine der gefährlichsten Örtlichkeiten der Stadt.

Auch Wilkes zweckentfremdete sie. Er saß in einer der Kabinen. DieTür war längst abgerissen, und er saß auf dem Klo, die Reste einer Zeitung in der Hand, die er bei dem trüben Licht unmöglich lesen konnte.

Er hörte mich kommen und sprang in Kampfstellung.

»Ach, du bist es, Schoon. Gut, daß du da bist. Ich weiß nicht, wie lang ich es hier noch ausgehalten hätte.« Wir verließen die Toilette im Eilschritt, gingen zurück in den Saal und meldeten uns am Tisch des Justizsekretärs.

»Sagen Sie dem Richter, wir brauchen auf der Stelle eine Konferenz *in camera*«, befahl Wilkes. Wir mußten Junior sprechen, wenn wir noch eine Chance haben wollten, die Verkündigung des Geschworenenspruchs zu verzögern.

Der Sekretär sah uns trotzig an. »Das wird ihm gar nicht gefallen. Ich bin sicher, er will zuerst das Urteil entgegennehmen.

Das weiß ich. Besser, Sie sagen mir erst mal, worum es geht.« Also sprach der prätorianische Schreiberling, der das Richterzimmer bewachte.

»Sagen Sie ihm, wir haben noch einige Beweismittel aufzunehmen. Sagen Sie ihm, es ist dringend. Sagen Sie ihm, das ganze Verfahren hängt davon ab.« Wilkes wußte, er mußte dick auftragen, wenn er zu einer Audienz bei Seiner Exzellenz kommen wollte, der in diesem Augenblick in seinem Büro saß und sich auf das Öffnen des sicheren Schuldspruchs freute, um Wilkes dann endlich wegen Ungebühr ins Gefängnis werfen zu können.

»Na schön, ich werde es ausrichten«, sagte der Sekretär und stand auf, »aber ich bezweifele, daß er vor der Urteilsverkündung mit Ihnen spricht.« Wilkes sah mich in dem Augenblick an, in dem der Sekretär im Richterzimmer verschwunden war. »Weißt du, der Sekretär hat recht. Junior wird nicht darauf eingehen. Gehen wir rein.« Wilkes folgte dem Sekretär ins Richterzimmer – verfolgt von einem flotten Miles Landish und ihrem ergebenen Diener.

Die Audienz

Der Justizsekretär hatte eben gesagt, daß Wilkes eine Konferenz *in camera* wünsche, als wir allesamt wie ungeladene Gäste ins Zimmer platzten. Junior saß in einem Lederdrehstuhl mit hoher Lehne und sah der Invasion erstaunt entgegen.

Juniors Richterzimmer entpuppte sich als Überraschung für mich. Ich hatte ein peinlich sauberes und ordentliches Büro erwartet, das Juniors analretentiver Persönlichkeit entsprach, aber in der Bude hier sah es aus wie in einer Papierrecyclingfabrik: Gesetzestexte, Aktendeckel, ein Barbara-Cartland-Roman, stapelweise Revolverblätter, *Sports Illustrated*, die *Post*, Sandwichtüten, gelbe Post-Its, Kleenex, juristische Zeitschriften, Wettscheine, Bonbonpapierchen, leere Getränkedosen, rosa Telefonnachrichten, Rechnungen, persönliche Korrespondenz, Reklame für Fast-Food-Läden, Schreibblöcke und diverse Papierknäuel häuften sich allein auf seinem Tisch. Die Bergkette erstreckte sich vom Schreibtisch auf den Boden und die drei Stühle davor. Was für ein Saustall.

Als wir alle vor dem Schreibtisch seiner Majestät standen, blaffte Junior Wilkes auch schon an: »Was soll dieser Unsinn, neue Beweismittel einzubringen? Sie haben alles eingebracht. Sie haben vielleicht Nerven, mir mit so etwas zu kommen.«

»Alles, was ich will, ist ein halber Tag Aufschub«, sagte Wilkes, in einem so aufrichtig unterwürfigen Ton, wie nur er ihn zustandebrachte. »Ich möchte auf der Basis neuer Beweise meinen Beweisvortrag noch einmal aufnehmen. Wir haben es beschlagnahmen lassen, und es ist morgen um neun hier – mitsamt dem Zeugen, durch den wir es einbringen. Wenn Sie den Protokollführer hereinbitten würden, unterbreite ich ein Beweisangebot und sage Ihnen, worum es geht.«

Ein ebenso breites wie widerliches Lächeln erschien auf Juniors Gesicht, als er Wilkes winseln hörte. Es war jedoch kein glückliches Lächeln; es war das breite Grinsen eines Sadisten, die höhnische Grimasse des Ungeheuers, bevor es das Opfer seiner Eingeweide beraubt. »Das ist doch eine reine Verzweiflungstat«, sagte Junior. »Davon habe ich in diesem Verfahren schon viel zu viele gesehen. Was immer Sie da haben vorladen lassen, Sie hätten es vor Tagen einbringen können, als Sie Gelegenheit hatten. Ihr Antrag auf Wiederaufnahme Ihres Beweisvortrags ist abgelehnt. Es handelt sich vermutlich um eine bewußte Verschleppungstaktik. Sie können das alles vor der Verkündung des Strafmaßes in Ihrem Antrag auf ein neues Verfahren anführen. Sie können ja Ihre Unfähigkeit anführen, was immer Sie da jetzt ausgegraben haben, nicht rechtzeitig eingebracht zu haben. Und jetzt gehen Sie, damit wir endlich den Schuldspruch hören können, der uns – wie wir alle wissen – erwartet.«

»Nur fürs Protokoll«, fügte Miles Landish überflüssigerweise hinzu, »das Volk wendet sich mit allem Nachdruck gegen die Anträge der Verteidigung.«

Wilkes, der genau in der Mitte vor dem mächtigen, unter Papierbergen begrabenen Schreibtisch des Richters stand, beugte sich dem Gesicht des Richters entgegen. »Aber, Euer Ehren, ich muß das Gericht bitten –«

»Nein! Genug!« sagte Junior. Mit der Rückhand wies er uns aus dem Raum.

»– im Namen der Gerechtigkeit und allem, was recht –«

»Nein! Raus hier! Auf der Stelle!« Er wies auf die Tür.

»... bitte, lassen Sie mich nur noch diese kleine –«

»Ich will nichts mehr hören! Gerichtssekretär, holen Sie auf der Stelle den Gerichtswachtmeister!« Der prätorianische Schreiberling lief hinaus, um die Gendarmen zu holen.

»... Beweismittel einbringen, das meinen Mandanten ent – sagen Sie mal, was ist das denn? HE! VERDAMMT NOCH MAL! WAS ZUM TEUFEL IST DAS?« Wilkes blickte auf den Mittelteil des Müllmassivs, den höchsten Gipfel auf Juniors Schreibtisch. Meinem Freund fielen fast die Augen heraus angesichts dessen, was er da sah. Er legte den Finger auf einen kleinen Zettel am Fuße des Papierberges, rückte ihn auf einen freien Fleck und las. Dann begann er den Zettel zu küssen, hüpfte herum und schrie dabei: »HEILIGE MUTTER GOTTES! DER SEGEN DES JESUSKINDES SEI MIT DIR! EIN WUNDER! ES IST EIN WUNDER!«

Ein bemerkenswerter Zettel

»WAS? WAS IST?« schrie ich, während ich Wilkes im Richterzimmer herumspringen sah wie einen Priester auf Sprungfedern. Ich konnte meine Erregung kaum noch in Zaum halten. Es mußte etwas Gutes sein.

»WAS? WAS IST?«, schrie ein besorgter Miles Landish. Er sah an Wilkes' Reaktion, daß es nichts Gutes sein konnte.

»WAS? WAS IST?«, schrie ein bestürzter Junior. Seine Elfenbeinbacken verwandelten sich in ein kreidiges Pink. Er sah an Wilkes' Reaktion, daß es etwas Entsetzliches sein mußte.

Schließlich hörte Wilkes auf herumzuspringen und beruhigte sich etwas, hütete jedoch den Zettel wie eine biblische Schriftrolle, einen Lotteriegewinn oder einen Freispruch. Triumphierend sagte er zu mir: »Schoon, ich habe hier in meiner Hand eine kurze, handgeschriebene Mitteilung vom Geschworenen Numero elf, Rubys Wahl, der Asphaltcowboy mit dem knackigen Arsch, Wyatt Wonderlick. Es ist von gestern nachmittag um vier, und ich gehe mal schwer davon aus, daß man nichts unternommen hat.« Er richtete seinen Blick auf einen sich duckenden Junior, der vor unseren Augen zu schrumpfen schien.

Dann las Wilkes die Mitteilung laut vor. Sie lautete folgendermaßen:

Richter Throckton,
Sir, mein Methadon läßt nach. Was soll ich tun?
Hochachtungsvoll,
Wyatt Wonderlick (Geschworener Nr. 11)

Das war nun wirklich eine Nachricht vom Himmel. Ich hatte schon das ganze Verfahren hindurch den Eindruck gehabt, daß dieser Wyatt etwas merkwürdig war. Er schien mir viel zuviel Medikamente zu schlucken. In Wirklichkeit schluckte er nicht genug.

Junior sah aus, als wäre ihm ein Bücherregal auf den Kopf gekippt.

»Was ist das? Was sagen Sie da?« Er griff mit zitternder Hand nach dem Zettel, aber Wilkes drückte ihn schützend gegen die Brust.

»Noch nicht, Richter. Wir haben hier einen drogensüchtigen Geschworenen, der völlig dicht war, und Sie haben uns das verschwiegen. Ich nehme an, Sie wissen, was das heißt. Ob Sie die Mitteilung nun absichtlich ignoriert haben oder nicht, in dem Glauben, einen schnellen Schuldspruch herausschinden zu können, es war ein gewaltiger Schnitzer, der nur von Ihrem fatalen Fehler übertroffen wird, die Ersatzgeschworenen nach Hause zu schicken. Sie können Wonderlick also nicht ersetzen. Das macht den Fehler unkorrigierbar. Wir sitzen also entweder auf dem drogensüchtigen Mr. Wonderlick, oder wir haben keine zwölf Geschworenen mehr auf der Bank. Wenn ich nun beantrage, ihn zu disqualifizieren, ist mein Mandant erst einmal aus dem Schneider. Und ich spreche hier von einem Verfahrensfehler. Sie wissen, wenn ich jetzt einen Abbruch beantrage, dann habe ich jeden Anspruch darauf! Sie wissen das! Gott! Das ist ja super!«

Der Wurm wendet sich

In diesem Augenblick stürzten zwei Gerichtswachtmeister und der Sekretär ins Richterzimmer und griffen nach Wilkes und mir. »Ihr drei! Raus hier, zum Teufel noch mal! Sofort!« brüllte Junior den vier Armen des Gesetzes und seinem Sekretär entgegen. Letzterer war wie vor den Kopf geschlagen. Noch einen Augenblick zuvor wollte Junior Wilkes und mich hochkantig hinauswerfen lassen. Jetzt warf er zornig die angehenden Rausschmeißer raus. Ah! Wie so ein richterlicher Wurm sich wenden kann! Zwei verwirrte Gerichtspolizisten und ein verdutzter Sekretär machten kehrt und marschierten hinaus.

Wilkes machte sich wieder daran, aus dieser großartigen Wendung der Ereignisse herauszuholen, soviel nur ging. »In einem derart publicityträchtigen Fall sind derlei richterliche Irrtümer genau das, was die Aufmerksamkeit der Medien auf sich zieht. Auf Wochen und Monate hin. Oh, ich meine damit gar nicht die ohnehin vorhersehbaren Schlagzeilen der *Post*: ›Throcktons Bock verbockt Scribner-Prozeß‹. Nein, ich spreche hier von den endlosen Analysen der Leitartikler, ob Ihre Vorurteile gegen mich und das Opfer in diesem Fall für diese bedauerliche Situation verantwortlich waren. Und Sie wissen ja, wie unschmeichelhaft diese psychologischen Profile bei der Presse ausfallen können. Vielleicht kommt es sogar zu einer offiziellen Untersuchung. Und nicht zu vergessen der böse Tratsch der Kollegen, der einem, so unfair er auch sein mag, bei Ambitionen auf höhere Weihen durchaus im Weg stehen kann, wenn er sie nicht gar vereitelt.«

Unser gedemütigter Junior schrumpfte weiter in seinen hohen Sessel hinein. Wilkes' Worte führten dazu, daß er sich vor unseren Augen auflöste. Er hob den Handrücken an den Mund und begann darauf herumzukauen. Wilkes fuhr fort: »Ich könnte den Verfahrensabbruch jetzt gleich beantragen, aber Richter, das ist Ihr Glückstag. Ich bin in karitativer Laune. Keiner von uns möchte diesen Fall noch einmal verhandeln. Nicht wahr, Miles?«

Wilkes wandte sich an den verwirrten Fleischberg neben ihm. Landish wußte genug, um sein Dilemma zu kapieren. Wenn Landish jetzt einen Abbruch beantragte, würde es um seinen Fall auch nicht besser stehen als jetzt, schon gar nicht nach Wilkes' Information, daß wir neue Beweise hätten; und außerdem war die Jury immerhin gerade zu einem Schuldspruch gelangt. Und dennoch wußte er instinktiv, daß es keine gute Idee sein konnte, sich mit Wilkes auch nur in irgendeinem Punkt einig zu sein.

»Tja, Richter«, fügte ich im Überschwang des Augenblicks hinzu, um die Leere zu füllen, die Landishs geistige Ladehemmung verursacht hatte. »Ich stelle Ihnen hiermit den freundlichen, sanften John Wilkes vor.« Der dir die Milz durch die Nase ziehen würde, wenn es für seinen Mandanten von Vorteil wäre.

Ein bescheidener Vorschlag

»Was schlagen Sie vor«, flüsterte Seine Gedemütigtheit.

»Ich will meinen halben Tag Aufschub, damit ich morgen noch mal den Beweisvortrag aufnehmen kann. Sie sagen den Geschworenen, sie sollen ihren Spruch zerreißen, weil sie sich nach den Beweisen, die morgen nachkommen, noch mal beraten müssen. Und, ganz nebenbei, ich bin sicher, daß Sie sich das mit meinen Verweisen noch mal überlegt haben.«

»Aber ja«, sagte Junior. Nachdem er seine peinliche Bloßstellung, die Untersuchung und den beruflichen Selbstmord noch einmal aufgeschoben sah, war es an der Zeit, großmütig zu sein. Eine Liebe ist der anderen wert. »Ich bin zu dem Schluß gekommen, daß es sich dabei um Übertreibungen in der Hitze des Gefechts handelte, und werde sie samt und sonders fallen lassen, sobald wir das Protokoll wieder aufnehmen.«

Erstaunlich, was die süße Vernunft so alles vermag.

Wilkes fügte hinzu: »Und Mr. Wonderlick lassen wir heute nachmittag lieber mal sein Methadon holen, damit wir morgen zwölf gute Leute auf der Bank haben.«

Junior schnappte sich einen Stift vom Tisch und schrieb Wyatt eine hastige Nachricht, sich diesen Nachmittag »um seine Gesundheit zu kümmern und morgen früh, wenn die Pflicht ruft, wieder zur Stelle zu sein.« Wilkes war damit einverstanden. Miles Landish hatte es die Sprache verschlagen. Wir warteten erst gar nicht, bis er sie wiederfand, und verließen das Richterzimmer geschwind. Es war die erstaunlichste Wendung, die ich je vor Gericht erlebt habe.

Vom Ruin zu den Herren des Verfahrens in wenigen Sekunden. Unser Fall war von den Toten auferstanden. Wir hatten noch eine Chance.

Und alles nur, weil Wyatt Wonderlick der Stoff ausgegangen war.

Vorladung für Eva Braun

Am Morgen darauf nahm ein ruhiggestellter, aber wacher Wyatt Wonderlick seinen Platz auf der Geschworenenbank ein, als Junior bekanntgab, daß man Wilkes gestattete, seinen Beweisvortrag noch einmal aufzunehmen. Er sagte den Geschworenen und den versammelten Massen auf den Publikumsreihen: »Dies ist etwas ungewöhnlich, meine Damen und Herren, aber wenn die Sache der Gerechtigkeit ungewöhnliche Maßnahmen fordert, um die nötige Fairneß zu garantieren, dann sollten wir uns alle freuen, daß die amerikanische Justiz flexibel genug ist, dies zu ermöglichen. Rufen Sie Ihren Zeugen, Mr Wilkes.«

Wilkes stand auf und sagte: »Ich rufe noch einmal Mrs. Yulburton Abraham Knott.« Bei der Nennung ihres Namens stürmte Alice Knott in den Saal, fuchsteufelswild, ihre Vorladung in der Hand und gefolgt von drei Herren in Dreiteilern, von denen die letzten beiden gewaltige Aktenkoffer mithatten. Ihre Anwälte. Sie trug diesmal keinen Pelz, nur ein gebrochen weißes Geschäftskostüm, jede Menge Make-up und Parfum, sowie das übliche Quantum Schmuck. Sie wirkte wie eine schlampig aufgemachte Eva Braun mittleren Alters. Sie leistete ihren Eid und setzte sich dann vorsichtig in den Zeugenstand.

Ehe Wilkes eine Frage anbringen konnte, wandte sich der Anführer des Dreiteilertrios an das Gericht. »Ich bin, wie das Gericht wohl weiß, William Pence Fosworth von der Sozietät Fosworth, Scott, Morrow und White. Wir vertreten Mrs. Knott. Dürfen wir bitte vortreten?«

Dreisatz

Junior kannte Bill Fosworth von den Zivilsachen her, bei denen sich Junior jahrelang verkrochen hatte. Fosworth und seine Firma vertraten nur die Reichen und Unrühmlichen, deren Probleme, selbst wenn es um ›betrügerisches Geschäftsgebaren und Verabredung zu einer strafbaren Handlung‹ ging, aus irgendeinem Grund immer als Zivilsache statt als Strafsache eingestuft wurden. Und dort wurden sie bereitwilligst verteidigt von Fosworth, Scott, Morrow und White – was seinen Preis hatte, versteht sich. Sämtliche Partner der Firma waren Weltmeister, was ihre Rechnungen anbelangte, ihre Honorarpolitik gründete sich auf den berüchtigten Dreisatz: »Warum einem Mandanten einen Anwalt in Rechnung stellen, wenn man ihm auch drei zum dreifachen Satz berechnen kann?« Bill Fosworth, der Schöpfer dieser Regel, war angeblich der Anwalt mit den höchsten Honoraren der Stadt. Er war deshalb auch unter dem Beinamen der ›Honorarkonsul‹ bekannt, der Goldmedaillengewinner in Sachen Rechnung, der das Feld der seidenbestrumpften Piraten im Wettlauf um die Schatztruhen ihrer Mandanten anführte.

Junior winkte alles vor den Richtertisch, wo Fosworth, seine kofferbewehrten Speichellecker hinter sich, eine Erklärung abgab: »Euer Ehren, wie wir gestern am späten Nachmittag erfahren mußten, hat die Verteidigung die Herausgabe der Krankenblätter von Mrs. Knott und ihrem verstorbenen Gatten gefordert. Ich sehe hier den Herrn in der ersten Reihe, dem diese Aufzeichnungen zu treuen Händen übergeben wurden. Selbstverständlich protestieren wir gegen diese Verletzung der heiligen ärztlichen Schweigepflicht durch die Verteidigung in diesem Verfahren und beantragen, das Material nicht zuzulassen.«

Endlich hatte auch Miles Landish seine Stimme wiedergefunden. »Jawohl, das Volk des Staates New York schließt sich dem an.«

»Selbstverständlich«, so fügte Fosworth hinzu, »hat sich mein Stab die Nacht über genauestens mit dem Problem befaßt, und wir haben einen kurzen Schriftsatz über die anwendbaren staatlichen Befugnisse zusammengestellt.« Einer von Fosworths Lakaien öffnete seinen Koffer und reichte Fosworth einen Antrag von Bestsellerstärke, den Fosworth an Junior weitergab. Der zweite Lakai reichte je einen Landish und mir.

Junior sah Wilkes an. Es war ihm sichtlich unwohl dabei, daß eine Lappalie wie die Aufnahme weiterer Beweismittel eine solche Wendung genommen hatte. Er sah sich gezwungen, eine reiche und mächtige Anwaltskanzlei zu enttäuschen, einen möglichen Verbündeten im Kampf um ein höhers Amt. Aber auf der anderen Seite gab es kein höheres Amt, wenn sein Fauxpas mit Wyatt Wonderlick ans Tageslicht kam, was mit Sicherheit der Fall wäre, wenn er Wilkes jetzt betrog.

Wilkes konterte: »Ich habe dazu dreierlei zu sagen. Erstens ist die ärztliche Schweigepflicht eine Schöpfung der Staatsgesetzgebung voller Ausnahmeregelungen, die ich hier gar nicht diskutieren möchte, außer um zu sagen, daß sie Mr. Fosworths Untersuchung irrelevant machen. Die Verfassung der Vereinigten Staaten garantiert die Schweigepflicht jedenfalls nicht, um so mehr aber das Recht der Verteidigung, in einer Strafsache relevante Beweise einzubringen. Kommt es zu Konflikten, besteht überhaupt keine Frage, welche Regelung die Oberhand behält. Es ist lediglich eine Frage der natürlichen Auslese, das Gesetz des juristischen Dschungels. Hier gilt die Suprematsklausel der amerikanischen Verfassung. Auch mein Stab hat sich die Nacht über genauestens mit dem Problem befaßt, und wir haben einige Fälle für Sie zur Einsicht kopiert, falls Sie sie einsehen wollen, in denen unter ähnlichen Umständen ärztliches Material herausgegeben werden mußte. Ich fordere das Gericht auf, das beschlagnahmte Material mit ins Richterzimmer zu nehmen, wie besagte Fälle es nahelegen, um sich ein Bild von ihrer Relevanz zu machen, bevor es eine Entscheidung fällt.«

Wilkes' Stab, mit anderen Worten ich, reichte Kopien der Fälle in die Runde. Wilkes fuhr fort: »Zweitens können hier weder Mr. Fosworth noch seine Mandantin beantragen, die Herausgabe der Krankenblätter des verstorbenen Richters Knott zu unterdrücken, da sie hier nicht klageberechtigt sind. Und drittens möchte ich nur noch einmal an meinen Appell an die Gerechtigkeit erinnern, den ich dem Gericht gestern unterbreitet habe.«

Junior wußte nicht, was er machen sollte. Seine hellblauen Augen huschten von einer Seite zur anderen, von Fosworth zu Landish und dann, wenn auch nur einen Augenblick, zu Wilkes. Als er keinerlei Unterstützung fand, blickte er auf die Papiere auf seinem Tisch, die man ihm eben gegeben hatte. Der ›Honorarkonsul‹ kam ihm zur Hilfe. Von seiner Mandantin belogen, hatte Fosworth sich die Krankenblätter nicht angesehen und hatte somit keine Ahnung von ihrer Relevanz in diesem Verfahren. Genaugenommen kannte diese niemand außer Wilkes,

Alice Knott und mir. Und der Hacker-Cracker. Es erstaunt mich heute noch, was sich über Computermodem und Telefon so alles beschaffen läßt.

Berühmte letzte Worte

Fosworth sagte, ein privater Blick auf die Krankenblätter sei keine schlechte Idee, die Relevanz zu prüfen, ohne im Punkt der Schweigepflicht nachzugeben. Er sagte zu Junior: »Nach dem, was meine Mandantin mir sagte, befindet sich in diesen Aufzeichnungen absolut nichts, was der Verteidigung von Nutzen sein könnte. Und damit wäre die Angelegenheit erledigt.«

Junior nahm die Gelegenheit, sich vor einer sofortigen Entscheidung zu drücken, mit Freuden wahr. Er bat die Geschworenen, es sich bequem zu machen, während er in sein Büro ging, um den Akt zu studieren. Er ließ uns nicht lange warten. Nach kaum fünf Minuten kehrte er hinter den Richtertisch zurück. Er sah aus, als hätte er eben eine weitere Mitteilung von Wyatt Wonderlick erhalten. »Ich habe die Dokumente geprüft«, sagte er leise zu den vor seinem Thron versammelten Anwälten. »Mr. Fosworth, Ihr Einspruch, der, so wie ich das sehe, in der Form eines mündlichen Antrags erhoben wurde, das vorgeladene Material aus Gründen der ärztlichen Schweigepflicht und der Relevanz zu unterdrücken, ist aus folgenden Gründen abgelehnt –«

»Aber Richter«, unterbrach Fosworth ihn, »die Schweigepflicht.«

»– die Ihnen sicher gleich einleuchten werden. Das geschützte Verhältnis zwischen Arzt und Patient hat vor der Verfassung der Vereinigten Staaten zurückzutreten. Tut mir leid. Fahren wir fort.«

Wilkes fackelte nicht lange und kam auf den Punkt. »Mrs. Knott, lassen Sie mich Ihnen diese ärztlichen Unterlagen zeigen, die wir haben vorladen lassen.«

Alice Knott umgab eine giftige Aura. Aus jeder parfümierten und gepuderten Pore ihres Körpers strömte der Haß. Wilkes würde schon Stuhl und Peitsche brauchen, um ihres rasenden Zorns Herr zu werden. Sie warf einen Blick auf den ›Honorarkonsul‹. »Ich verwehre mich dagegen«, sagte sie bitter. Fosworth stand jetzt neben ihr. Da Alice von der Entscheidung des Richters nichts wußte, sah sie Fosworth an, als hätte er sie eben verraten. Der ›Honorarkonsul‹ beugte sich vor und flüsterte ihr etwas ins Ohr, aber sie riß den Kopf weg und wandte sich Junior zu: »Das kann doch mit Sicherheit nicht relevant sein, Euer Ehren. Es handelt sich um eine Verletzung meiner Intimsphäre. Habe ich nicht genug durchgemacht?«

Dem Miles Landish noch hinzufügte: »Einspruch, Euer Ehren. Verletzung ihrer Intimsphäre. Sie hat genug durchgemacht.«

Junior, dem der Schreck vom Vortag noch in allen Gliedern saß, hatte nicht die Absicht, Wilkes zu hintergehen. Fosworth mochte künftig hinter ihm stehen oder nicht, Wilkes konnte ihn noch hier und heute vernichten. Er sah Alice an und sagte kühl: »Ich habe mit Ihrem Anwalt darüber gesprochen und seine Einwände verwiesen. Sie werden die Fragen beantworten müssen.«

Wilkes wartete nicht, bis die Debatte weiterging. »Madam, wie ich hier sehe, haben Sie am Morgen des Mordes an Richter Knott Ihren Arzt aufgesucht. Das war der Tag, an dem Sie es erfahren haben, nicht wahr?«

»Ich weigere mich, irgendeine Frage bezüglich meiner Gesundheit zu beantworten.« Ein dünner Schweißfilm begann sich über Alices Brauen zu bilden. Sie zerrte auf ihrem Stuhl an imaginären Fesseln, als hätte man sie auf den elektrischen Stuhl geschnallt.

»Ich frage mich, ob ich wohl die Vermittlung des Gerichts

bemühen dürfte, der Zeugin zu sagen, sie möchte die Frage beantworten«, fragte Wilkes furchtbar höflich. Junior starrte gerade Wyatt Wonderlick an, der voller Tranquilizer, aber bei vollem Bewußtsein war. Er befahl Alice zu antworten. Fosworth beugte sich wieder vor und flüsterte ihr einen teuren Ratschlag ins Ohr.

»Ich war bei meinem Arzt. Vielleicht auch an diesem Morgen. Ich erinnere mich nicht. Na und?«

Auffrischung

»Vielleicht wird das Ihre Erinnerung auffrischen.« Wilkes ging zu ihr hin und wies auf eine Seite ihrer Krankenblätter und auf eine ihres verblichenen Gatten. Sie nahm sie wie ein Knäuel Nattern. »Das war der Morgen, an dem Sie zu Ihrem Entsetzen erfuhren, daß Ihr Gatte Sie mit einer entsetzlichen Krankheit angesteckt hatte, einer tödlichen, durch Geschlechtsverkehr übertragbaren Krankheit, die nicht nur das Todesurteil über Sie sprach, sondern obendrein auch noch bedeutete, daß er mit jemand anderem schlief.« Um aus dieser Anschuldigung eine Frage zu machen, fügte Wilkes hinzu, was alle guten Anwälte in so einem Fall anfügen: »Habe ich recht?«

Alice überlegte einige Augenblicke. Mit dem Ärmel wischte sie den Schweiß von den Brauen und sagte: »Ich weigere mich, eine derart abscheuliche Frage zu beantworten.«

Da Alice ihre Unzugänglichkeit weiterhin unter Beweis stellte, fuhr Wilkes mit einer eigenen Erklärung fort – genau wie im Kino. »Sie kamen an jenem Nachmittag etwas früher ins Richterzimmer, wobei Sie dafür sorgten, daß niemand Sie sah, wenigstens nicht das erste Mal. Sie wollten ihn wegen seines Verrats zur Rede stellen. Während Sie in seinem Büro auf ihn warteten, bemerkten Sie das Liebesgedicht auf dem Bildschirm seines Computers, und Sie wußten, es war nicht für Sie. Noch ein Verrat.«

»Woher wollen Sie wissen, daß es nicht für mich war?« unterbrach Alice ihn. »Meiner Ansicht nach war es das sehr wohl.«

»Weil Sie Detective Mulraney während einer Ihrer Vernehmungen gesagt haben, Sie hätten es nie zuvor gesehen und daß er Ihnen während der ganzen Zeit Ihrer Ehe nie ein Gedicht geschrieben hätte. Oder wollen Sie den Geschworenen erzählen, Detective Mulraney hätte auch das falsch verstanden?« Wilkes wies auf Mulraney, der am Ende des Anklägertisches saß und mit dem Taschentuch winkte.

»Y. A. hätte daran ja als Überraschung für mich arbeiten können.«

»Wenn man sich das Datum ansieht, zu dem die Datei erstellt wurde, so ist das über ein Jahr her.« Ein weiterer heißer Tip von unserem Hacker. »Sie sahen an den Worten, daß es nicht für Sie war. Und als er dann nach der Verhandlung ins Richterzimmer kam, haben Sie ihn mit den Krankenblättern konfrontiert, da Sie, wie ich hier sehe, an eben diesem Tag eine Kopie davon erhalten hatten.«

»Gehen Sie zum Teufel!« gab Alice zu Protokoll.

»Etwas lauter, bitte. Wir können Sie nicht hören«, sagte Wilkes. »Wiederholen Sie ruhig, was Sie Ihrem treulosen Gatten gesagt haben, bevor Sie ihm den Brieföffner in den Rücken stießen.«

Fosworth flüsterte ihr jetzt ganz laut ins Ohr. Sie stieß seinen Kopf weg und sagte: »Ich glaube nicht, daß Y. A. sich herumgetrieben hat.«

»Besuchen Sie eigentlich seine Grabstätte?«

»Was? Selbstverständlich.«

»Nun, jetzt wissen Sie, wo er seine Nächte verbringt.«

»Gehen Sie doch zum Teufel.«

»Sagen Sie's uns, Alice Knott. Tun Sie Ihre gute Tat für heute, und befreien Sie einen Unschuldigen. Sagen Sie die Wahrheit. Sie haben, in einem Anfall rasender Eifersucht, den teuren italienischen Brieföffner von Y. A.s Schreibtisch genommen und Ihrem Gatten in den Rücken gestochen. Ist es nicht so?«

»Ich weigere mich, Ihre beleidigenden Fragen weiter zu beantworten. Sie sind viel zu widerlich ... und, äh, illegal.«

»Nun, wenn Sie die Antwort verweigern wollen, dann brauchen Sie nur den Zauberspruch zu sagen. Sich einfach so zu weigern gilt nicht.«

Alice beantragte weiteren geflüsterten Rat von ihrem Anwalt, aber was sie da hörte, paßte ihr nicht. Schweigend saß sie da. Wilkes wiederholte den Rat, den ihr Fosworth eben gegeben hatte. »Sie können die Antwort nur verweigern, weil Sie sich mit dieser Antwort ...« hier legte Wilkes eine Kunstpause ein, um die Wirkung auf die Geschworenen zu verstärken, dann fuhr er fort, »SELBST BELASTEN WÜRDEN!«

»Das ist wahr, Mrs. Knott«, sagte Junior hilfsbereit.

Alice sah Junior an, dann Fosworth, der nickte. Auch der Geschworene Wyatt Wonderlick nickte – wieder ein. Alice hatte Schwierigkeiten, sich die Worte abzuringen: »Ich verweigere die Antwort ... ich verweigere, die Antwort, weil ich mich mit dieser Antwort – mit dieser Antwort ... selbst ... belas– Nein! Ich werde das nicht sagen! Hol Sie alle der Teufel! ICH HABE Y. A. NICHT UMGEBRACHT! DA, DA HABEN SIE IHRE ANTWORT AUF IHRE DRECKIGE FRAGE! SIE SCHWEIN!« Sie verschränkte die Arme vor sich, knallte sie gegen ihren Magen und blickte Wilkes finster an.

»Mrs. Knott. Mrs. Knott. Manchmal lügt man, aber mit einer Grimasse, die die Wahrheit sagt«, meinte Wilkes frei nach Nietzsche.

»Gehen Sie zum Teufel!« grimassierte Alice.

»Keine weiteren Fragen. Ich beantrage, die Krankenblätter als Beweismittel aufzunehmen.«

Darauf unterbrach Junior die Verhandlung für eine Pause, um zu überlegen, was zu tun war. Als die Geschworenen im Gänsemarsch den Saal verließen, zog Wilkes Alvin an den Schultern vom Stuhl und führte ihn hinüber zu Landishs Tisch. »Landish, ich denke, das wäre der richtige Zeitpunkt, die Anklage fallenzulassen. Sie wollen doch wohl nicht für die Verurteilung eines Unschuldigen verantwortlich sein.«

Landish hatten Mrs. Knotts Grimassen offensichtlich wenig beeindruckt.

»Sie sind ein richtiges Showtalent, Wilkes, aber um Ihre letzte Zeugin zu zitieren: Gehen Sie zum Teufel. Ich werde untersuchen, wie genau Sie an diese Krankenblätter gekommen sind. Ich wittere eine Straftat.«

Wilkes stellte Alvin vor Landish hin. »Sehen Sie diesem Mann in die Augen, bevor die Geschworenen wiederkommen. Sagen Sie ihm, daß das hier kein Spiel ist. Sagen Sie ihm, daß Sie, nach allem, was Sie da eben gehört haben, immer noch glauben, daß er schuldig ist.«

Alvin Scribner sah Landish an; es war der Blick der Unschuld, den Landish allerdings nicht erkannte. Landish nahm einige Akten zur Hand und sah Wilkes an. »Sie kennen mein Motto, Wilkes: Ein cleverer Ankläger verurteilt den Schuldigen, den Unschuldigen jedoch nur ein Genie. Ich mache mir keine Sorgen.« Er steckte Wilkes den Zeigefinger in die Brust. »Sie, Bursche, Sie sollten sich Sorgen machen. Sagen Sie mir, wie Sie an ihre medizinischen Unterlagen herangekommen sind, oder soll ich Ihnen erst Ihre Rechte verlesen?«

»Geh zum Teufel, du Wichser!« sagte Alvin. Er schlug Landishs Hand von Wilkes' Brust und machte ganz den Eindruck, als wolle er dem massigen Ankläger den Krieg erklären. Wilkes trieb Alvin rasch auf seinen Platz zurück.

Nach diesem Schlagabtausch kamen die Geschworenen wieder herein, und die beiden Anwälte hielten noch mal ein Schlußplädoyer. Diesmal führte Wilkes plötzlich alle möglichen logischen Beispiele für einen berechtigten Zweifel an. Der denkwürdigste Augenblick kam, als er der Jury sagte: »Miles Landish hat euch Leutchen hier etwas serviert, was wir in der Branche eine Burger-King-Anklage nennen, mit anderen Worten einen Doppelwhopper von einer Lüge und satt was drauf. Der Hauptgang war ein Meineid – und Sie hätten ihn fast geschluckt. Jetzt aber ist es Zeit, ihm das Ding ins Gesicht zu werfen!«

»Ja, meine Damen und Herren, und der Mistkerl hat mir eben, als Sie draußen waren, gesagt, daß es ihm scheißegal ist, ob er dabei einen Unschuldigen verurteilt!« Ein wie verwandelter Alvin Scribner richtete, stramm wie ein Zinnsoldat, zum erstenmal das Wort an die Geschworenenbank. Damit bewirkte er einen heftigen Austausch von Feindseligkeiten zwischen Landish und Wilkes.

»Einspruch! Ich beantrage, das zu streichen. Das Ganze war inszeniert! Ich beantrage Sanktionen gegen den Angeklagten und seinen Anwalt!« schrie ein angeschlagener Landish.

»Wollen Sie den Geschworenen gegenüber leugnen«, meinte Wilkes bissig zu Landish, »daß Sie uns eben privat genau das gesagt haben, was Mr. Scribner gerade der Jury gesagt hat? Oder wollen Sie sie weiter mit Doppelwhoppern abspeisen?« Wilkes wandte sich wieder den belustigten Geschworenen zu. Selbst Wyatt Wonderlick hörte jetzt so aufmerksam zu, wie das mit einer Überdosis Methadon nur möglich war. »Mr. Landish erinnert mich an den Mann, der eines Morgens aufwacht und zu seiner Frau sagt: ›Ich hatte eben einen Alptraum. Ich wurde als ein armseliges, verlogenes Stück Stinktierpopel wiedergeboren.‹ Worauf seine Frau ihm sagt: ›Ach was, keine Bange. Gott würde das doch niemandem zweimal hintereinander antun.‹«

»Also, Sie dreckiger, armseliger Huren –« Landish sprang auf und schickte sich an, auf Wilkes loszugehen, aber Detective Mulraney packte ihn und setzte ihn wieder auf seinen Stuhl. Junior rief zur Ordnung und bat Alvin, still zu sein. Alvin lächelte und setzte sich wieder hin.

Wilkes beendete sein Plädoyer mit einem Zitat von Mark Twain. »Meine Damen und Herren, Sie haben die Fakten in diesem Fall erst spät bekommen, aber das liegt nur daran, daß eine Lüge schon auf Weltreise ist, bevor die Wahrheit erst aus den Federn kriecht. Jetzt ist Frau Wahrheit jedoch aufgestanden, und sie ist zornig. Sie steht vor Ihnen. Hören Sie, was sie zu sagen hat. Sie sagt, sie wurde durch den Schmutz gezogen. Sie sagt, dieser Fall ist ein Teller Meineid, aufgetischt vom Meisterkoch des fingierten Beweises.«

Wilkes deutete mit dem Finger auf Miles Landish. »Sie sagt: ›Freiheit für Alvin Scribner‹.«

Wilkes' persönlicher Angriff brachte Landish an den Rand eines Schlaganfalls. Er hielt eine ebenso langatmige wie eigennützige Rede darüber, was für ein großartiger Kerl er doch sei, ein Ausbund an Ethik und Verantwortungsbewußtsein, der mit aller Ehrlichkeit daran arbeitete, die Schuldigen ihrer gerechten Strafe zuzuführen. Er stand da wie der Typ, an den Emerson gedacht hat, als er sagte: »Je lauter er von seiner Ehre sprach, desto flinker zählten wir unsere Löffel.« Er war so damit beschäftigt, sich zu verteidigen, daß er auf die neuen Beweise so gut wie gar nicht zu sprechen kam, außer daß er sagte, Mrs. Knotts Aussage hätte nichts Neues gebracht. Er sagte: »Sie tat ganz recht daran, sich hier nicht zu ihrer persönlichen Gesundheit zu äußern, denn diese geht uns nichts an. Das beweist rein gar nichts.«

Die Geschworenen fanden, es bewies doch etwas, und sie brauchten keine zehn Minuten, und Alvin war frei.

Epilog

Das Problem damit, dem Falschen einen Mordprozeß anzuhängen, ist, daß es hinterher etwas schwierig ist, auf den wahren Mörder zu zeigen. Mit einer solchen Verspätung jemanden anderen anzuklagen, läßt einen Staatsanwalt etwas dumm dastehen; man hätte ja denken können, ihm wäre ein Fehler unterlaufen, als er den Falschen für den Rest seines Lebens hinter Gitter zu bringen versuchte. So klagte die Staatsanwaltschaft Alice Knott denn auch nie des Mordes an ihrem Gatten an. Aber sie hatte auch so Probleme genug.

Wyatt Wonderlick wusch nach dem Prozeß einige Wochen lang Polizeifahrzeuge in Queens, wurde dann aber gefeuert, weil er ständig am Wegnicken war. Er ist heute Drogenberater im Nancy Reagan Center für Künstler mit Neuen Abhängigkeiten, einem Rehabilitierungsprogramm für Drogen- und Alkoholabhängige, die das Betty Ford Center nicht schafften.

Becky und der Hacker haben eine Woche nach dem Prozeß geheiratet. Die Trauung fand in der Liebeswanne statt, mit Wilkes als Brautführer und mir als Zeugen. Ihre Heiratsanzeige enthielt das ›Liebesgedicht‹, das der Hacker Becky am ersten Tag ihrer Bekanntschaft in ihrem siedenden Whirlpool geschrieben hatte.

Einige Wochen nach der Hochzeit beauftragten wir einen Kollegen damit, den Hacker bei seiner Kapitulation vor der New Yorker Stadtpolizei zu vertreten, nachdem wir Jethro erklärt hatten, daß es womöglich nicht besonders gut aussehen würde, wenn Wilkes ihn vertrat. Wie auch immer, er war ja nur ein paar

Wochen auf der Flucht gewesen, und nachdem er erklärt hatte, er habe das Hotel nur aus Sehnsucht nach seiner Freundin verlassen, die er eben geehelicht hatte, war wieder alles im Lot. Man kürzte seine Strafe auf einige Monate, weil Polizei und Anklage dem Gericht sagten: »Mit seiner technischen Hilfestellung und Mitarbeit in der Sache *New York gegen Scribner* haben wir den Fall erst geknackt.« Haben die eine Ahnung.

Heute führt der Hacker die nietnagelneue Computerbuchhaltung der Liebeswanne, und dort läuft das Geschäft dem Vernehmen nach heißer und besser denn je. Er ist außerdem Stellvertretender Geschäftsführer und verantwortlich für den Verkauf, was soviel bedeutet wie daß er hinter der Kasse sitzt.

Was uns anbelangt, so gingen wir mit Alvins Verteidigung finanziell baden, und ich machte mir nach wie vor Sorgen um Wilkes. Er hatte die beiden letzten Fälle gegen ein reduziertes Honorar (im Fall von Becky) beziehungsweise (im Fall von Alvin) umsonst übernommen. Als schließlich unser nächster potentieller Mandant auftauchte, wohnte ich den Gebührenverhandlungen mit ganz besonderem Interesse bei.

Die erste vielversprechende Mandantin war Mrs. Stephanie Bowman, eine Millionärin, die man des Mordes an ihrem Gatten verdächtigte, der seit fünfundzwanzig Jahren unter der Erde war. Sie sagte Wilkes: »Das Ganze war ein schrecklicher Fehler. Wir hatten getrennte Schlafzimmer, verstehen Sie, und wir hatten damals von mehreren Einbrüchen in unserer Gegend gehört. Ich wußte nicht, daß er es war, Mr. Wilkes. Ehrlich. Es war Notwehr. Er kam mitten in der Nacht auf mich zu. Ich sah etwas Metallisches in seiner Hand. Wie sollte ich wissen, daß er mir meine heiße Schokolade in einem Zinnbecher brachte? Oder glauben Sie mir etwa nicht?«

»Doch, doch, ein ausgesprochen tragischer Fall.«

»Nicht wahr? Heiße Schokolade in einen Zinnbecher zu tun!«

»Ja, ja. Ausgesprochen eigenartig. Wie viele Schüsse haben Sie denn abgegeben?«

»Nur zwei, Mr. Wilkes. Beide trafen das Ziel – ich meine Eddie, meinen armen Mann, unglücklicherweise – in den Körper, nun ja, ins Herz und zwischen die Augen. Ich bine ein leidliche Schützin.«

»Sieht ganz so aus. Es dürfte Sie interessieren, daß Sie gegen die Warnschußregel der Französischen Fremdenlegion verstoßen haben. Sie schreibt vor, immer zwei Schüsse abzugeben, den ersten in die Brust, den zweiten in die Luft. Und dann bei der Schilderung des Vorfalls hinterher nicht vergessen, die Reihenfolge zu ändern. Aber lassen wir uns deshalb jetzt keine grauen Haare wachsen. Wir müssen uns erst einmal über die Gebühren unterhalten. Wollen mal sehen.«

Wilkes zog eine große Show in der Hohen Kunst des Kopfrechnens ab – »also, so und so viele hundert Stunden dies und jenes, die gerichtsmedizinischen Sachverständigen, etcetera etcetera« – und schrieb dann eine große Zahl auf seinen Block. Ohne ein Wort schob er diesen Mrs. Bowman zu. Es war dies immer ein Augenblick der Wahrheit zwischen Wilkes und seinem Mandanten. Wenn die Summe auf dem Block zu hoch war, stürmte der Mandant, nachdem er wieder zu Atem gekommen war, aus der Kanzlei. War sie zu klein – was selten vorkam – nun, dann hatte Wilkes das Vermögen vor sich schlimm unterschätzt.

Mrs. Bowman sah sich die Zahl an, und reagierte wie nach einem Blick auf die Speisekarte des Ritz. »Oh, kein Problem, Mr. Wilkes. Ein sehr vernünftiger Preis. Soll ich Ihnen einen Scheck ausstellen?«

Sie griff in die Handtasche. Wilkes Antwort ließ nicht einen Augenblick auf sich warten. »Unbedingt, Mrs. Bowman. Aber verstehen Sie bitte, daß es sich bei diesem Betrag nicht um mein Honorar handelt, sondern um meinen Preis pro Schuß.«

Wilkes war wieder da.